ちくま文庫

小さな町・日日の麵麭

小山清

筑摩書房

目次

小さな町

小さな町

私は戦時中、下谷の竜泉寺町で新聞配達をしていた。数え年で二十七歳から三十二歳の間のことである。私はまる五年というものを一つ土地で新聞配達をしていたわけである。これがほかの職業であったら珍らしいことでもないだろうが、新聞配達が五年間も一つ土地にいるということは、あまり類例のないことであった。褒めていいものやら、また自慢していいものやら、そのへんはちょっと曖昧模糊としている。それに私は吉原の廓内の生れであるから、まあ生れた土地も同じようなものである。私自身はそういうことには無頓着であったが、よそ目にはどう映ったであろうか。

一体に新聞配達などはみんな旅の空の下でしている。私のいた店でも例外は私ひとりであった。いろんな旅鴉が仮りの塒《ねぐら》を求めて集まってくる。中には苦学力行の士もいるが、そういう人は朝鮮人に多く、内地人には殆どいなかった。みんな食うと寝るとに困らないことに安んじて、生涯のある時期を安佚《あんいつ》なその日暮らしの生活に停滞している、いい年のそういう独身者の集まりであった。つまり渡り鳥の一つの型が見られたわけである。

五年間はおろかなこと、一日でいなくなるやつがいた。行きがけの駄賃に集金拐帯《かいたい》という行為が伴うこともめずらしくない。私達仲間内ではそういう連中のことを「パン吉」と呼んでいた。なにやら語呂が戦後流行のプロスティチュートの称呼に似ているようだが、つまり「出奔」が「出帆」に変り、訛って「しょっぱん」になり、次にこれが名詞化されて「パン吉」となったわけなのだろう。

朝刊の配達が済んで各自店へ帰ってくる。一人ばかに帰りの遅いのがいる。朝飯になってもまだ帰ってこない。そのうち誰かが、「どうやらしょっぱん臭いぞ。」と云い出す。みんな互いに顔色を窺ってにやにやしている。店の主任にしてからが、それほど心配はしていない。ただ一寸厄介に思うだけである。持物を調べてみろということになって、本人の寝床の上の棚を見ると、なにやら風呂敷包の在ったのが、いつのまにか見えなくなっている。下駄箱を覗いて見ると、靴も見当らない。これでやっぱり予定の行動だということがわかる。

仲間内の誰かのジャンパーやズボンが紛失していることもあってそこではじめて当の被害者が周章《あわ》てだす位のことで、誰も騒ぐやつはいない。中には昨夜のうちに本人からこっそり打明けられて、知らん顔をしているのもいる。いずれは自分もその形式を踏襲するつもりでいるからである。寝床の下から「これが本当の順路帳」というのが出てくる場合があるが、これなどは愛嬌のある方である。

配達がしょっぱんするのは、月はな一週間位の間が多い。私達配達は各自月はな定数というものを極める。つまりその月の自分の購読者の数をはっきり数字に出して主任に報告した上で、定数台帳というものを作製するのである。この定数台帳がまたその月の順路帳ともなるわけである。

まえの月に勧誘の仕事を怠れば、覿面《てきめん》にその月の定数にひびいてくる。私達配達にとって、この月例の定数を極めるということ位、また頭痛の種はないのである。正直に報告すればいいわけであり、また仕方のないわけであるが、それが出来れば、配達は誰もまた苦労はしないだろう。

だから私達の間では、よほど好成績の月でない限りは、誰でも毎月定数を極める上で多少の無理はしているものだが、中にはあらかじめしょっぱんするつもりで、出鱈目な定数を切るやつがいる。そして月はな、事のばれない中に、「パン吉」を極めこむのである。一月か二月でいなくなるやつには、そういう常習犯が多い。寝床の下から本当の順路帳が出てきたり、仲間の靴が無くなったり、いろいろである。「あの野郎、最初からパン吉臭い顔をしていたよ。」などと、私達はよく云ったものである。

また半年なり一年なり店に居着いた者でも、必ずしも円満に退店するとは限らない。なにもしょっぱんする因縁のないやつまでが、同じ轍を踏む。恒産なければ恒心無しと云うが、なにか新聞配達という職業の不安定さや、また渡り鳥の宿命というようなものを見せられるような思いがする。いちどやると、「パン吉」の味もまた止められないものがあるのかも知れない。

そういう中に在って、私だけは五年間も一つ店にいて一つ区域を配達していた。廃業したのも私の自由意志に由るのではない。徴用されて工場に勤めるようになったからである。繰返して云うが、果して自慢していいものかどうか、そのへんのところは曖昧である。

私の配達していた区域は店では「四号」と呼ばれていた。竜泉寺町の一部と金杉下町の一部とから成っていて、吉原土手に沿う一郭であった。店の配達区域の中ではいちばんこぢんまりしていた。購読者の数もまたいちばん少なかった。購読者の数は区域の大小やまた戸数並びに所帯数の多少に比例するわけであるが、私の場合はひとつは私が読者拡張にあまり勤勉でなかったせいであろう。私にはどうも勧誘の仕事が苦手であった。もっとも配達は誰しもこの仕事を苦にしていた。「勧誘さえ無ければ、こんな極楽商売はないな。」とよく云い合ったものである。

ただこれは自慢していいかも知れぬが、私の区域は仲間内の用語で云えば、荒れていなかった。そうだろう、五年間も私ひとりが手塩に掛けてきたのだから。配達がのべつ代る区域はどうしても荒れてくる。つまりお得意との間にいろんな齟齬《そご》が生じてくるのである。これは止むを得ない。

無理入れ、値引き、集金拐帯、……前任者がさんざんなことをやってしょっぱんした後を引継いだ配達こそは災難である。これが新米だったりすると、それこそいい面の皮である。

なにも知らないで配達していると、

「新聞やさん。歌舞伎座の切符はどうしたの？」

「え？ なんですか？」と鳩が豆鉄砲をくらったような顔つきをすると、

「忱けちゃいけないよ。あんたの前を配達していた人が歌舞伎座の特等席の切符をくれるって約束したんだからね。持ってこないと新聞代を払わないよ。」

おかみさんの剣幕に驚いて、店に帰って主任に報告すると、

「馬鹿野郎。歌舞伎座の切符が貰えるんでしたら、私の方で新聞を取りますからって、そう云ってこい。」

こんなのはざらである。

私の場合は朝鮮人の先輩から、その人がほかの店に予備として赴任するに先立って、円満に引継ぎをしたのだから、そういう間違いは起らなかった。区域運には恵まれていたわけである。

その後はずっと一人で配達して、それでも長い間には、引継いだときよりも百軒からお得意の数が殖えた。その月々で多少の消長はあったけれど、少しずつ、だんだんに殖えて行った。なんによらず地盤というものは、いつのまにか出来上っているものではないかしら。私の場合は長い馴染という親和力の然らしむるところであろう。

私は店に長くいたので、自然ほかの区域の事情にも多少は通じてきたが、やはり自分の受持っていた四号の区域がいちばん好きであった。こぢんまりとして而も区劃整然としていたし、なによりもそこに住む誰、彼に親しみが感じられたから。

私は配達として格別愛想のいい方ではなかったけれど、それでも私を贔屓にしてくれたお

得意は少くない。ちょっと気が差す話だが、私は好かれたようだ。私はいまもその人達の私に向けられた好意を懐かしく思っている。購読者と配達という、間に劃然と引かれた一線を守って、その上で親しみを交わすことの出来たのを、そしてその親しみを完うすることの出来たのを嬉しく思っている。私の半生の中でも特殊な一時期である。新聞配達という職業に従事していた冥利と云わなければなるまい。

昭和二十年の三月十日に空襲に遭ってこの町も無くなってしまったが、私の追憶の世界では、その町の姿が、その道筋や町並がそこに住んでいた人達の俤《おもかげ》と共に、曾《かつ》て在ったようにいまも彷彿として残っている。これもまた新聞やの一得であろう。この町に長く住着いていた人達は少くないだろうが、私のように隅から隅まで熟知している者は、おそらくほかにいないのではなかろうか。

さて再び追憶の順路帳の頁を繰ってみよう。紙数にして七、八枚目のところに南雲、稲葉洋服店、大橋医院、三井屋酒店、中島染物店等の名が見える。一枚に十軒の割でお得意の名を録す規定であるから、配達順に数えて七、八十軒目に当る。私の配達していたお得意の数は全部で三百五、六十軒であったから、このへんはまだ配り始めのところである。地域的に云えば、ここは竜泉寺町の東部町会に所属し、私の店からもさほど離れてはいず、竜泉寺町金杉下町を貫いて、茶屋町通りと三の輪を結ぶ通りの一つに軒を並べていた。この通りを境にして、お隣りは「一号」の区域であった。

南雲という家は、主人は勤人であったと思うが、どこへ勤めていたものか、なにをしていたものか、私ははっきり知っていない。主人は口髭を生やした五十がらみの立派な男で、革のジャンパーを厳しく着て、猟銃を担い、拳《こぶし》に鷹を止まらせ、犬を連れて歩いている姿をよく見かけた。ひどく澄ましていて得意げに見えたが、まさかそれが生業であったわけではなかろう。おそらくなにかのセールスマンで、商売よりは道楽の狩猟の方に夢中であったらしいという想像が当っているのではなかろうか。たしかにそんな気色が見えた。配達している間に、しばらく主人の姿を見かけないことがときどきあったが、そんなときは商売の地方出張か御自慢の狩猟に出かけていたのであろう。

この家は表構《おもてがまえ》は二間間口で硝子戸が塡《は》めてあって、入ると土間になっていた。土間には大きい犬が寝そべっていて、止木には鷹が止っていて、土間の土は黒く湿っていて、いつも一種生臭い臭いがぷんと鼻を突いた。鷹に生物の肉を食わせていたのだろうが、私はこの臭いを嗅ぐと、この家の主人が殺生をしているということが、ふと頭を掠めるのであった。そして私は新聞を上り端に置いてくる際に、頭上の鷹と足下の犬と両方に用心しなければならなかった。

この家にはおかみさんとそれから小学校の上級生位の姉弟がいたようだが、はっきり覚えてはいない。おかみさんは顔色のよくない、臆病そうな狡《ず》るそうな眼つきをした人で、私が夕刊を配達して行ったときに顔が合ったりすると、いつも卑下したような笑いを浮かべた。この家はときたまN新聞を取るので、その月はこちらは休まなければならなかった。新聞はY新聞の方が気に入っているらしいのだが、こっそりN新聞が値引きで入れるふしが見えた。

活計はあまり楽ではないらしかった。結局主人が狩猟にかまけてばかりいて、家のことを顧みる方は疎かになるのであろう。店の集金人のおばさんの話に由ると、以前はかなり裕福に暮らしていたそうである。

隣りは稲葉洋服店である。私が配達になった二年目の年の暮れに、この家の主人が私のためによそいきのズボンを一着拵えてくれた。上等の服地のやつで、お正月に間に合うように仕立ててくれた。実はこの家のことをまず書きたくて、順路帳のこの頁をめくった。

ついでに云うが、新聞配達は休みの少ない職業で、当時の慣例では、一年を通じて休日と云えば、正月元旦の夕刊から四日の朝刊までが正月の休みで、あとは四月三日の神武天皇祭と春秋の彼岸の中日だけであった。だから私達配達にとっては、正月の三日間だけが、まあ休みらしい休みであった。

この家はY新聞の固定読者であったが、ある日夕刊を配って行ったら、裁縫台に向っていた主人が、「新聞やさん。ズボンを一つ拵えないかね。」と私に話しかけたのである。ちょうど余分の生地があるという。主人にはまえからその心づもりがあったらしく、代金も現金払いではなく、これから六ヶ月間新聞を納本して償還するという方法を提案してくれた。それならば私の負担になることもないだろうという主人の心づかいであった。形式は信用貸しに似ているが、ただ私への好意からであった。「仕立賃だけはサービスしとくよ。」と主人は云ったが、新聞六ヶ月分の購読料では、おそらく服地の原価にも相当しないに違いなかった。

こうして私は正月を控えて、思いがけなくよそいきのズボンに恵まれた。私はそのズボンに合わせて、これも私のお得意である飯田帽子店でスキー帽を買い、正月の休みにはそのなりでお得意の少年を連れて、神田や銀座の方にまで遊びに出かけた。

この家はクリスチャンの家庭であった。主人のほかに、おかみさんと男の子と、主人の裁縫の従弟である青年と男の子の子守である女の子がいた。主人は三十を越したばかりの穏かな人柄の人であった。私は見かけが年少に見えるので、はじめは私のことを、苦学している者のように思い做《な》していたらしかった。おかみさんも主人に似てやさしい人柄の人で、細面でいつも紫色のブルーズを着ていたが、それが人柄によく映って見えた。私が竜泉寺町のＹ新聞店に入店したのは昭和十二年の夏で、配達になるとまもなく日華事変が起ったが、私がこの家に配達するようになった頃、おかみさんは身籠っていた。おかみさんは男の子を抱きながらよく云った。「新聞やさんがはじめて配達してきた頃は、この子はお腹《なか》の中にいたのよ。」男の子は主人によく似ていた。望《のぞむ》という名前であった。「信仰は望むところを確信し」という聖句から択んだ名である。子守の女の子は小柄な子で、少しおませなところがあったが、笑うと靨《えくぼ》のできる可愛い顔をしていた。よく家の前で男の子を遊ばせているのを見かけた。またお使いの途中で、路で私と行き逢うことがあったが、そういうとき私はわざとおいせんぼをしてやった。従弟の青年も温和《おとな》しい人であった。こうして筆を執っていると、潜在意識がよび覚されて、ふだんは忘れているその人の俤までが浮かんでくる。家長がいいと、家族の人達までがみんなよく見えてくるものである。集金人のおばさんもこの家のことは褒めていたが、なにも第一集金で領収書を切らしてもらえるから、ということばかりではなかったろう。

この並びではどうしたわけか、この家だけが平家建てであった。奥行はかなり深かったが、夏など間の襖を取り払った座敷を通して、奥の庭の少しばかりの木立や、そこに洗濯物を乾してあるのが門口からも覗かれた。夕刊を入れるとき、ちらと目に映るそういう庭のたたずまいなどが、私にこの家庭を一層好ましく思わせた。

隣りの大橋医院とは昵懇《じっこん》にしていたようである。大橋医院の奥さんがこの家の店先に腰をかけて話している姿をよく見かけた。この奥さんは救世軍の女士官であったから、稲葉の主人がキリスト教の信仰に入ったのも、あるいはその関係からかとも思われるが、それはわからない。けれども少しも所謂《いわゆる》耶蘇《ヤソ》臭さがなくて、こういう町中に見かける親しみやすい聖家族のおもかげがあった。私には忘れ難い家庭である。

気づいてみると、望君はことし十五歳の少年に成人しているわけである。あのお腹の中にいた子供がと思うと、少しく感慨無量である。きっとお父さんに似ていい少年に成ったことだろう。

大橋医院も私の固定読者であったが、私はここの先生の顔を知らない。一人髭を生やした男の人の顔を覚えているが、その人が果して先生であったかどうかは覚束《おぼつか》ない。一体にお医者さんのような立派に門戸を構えているところは私達には親しみが薄い。一年配達しても二年配達しても、ただ玄関口に新聞を抛《ほう》り込んでくるだけのことである。看護婦さんにも馴染みがなかった。救世軍の女士官であった奥さんのことだけは印象に残っているが、それとて口をきいたこともなければ、つい新聞を手渡すというような折りにも遇わなかった。ただ士官の服装でマントを羽織って歩いている姿をときどき見かけたまでである。年頃は四十三、四位の人であった。

私の区域ではほかにお医者さんでは、私がはじめて自分で配達したときにその家の前でけつまずいて表口の硝子を毀《こわ》したことのある髪結さんの向いに、内山医院というのがあったが、やはりここの先生の顔も遂に見知らずに終った。ただここの女医さんのことを覚えている。まだ若い人で、すらりとした、洋装の似合う人であった。器量も悪くなかったが、化粧などはせず、いかにも清潔な感じの人であった。ダットサンを自分で運転して患家に赴く姿をよく見かけた。私の店の主任の奥さんが妊娠したときにも、この人が看《み》にきてくれた。私がこの人を見るのはいつも路上であった。ダットサンを運転しているかまたは鞄をさげて歩いているのに、勧誘か配達の途中で行逢うのであった。内山医院に新聞を入れる際にはついぞ出会ったことがなかった。いちどこの人が、その学校時代の友達らしい女の人と話しながら歩いているのを見かけたことがあるが、いかにも親しげで、平素はあまり感ぜられない女らしさが、この人の身に溢れていた。

大橋医院の隣りは表口の硝子戸に「明治製薬」と書かれていて、なにか薬問屋のようでもあったが、建物も大橋医院と続いていたようだし、つまりは医者と薬屋のことであるから、同じ経営につながるものであったかも知れない。事実私は配達しながらこの家は見過した。大橋医院と別箇なものとは考えなかったので、ついぞ勧誘に立寄った験《ためし》はなかった。その後私が徴用されて工場に勤めるようになったとき、同じ仲間に薬屋の店員をしていた人がいて、この明治製薬の話が出た。その人の店は三河島にあったのだが、よく商品を卸してもらいに、この竜泉寺町にきたという。私が見覚えている大橋医院の人と思う男の人は、この明治製薬の人であったかも知れない。

隣りの三井屋酒店はN新聞と私の方との交替読者であった。交替読者というのは、お互いに仲良く一月交替に配達することにしようではないかと、いわば暗黙のうちに勝手に協定を結んだお得意のことである。いつかそういう成行になってしまったのである。自分勝手な話のようだが、お得意にしても、毎月両方から責められるよりは、その方が煩《うるさ》くなくてよかったらしい。ともかく誰の区域にもそういう読者が何軒かあった。主として当時対立する両勢力であったY新聞とN新聞との間に生じた一つの流行現象のようなものであった。私達にとっても、こういうお得意は所謂カード料稼ぎの対象としても、なくてはならぬ存在であった。景品に気を使うこともなければ、弁舌を振う必要もなかった。その月のカレンダーに常盤座の切符の一枚も奮発して、黙って勧誘のカードを差出せば、それで用は足りた。三井屋酒店で記憶に残っているのは、店の主人の顔だけである。三十がらみのがっしりした中脊の人で、ジャンパーにズボンの姿で、いつもそれに前垂を掛けていた。カードを出すと、心得たとばかり、三井屋としるしたゴム印を捺してくれた。そのほかには、なにも格別な印象は残っていない。家族の人もどんな人がいたのか、さっぱり思い出せない。こうして筆を執ってはみたが、かなり忘れていることも多いであろう。

中島染物店は小さい店であった。この一郭は十軒ばかりの家が、離れ小島みたいに小区劃《くかく》を成している処で、全体の輪郭は直角三角形のかたちをしていた。そして底辺と交って直角を成す直線が一号との境にある通りで、この通りに面して、三角形の直角に当る場所にうっかり筆を素通りさせてしまったが、名を忘れてしまった炭屋があり、それから南雲、稲葉、大橋、明治製薬、三井屋、中島の順に軒を並べているのである。中島染物店は頂角の部分に当っていた。だから家のかたちも三角で、外観からしていかにも窮屈そうであった。この家は共に三十がらみの夫婦が、年少の下職を一人使って、家業に精を出していた。おかみさんの顔をいちばんよく覚えている。というのが私が配達するようになって半年ばかりしたら、亭主に当る人は出征してしまったからである。その後はおかみさんが下職と二人で、それでも気丈に頑張っていたが、よそ目にも苦労が見えて、しばらくして郷里に逼塞《ひっそく》したようであった。そのあとには餅菓子屋さんがきて、私は引続いて配達したが、私には短い縁であった染物屋の方が心に残っている。互いの間に残る親しみというものはふしぎなものだ。どんなに淡いものでも、いつまでも消えずに残っている。おかみさんは気さくな人で、私を見かけると、「新聞やさん。来月は景品に何をくれるの?」とか、私が常盤座の切符をあげると、「へえ、また三階の天辺かい。」とか云ったりした。ただそれだけのことなのだが、それが互いの間に橋を架けてくれる。読者は私がお得意の自慢話をしていると思うかも知れないが、若《も》しもこの作品が読者にそんな印象を与えるとすれば、それは私がお得意と配達という埒《らち》を越えずに親しみをつなぐことの出来た来し方のことをうれしく思っているからである。そして私はただこの親しみのことを語りたくて筆を執っただけである。それにこの町も戦災のために無くなってしまって、そこに住んでいた人達も離散して、いまはその消息もわからないということが、私にこれを綴らせるのである。ついでに云うが、私の書くものなどはいつも瓢簞《ひょうたん》から駒が出るようにして出来上った。動機もまたいつも卑近なことである。

稲葉洋服店のところで私は納本という言葉を使ったが、納本というのは正確には、本社から販売所へ、たとえば竜泉寺町二百十九番地の上野という家に明日から配達してくれという通達があって、その区域の担当者が配達する場合のことを云うのである。こういう家は領収書は一応書くだけで、実際には集金に行かなかった。但し配達料だけは附いたように思う。私の区域でも吉原土手の近くの鹿沼という家の息子さんが学校を卒業してY新聞に入社したとき、とたんにそれまで配達していた新聞が納本ということになった。この家はもともとY新聞の固定読者であったが、それからは一層親しみを増した。御主人は眼鏡をかけた半白の五十代の愛想のいい人で、息子さんがY新聞の社員になったときには、とりわけ上機嫌であった。お祖母さんと妹に当る娘さんのことを覚えているが、二人とも親しみのある人であった。息子さんはやがて報道班員として戦線に赴いたが、その後のことは知らない。

右の例でわかるように、つまり納本というのは社員のところへ配達する紙のことを云うので、若しかするとこれは販売所の用語かも知れないが、ともかく購読料の方はその人達がそれぞれ月給から差引かれるらしいのだが、このほかに私達配達が自分勝手にこしらえる納本が誰の区域にも何軒かある。お得意との相談ずくで、勝手に納本ということにしてしまうのである。配達が区域に長く馴染むようになれば、自然にそういう融通がつくようになる。床屋、銭湯、これらは大抵誰でもやっているが、このほかに必要に応じて各人各様の納本があるわけである。稲葉洋服店のような場合は格別であるが、私も随時にお得意とそういう約定を取交わした。床屋、銭湯は云うまでもなく、豆腐屋、電気屋、下駄屋、レコード屋、それから三ヶ月納本してゴム長靴を一足もらったことがある。まだほかにもあるだろうが、一寸思い出せない。

豆腐屋へ納本したのは油揚と交換したのである。流石にほかの区域にはこんな納本はなかった。私もまさかとんびや狐ではあるまいし、格別油揚が好きというわけでもなかったのだが、毎朝配達の帰りにはその豆腐屋に寄って油揚を二枚もらって店に帰り、それを味噌汁の中に入れて食べた。私の店では配達の朝昼晩の食事は、その頃南千住にあった浜の家という仕出屋から、そのつど配達が自転車で届けてくることになっていて、味噌汁などはブリキ罐《かん》に入れて持ってくるようなわけで、家庭でつくるようには行かなかったから、油揚でも入れて煮かえすという仕儀になるのである。それでも朝刊配達後の空腹《すきっぱら》には結構うまかった。ひとつにはこれもお得意を確保する手段でもあった。この豆腐屋は私の区域にある豆腐屋の中ではいちばん穢《きたな》い店であった。親爺さんは坊主頭で色黒で吃驚《びっく》りしたような大眼玉をしていた。きたない襯衣《シャツ》の腕をまくってゴム引の前垂を締めていつも忙しそうにたち働いていた。おかみさんは相撲とりのように肥っていた。息子が二人いた。高等小学校位のと小学校の三年生位のとで、どちらも親爺さんに似ず色白で、善良そうな少年であった。兄の方は私が配達している間に天秤を荷《にな》うようになった。

電気屋では二ヶ月分の新聞代にいくらか金を補って、電気スタンドと交換した。私は配達になった最初の一年は、店に朋輩と一緒に寝起きしていたが、その後自分の区域内に部屋借りをした。その際机と電気スタンドを新調したのである。この電気屋はやはり一号との区域境にある通りに面している店で、中島染物店とは間に一つ辻を隔てて、家数にして四、五軒位しか離れていなかった。ラジオ屋を兼業していた。主人は五十がらみの小柄な一寸しょぼしょぼした感じの人で、高等小学生位の利発そうな顔をした息子がいた。Y新聞の固定読者ではあったが、それほど親しくしていたわけではなかったので、私は多少危ぶみながら納本のことを申出たのだが、案ずるより産むは易く、気やすく応じてくれたのには感激した。私が店を出て部屋借りをしたのは、気分を新しくしたいと思ったからで、多少無理をして机などを買ったら、なにやら電気スタンドまで欲しくなったのである。

下駄屋は区域のとっかかりにある店で、この店のことは前作(「安い頭」)にも書いたが、私はここでは交換品には朴歯《ほおば》の下駄を貰い、ときどき歯を入換えてもらった。勧誘の仕事で区域をぶらつくのには朴歯なんかの方が勝手がよかった。

レコード屋は吉原土手にある店であった。主人はまだ二十代のハイカラな明るい感じの人で、ある日ぶらりと勧誘に立寄って、私が一寸弁舌を弄しはじめたら、もう人の好い微笑を浮かべて、すぐ陥落した。一月という約束が二月になり三月にのび、その後は続けて配達するようになった。断るということを忘れてしまっている感じであった。こういう若い店の主人公の型には二通りあると思う。どちらも人当りは直であるが、決して首を縦には振らない型と、それからこのレコード屋の主人のようなのと。私はこの店で交換した流行歌のレコードを、竜泉寺町の電車通りにある、その頃私が日参していた明治屋というミルク・ホールへ持って行った。この明治屋のことはいずれ稿を改めて書くつもりでいる。

三ヶ月納本してゴム長靴をもらったのは、靴屋ではない。この家は番地まではっきり覚えているが、さきに私が納本の例として引用した、竜泉寺町二百十九番地の上野という家がそうである。この辺はちょうど私の区域のまんなかに当っていて、金杉下町と竜泉寺町の境を横断する大通りから少し入ったところで、家並みは一寸ごみごみしていた。上野という家は、主人公は魚河岸の問屋に勤めて帳づけかなにかの仕事に携わっていたようで、おかみさんは家でこの辺の仕立物をしていた。年頃の息子と娘がいた。おかみさんは柄のある髪のゆたかな人で、一寸喜多村緑郎に似ていた。このおかみさんと私の店の集金人のおばさんとは年頃も同じ位であったが、馬が合ったらしく、仲良しであった。集金やさんも集金に区域を歩くときは、腰を休めて話込む家が、何軒かあるわけである。私の店のおばさんは集金人としては十年以上も年期の入った人で、また苦労人で当りの柔かな人であったから、お得意の気受けは悪くなかった。私の区域なども、お得意を維持していく上に、陰に陽にこのおばさんのおかげをかなり蒙《こうむ》っていたことだろう。おばさんは上野さんとは特に昵懇にしていたようである。ある日勧誘に区域を歩いて、この家の前を通りかかったら、上り端におばさんが休んでいて、私も呼込まれて、その折り、御主人の勤先の魚河岸で魚屋さんの業務用のゴム長が安く手に入るが、新聞やさんにも一足心配してあげようかという話が出た。長靴があれば雨の日の配達はどんなに助かるかわからない。これなどは配達にとっては商売道具のようなものであるが、こんな機会でもなければつい用意する気にもならないというのが、われら新聞やの身上でもありまた心境でもあった。私は集金人のおばさんの口添えもあったので、上野さんの好意に甘えることにした。息子さんも既にどこかに勤めていたようで、日曜日などには父子で釣りに出かけたりしていた。娘さんは細面の淋しい感じのする人で、家にいておかみさんの仕立物の手伝いなどをしていたようだ。この家の二階には同居人がいたが、その細君がある日、夕刊を配って行った私を見かけて、「新聞やさん、この頃とても悩ましそうな顔をしているわねえ。」と云った。私はその頃ある女の人のことを思いつめて、毎日が実際悩ましかったから、それがつい顔に出ていたのだろう。けれども、その細君は階下の娘さんと私を結びつけて、てっきりと思ったらしいのである。そう云えば、私がその細君の思惑通りであったとしても、そう可笑《おか》しいことではなかったかも知れない。娘さんは大人しい人柄で、そのうえ器量よしでもあったから。でも少し淋しすぎた。

私は曾て久留米絣の対の袷《あわせ》と羽織を持っていた。しばらくそれが私の唯一のよそいきであったが、私がそれを手に入れたのは、配達になった年の確か十一月の末か十二月の始めであったと思う。以下すこしその着物に関係のあるお得意の話をしよう。

私が竜泉寺町の店に入った頃、私よりも二月ばかり遅れて、Sという男が入ってきた。Sは年頃は三十二、三であったが、私のように新米ではなく、見るからに所謂新聞やずれがしていて、東京のみならず関西の方まで渡り歩いてきた経歴の持主であった。すこしアル中の気味があって、配達の途中でもコップ酒の一、二杯はひっかけるらしかった。黄色の色眼鏡などをかけると、あまり気味のいい人相ではなかったが、そのSがどういうものか私に好意を持ってくれた。私もまたすぐ人を頼りに思う性質なので、よく行動を共にした。二人で浅草へ映画を見に行ったり、またその頃竜泉寺町の電停際にあった一六食堂で、Sが湯豆腐で呑むのにつきあったりした。

Sは店では「二号」の区域を配達していた。二号という区域は竜泉寺町の南部と、廓外の千束町界隈と、新吉原の一部とから成っていた。鷲《おおとり》神社などもこの区域にあった。

ある日Sと二人で千束町の古着屋通りを歩いていたら、一軒の店に久留米絣の袷と羽織がぶら下っているのが目についた。まだ新しい品で、そんなに人の手は通っていないようであった。値段も両方で九円なにがしかであった。私が値段づけの紙きれを見せて、欲しいなという気持を通わせたら、Sはうなずいて、「買い給え。」と云った。Sはまたいやに慣れた手つきで、羽織の裏を覗いたり、袖口をしらべたりしてから、「まだ水は潜っていないね。いちど洗張屋に出すといい。色がよくなるよ。」と云った。私はその着物を、出来合いの襦袢と一緒に買った。この古着屋はSのお得意で、Sが口添えをしてくれたので、番頭さんはお愛想に少し値を引いてくれた。店へ帰りながら私が「ばかに安いような気がする。」と云ったら、Sは「質流れだよ。いずれどこかの親不孝者が手離したんだ。田舎のお袋の手縫いの品だね。」と云った。Sには見かけに似ず、やさしい綿密なところがあって、一緒に暮らしていると、私のような世慣れない者にはいつも心強い気がされるのであった。私はまたいまの自分の身上で無理をせずに、いい買物をした気がしてうれしかった。絣の着物を着るなんて、それこそ何年ぶりであったろう。そしてそれはまた私にとっては母親の記憶につながるものでもあった。店に帰ってから集金人のおばさんに見せたら、おばさんも「男は紺絣がいちばんだね。」と云った。

Sは私の店には三月ほどしかいなかった。それでも無事に引継ぎを済まして止めた。「あんな鰻の寝床みたいな区域はごめんだ。」とSは云った。実際竜泉寺町の南部から始めて、お西さまの裏手を通って千束町二丁目に出て、それから古着屋通りを馬道の店との区域境である花園通りに出て、こんどはその通りを吉原土手に向って行き、最後に廓のはずれの水道尻一帯から京町一、二丁目を廻ってようやく配達を終るというこの区域は、劃然としたまとまりがなく、確かに云うところの鰻の寝床に似ていた。それにこの区域はどういうものか、広いわりには紙がのびなかった。ひとつは廓といういわば緩衝地帯を中に含んでいたからであろう。Sのような千軍万馬の手足《てだれ》ものが事に当ってからがそうであった。Sはまたそれだけに早く愛想を尽かしたのかも知れなかった。

Sは私の店をやめてから、その頃三の輪にあった高羽という拡張団に入った。それは拡張専門である。そちこちの店から頼まれて、その店の扱っている新聞の拡張をして歩くわけである。今日はH紙、明日はK紙というように。それこそ荒稼ぎで日銭が入ったから、その日の仕事が終ってカード料にありつけば、あとはすぐアルコールという仕儀になるわけであった。そういう浮草の集団であった。拡張員に比べれば配達はまだしも地道な職業であった。私が正月の休みの日に高羽を尋ねたときには、Sは既にそこにいなかった。

　私はSが勧めてくれたように、絣の着物を洗張に出して縫直してもらうことにした。私はそのことを、お得意である金杉下町の染物屋に頼んだ。この家は金杉下町と竜泉寺町の境を横断している大通りに面した、四間間口のこの辺ではいちばん大きい店であった。主人夫婦に娘三人息子二人の家庭で、ほかに中年者の職人が一人いた。私が配達するようになった頃は、働き手である長男に病歿されたばかりのようで、五十の坂を半ば越したがっしりした軀《からだ》つきの親爺さんが、毎日職人相手に気忙しそうに立ち働いていた。おかみさんと上の年頃になる娘二人が解物《ほどきもの》などをしていた。私は配達しているうちに、いつからともなく、この家の次男である昭二君と仲良しになった。昭二君は名前を見ればわかるように、昭和二年の生れであるから、その頃は十二、三の少年であった。昭二君は足が跛であった。幼いときに熱病を煩って、幸い命はとりとめたが、その代り足が跛になった。けれども昭二君はそんな軀でいて、見るからに敏捷な小動物を思わせるような少年であった。性質も快活で素直で人懐こかった。このへんの子供たちの餓鬼大将で、私が夕刊を配達して行く折りには、いつも戸外で遊んでいたが、私を見かけると、「や、新聞やのじじいが来やがった。」と云って、いきなり頸に抱きついたり、肩紐を摑んで放さなかったり、そんな子供らしい親愛感をぶつけてきた。私が昭二君と仲良しになったのも、主として昭二君の隔てのなさによる。この染物屋の一軒置いて隣りに駄菓子屋さんがあって、そこに春次君という昭二君の友達がいたが、私は昭二君を通じてこの春次君とも親しくなり、私達三人は互いの年齢や境遇を越えて同じ友垣に結ばれるようになった。春次君も利発なたちであったが、ただ昭二君が私に対して遠慮なく振舞うのに比べると、春次君には少し遠慮する向きがあった。私は休みの日にはこの二人の少年と連立って、一日遊び暮らすのがきまりになった。春次君の家はお父さんと姉さんがどこかに勤めていて、家にはお祖母さんとお母さんがいた。貧しい家庭であったが、長く東京の下町に住んでいる人達にしか見られないような品位と礼譲が家族の人達に感じられた。休みの日に春次君を誘いに寄って、春次君が着物を着換えているのを店さきに腰を下して待ちながら、この家のそのような雰囲気に触れると、私はなんだか自分がぶしつけなことをひとに強いているような、そんな気持になったこともあった。

稲葉洋服店でズボンを拵えてもらった正月の休みの日にも、私は二人を連れて遊び歩いた。神田の古本屋街で私が一軒一軒出たり入ったりして本を探がしている間も、二人はおとなしく従いてきて、「アラビヤ・ナイト」があるとか「十五少年漂流記」があるとか、互いに囁きあっていた。私は年が改まったのを機会に、英語を勉強したいと思っていた。ワイルドの獄中記と小泉八雲の書簡集がそういう私の目についた。八雲が若年のアメリカ放浪時代のことは、その頃の私の心を強く惹きつけるものがあった。けれども八雲の書簡集は頗《すこぶ》る尨大《ぼうだい》で値段も高かったので、私は獄中記を買って帰った。獄中記も私にとっては慰藉《いしゃ》に満ちた本であった。私は配達の傍ら、間借りしている部屋で、毎日訳本を対照しながら少しずつ読んで行った。なんによらず私は三日坊主なので、三分の一ほどでやめてしまったけれど。

春次君は私が徴用される少し前に病歿した。まえから軀はあまり丈夫ではなかったようであった。私は徴用されて区域を離れてからも、居所だけは変らなかった。Y新聞店に寝起きして、そこから工場に通った。昭二君は高等小学校を卒業してしばらくしてから、茶屋町通りの中島蒲団店に奉公するようになった。その頃は昭二君も少年期から青年期に移り変る時期で、ときどき私の区域の玉の湯という銭湯で逢うことがあったが、言葉つきも改まってしまって、はにかむようになった。不自由な足で、それでも自転車を操縦している姿を見かけることもあった。

さて洗張りはしてもらったが、縫直してもらう段になって、私は困った。というのが、正月を控えて、どこの仕立屋さんも申込みが殺到していて、私の割込む余地がなかったのである。上野さんでも、「新聞やさんのことだから間に合わしてあげたいんだけれど、暮れにかかっちゃ、どこも駄目だろうね。」と云われた。私は途方に暮れて、区域のある煙草屋のおかみさんに、つい話をしたところ、おかみさんは「じゃ、私の知合いの家に頼んであげようか。もっとも家が御徒町だがねえ。引受けてくれるかどうか、それはわかりませんよ。」と云ってから、ふと思いついたように、「私でよかったら、縫ってあげるよ。その代り上手には行きませんよ。」と云ってくれた。

私はこのおかみさんとは冗談口をきく仲であったが、けれども私のお得意ではなかった。

N新聞のお得意であった。この区域を廻っている私の競争相手であるN新聞の配達は朝鮮人であったが、日大の法科に通っていて、私よりは半年早く区域に馴染んでいた。からりとした気性の男でお得意の気受けは悪くなかった。私はこの男がそれこそしょっぱんでもしてくれたなら、どんなに助かることだろうとなんべん思ったか知れないが、それはかなわぬ望みであった。彼はこの煙草屋とは特別懇意にしていて、足溜りのようにしていた。私もときどき寄って、店さきにいるおかみさんと三人で無駄話をした。私はこの煙草屋のおかみさんだけには勧誘の話を持ちかけなかった。というのは、はじめて勧誘に寄ったとき、おかみさんから、「N新聞の人と、あの人が学校を卒業するまでは止めないからと約束したんだから。」と云われて、そのことを断念したからである。御亭主に当る人はどこかに勤めているようであった。その後この家の二階に同居人が出来たときには、おかみさんの口ききで、私が配達するようになった。私は思いがけなく、このおかみさんに着物を縫ってもらったわけだが、お礼をしたかどうか、忘れてしまった。

さてつぎは、この着物にとっては、最も因縁の深いお得意の話になる。ほかでもない、質屋である。この着物は私にとっては唯一のよそいきであったが、また唯一の質草でもあった。私は正月の休みがすむとすぐ、この着物を質屋に預けた。その後も入用のときだけ引出して、あとは質屋に預けっぱなしで、自分の手許に置いておくことはなかった。だからこの着物にとっては、質屋の蔵こそは最も馴染みの深いところであった。この質屋は金杉下町にあった。吉原土手も三の輪に近い辺りから下町の方へ下りたすぐ右側のところにあった。かなり大きい店であった。主人は壮年の一寸相撲の検査役を見るような大男で、私がはじめて客としてこの家の暖簾をくぐったとき、毎日新聞を配っている私の顔は知っていたが、着物を簡単にしらべてから、「どの位?」と云った。私は「いっぱい貸して下さい。」と云った。その後もそのつど、この最初の際の問答がまるで判で捺したように二人の間で繰返されたが、ただその「いっぱい」の内容だけが、戦争の苛烈になるにつれ、刻々に変化していく社会状勢に相応して、鰻のぼりに膨脹していき、遂には私が着物を手に入れたときの値段を超過するに至った。この質屋には柄の大きいのと小さいのと、小僧が二人いたが、私が夕刊を配っていくと、二人で待構えていて、新聞の奪い合いをした。戦争末期にこの店は廃業して、私の許にも質草を受け出してもらいたいという通知が届いた。私はこの着物を終戦間際まで持っていたが、あるとき、交換物資として酒と交換した。先年歿した友達がその酒を呑んだ。

私はその頃、あるおでん屋の二階に部屋借りをしていたが、その家は一号との区域境にある通りからすこし入ったところにある。私が納本をしていた玉の湯という銭湯の裏側にあった一棟三軒の長屋のまんなかの家であった。階下はおでん屋夫婦だけで、子供は無かった。主人は勇み肌のがらがらした男で、おかみさんはもと赤坂さんの料理屋にいたことがあるという話で、一寸垢抜けのしているところもあった。よく二人で向き合って花骨牌《はなガルタ》を闘わしているのを見かけた。

私の部屋は裏二階の四畳半で、表側の六畳の方には派出婦をしているKさんという四十がらみの女の人がいた。けれどもKさんはその職業の関係から留守のことが多かった。私がこの二階に移ってきたときにも、やはりどこかへ出張していて、私がKさんの顔を見たのは、一月ばかり過ぎてからであった。その後私はKさんと懇意になったが、Kさんにとってはこの二階で過ごす、次の仕事の口のあるまでの一週間ほどの間が、くつろぎのときのようであった。Kさんがその仕事さきの家から戻ってきたときに、部屋に私が居合わせば、「ごめんなさい。」と声をかけて襖をあけて顔を覗かせ、「また少し遊べるわ。」と云うのがきまりであった。Kさんのその「遊べるわ。」という声に籠っている、いささかの解放感が、いつも私の心に触れた。Kさんはときには私の机のそばにきて、そこに積んである本を手にして、題名を見たり頁を繰ったりした。あるとき、私が貸してあげた千樫《ちかし》の「青牛集」を返してきたときであったが、Kさんは云った。「才能のある人はいいわねえ。男の方は羨ましいわ。」それはなにも私を対象とした言葉ではなかったけれど、その心の底から出てきたような深い嘆息の声をきくと、私は女独りが生きることの難さを思わないわけには行かなかった。よくはわからなかったけれど、Kさんはいちど嫁いで、なにかの事情で不縁になったらしかった。「私は不仕合なのよ。ほんとに不仕合なのよ。子供のときから。私ひとりだけ兄姉とは性質が違っていたの。私はどうしてこんなに生まじめに生れてきたのでしょうね。」とKさんは云ったことがある。でもKさんはいつもそんなに沈んでいるというわけではなかった。階下の主人夫婦と、からかったり、からかわれたりしていることもあった。また、階下から皿におでんを山盛りにして上ってきて、「おでんの山盛りはいかがです。」と明るい表情で云いながら、私の机の上に置いてくれたこともある。Kさんは仕事で出かけるときはいつも私に、「こっちの方が日当りがいいから、留守の内は遠慮なく使って下さいね。」と云い置いて行くのがきまりであった。Kさんと私が隣同士として過ごしたのは一年ばかりの間で、Kさんは仕事の都合から上野の方にあった派出婦協会に寝泊りするようになって、この二階から引越して行った。私はKさんと別れてからの方が、隣同士でいたときよりも、反ってKさんという人がわかるように思われた。ある日、階下のおかみさんから、「Kさんがね、あんたに早くいいお嫁さんを世話してあげたいって云っていたことがあるよ。あんたのことだから、カフェー遊びをするようなことはないだろうけれどって、Kさんまじめに心配していたよ。」と云われた。

Kさんのあとに移ってきた人はなにかの職人で、おかみさんと女の子が一人いたが、襖越しに聞えた話から察すると、おかみさんはそれまで吉原のおいらんをしていた人で、最近年があけたので、馴染客であったその職人といっしょになったものらしかった。女の子ひとりを置かれて女房に先立たれた職人が、そのおいらんの許に通っているうちに、そういう仲になったのであろう。引越してきて二、三日立ってから、朝刊配達後店から帰ってきたとき、梯子段のところでその職人に出会ったら、「新聞やさん。あたしのところにも一つお願いしますよ。」と云われた。襖越しに聞える話振りでは、さっぱりした気性の人らしかった。おかみさんは眼を病んでいるらしく、眼帯をしていたが、おとなしい感じの人で、職人の働きに出た留守は五つばかりの女の子と部屋にいて、女の子がなにか云うのに、小声で答えているのが、ときどき聞かれた。

私の部屋の方も人数がふえた。二人になり、やがて三人になった。

その頃私の店に、丁栄気という朝鮮の少年が入ってきた。丁君は数え年の十九で、神田の大成中学の夜間部の三年生であった。小柄なので年よりはずっと少年に見えた。店の主任の意向では、私が四号の区域を丁君に引継ぐわけであったが、丁君は通学のため夕刊が配れないので、夕刊は私が手伝い、丁君は朝刊だけを配達した。私は手空きの時間は店の予備代りの仕事をした。その方の手当も多少はあったが、四号という区域が、その三百五、六十軒のお得意がしばらくの間二人の者を養ってくれたわけである。丁君は学資さえもらえればいいと云うし、また私もそんなに小遣の要る方ではなかったから、二人さえ承知なら、はたに異存のあるわけはなかった。それに私はひと目見たときから、丁君の素直さに惹かれていた。丁君に比べれば、内地の連中はみんな擦れからしであった。

丁君の故郷は朝鮮の済洲島であった。私は丁君といっしょに区域を勧誘に歩きながら、丁君の故郷の話をきいた。漢拏山という名山のあること、その島の海女の著名なこと、そこでは男よりも女がよく働くということなどを聞いた。女は多く海女になり、丁君の母親もかつては海女であったそうである。「朝鮮は景色がいいだろうね。」と私が云ったら、「ええ、いいですよ。いちど僕の故郷へいらっしゃい。」と丁君は云った。すぐにも飛んで行けそうな口振りであった。

その頃丁君の父母や兄弟達は大阪にいて、丁君は独り東京へ出てきて一年になるかならずらしく、私の店へ来る前は神田の古本屋街の近くにあるN新聞の店にいたという。ある日曜日に夕刊を配達してから、二人で浅草へ行って映画を見て、帰りに屋台で支那そばを食べたが、あとで丁君から、浅草で映画を見るのも、屋台の支那そばを食うのも初めてだと聞いて、私はその素朴さにおどろいた。それからは私は妄《みだ》りに丁君を誘うことはやめた。なにが誘惑になるかわからないと思ったからである。

朝刊配達後、朝飯を食べてから配達は一眠りするのが習慣であったが、丁君はみんなが眠りをむさぼっている間を、二階の部屋の隅の布団に腹這いになって、教科書に目をさらしていた。若しよかったら、いっしょに暮らさないかと私が提案したら、丁君はすぐ応じた。その後おでん屋の二階にいっしょに住むようになってから、「竜泉寺の店へ来たばかりのときは、みんな大人の人ばかりなので心細くて、よく梁君と約束しては今戸公園で待合わせて、機械体操なんかして遊んだものでした。」と丁君は云った。その頃同じ故郷の梁君という同年輩の友達が、偶々《たまたま》私の店と同系統の山谷の店にいて配達をしていたのである。

ある日夕刊配達前、私が区域から帰ってくると、丁君が学校へ行くばかりのなりで私を待っていて、途方に暮れたように、「弟が大阪から来たんです。ばかな奴です。」と云った。父母には無断で丁君の許を慕ってきたらしい。どこにいるのかと訊くと、うちにいますと丁君は云った。丁君はいつも、私達の二階の部屋のことをうちと呼んでいた。

私が夕刊の配達を終えて、おでん屋の二階へ帰ってみると、丁君の布団の中に、可愛い顔をした少年がすやすや寝息を立てていた。枕もとには頁をひろげた童話の本が投げ出してあった。寝ながら読んでいるうちに、旅の疲れで、眠ってしまったのであろう。

丁君の弟は英元という名であった。英元君は年は十四に成っていたが、まだ小学校の課程は終了していなかった。丁君はそのことを心配していたが、英元君自身は学校の方はどうでもいいらしかった。そのときもただ兄さんのいる東京に憧がれて出てきたのであった。けれども自分で働く決心だけはしていて、まもなく私の店の二、三の者の朝刊の配達を手伝って、食費のほかにすこしの小遣を得るようになった。

こんなわけで私達は三人になった。

ある晩私と丁君と英元君と三人連立って歩いているとき、行手の空に大きい月の懸っているのを見て丁君は云った。「内地ではあの月の中の影を桂の樹だとも、また兎だとも云いますね。朝鮮でもあれを桂の樹だと云うのです。」そして英元君も口を添えて、二人は交々《こもごも》に云った。「朝鮮に昔からそういう童謡があるのです。朝鮮の子供はみんな知っています。月を見ながらみんなでうたうのです。黄金の斧でね、あの月の中の桂の樹を伐って家を建てて、君と僕とで住もう、そんな童謡なのです。」互いに髪を刈り合うバリカンを求めに行く途上であった。

その後丁君の父母達が大阪を引上げて上京し、こちらでズック靴の大量製造をするようになり、丁君兄弟も父母の許に帰った。それからも私達はときどき往来して、私が徴用されたときには、二人で工場の門まで送ってくれた。終戦直後丁君達は朝鮮へ帰ったが、その年の暮近くに、丁君は大成中学の卒業証明書を取りにまた日本へ来て、そのとき、当時三鷹に住んでいた私の許を訪ねてくれた。帰鮮してからは音信不通である。
丁君兄弟が父母の許に帰って、私もまた間借りをやめて再び店に寝起きするようになってから、私は金素雲の訳した「朝鮮童謡選」を読んだが、その中に丁君から聞いたあの月の童謡があった。

月よ、月よ、明るい月よ
李太白の遊んだ月よ
あの、あの、月の中ほどに
桂が植えてあるそうな
玉の手斧で伐り出して
金の手斧で仕上げをし
草葺三間の家建てて
父さん、母さん、呼び迎え
千万年も暮らしたや
千万年も暮らしたや

丁君は「君と僕とで住もう」と云ったけれど、あるいは丁君の故郷では子供達がそのようにうたっていたのかも知れないし、また丁君としては、あのとき、私達が偕《とも》に暮らすようになった喜びを、私に伝えたかったのかも知れない。

おじさんの話

昭和二十年の三月上旬に、B29が東京の下町を襲撃した際に、私は一人の年寄と連れ立って逃げた。その年寄のことを、なが年私はおじさんと呼んでいる。おじさんはそのとき、折りわるく持病の神経痛が出て跛をひいていたので、私は手を引いて逃げたのである。二人ともに身一つで逃げた。おじさんはいちど私のことをいのちの恩人だと云ったことがあるが、そんなに感謝される謂《いわれ》はなにもない。

私達はともにある新聞販売店に勤めていて、そこの主任が出征し、その家族が疎開したあとの留守宅を守っていたのである。店員も皆んな戦争にとられて、店に寝泊りしているのはおじさんと私のほかにはなく、配達は小学生が勤労奉仕でやってくれているような状態であった。そして私も店に寝泊りはしていたが、徴用されて軍需工場に通っている身の上であった。

私が下谷の竜泉寺町にあったその店に住み込んだのは、日華の戦争がはじまる少しまえのことであった。そして私は若い店員たちの中に、一人雑《まじ》っている年寄りのおじさんを見た。おじさんの主な役目は紙分けであった。紙分けというのは、本社から輸送してきた新聞を、区域別に購読者の数に応じて分けることを云うのである。おじさんが分けてくれた新聞を、私たち配達はそれぞれ肩紐でしょい込んで、配達に出かけていくのであった。

冬の朝などでも、おじさんは暗いうちから起き出して、通りに面した窓際にある事務机の前に頑張っている。本社から廻ってくる輸送のトラックが店の前に横づけされるのを待機しているのである。ジャンパーの上に汚れた褞袍《どてら》を羽織って、脹雀《ふくらすずめ》のように着ぶくれたその恰好には、乞食の親方のような貫禄がある。向う鉢巻で、机の上に頬杖をついて、こっくり、こっくりしていることもある。

どうかしておじさんが寝過ごしていると、トラックから、

「竜泉寺、竜泉寺。」

と呼ぶのが聞える。おじさんは「おう。」というような寝呆け声を出して跳ね起き、それからパタン、パタンというゴム裏草履の音をさせて梯子段を下りていく。私たち配達はそれを夢うつつで聞きながら、またひとしきり眠りを貪るのである。紙分けの途中で、おじさんが梯子段の口に顔を出して、

「おう。諸君、紙が来たぞ。起きよ。起きよ。」

と声を掛ける。けれども、それで起きる奴などはいない。私達がそれでも一人、二人と不承不承のように起き出して配達に出かけていくのは、おじさんが紙分けをすまして、また自

分の寝床にもぐり込む頃なのである。そして私達が配達から帰ってくる頃には、ひと眠りして起きたじいさんが、既に店の掃除をすましているのである。

私はその店にながく住みついたが、おじさんとはとりわけ親しくなった。配達の出入りの多い中で、お互いが古顔であった。親と子ほどに年がちがう。私は元来人づきの悪い、頑な性分で、すぐ人と気まずくなってしまうのだが、おじさんとはそんなことがなかった。私達はつまらないことで、よく諍《いさかい》をしたものだが、そのために互いの気持にこだわりが出来るようなことはなかった。ひとえに、おじさんの寛容な人柄のせいである。

おじさんは能登の七尾の人で、三十位のときに国を飛び出して東京へ来て、それ以来この職業に携わってきたのだという。明治十年の生れだと云うから、私達にとっては大先輩に当るわけである。またおじさんはかつて、小石川のどこやらの裏店に住んでいた、雌伏時代の菊池寛のもとに配達をしたことがあるそうである。おじさんの業界に尽瘁《じんすい》することも久しい。

私は心中ひそかに、おじさんのために、こんな墓誌銘をさえ考案しているのだが。

「ここに配達夫礼次郎の墓あり。潔白なる生涯のしるし、肩紐と地下足袋を彫る。」

礼次郎というのはおじさんの名前である。かつて総理大臣をした人に、おじさんと同じ名前の人がいたように思う。いまなお矍鑠《かくしゃく》としているおじさんに対して、あらかじめ死後のことを懸念するというわけのものではない。

国にいたときおじさんはなにをしていたか、それはつい聞いていない。身の上話などはあまりしない人だが、いちどかつておかみさんだった人のことを、「怪しからぬことがあったから。」と云ったことがある。よくはわからぬが、国を飛び出したのも、そんなことが原因のようである。

私達が女の話をはじめても、それに加わるようなことはまずなかった。おじさんと一緒に道を歩いていて、通りすがりの女のことを、私が、

「悪くないじゃないか。」

と云ったら、おじさんは顔を背けて、苦々しそうに唾を吐いた。

「おじさんはなかなか好男子だから、若いときはもてただろうなあ。」

と私達が冗談を云えば、

「おう、もてたもんだよ。」

と他意なく笑った。

それにしても、おじさんは、国を出てから三十年にもなるわけであった。

おじさんは矍鑠としていた。病気をして寝込むなんてことも殆《ほとん》どなかった。それでも戦争の終る頃には、神経痛が出て歩行困難になり、よそめにもめっきり衰えが見えたこともあったけれども、それは寄る年波のせいもあろうが、主として当時の栄養不足が原因であったろう。気象もしっかりしていて、どうしてなかなか若い者に負けてはいなかった。またおじさんには、おじさんのような境遇にある年寄が持っていそうな厭味《いやみ》が少しもなかった。人に阿《おもね》ったり、主人に取入ったりするようなところが少しもなかった。誰に対しても、一対一で向っていた。それだけに頑固で人に譲らぬところがあったけれども。そして、そういうおじさ

んの心意気はその風貌姿勢にあらわれていて、なんとなく飄々《ひょうひょう》とした脱俗味《ユウモア》さえ感じられた。

おじさんと一緒に銭湯に行ったとき、冬のことであったが、湯船の中でおじさんが、——はじめはこちらの体が冷えているから、まずぬるい方の湯に這入《はい》って、あとであつい方の湯に這入ればいいという、そんな至極当り前のことをもっともらしい顔をして講釈したとき、いっしょに湯に漬っていたいい年の男が、いかにも感に堪えたような顔をしておじさんを見て、

「あなたさまは、ひそかに世の中のために御心労なさっていられる、○○先生のような方ではないでしょうか。」

と云った。○○先生というのはおそらく心学とか道学とかいうものの先生なのであろうが、そのときおじさんは、あたかもその○○先生であるかの如き顔をして澄ましていた。その男も一寸頭のおかしいような顔をしていたが、それにしてもおじさんには、そんなふうに買被られるだけの人品はたしかにあった。湯船の中ではみんな裸で、おじさんにしても新聞屋の記号《マーク》のついたジャンパーなどは着込んでいないから、本来の値打が輝いていたのであろう。

おじさんの頭はもうだいぶ禿げ上っていたが、それでも鬢《びん》や後頭部にはまだ多少は毛が残っていた。鼻は高く大きくて、若いときは実際に好男子であったに違いない。背筋などもしゃんとしていて、おじさんの気概のほどが見えた。

いちどおじさんが店の朋輩と、とっくみあいの喧嘩をしたのを見たことがある。将棋をさしていたのだが、思いがけず、腕力沙汰になった。相手は店の者の中でも、気の荒い乱暴な

男であったが、おじさんも屈せず応酬していた。すぐ留められたが、窓ガラスが毀《こわ》れ、おじさんの額や唇から血が出た。見ていて、「元気だなあ。」という気がした。

朝刊の配達から帰って、朝飯を食べると、私たち配達はまたひと眠りするが、おじさんは朝飯をすますと、なにやら一帳羅のような着物に着かえて、これもまた色の変った中折帽を被り、手頸に小さな袋をぶらさげて、日本橋の蠣殻町《かきがらちょう》の方へ出かけていく。蠣殻町というところは株屋のあるところである。日曜祭日で株屋が休みの日か、雨降りの日以外は、一日も欠かさずに出かけていく。おじさんはべつに株屋の番頭をしているわけではない。これはおじさんにとっては道楽と云うべきか、これもまた商売と云うべきか、または病いと云うべきか、ともかく熱心なものであった。病いならば、もはや膏肓《こうこう》に入る感じであった。よくは知らないが、おじさんは行った先で同好の士と、その日の株の上り下りにことよせて、御法度の賭けごとをするわけなのである。

おじさんはなにやらいっぱい書き込みをしてある手擦れのした手帳や、色鉛筆で図表の引いてある、これもまたいい加減けば立った方眼紙を持っていた。これはいわばおじさんの商売道具のようなもので、おじさんが手頸にぶらさげて持参する袋の中の代物は、すなわちこれであった。おじさんはときおり、老眼鏡や虫眼鏡をたよりにして、鉛筆をなめなめ、むずかしい顔つきをして、手帳や方眼紙を覗いていた。

「近頃はどうかね。儲かるかね。」

と訊くと、

「さっぱり儲からないよ。」

と苦《にが》そうに笑いながら云う。私はべつに賭博好きというわけではないが、それでも、おじさんの止められない気持は、察しのつかないことはない。

着物に着かえ、わずかに残っている頭髪に湿りをくれて櫛でなでつけ、几帳面に帽子を被って出かけていくおじさんの姿は、いかにもいそいそとしていて、まるで堅気の勤人のように見えた。配達から帰ってきて、出かけるばかりのおじさんとぶつかり、「御出勤かね。」と云うと、おじさんは「うん。」とも云わずに、真面目くさった顔つきをして、草履を突っかけて出ていく。往きはおじさんは徒歩でいく。朝の新鮮な空気のなかを、竜泉寺町から千束町に出て、浅草の観音さまの境内を抜けていくのである。これはおじさんの日課の散歩のようなものである。

「いい運動になるよ。体にいいんだよ。」

とおじさんは云う。おじさんが達者なのは、ひとつはこの毎朝の規則立った運動のせいであろう。かえりはおじさんも電車に乗ってくる。その頃、ちょうど三の輪から水天宮行の電車が出ていたので、便利であった。昼まえ、南千住の「浜の家」という弁当屋が私達の昼飯を届けてくれる頃には、おじさんは店に帰ってきていた。朝刊配達後眠りを貪った私達も、その時分になると、ぽつぽつ起き出しはじめるのである。

或る日のこと、おじさんがなかなか帰って来なかった。

「おや、おじさん、まだ帰って来ないのかね？」

とふと誰やらが云い出して、はじめておじさんの帰りのおそいことに、皆んな気がついた。それでも夕刊までには帰ってくるだろうと思っていたが、時計の針は進んでも、おじさんはなかなか帰って来なかった。どうしたのだろうと、私達も訝《いぶか》り心配しはじめた。こんなことは初めてであったし、ふだんおじさんは決してルーズな人ではなかったから。

「まさか、おじさん、しょっぱんしたわけじゃないだろうな。」

と私達は冗談を云った。新聞屋仲間では、無断退店することをしょっぱんすると云い、またその当人のことは「パン吉」と呼んだ。新聞屋なみに卑下した用語である。しょっぱんする際には、誰にしろ、店に対して多少の不義理をしていくわけであるから、その後めたさが自ずと語感にあらわれたわけであろう。この頃は、渡り者の配達で、しょっぱんの前科のない者は殆どいなかった。だから私達は、誰かがまえの晩に廓へ遊びに出かけて、つい朝刊の配達に帰ってくるのがおくれたような場合でも、すぐ疑ったものだ。けれども、おじさんはこの店に対してしょっぱんしなければならない因縁は、なにもなかった。念のために、おじさんの行李が入れてある押入れを覗いてみたが、改めるまでもなく持ち出されてはいなかった。おじさんの出勤先でか、若しくはその帰途かで、なにか事故が起きたのに違いなかった。

「自動車にでも轢《ひ》かれたのではないかしら？」

私はそんなばかな心配をした。到頭、おじさんが帰らないうちに、夕刊のトラックの方が先に来てしまった。私達が配達から戻っても、まだおじさんは帰ってきていなかった。ようやく私達も一つの結論に落着いた。おじさんは出勤先での御法度の賭けごとが祟って、その筋の御厄介になったのに違いないと。それでも私達は、いまにもおじさんが間の悪そうな顔をして、ひょっこり帰って来そうな気がした。その夜、私達はおじさんの帰りを空しく待ち明かした。

あくる日、店の主任はおじさんの出勤先へ出かけて行ったが、やがて帰ってきての話では、やはりおじさんはその処の警察署の御厄介になっているのであった。その日十人あまりの者が一網打尽にされたそうである。おじさんはそれでも二週間ばかり拘留された。警察側としては、一寸お灸をすえたわけなのだろう。おじさんの留守の間は、私が代って紙分けをした。

「おじさん、いまごろ、どうしているだろうなあ。」

私達は店の板の間で、朝刊や夕刊をそろえながら、よくおじさんの噂話をした。同じ屋根の下に寝起きをし、同じ釜の飯を食っている者同士の親しみが誰の心にもあった。

おじさんが釈放された日には、私が迎えに行った。おじさんは元気で、そんなに窶《やつ》れても汚れてもいなかった。警察署を出てから、私達は水天宮の近くの蕎麦屋に寄った。

「ここの蕎麦はうまいよ。おれはいつもここで食べるんだよ。」

とおじさんは云った。おじさんは面目ながって、もう店へは帰れないと気の弱いことを云った。

「諸君に迷惑をかけた。」

「なにも気にすることはないさ。運が悪かっただけじゃないか。紙分けはやっぱりおじさんでないと駄目だ。」

朝刊の紙分けで、私はいちど大間違いをしでかして、朋輩から文句を云われた。

「主任《おやじ》がしてくれていたのか。」

「いや、おれがやっていた。」

「それはすまなかったね。」

おじさんは私にさきに帰ってくれ、自分は夕方帰る、昼間はどうもきまりが悪いからと、連れ立って帰ることをしぶったが、私はおじさんがひょっと弱気を出して、このまま店へ帰らなくなるような不安な気もしたので、性急におじさんを連れて帰ろうとした。おじさんは一寸さっぱりしていくからと云って、床屋に寄った。私も一緒に這入って、おじさんがひげを剃ってもらっている間を、所在なく待っていた。私はなんだか自分が、おじさんの附馬でもあるかのような気がした。その店は小汚なく、古風な感じで、肩がこらなかった。私は壁に貼ってあるポスターの中の、豊満な体をした支那美人に、うっかり見とれたりした。

水天宮の都電の停留場のところで電車を待っている間に、おじさんは不意に、

「一寸そこまで行ってくるから。」

と云いすてて、私になにも云いかける隙を与えずに、足早にすぐ目の前にある水天宮の境内へ這入っていった。流石におじさんの後を追うわけにもいかなかった。それにおじさんがこのまま私を撒くとは思えなかった。私はそこに佇《たたず》んで、おじさんが戻ってくるのを待った。やがて電車を四、五台見送った時分に、おじさんは戻ってきた。その顔を見て、私は合点が

いった。――おじさん、一寸覗いてきたな。おじさんのおなかのなかの勝負の虫は、もはや活潑に動きはじめて、おじさんは先刻から痺《しびれ》をきらしていたのに違いなかった。店に帰ってから、それでもおじさんは二、三日は神妙にしていた。店の間の羽目板に背をもたせて、生まあくびをしているおじさんの様子には、陸に上った河童のような気の毒さがあった。

「おじさん、だいぶ辛抱がつづくね。」

と云ったら、おじさんは苦笑いして、「人の悪いことを云うぜ。」と云うような目つきをした。辛抱はしていても、思いは遠く水天宮の空の方へ行っているようであった。そのうちまたいつからともなく、おじさんの御出勤がはじまった。おじさんの日常はまったく旧にかえった。店の方としては、警察の方がおじさんの身柄を拘束しない限りは、なにも不都合なことはなかった。そしてその後しばらくは無事であったが、ようやく戦争の旗色が悪くなってきた頃に、或る日またおじさんは帰って来なかった。こんどは私が警察へ様子を見に行った。刑事部屋へいって、おじさんの名前を告げて、様子を訊くと、刑事はとぼけた顔をして、

「知らんね。いるかも知れない。いないかも知れない。」

と云った。私が困惑して、

「年寄なんですが。」

となおも念を押して尋ねると、刑事は呑み込みの悪い男だなと云わんばかりの表情で私の顔を見て、

「だから、いるかも知れない、いないかも知れないと云っているじゃないか。」

と云って、暗示的な含み笑いをした。私もようやく、おじさんが無事にまた当処に御厄介になっていることを承知することが出来た。このときは、おじさんは二十九日間拘留された。こんどは誰も迎えに行かなかったが、釈放された日に、おじさんは独りぶらりと店に帰ってきた。そしてやがてほとぼりがさめると、また相変らず、おじさんの御出勤がはじまった。

店でのおじさんの仕事は、紙分けのほかには、毎日の仕事としては、私たち配達が区域さきで勧誘してきた購読者の住所氏名を店の帳簿に記入することと、店の間の壁に貼ってある購読者拡張の統計表に、配達が勧誘してきた購読者の数を表にして書き込むことであった。それをおじさんは毎日几帳面にやっていた。私達の勧誘の成績がいい日は、おじさんとしても張合があるようであった。私達が勧誘の仕事から帰ってきて、店の間の事務机の前に陣取っているおじさんの目の前に、ジャンパーのポケットから、まるで札束でも取り出すようにして、購読者拡張用のカードを置くと、おじさんは上機嫌な顔をして、

「御苦労さん。有難う。」と威勢をつけて云うのが、きまりであった。また、私達が勧誘の仕事を懶《なま》けたりしてか、または骨を折っても一軒もお得意を獲得できなかったりして、

「おじさん、きょうはノー・カードだよ。」

と云うと、おじさんも目に見えてしょんぼりした顔になって、

「そうですか。」と元気のない声で、丁寧な口をきいた。きたときには、その日の勧誘が徒労に終ってがっかりして帰ってきた私達の目の前に、おじさんの方から、

「へえ、申込みだよ。」

と云って、カードを出してくれることもあった。それはお得意の方から、わざわざ店に購読の申込みにきたものであった。私達の店では、申込みの分もその区域の配達の所得になり、自分が勧誘したものと同じように、私達はカード料にありつけたのであった。

おじさんの仕事はそのほかには、毎月区域別に新しい定数台帳を作製することと、領収証の綴込をやはり区域の数だけこしらえることであった。おじさんは定数台帳を作製するのに新聞の折込広告を利用した。方々の商店や飲食店などから持ち込んでくる広告ビラの中から、それぞれその幾分かをとり除けて置いて、毎月の定数台帳の材料にした。これはどこの店でもやっていることであった。広告ビラというものは大抵大きさが一定している。その中の広告文の印刷してない、裏側の方が真白な紙をえらんで、裏側を表に二つ折りにしたやつを三十枚なり四十枚なりまとめて綴じると、定数台帳が一冊分出来上るのである。おじさんは手先の器用なたちで、観世縒《かんぜよ》りなども上手だった。おじさんが観世縒りでしっかり綴じてくれた台帳に、私たち配達はめいめい区域のお得意の名前を書き込むのであった。月のおしまい頃になると、おじさんのお手製になる翌月の新しい定数台帳が、もうすっかり完成していて、店の間の羽目板に打ちつけてある釘の頭に、区域の号数順にぶらさげてある。月が変って月はなお得意の数が落着くと、私達はその月の定数をきめ、そして台帳に記入するわけなのだが、つい億劫にしてそのままにして置くと、おじさんは店の黒板に、たとえば、

「四号、七号。定数台帳に記入して下さい。」

というように大書するのである。私達の店の区域は八つに分れていて、一号から八号まであったのだから、二人だけが記入していないわけである。この黒板の注意書きを見て、七号が記入したとすると、黒板の字は次のように変わる。

「四号。至急、定数台帳に記入すべし。」

実は四号と云うのは私が配達していた区域の名称であるから、いまなお台帳に記入しないでおじさんに世話を焼かせている人間は私ということになるのだが、私は横着な男だから、おじさんにこんな風な相談を持ちかける。

「ねえ、おじさん。すまないが書いてくれないか。」

いい年をして大の男が甘ったれた口つきをして云うのである。おじさんはそういう私の顔を見て、苦りきった顔をする。

「駄目だねえ、君は。自分で書きねえ。書きねえ。」

私は甘ったれた人間の常として、おじさんの苦りきった顔つきのなかにも、なお私に対する多分の好意が籠っているのを抜け目なく見てとって、すかさずそこにつけ込むのである。

「そんなことを云わずに書いてくれよ。頼むよ。」

「なぜ自分で書かないんだ。」

「だって、面倒くさいんだもの。」

チェッとおじさんは舌打ちをするが、もう半分以上私の頼みを容れる気になっている。

「しょうがねえな。出しねえ。出しねえ。」

とおじさんは云う。おじさんは、それに倣《なら》って私に代って台帳に記入するところの原本を出しねえと云っているのである。私は待っていましたとばかり、先月の定数台帳をおじさんの目の前にひろげる。それのところどころには今月から新規に購読するようになったお得意の名前が書き入れてあり、また先月までで購読をやめたお得意の名前の上には墨で棒が引いてある。

「この通りに写せばいいんだね。」

とおじさんは念を押して、さてやおらペンを取り上げて、私に代り記入してくれるのである。私はと云えば、年寄にそんな面倒くさい仕事を押しつけて置いて、その間を浅草公園へ出かけて、割引の映画を見たりして過ごした。私が浅草から帰ってくる頃には、店の間は電気も消えてしんとしている。私はくらがりの中だ、四号の定数台帳を釘からはずして、中を覗いてみる。くらがりの中でも、白いところに黒く書いてあるのはわかる。流石になんだかすまないような気になる。私は定数台帳をもとに戻して二階に上る。六畳と四畳半の間の襖をとりはらったところに、屈強の男達が思い思いの向きに寝ている。まだ帰って来ないのもいる。おじさんの寝床は梯子段の下り口に一番近いところにある。おじさんはもう白河夜船である。私はおじさんの隣りの自分の寝床に這入って、買ってきた塩豆を齧《かじ》りながら、知合の本屋から借りてきた探偵小説を読む。五、六頁も読むと眠くなってきて、そこで私も眠るのである。

私は領収証も、よくおじさんに書いてもらった。もっともこの方は私ばかりではなく、ほかにもそうしてもらっている不精者や横着者がいた。ひとつはおじさんが自分から進んで証券書きを引き受けてくれたから。証券の方は定数台帳と違って、先に購読者の名前を記入してから綴込むのだったから、記入の方がすまないと、いつまでも領収証をまとめることが出来ないわけであった。そして領収証がまとまらないと、集金の方が自然おくれるわけであった。おじさんは本社から夕刊を包装して送ってくる紙でカバーをつくって、領収証を綴込んでいた。

おじさんはだいたい勝負事の好きなたちなのだろう。碁や将棋なども強かった。店でおじさんの右に出るものはいなかった。竜泉寺町の都電の停留場の際にミルク・ホールがあって、そこの親爺が将棋好きなところから、そこには将棋の盤がいくつか置いてあって、近所の閑《ひま》人《じん》たちが寄ってきては勝負をあらそっていた。おじさんも一時通っていた。けれども、それも一時のことであった。おじさんは大抵夜は早く寝てしまった。私達は皆んな夜更しの習慣がついていたが、おじさんだけは、ひとつは朝早く起きなければならないせいもあろうが、八時ごろにはひとりさっさと寝てしまった。おじさんは煙草はまるでやらず、酒はすこしは呑んだが、それもなにかの折りに店の者たちと一緒に呑むだけで、自分から呑み屋へ出かけて行って、ほろ酔い機嫌で帰ってくるというようなことなどはなかった。それでも、おじさんの酒はいい酒で、呑むとすぐいい機嫌になって、それこそ酔った泥鰌《どじよう》のようにぐんにゃりして、眠ってしまった。浅草へ出かけて行って、映画を見たり浪花節をきいてきたりすることもなかった。むかし蔵前のA新聞の店にいたときは、近くに浪花節の常設の小屋があって、常住そこから折込広告を持ち込んできて無料入場券などもよく手に入ったので、その頃は毎晩のように浪花節をききにいったものだとおじさんは云った。云うまでもなく、おじさんはもう女遊びをするという年ではなかった。おじさんの楽しみと云えば、やはり蠣殻町へ通うことであったろう。

あるとき店へ中年の堅気な感じの男の人がおじさんを尋ねてきた。おじさんは着物を着かえてその人と連れ立って出て行った。おじさんを尋ねて誰かが来たことは、それが最初であり、また最後であった。その人がどういう人か、またどんな用件でおじさんを尋ねてきたのか、私達もべつに詮索しなかったし、またおじさんも帰ってきてからどんな話もしなかったが、おじさんの郷里の人だということだけが私達にもわかった。そのことがあってからしばらくしてから、二年ばかり経ってからだったが、戦争もはげしくなってきて店の者も殆ど戦争にとられて店の様子も寂しくなった頃であったが、あるときふとおじさんが、いつも胴巻に挟んでいる大きな蝦蟇口《がまぐち》から、一葉の写真をとりだして私に示した。それは若い、三十前後の女の人の写真であった。

「おれの娘だよ。」

とおじさんは云った。そしておじさんは話した。いつぞや男の人が尋ねてきたとき、娘に会ったのだと。おじさんが国を飛び出したときは、娘さんはまだ母親のはらのなかにいた。娘さんも既に片附いて人妻であるが、三十年も昔の父親に、まだ見たこともない父親に会いにきたのである。してみると、娘さんはその生い立ちの途上で、生れ出る前に自分を捨てた父親のほかには、父親を求めることが出来なかったものと見える。同郷のかつてのおじさんの知合の男が東京見物をするのに伴《つ》いてきたのか、それとも、わざわざおじさんに会わせるために、その男が娘さんに附添ってきたのか。やはりなにかことのついでがあったのだろう。それにしてもおじさんも娘さんも、三十年ぶりに親子の対面をしたわけである。

「靖国神社へ行ったよ。」とおじさんは云った。

「二十円呉れてやった。けちな真似もできないからね。奮発したよ。」

　とおじさんは云った。

　写真はそのとき娘さんがおじさんに渡したものであろう。

　戦争がはげしくなるにつれて、前述のように店員は戦争にとられていなくなり、私も軍需工場に徴用された。それでも私の徴用先はつい近くの三河島にあったので、私は店に寝泊りして通うことができた。その頃新聞の方も専売から合配に変っていて、配達は近くの小学校の生徒たちが交代でやってくれていた。そのなかには、私の馴染みのお得意の息子たちもいた。おじさんは相変らず紙分けをやり、世話の焼ける少年配達夫の面倒を見ていた。ある日、工場から帰ってきた私に、おじさんがにやにや笑いながら云った。

「近いうちにいいことがあるよ。」

「いいことって、おれにかい？」

「うん。」

「なんのことだい？」

るいろおじさんから聴取していったくれた。その日、興信所の調査員が来て、私のことをいろいろおじさんから聴取していったというのであった。

「思い当ることはないのか。」

「思い当ることとなんかあるものか。」

「おめでたい話だよ。」

「へえ？」

私にはどうも合点がいかなかった。けげんそうにしている私に、おじさんはわけを話してくれた。その日、興信所の調査員が来て、私のことをいろいろおじさんから聴取していったというのであった。

「心配することはいりません。おめでたい話です。」

と調査員は云ったという。興信所の話でおめでたいと云えば、さしずめ縁談だろう。けれども私にはさっぱり思い当ることなどはなかった。一体どこの誰が、そんなおめでたい話で、私の身許調査などをする気になったのだろう。若《も》しもそれが本当だとすれば、それこそ降って湧いたような話だ。それにしても、興信所の調査員がやって来たことだけは事実である。

おじさんはまじめくさった顔をして私を見て、

「おれはこう考えるんだがね。きみがもと配達していた区域に娘はいないか？」

「娘なんか幾人もいるさ。」

「いや、一人あればいいんだよ。その娘がきみのことを見染めたんだ。」

おじさんの話によれば、こうであった。――私がもと配達していた区域のある家庭で、そのひとり娘がいつからともなく気が鬱《ふさ》いで、食事もすすまず、夜もろくろく眠らない。日ましに体は細る一方。両親は心配して医者に見せたが、どこも悪いところはない、これは私の専門外だと云う。そこで母親がこっそり娘を問い糺《ただ》したところ、娘の云うことには、実は私はとうからあの配達さんのことを……。私は噴き出してしまった。まるで落語に出てくる横町の隠居が与太郎をからかうような話だ。

「冗談を云っちゃいけねえ。おじさんも人が悪いな。」

「冗談なもんか。ほかに考えようがないじゃないか。娘が病人になっては両親としても拋《ほう》っておけないから、そこで興信所に頼んできみの身許しらべということになったんだ。」

そう云われると、若しかしたらそうかも知れないという気がして、私はかつて配達した区域の娘たちの顔を、あれこれと思い浮べてみた。角の煙草屋の娘かしら。それとも横町の豆腐屋だろうか。土手下に土蔵のある大きな門構えの家があったが、あそこに年頃の娘がいなかったかしら。……私も阿呆な証拠には、自分がなんだか男のシンデレラにでもなったような気がしてきた。

「どうだ。まんざら胸に覚えのない話でもないだろう。」

それは私だってなにも木石というわけではないから、人知れず憎からず思った娘の一人や二人はないわけではなかったが、けれどもそれは私だけの話で、先方は御存知ない。私が首をかしげて半信半疑な顔をしていると、おじさんも思案顔をしていたが、

「いや、これは娘じゃないかも知れぬ。親の方から出た話かも知れんぞ。」

「というと、どういうことになるんだ。」

「養子だよ。きみを養子に欲しいんだ。どっちにしろ悪くない話だ。きみは見込まれたんだから。」

「新聞配達を見込むなんて、そんなもの好きな人がいるのかね。」

「そこが見込むということじゃないか。」

「だけど養子なんて、あまり芳しくないな。むかしからよく小糠《こぬか》三合なんて云うじゃないか。だいぶ値段を安く踏まれているぜ。」

「ばかを云っちゃいけねえ。むかしから養子に行った人には大人物がいるんだ。修身の教科書に名前の載っているような人には養子が多い。大石内蔵之助だって、伊能忠敬だって、みんな養子だ。つまり誰しも養子をするからには、大人物を養子にして、家運の隆盛をはかるんだ。生半可な人間は養子にしてもらえねえ。くさすのは養子になれなかった奴のひがみだ。」

「ばかに養子のことを弁護するじゃないか。まさかおじさんは養子じゃないだろうな。」

「おれは養子になれなかったくちだよ。」

「だけどおじさん、家運の隆盛はいいが、養家先が豆腐屋だったりしたら、ひでえことになるぜ。豆腐屋の早起きは新聞屋どこじゃないからな。それに冬だからって懐手をしているわけにはいかねえ。越後の高田町でも、豆腐屋だけは両掌を出しているというじゃないか。おれは生れつき皮膚が弱いから、冬場は水の中に掌を入れると、皹《ひび》がきれて困るんだ。」

「どうもきみは大人物にはなれないな。」

「ところでおじさん、調査員にはどう云ってくれたね。」

「心配しなくともいいよ。そこは日頃の誼《よ》しみがあるから、悪くは云わねえよ。うまく云っといたよ。松葉屋にお馴染がいるなんてことは伏せておいた。」

その夜私は寝床のなかに這入っても、なにやら胸騒ぎがして、なかなか寝つかれなかった。親に見込まれたという話よりは、やはり娘に見染められたという話の方が身に染みた。自分がこうしてねっからうだつが上がらないのに、おめおめと生きながらえているのは一体なんのためだろうなどと、そんな日頃あまり考えつけないことを考えたりした。やはりなにかを待っているのだろう。なにかを待っているとすれば、そのなにかとはなんだろう。やはりそれはどこやらの内気な娘から、実はというその人の本心を一言ききたいことではないかしらと思ったら、私はなんだか胸がいっぱいになってきた。一体どこの娘だろう。そんないまどき流行らない恋煩いをしている娘というのは。

けれども、この話はそれっきりであった。その後なんの音沙汰もなかった。つまり破談ということになったのだろう。シンデレラは心がけのいい娘であった。だから奇蹟が実現したのだ。私は叩けばいくらでも埃の出る男である。おじさんはうまく云い繕ってくれたとしても、よそから這入った情報が芳しくなかったに違いない。私は当座は銭の三百文も落したような気がしたが、日が立つにつれて、なにやら後味の甘さだけが心に残った。処も知らぬ、名も知らぬ、顔も知らない娘さんのことが、ふと私の心頭を掠めることがしばしばであった。凡《およ》そ摑みどころのない、頼りない、若しかしたらまるっきり迷妄であるかも知れない話。けれどもそれが淡いとも云えないほどの淡さで私の心に残っていて、一瞬私をして夢見心地にさせるのである。私はいまでもときどき、こんな阿呆なことを思ったりするのだ。親から云い含められて娘さんは思いをひるがえし、他家へ嫁いで子供までなし、いまは幸福な家庭を形づくってもはや昔のことは忘れているが、それでもときたま、子供の襁褓《おしめ》を洗濯しながらふと憶い出したりする、あの配達さん、いまごろどうしているかしら。

食糧事情がひどくなるとともに、おじさんも私もやたらに腹をすかした。二人寄れば食物の話ばかりしていた。二人共に大食いで口の賤《いや》しい方だったから。云うまでもなく配給量だけでは足らないので、なんとか手蔓《てづる》を求めては食物を手に入れて、その不足分を補っていた。あるとき私は何枚かの外食券が手に這入ったので、それを米屋へ持参して米と交換してもらったのだが、その際米屋の人がなにを思い違いしたのか、その外食券の一ヶ月分ほどの分量の米を私に渡してよこした。米を量っているのをそばで見ていても、その間違っていることはわかったのだが、私はしめたと思い、なに食わぬ顔で米をもらって帰ってきた。私はその米を押入へ仕舞い込んで、毎日徴用先の会社から帰ってくると、少しずつ取り出して煮て食べていた。私は三度の食事は工場の食堂で食べていたのだ。私は押入のなかの米を、私が勤めに出かけている留守の間に誰かが、と云ってもおじさんのほかには誰もいないのだから、つまりおじさんがこっそり取り出して食べはしまいかと思って、随分心配した。どうせ天から授かったような米なのだから、半分をおじさんに分けてやろうかと思ったが、惜しくてとても出来なかった。ある日、工場の外註先に用事があって工場から外出したときに、その帰途店に立ち寄ったところ、店の間の事務机の前に腰かけていたおじさんが、思いがけない時刻にあらわれた私の姿を見て、周章《あわ》てて奥へ引っ込んだ。へんに思っておじさんの後に続くと、おじさんは台所から二階へ通ずる梯子段を上っていった。台所にある瓦斯焜炉《ガスこんろ》がふと目についたが、それにはその上にたったいままでなにかが載せてあった形跡が見える。私はさてはと思い、おじさんの後を追って二階へ上ると、おじさんはおじさん専用の半間の押入になにやら入れていそいで戸を閉めたところらしく、白ばっくれた間の悪い顔をして、

「よう、きょうはばかに帰りが早いじゃないか。」

と云った。私はすぐ会社へ戻らなければならないのだと云い、私達は一寸の間よそごとを話したが、おじさんが階下へ下りた隙に、押入を覗いてみたら、布団の上に焚きたての御飯の這入った小鍋がちょこんと載っていた。私は癪にさわって、食べてしまってやろうかと思ったが、流石にそれも出来かねた。

空襲の夜、おじさんと私は三河島の省線のガード下まで逃げて、そこで大勢の避難民と一緒に夜を明した。夜が明けてから、三の輪にある同業の店を尋ねた。やがておじさんはその店に身を置くことになり、私は郊外の三鷹町にある友人が疎開した後の家の留守番に這入り込んだ。私は三鷹から三河島の工場まで通ったが、それから空襲が頻繁になって、几帳面には通って来られなくなった。おじさんは三の輪の店で一区域受持って配達するようになった。神経痛が出たときも、足を引きずって配達していた。私はときどき、おじさんの許に泊り込んだ。あるときおじさんの相伴をして、ビールの券にありつくために、国民酒場の前の行列

の中に這入った。おじさんはビールを呑むわけではなく、そうして行列してビールの引換券を手に入れては売って金にしていたのである。そういう行列の中には生ビール一杯呑むだけではおさまらなくて、呑まない連中に頼み込んで並んでもらい、券を余分に手に入れようとしている呑み手がいたのである。私が行列に並んでいると、その男がそばに寄ってきてそっと耳うちをした。

「券をもらったらおれに渡してくれよ。お父さんともう話がすんでいるんだから。」

そう云ってその男は、私の三人ばかり前の方に並んでいるおじさんの姿を頤《あご》でしゃくってみせた。私をおじさんの息子のように思ったらしかった。取引がすむと、おじさんはもう一ぺん行列に並ぶから、私に先へ店へ帰って待っているように云った。店で待っていると、やがておじさんは帰ってきて、私に最前の分前をくれた。

終戦になってから私は工場をやめたときにもらった退職金でしばらくは暮らした。そのうちそれもなくなった。友人も疎開先から戻ってきて、留守番の必要もなくなったので、私はふとその気になって、北海道の炭坑へ行った。私はおじさんにいとま乞いもしないで北海道へ行ってしまった。その前に私はおじさんを騙すようなことをしていたので、つい行きにくく足が遠くなっていたのである。おじさんが持っていたビール二本を金に換えてやると云って、持って行ってそのまま猫ばばをきめ込んでしまったのである。私は炭坑に二年いたが、私はそこで、おじさんはもう死んでしまったろうと思った。私が炭坑へ行く前には、おじさんはもうすっかり衰えて元気がなく、余命幾許《いくばく》もなく見え、その店の主人などからも厄介視されていたのである。

私はまた東京に帰ってきた。ある日、三の輪の店へ行くと、主人はおじさんはもうだいぶ前に、一年以上も前に店を出て、いまはその消息はわからないと云った。私はもうきっとおじさんは死んでしまったのだろうと思った。野垂れ死をしたかも知れないと思った。

ある日、用事で駒込の方へ行き、とある外食券食堂に這入ったら、そこにおじさんがいた。思いがけなく、めぐり逢うことが出来たのである。私は神さまのお導きだと思った。おじさんは元気であった。私は自分に後めたいことがあるものだから、不吉なことばかり想像したのだろう。おじさんはこの近くのある大工さんの家に同居していると云った。話をきくと、おじさんは相変らず昔のように、毎日ひるは蠣殻町へ出かけているのであった。暮らしの方は外食券の売買とモク拾いでどうにかやっているようであった。この食堂の客は殆どが日傭《ひやとい》労務者のようで、ここがおじさんの商売の場所であった。私がおじさんと話している間にも、おじさんから外食券と煙草を分けてもらう者が何人かいた。

それからまた、私はとき折りおじさんに逢いに行った。晩飯時にその食堂へ行けば、おじさんに逢うことが出来た。時間が少し早いときはおじさんの同居先を尋ねて、連れ立って食堂へ行った。おじさんを同居させている大工さんというのが、他人の家に同居している境遇で、つまりおじさんは大工さんが借りている六畳間にいっしょにいるのであった。大工さんは妻子のある人だから、大工さんもよくおじさんを置いているわけであった。おじさんは大工さんに同居代を一ヶ月百円はらっているそうである。おじさんは朝五時頃に起きて、大工さんの家族がまだ寝ているうちに家を出て、すぐ食堂へ行く。そして朝飯を食い、傍ら商売もして、それから省線を利用して蠣殻町へ出かけて行く。そこで例の事をやったり、またさる伝手《つて》から商売の外食券を仕入れたりする。おじさんは道を歩きながらも、しょっちゅう落ちている煙草の吸いさしに注意して、携帯している頭陀袋《ずだぶくろ》の中に拾い込む。一日でかなりの収穫がある。三時頃家に帰ってきて、拾い集めてきた吸いさしを材料にして、巻煙草の製造をする。そして出来たやつを、これも道で拾った空箱に詰めて、晩飯時になった食堂へ出かけて行くのである。五時頃から七時過ぎまでいると、かなり商売が繁昌する。おじさんは煙草一箱につき十円儲け、また外食券一枚につき二円儲けた。煙草は一箱買う人もあり、また三本くれという人もあり、また一本だけ買う人もあった。おじさんよりは少し年の若い、やはり年寄の人が、「食券二枚に、煙草を一本くれませんか。」と云っているのを見た。その人は食後の一服をすると、おじさんに「おさきへ。」と挨拶して出て行った。おじさんの生活方法は、これをしも闇と云わなければならないかも知れないが、私には全く非難の余地がないように見えた。おじさんは日曜日には、蠣殻町の方が休みなので、上野の山まで足をのばして、素人野球を見物して時間つぶしをしているようであった。大工さんの家には、努めてただ寝るだけにしているようであった。あるとき私はこんなおじさんにさえ借銭の申込みをした。私にはおじさんから不機嫌な顔をされ断られても仕方のない弱身があるのだが、おじさんは私の申出を容れてくれた。おじさんはかつて私がおじさんを騙したことを、忘れているかのように見えた。私はほっとして随分気持がらくになった。おじさんが私を赦してくれていることがわかったから。

おじさんが行っている食堂の客は、殆どが常連で、皆んな朝に夕にここに寄って顔を合わしているのであった。皆んな素朴な生業《なりわい》の人ばかりであった。一日の仕事をすましてここに集り、食事をして歓談のひとときを過ごして、それからそれぞれ宿へ引き上げているようであった。一椀の飯に、一杯の汁に、一日の憩いと解放を感ずることの出来る人たちであった。こういう人たちの間におじさんが生活の道を見出していることが、おじさんの人柄にふさわしいように私には思えるのであった。ここに集る人たちの間では、おじさんが最年長者のようであった。

ある日、食堂へ行ったら、おじさんの姿は見えなかった。食堂のおかみさんに、おじさんがもう帰ったのか、それともまだ来ないのか訊くと、おじさんは昨日この先の病院へ入院したという話であった。大腸カタル、若しかしたら疫痢《えきり》かも知れませんよとおかみさんは云った。どんな具合でしょうかと訊くと、なにしろ年寄ですからねえと云った。私は病院の所在をおかみさんからきいて、すぐ病院へ行った。おじさんの病室には四つ寝台が置いてあって、みんな塞《ふさが》っていたが、おじさんのほかは二、三歳の小児ばかりで、それぞれ母親らしい人が附添っていた。おじさんの病気は大腸カタルであったが、医者は年寄のことだし、万一ということがあるから、身寄の人に来てもらった方がいいと云った。身寄はない人ですと私は云った。おじさんはだいぶ弱っていたが、私には大丈夫だという感じがした。看護婦になにからなにまで、下のものの世話までしてもらっているとおじさんは気の毒そうに云った。その後十日ばかりして行ったときには、おじさんはもうかなり元気になっていた。「きのう看護婦が風呂に入れてくれたよ。さっぱりしたよ。」とおじさんは嬉しそうに云った。「情けないもんだね。足腰が立たないんだよ。」

「それは体に力がないからだよ。物が食べられるようになれば、力が出てくるから歩けるようになるよ。」

「看護婦がおれを負って風呂へ連れていってくれるんだよ。まるで娘のように面倒を見てくれるよ。」

それからおじさんはいかにもおじさんらしいことを云った。

「ねえ、きみ、とても腹がへってかなわないんだよ。毎日お粥ばかりなんだ。氷砂糖を買ってきてくれないか。おれはそれをしゃぶっていようと思うんだ。」

「いまが大事なときじゃないか。辛抱しなよ。」

おじさんが氷砂糖を欲しがるのは、口ざみしいためばかりではなく、寝台に寝てばかりいて一日が長くて退屈なので、それでもしゃぶって気を紛らわしたいらしいのだった。私は看護婦に訊いてみたが、差支えないと云うので、病院の売店から氷砂糖を買ってきた。おじさんは早速それを頬ばった。病室の附添のお母さんか誰かが口に入れているのを見て、おじさんは子供のように欲しくなったのかも知れなかった。

　おじさんの病状は、その後まったく順調で、日ましによくなっていった。それでもおじさんは一月あまり入院していた。食堂のおかみさんがいちど見舞いに来てくれたそうである。

その後しばらく私はおじさんに御無沙汰していたが、殆ど一年ぶり位に尋ねたら、おじさんは元気なくしょんぼりしていた。

「きみに愛想を尽かされちゃったし。」

とおじさんは気の弱いことを云った。人が人に愛想を尽かすなどということは、果して出来ることだろうか。それは私の方こそ、おじさんに云わなければならない言葉であった。若し誰かから愛想を尽かされていい人間がいるとしたなら、それは私のことだろう。

話をきくと、その後おじさんの商売の方は下火になる一方で、食券も煙草も殆ど需要がなくなったようであった。それでも食券の方はまだいくらか利用する人もあるようだったが、煙草の方はとうに自由販売になった現在、いまさらしけモクを喫う人はいないに違いなかった。蠣殻町の方も、たまにしか行かないようだった。日傭労務者の登録を受けるには、おじさんは少し年を取り過ぎていた。

「養老院へ行けなんて云う人もいるんだが、気が進まないんだよ。」とおじさんは云った。「もう少し前だったら、日傭にもらくになれたんだが、その時分はこっちの商売が繁昌したもんだから、つい登録する気にもならなかったんだよ。それにいまいるところも退かなきゃならないんだよ。いま、おかみさんが大きなおなかをしていてね、子供が生れるまでにほかに部屋を見つけてくれって云われているんだ。気の毒なんだよ。随分長い間世話になったよ。おれが父親《おやじ》のような気がするって云うんだ。」おじさんは目に見えて困窮していた。私はと云えば、私はまた人から借金して暮していて、いまだに陽の目を見ない小説を書いている身の上であった。住居の方もある牛乳屋の二階にお情けで置いてもらっている状態であった。

その後またしばらくおじさんの許を尋ねなかった。するとある日、めずらしくおじさんから私のもとに葉書が来た。見ると、就職ならびに転居の知らせであった。

「目に青葉山ほととぎす初かつおの季節に相成りました。元気でご活躍のことと思います。その節は一方ならぬご配慮にあずかり忝《かたじけな》く存じます。この度当寺院に住込みました。健康も至極良好でありますからご安心下さい。おひまの折りに是非一度ご光来下さるようお待ち申します。谷中○○寺内、野辺地礼次郎、追伸、五重塔を目じるしにお出になりその辺にてお尋ねになればすぐわかります。」

右のような文面であった。私はまずなにはともあれほっとした。この文面から察すると、新しい環境はおじさんにとって快適なものであるらしく、おじさんはまったく満足しているように見受けられた。この葉書は私に友人の近況をこの目で見届けたい心を起こさせた。私は早速谷中まで出かけて行った。省線日暮里駅で下りて、五重塔を目あてにして歩いていき、とある花屋で訊くとすぐわかった。この辺は関東の大地震の災害をも、また戦災をも免《まぬか》れていて、一体の家並はひどく古めかしかった。○○寺はわりと小体な寺院であった。門構えも瀟洒《しょうしゃ》で俗でなかった。私はまずその見かけに一目惚れをした。住職も必ずや奥床しい心根の、清貧に安んずる人に違いないという気がした。

庫裏の入口のわきに、一もとの栗の木があって、折から花をいっぱいつけていて、その匂いがはげしく鼻を刺戟した。私は案内を乞うた。

「ごめん下さい。ごめん下さい。」

応《いらえ》はない。奥の方からかすかに琴の音がきこえてきた。

「ごめん下さい。」

琴の音が止んだ。待つ間ほどなく、洋装の娘さんがあらわれた。

「野辺地さんの知辺《しるべ》の者ですが。」

「あ、おじさんですか。おじさんは一寸出かけておりますけど。」

おじさんは当寺に於ても、もはやおじさんと呼ばれているようであった。

「それでは後ほどまたお伺いします。」

「いいえ、すぐに戻って参りますから、よろしかったら、お待ちになって下さい。」

「それでは待たさせていただきます。」

私がそこの式台のはしに腰をかけようとしたら、娘さんは、

「あの、こちらでお待ち下さい。」

と云いつつ、下駄を突っかけて庫裏の外に出た。私は娘さんの後に従った。庫裏の横手に物置小屋のような軒の低い小家があって、娘さんはその軒下をくぐりながら、私をかえりみて、

「どうぞ、こちらでお待ちになって下さい。」

とくりかえした。小家の内部は六坪ほどで、座敷と土間とから成っていた。座敷の畳数は四畳半で、格子のある窓際に小机が据えてあり、小机の下には座布団があった。壁には見覚

えのあるおじさんの襯衣《シャツ》やズボンがかかっていた。察するところ、おじさんはここで寝起きしているのだろう。娘さんは座布団を取って私にすすめ、

「どうぞ、おらくになさって下さい。」と云うと、立ち去った。

私は上框《あがりがまち》に腰かけたが、さて手持無沙汰であった。こんなとき、煙草のみならば懐中から煙草を取り出して一服するわけなのだろう。土間の片隅には鍬《くわ》やシャベルや炭俵や七輪や手桶などが置いてあった。羽目板にはよきほどのところに棚が打ちつけてあって、棚の上には炊事道具その他が置いてあった。この棚は最近そこに設けられた形跡が見える。けだしおじさんの細工になるものだろう。

私は座敷に上り机の前に坐ってみた。机の上には硯箱が置いてある。硯箱を持ち上げてみると、千字文と半紙の束があった。半紙には手習いの跡がある。手習いなんかはじめたところを見ると、よくは様子はわからないが、おじさんはだいぶ閑日月《かんじつげつ》を楽しんでいるらしい。私はいっそ羨ましい気がした。窓からは涼しいほどの風が吹いてくる。窓の向うには初夏の光を浴びた木立も涼しげな、この寺の墓地が見える。私は小家を出て墓地の中を歩いた。私がおじさんのために墓誌銘を考案したのは、この散策の最中に於いてである。私が頭の中でどうやら墓誌銘を仕上げたとき、風に送られてまた琴の音がきこえてきた。つづいて歌声もきこえてきた。

いとしのこがらがさ

けふもとほれかし
やさしのこがらがさ
けふもとほれかし

私はきき惚れた。私がまた小家に戻って、所在なさに机に向い手習いをはじめていると、娘さんがお茶を持ってきてくれた。

「どうも、お待たせしてすみません。妹が今年からこの先の幼稚園にあがりまして、それでおじさんに送り迎えをしてもらっているんです。もう戻ると思います。」

「おじさんはいつからこちらに御世話になっているんですか。」

「まだ一月ほどですわ。」

「僕はおじさんからまだなにもきいていないんですが、どういう御縁からですか。」

「私共で前から仕事を頼んでいる大工さんからおじさんの話をききまして、ちょうど私共でも人手が欲しかったもんですから。」

「おじさん体はどうですか。葉書には元気なように書いてありましたが。おじさんはお役に立ちますか。」

「ええ。よく働いてくれますわ。父も喜んでおりますわ。それに父は碁が好きなもんですから、おじさんが来てからいい相手が出来たって、それは喜んでおりますのよ。」

「それはよかったなあ。」

「それにおじさんはいい人ですわ。妹もよく懐いていますのよ。」

「さっき琴を弾いていられたのはあなたですか。」

「ええ。」

「あの曲は古いものですか。」

「いいえ。曲は古いものではありません。室町小唄に私の琴の先生が節づけしたものです。」

「いいですね。」

「ええ。私も好きなもんですから。」

そこへおじさんが女の子を連れて帰ってきた。色白な澄んだ目をした可愛い子だった。姉さんによく似ていた。

その日おじさんからきいた話によると、この寺の家族は住職と娘二人だけで、母親は去年亡くなり、十九になる姉娘が主婦の代りを勤めているということであった。「養子になる気はないかね。」とおじさんは冗談を云った。私はまだ住職の顔は知らない。

西郷さん

戦時中、私は下谷の竜泉寺町で新聞配達をしていたが、その頃私は「西郷さん」という渾名《あだな》で呼ばれた。西郷さんというのは、いまも上野の山にいる、あの桁丈《ゆきたけ》の短い着物をきて犬をつれている、あの人のことである。私は西郷さんのことをよく知らないけれど、なんとなくあの人が好きである。私がそんな渾名をもらうようになったのは、その新聞店に入店した当時、私が粗《あら》い模様の飛白《かすり》の着物を寝間着にきていたので、そんな私の姿を見て朋輩の一人が、「西郷さんみたいだ。」と云ったのがはじまりである。その頃の私は、いまに比べるとずっと肉づきがよく太々としていて、そんな渾名も不釣合ではなかったようである。こないだ私は知人のもとに残っていたその頃の自分の写真を見たが、写真の中の自分が豊頬で人擦れのしていない目つきをしているのを見て、案外な気持がした。

私の渾名はいつか隣人のあいだにひろまるようになり、はては区域のお得意にまで知られるようになった。「西郷さん。」と人から呼ばれるのは、悪い気持はしなかった。そういう呼びかけには、自然に親しみが籠められるものである。けれども、大人のあいだには、遠慮するむきもあった。私のことを、「西郷さん。」とこだわりなく呼んだのは、店の近所の子供たちであった。

私の店は、竜泉寺町の茶屋町通りという店家の多い賑やかな場所にあったが、隣り近所には小さい子供たちが大勢いた。私の店は通りに面して南向きで陽あたりもよく、また商売柄店の間が板張りなので、子供が遊ぶには恰好だったから、子供たちはそこを自分たちの遊び場所のように心得て、毎日のように集ってきた。いつか子供たちは、私のことを「西郷さん。」と呼び馴染んで、大きい友達あつかいをした。幼い子供は、私がほんとうに西郷という名であるように、思い込んでいるらしかった。

購読者の拡張に出かけ、一軒もお得意が取れなかったりして、がっかりして帰ってきたようなときや、またなにか屈托しているようなときに、そんな私を見かけて子供が「西郷さん。」と呼びかけてくれると、私はいつもほっとして気持が和んだ。また、自分で僻《ひが》んで世の中を狭く考えているようなときでも、そういう子供たちの顔を見ると、私はまた元気をとりもどし、まともに世の中に立ち向う気持になった。

私の店の横は小さい袋路地になっていたが、その路地の中の一軒の家に、仕立屋の一家が住んでいた。夫婦に女の子が二人いた。貧しい暮しなのが、よそ目にもわかった。亭主は色白のやさ男で温和な人柄で、おかみさんは小柄な丈夫そうな感じの人であった。女の子は二人共に、まだ学校へ行っていなかった。姉の方は父親に似ていて、妹の方は母親に似ていた。姉の名はせっちゃんと云い、妹の名はよっちゃんと云った。せっちゃんにはどうも子供らしい無邪気なところがなかった。私はよっちゃんが好きだった。

よっちゃんが店に遊びにくると、私はよっちゃんに話しかけた。

「よっちゃん。大きくなったら、西郷さんのとこへお嫁にくる？」

すると、よっちゃんはうなずいて云った。

「くるわよ。」

私はよっちゃんの顔を見ると、ときどき同じ質問をくりかえした。そのつど、よっちゃんも同じ答をした。あるとき、また私がよっちゃんをつかまえて、「お嫁にくる？」をやっていたら、せっちゃんがそばから、よっちゃんに入智慧をした。

「いやって云いな。」

すると、よっちゃんは私の顔を見て云った。

「いや。」

それからは、よっちゃんは私が話しかけようとすると、いつもすぐに、「いや。」と云うようになった。また、いきなり唾《つばき》をひっかけることもあった。

あるとき、私が夕刊の配達から帰ってきたら、道端でよっちゃんが独りで遊んでいた。私がよっちゃんの顔のうえに肩紐のさきを垂らしたら、よっちゃんは手をあげて摑もうとした。私が肩紐を上にあげたら、よっちゃんは脊のびをして、なおも摑もうとした。通りかかった女の人が、よっちゃんのその幼い姿態に思わず見とれて微笑んだ。

よっちゃんはまだ舌がよく廻らなくて、私のことをいつも「サイゴちゃん。」と呼んだ。あるとき、雨の日に、私が店の事務机の前に腰かけてぼんやりしていたら、大きな傘をさしたよっちゃんがやってきて、私の顔を見あげて、

「あたい、サイゴちゃんと遊ぼうかな。」

と云った。

私の店の向いに、洋品屋があった。主人は浅草橋辺のメリヤス問屋の通い番頭をしていて、店の商品もお店《たな》から仕入れたもので、主人が勤めに出ている留守の間を、店の営業の方は、おかみさんと女中の二人が担当していた。この家は子沢山であった。小学校の六年生である長女を頭に、男女とりまぜて五人の子供がいた。次女は四年生、長男は一年生、三女はまだ学校へ上らず、次男はまだ赤ん坊であった。夫婦共に甲州の人で、主人はそれほどでもなかったが、おかみさんは日常の会話に露骨に甲州訛《なま》りを発揮していた。主人は背が低いがどっしりしたかっぷくの人で、おかみさんは反対に大柄なすらりとした人であった。俗に云う、蚤《のみ》の夫婦であった。この家は内証はそんなに悪くはないらしく、夫婦仲も円満のようで、子供たちの性質もみんなのびのびしていた。女中はおとみさんという名の十七、八の娘で、主人の縁辺にあたるらしかった。

この家と私の店とは、とくに懇意にしていた。私の店の者は、肌着類はみんなこの洋品屋

の品物で間に合わせていた。子供たちばかりでなく、おかみさんもよく赤ん坊を抱いては、私の店に顔を見せにきた。おかみさんは、いつも、

「こんちわ。また来ましたよ。生きとるかね。死んどるかね。」

という、きまり文句の挨拶をした。そして、私たちを相手に、ひとしきりお喋りをして行った。

私もまた、この家によく遊びに行った。夕刊の配達前など、本社から夕刊を積んだトラックが廻ってくるのを待機している間に、よく行った。そして、そこの店さきに腰かけて、おとみさんや子供たちを相手に遊んで、時間つぶしをした。そんなとき、おかみさんは大抵奥にいた。おかみさんが居合わすと、やはり私も遠慮がちになった。

私は行くと、いつも、「御無沙汰しました。」と云った。毎日のように遊びに行っているのである。それから、私は三女のマア坊をつかまえて、よっちゃんに云ったのと同じことを云う。

「ねえ、マア坊。大きくなったら、西郷さんのとこへお嫁にくるね。」

すると、おとみさんがそばから、せっちゃんがよっちゃんに入智慧したようなことを云う。

「行かないって云いな。」

マア坊は云う。

「あたい、サイゴちゃんのとこへ、お嫁に行かない。」

おとみさんは、「うわあい。」と喚声をあげて、なおもマア坊を焚きつける。

「きらいだって云いな。」

「あたい、サイゴちゃんなんか、きらい。」

「うわあい。」

こんなにされると、相手が子供でも、なんだかべそを掻きたくなってくる。こんな場合に、おかみさんが居合わしたりすると、そばから執成《とりなし》をしてくれる。

「これ、マア坊。なにを云うじゃ。西郷さんはいい人じゃないか。きらいだなんて云うことがあらすか。罰が当るよ。お前、西郷さんが好きだって云ったろ。お嫁に行きますって云いなさい。」

長女はフジ子という名で、器量よしであった。この家の子供たちは、男の子も女の子もそろって母親似で、ぱっちりした目をしていて可愛らしかった。フジちゃんは利発な大人びた感じの子だった。学業の成績もよく、級長をしていた。秀才型であった。けれども、そういう子にありがちの蒲柳《ほりゆう》の質で、学校も長く休んでいることがあった。この家庭にとっては、ただフジちゃんの軀《からだ》の弱いことだけが心配の種のようで、そのほかは全く申分がないように見えた。

あるとき、フジちゃんがひどく癇癪を起したときに、おかみさんがフジちゃんのことを、「ひゃくなり婆さん。」と云ったことがあった。それを聞いて私が、「ひゃくなりってなんのことだ。百唸《うな》るのか。」と云ったら、みんな笑った。それから、私はフジちゃんのことを、「ひゃくなりさん。」と呼んだりした。私が「ひゃくなりさん。」と呼ぶと、フジちゃんは

「なあに。西郷さん。」と素直に返事をすることもあり、また、「ひゃくなりなんて人はいませんよ。」と云って怒ることもあった。私には、「西郷さんとひゃくなりさん」という言葉が、なにかおもしろい語呂《ごろ》合わせの文句のように思われた。

私はフジちゃんから、彼女が描いたクレョン画をもらった。それは、お祭の花笠を被っているマア坊を描いたものであった。私はその画を、その頃私が間借りをしていた部屋の壁に貼った。私はその画を大事にしていたが、終戦の年に、B29が東京の下町一帯を襲撃した際に焼失した。

次女はトシ子、長男は広重と云った。赤ん坊の名は覚えていない。トシちゃんも広重君も、フジちゃんが病弱なのに引替えて、二人共に見るからに健康そうな子だった。トシちゃんも姉さんに劣らず器量よしで、そして広重君はなかなかの腕白小僧であった。広重君は私を呼ぶのに、いつも「ニセ西郷。」と云った。

私がおとみさんと話していると、奥からおかみさんが不意に、「娘をからかわないでおくれよ。」と云うことがあった。年頃の娘を預っていると、心配になるのだろう。おとみさんと私は喧嘩友達みたいなところがあった。私たちは顔を合わせるとすぐ、つまらない口喧嘩をした。おとみさんの方が言葉敵を買って出る傾向があった。

あるとき、私の店で店員がそろって、鎌倉だかへ遊びに行ったことがあった。私だけが行かなかった。私が店の机に向って本を読んでいると、おとみさんがやってきて、私に云った。

「どうして、みんなと行かなかったの。」

「行きたくなかったんだ。」

「なぜ、行きたくないの。」

「気が進まないんだ。」

「ふんだ。」

「おれは留守番をしている方がいいんだ。」

「僻みや。」

「僻んでなんかいないよ。」

「僻んでいるじゃないか。ああ、可哀そうに。誰もあんたに忠告してくれる人なんかいないんだろ。」

「うるさい。帰れ。」

「ふんだ。あんたも、うちへ来ないでね。」

「行かないよ。」

そのあくる日、私はまた、「御無沙汰しました。」を云いに出かけて行った。

私が徴用されて軍需工場に行くことがきまったとき、おとみさんが、「いま何時?」と私の店の時計を覗きにきた。自分のとこの時計が止るかどうかしたのだろう。私は帰りかけているおとみさんに向って云った。

「おとみさん。西郷さんになにか云うことがあるだろ。云うならいまのうちだよ。あとになると手おくれだよ。」

おとみさんは、なにも応酬せずに駈けて帰った。私が彼女に冗談を云ったのは、これが最初でありまた最後であった。

竜泉寺町の電車通りに明治屋というミルク・ホールがあった。大きな店で、この近辺ではいちばん繁昌していた。この店の向いに、線路を隔てて大きな自動車屋があって、しょっちゅうそこの運ちゃん連がきていたし、また私の店の者もみんなよく行った。私たちは配達のひまには、購読者の拡張をやる。私たちは店を出ると、まず明治屋に寄ってコーヒーを飲んで英気《えいき》を養ってから、それからそれぞれ自分の区域へ出かけて行った。私の区域は方面違いにあったので、はじめ私は明治屋にはたまにしか行かなかったが、そのうち誰よりも私が足繁く日参するようになった。

明治屋の主人は讃岐《さぬき》の出身で、この家は竜泉寺町にきてからまだそれほど経ってはいなかった。ここは前もミルク・ホールで、そのときはあまり流行らなかったのだが、この人の代になってから繁昌するようになった。主人は五十がらみの人で、家内はおかみさんに、娘二人、息子三人、それに雇女が一人いた。偶々《たまたま》長男は出征していた。

私は明治屋へ行くうちに、いつからともなく家族の人達と親しくなり、とりわけ二人の少年、小学校の五年生である正則君とその弟の末っ子の三ちゃんとは、仲よしになった。姉さんの話によると、三ちゃんというのは愛称で、而《しか》も当人が自分からなんとなく云いはじめたものだそうで、家内の人もいつとはなしにそう呼ぶようになったのだという。私は三ちゃんの本名も聞いたけれど、その方は忘れてしまった。私が明治屋へ行きはじめた頃は、三ちゃんはまだ学校へ行っていなかったが、その後一年生になった。

明治屋では、カウンターに近い隅のボックスが、私の占有物みたいになった。私はほかの席では気持が落着かなかった。先客がそこを占領していて、仕方なく私がほかの席にいると、やがて客が帰ると共に、店の人がその空いたことを知らせてくれた。私は朝夕刊の配達と、体裁ばかりの読者拡張と、店で寝ること以外は、殆《ほと》んど明治屋のその隅のボックスの上で過した。とりわけ夕刊配達後は、ミルク・ホールが看板になる時刻まで、そこに蜷局《とぐろ》を巻いていた。私はそのボックスにいて、私の小さい友達と遊んだり、またその姉さん達や雇女と話をしたり、また蓄音機が奏《かな》でる流行歌を聞きながら本を読んだりして過した。この店では、私の勘定をそのつど現金払いをするのではなく、月末払いにしてくれた。私は酒は飲まず、ただコーヒーを飲みパンを食うだけだったが、ひとつきの払いはその頃の金で十円あまりであった。いざ払う段になって私は金が無く、友達から借金したので、その金額を覚えているのである。

正則君も、三ちゃんも、快活ないい子だった。家庭が円満に行っていれば、子供は順調に育つものだと思う。正則君は色黒だった。なんとなく、黒んぼの拳闘選手を見るような感じがした。まだ互いに親しくならなかった頃のこと、正則君が店のテーブルに向って独りカレー・ライスを食べている容子をふと目にして、私はこの家の子らしいが、いい子だなと思ったことがあった。その後親しくなってからも、そのときの印象が憶い起された。三ちゃんはいかにも末っ子らしく、家族の寵愛を一身にあつめて甘えているけしきがあった。正則君も、三ちゃんも、私がボックスで本に読み耽っていると、不意に肩に摑まったり、頸に手を廻したりする、そんな子供らしい親愛の表現をすることが、よくあった。私たちは一緒に、電車通りの向い側にある大音寺の庭でトンボ採りをしたり、午《うま》の日（吉原の縁日）に出かけたり、また銭湯へ行ったりした。私は二人の少年をまのあたりにしながら、なんだか二人が可愛い寒山拾得《かんざんじつとく》のように思われ、たとえば自分が古本屋の主人で、二人が店の小僧だったら、どんなにいいだろうと、そんなことを想像したりした。そして若《も》し実際に自分が古本屋を経営していたとしたなら、この店の主人は二人の息子を自分に託すだろうかなど、そんなことまで考えたりした。

二人の娘は、姉はまさ子と云い、妹はしづ子と云った。まさちゃんは店の手伝いと云うよりは、彼女が主になって雇女のおてるさんと二人で、客のサービスをしていた。庖厨《ほうちゆう》の方は専ら主人夫婦が受持っていたようである。しづちゃんは女学校に通っていた。四年生だった。この家では、息子と娘が、父親似と母親似と、二通りに分れていた。しづちゃんと、名前を忘れてしまったが、中学校に行っている次男と、そして三男の正則君の三人が父親似で、まさちゃんと三ちゃんが母親似であった。しづちゃんは色が黒かった。正則君に次いで黒かった。銭湯へ行ったとき、湯船の中で、正則君が泳ぎの姿勢で私の腕の中に這入《はい》ってくる、その顔を正面《まとも》に見て、この子はしづちゃんに似ているのだなと私は思った。私はしづちゃんに嘘をついたことがある。明治屋では、正則君がいちばん色が黒く、その次ぎに黒いのはしづちゃんだと正則君が私に告げたというそんな嘘を。そのときしづちゃんは、正則がそう云ったのと、腑に落ちたような落ちないような表情をした。私も下手な嘘をついたものである。しづちゃんは学校から帰ると、忙しいときは、店と台所を掛持ちで手伝っていた。夏休み中はよく店に出ていた。私はしづちゃんの夏休みの宿題を手伝ってやった。私はしづちゃんにほのかな恋心みたいなものを感じていた。私が正則君や三ちゃんと遊んでいるところへ、しづちゃんが来て加わったりすると、また、私がひとり本を読んでいる前の席にしづちゃんが来て教科書をひろげたりすると、私は幸福な気持がした。店にしづちゃんの姿が見えないと物足りなかった。しづちゃんはある少女歌劇の役者のファンだった。私は正則君や三ちゃんを連れて午の日に行ったときに、その役者の写真を極大に引伸ばしたのを売っているのを見つけて、それを買ってしづちゃんにあげた。その写真はカウンターのうしろの壁に貼られた。あるとき、私としづちゃんが隅のボックスで話していたら、私の店の朋輩がそばにきて、にやにや笑いながらしづちゃんに向って云った。

「西郷さんを誘惑してはいけませんよ。」

茶屋町通りの四つ角に、大きな呉服屋があって、そこに名前は忘れてしまったが、小学校の五年生になる男の子がいた。この子は正則君とは同級生であった。この辺の子供は、みんな竜泉寺小学校に通っていた。この子は眼鏡をかけていて、そしてなかなか茶目だった。私の店にもよく遊びに来た。私はいちどこの眼鏡君にまんまと担《かつ》がれたことがある。ある日、

私の店に眼鏡君が掌のなかに隠れてしまうほどの極小のカメラを持ってやってきて、

「西郷さん。写真をとってやろう。」

と云った。眼鏡君はなかなか蘊蓄《うんちく》ありげな手つきでカメラを扱った。私も少し緊張した。

「はいうつりました。」

と眼鏡君が云ったので、私はほっとした。すると、眼鏡君はにやりとして、

「嘘だよ。うわあい。」

と云った。玩具のカメラだったのである。

「気取ってやがらあ。」

眼鏡君はなおも私を嘲弄した。

眼鏡君はなかなか西郷さんには懐柔されなかった。けれども、眼鏡君はいちど私の使いをしてくれたことがある。私はある人の許に、眼鏡君に手紙を届けてもらったのである。私はその人にお嫁にきてくれないかと云ったのだが、その人はいやだと云ったのである。それでも、私は思い切れず、いつまでもくよくよしていた。私は眼鏡君が間違いなく、その人に手紙を手渡してくれたかどうかを念を押した。眼鏡君は、

「大丈夫だよ。こういう形の髪をしている人だろ。」

と云って、両掌でその人の髪の形を真似て見せた。私は眼鏡君の掌のなかに、その人の俯いた姿勢をはっきり見ることが出来た。

彼女を初めて見た時、杉本さんと話しているのを傍にいて見、私は或る女の人と彼女を比べた。境遇の似寄りが、それからその時彼女から受けた一寸した感じが、その女の人のことを思い出させたのだろう。彼女を見ながらその女のことを頭に浮かべ、自分とは合わないと私は思った。彼女の家庭の事情は彼女が婿を取らねばならぬ、弟が弱い軀《からだ》、そんなわけが傍にいる私に知れた。そして彼女は二十六になる。

「ぜひお婿さんをお世話しましょう。」

まじめな感じで杉本さんは云っていた。彼女は笑っていた。気はあるらしかった。

「また養子になってもいいというような人は貴女は好かないでしょうし。」と杉本さんは云った。

「あまりギャップがあっては。」そう彼女は云った。性格、趣味などの隔りのことを云ったのだ。そのギャップという言葉遣いが一寸耳にひっかかった。自分とは合わないという淡い感じを受けた。

杉本さんが彼女のことに肩を入れているのが、彼女を好いていることが感ぜられた。

それから一日、杉本さんの奥さんがたまたま私の齢を訊いた。二十八になるということを私は云った。案の定杉本さんも奥さんもこれには驚いた。私は見かけが非常に若く見えるのだから。「検査はまだ？　済んだの？」とよく人から云われた。

その後のこと杉本さんが私に結婚話を持ちかけた。

私は二十八になっていた。前年の夏いまの店に入って新聞配達になって、そしてまる一年ほどになっていた。店の近くの元同業のN新聞の店だった家へ、その引越した跡へ、少しの間空家だったがそこへ入った人があってやがて古本屋の店を開けた。或る日入ってみた。年配の人がいて、「まだ揃っておりませんでして。」そんなふうなことを云った。私はこの店から本を借りて読むようになった。或る日もういい齢の男の人がいて私に話しかけた。私の返した本が百閒随筆であるのを見て、「これ、面白かったですか？」と話しかけた。そして、自分で読んでもいいと思って市でこの揃いを購《あがな》った、そう云った。その男の人を見てその人柄はこちらに映った。私達は初対面らしい会話を交した。その人の年配、人柄に私は惹かれた。私は本を借りに行ったりしては、杉本さんと話すようになった。

杉本さんは昔私が現在配達をしているY新聞社に勤めたことがある。いまは他にたずさわっている仕事もあり、古本屋を始めたがまあ奥さんの内職のかたち。杉本さんがどういう仕事にたずさわっているのか、それは杉本さんも云わず私も訊かず、私はただその人に惹かれた。奥さんはいい方である。

杉本さんから結婚の話を云い出され、私はすぐ、先夜の女の人の話だなと思った。そうであった。「此の間、お目にかかりましたね。」と私は云った。彼女が左翼の運動をやってきた人だということ、未決生活をしてきて出所して間もない身だということを私は知った。彼女は床店を見つけて古本屋を始めた。吉原土手の通り。市で杉本さんは彼女と知り合った。彼女は毎日その土手通りの店に出張する。家には父母と弟がいる。

「まだ、結婚なんて考えたことがないので。」と私は云った。「そういう運動をしてきた人には、僕みたいな文学青年なんか向かないでしょう。」と云った。「あの人には、気の練れた磊《らい》落《らく》な人がいいのじゃないですか?」此の間の晩、彼女が神経質な性分ということも一寸云われ、そんな話も出たので、そんなことも云ってみた。すると杉本さんは、「貴方は磊落な人でしょ?」と不審そうに云った。私の外貌は一寸人にそんな感じを与えるところがあるらしい。杉本さんにそう云われ、私はかぶりを振ったと思うが、また、杉本さんのそういう面持にあっては、(自分はものにこだわらないところもある、そういう人間のところもある、そうなのかも知れない。)とも一寸思った。

「僕は実になっていないのです。齢だけのものがないのです。生活能力も無いし。」そう云った。それからこう云った。

「失敗があるので。」

杉本さんは察していた風にすぐと、

「女ですか?」

「いいえ。」

磊落、女、買被られていることがつらく、私はまいった気持でいた。

「金ですか?」とすぐ云った。私は肯いた。勤先の金を私し、刑務所に入ったことを云った。

「こういうお話がなくても、お話ししようと思っていたのです。」

「いくら食らいました?」

「八ヶ月です。」

「それは運が悪かった。それは、小山さん、運が悪かった。」

刑期を終えて家に帰った時、私の顔を見ると、すぐ、「こんどは莫迦《ばか》な目に遇ったね。」といたわってくれた人がある。杉本さんと同じ位の年配の人である。

杉本さんは云った、彼女もまあ文学少女の時期があった、……生活能力が無くてもいい、そうした過去があってもいい、と先方が云ったら。杉本さんとしてはこのことに乗り気でそうも云うのだった。私も重くは取りはしなかった。自分の過去にこだわる気持は私のうちには無かった。

「不縹緻《ぶきりよう》な人だと私も勧めないのですが、……木下さんは縹緻良しでしょ?」杉本さんはこんなことも云った。私の気持を量られてかとも思う。私は黙ったまま視線を傍らの奥さんの顔に向けた。奥さんは曖昧な面持だった。先夜一度見ただけの印象で私には彼女がそう縹緻良しにも映っていなかった。

その夜辞する時、「この話は別にして、いままでのようにまた遊びに入らっしゃい。」と杉本さんは云った。

下谷竜泉寺町の茶屋町通りは、吉原遊廓のすぐ裏である。私のいる新聞店はここにある。私は廓内で生れた。家もいまにそこにある。私は自分の生れ育ったところと眼と鼻のとこで新聞配達になった。家には祖母と盲目の父（義太夫の師匠をしている）と母と幼い妹が二人いた。兄夫婦は家を離れていた。生母は私が二十の年に死んだ。私の家は私が二十四の年の暮にその経済を他人から監理される羽目になった。兄夫婦は、（それまでは皆一緒に住んでいたのだが）家と別になった。その後兄は家と折合いが悪くなってしまった。九つになっていた一人の妹は家に古くから稽古にきていた連中さんの家にひきとられた。私はその齢まで家の厄介になっていたのだが、それも出来なくなった。私は家を出てそして二、三の人の世話になった。あやまちをして刑務所に入った。出てきた。家と眼と鼻のとこで新聞配達をするようになった。そして一年経ったのである。私は二十八になっていた。

新聞配達などは皆旅の空の下でしている。自分の生れたところでやっているのは、私の店でも私の他には誰もいなかった。「ともかく、なまけ商売だよ。」私達はそう云った。その人の気持の持ちようで別に他の職業と変りはないわけではあるが、なにかまともに行かないものがある。食うと寝るとに困らないことに安んじて、生涯のある時期を安逸なその日暮しに停滞している、そういう独身者の生活である。もうこの生活は私の身に染みていた。私の場合はなりゆきにまかせた感がある。ずっと家の厄介になっていて、それから人の世話になり、そして刑務所生活をし、いまはこんな暮しをしている。生活の設計ということに対して私はどんな努力もしてきていないのであった。家庭の困難な事情に対しても依然暢気《のんき》であった。自分の現在を省みてとりわけて焦燥を感ずるでもなかった。「まだ、結婚なんて考えたことがないので」あった。また、「僕は実になっていないのです。齢だけのものがないのです。生活能力も無いし。」そう云わずにもいられないのであった。

私は家へはごくたまにしか行かなかった。親身な交りとては無かった。杉本さんには惹かれた。親ほどの齢の人の親しみには慰藉《いしゃ》を受けた。もう、頼る心になっていた。

こういう話を受けて、私はなにか楽しい気持であった。次を期待する心があった。その後行くとやはり話が出た。杉本さんは頻《しき》りに勧めた。

「小山さんは、古本屋はいいと思う。」と杉本さんは云った。杉本さんとしては、私が文学の夢などを抱いていまの境遇にいることは頼りなく思われ、もっと根底のある生活に入るようにと考えてくれたのだと思う。彼女のこととも考え合せて。

「小山さんと木下さんとは、ほんとにうまくゆくと思います。」と杉本さんは云った。私は悪い気持ではなかった。なにか楽しい気持であった。二度三度と話す中この気持は募った。杉本さんと話している時ばかりでなく、独りそのことを思って浮々した気持になった。なにか生活に新しいものが入った感じであった。昨今の杉本さんとのこと、そしてこのこと。彼女を初めて見た時、自分とは合わないと思ったというのも、別に強い印象というわけではなかったのだから。厭《いや》な感じを受けたわけではなかったのだから。

てある。感じの敏い人ですから、察しているかも知れませんが。」

「ともかく、一度会って見ませんか？」と云われ、「お友達になりたいと思います。」と私は云った。彼女もそう云っているという。彼女と改めて会うことになった。

彼女の家庭の事情を考え、また自分のことを考えて、分別を持った、というわけではなかった。杉本さんに答えた通り、私の気持は、そうした思慮や分別からは遠いものであった。境遇からも迫られているというわけではなかったし、自身の家庭を欲する心も私にはまだ萌《きざ》していなかった。「友達になりたい。」単純にそんな安易なことしか思えなかった。

本屋の市のある日には彼女は杉本さんのとこへ寄ってそして連れ立ってゆく。大抵そうしている。やはり市のある日、その時杉本さんのとこで会うのが都合がいいということにきまった。

その日の四日ほど前のことであった。日曜日の午後のことだった。私は店にいて朋輩とお喋りをして刻を消していた。と、道路を横切ってこちらへ来る女の人が私の眼にとまった。その女の人はこちらへ来ながら私を見ていったのだ。その際の少し顔を顰《しか》めた表情が、なんとつかず眼にとまった。私は、あ、彼女？　ではないかと思った。はっきりしなかった。と、少しして、またその女の人の姿が向い側の歩道に見えた。こちらを気にしている容子がある。向いの八百屋の店へ入っていった。出てきた。こちらを気にしている。私を見ていった。朋輩と話しながら、気はその女の人に取られた。彼女が私を見に来たのだ。私はそう思った。その女の人を見ながら私は一度しか見なかった、不鮮明な彼女の印象を思い起そうと骨折った。と、また、来た。そして少ししてまた見えた。私は彼女だという思いを濃くし、また違うと思ったりした。どっか違う、そう感じた。また半信半疑だった。そしてこんなことを想ったりしたのだ。彼女と親しくなった時に彼女に、「貴方はなんべんも店の前を通りましたね。」と話すのを。その人は黄色の感じの簡単服を着て蝙蝠傘《こうもりがさ》をさしていた。陽差しのまだ暑い日のことで、彼女は少しデブの感じで、襟首までぬられた白粉《おしろい》の感じを私は覚えている。そういうその女の人を見ながら、ともかく私は変な気持になっていた。そういうことがあった。

その日行ったら、もう彼女は来ていた。店の奥に彼女は腰かけていた。奥さんの蔭の彼女を私はチラと覗き見した。此の間の女の人か？　という思惑から。違っていた！（なんという、うつけ者だろう。彼女はそんな、うろたえた女ではなかった。）私の無遠慮な視線を受けて、彼女は屈辱を受けたような顔をした。そして奥さんが、「お上り下さい。」と云うのに、「私もう行きますわ。」そんなようなことを口にし、ためらった。しかしともかく私達は二階へ上った。

私は新聞社の印半纏《しるしばんてん》に半ズボンという恰好であった。半纏はその頃本社から配給されたものでまだ新しいものであった。襯衣《シャツ》なども洗濯しておいた。昨日のこと、今日のことを控えて杉本さんと会うことになっていて、私はその恰好で行った。初めて二階へ通され、杉本さんは私のその装に一寸眼をとめたが、すぐ肯いて、「明日もそのままで入らっしゃい。」と云った。私に服装の用意のないことを察したのだ。

紹介された。

「一度お目にかかりましたわね。」と彼女は云った。

杉本さんが儀礼的に紹介の言葉を述べ、彼女の店は土手通りにあることを云った時、

「存じています。」と私は云った。すると彼女は、

「いらっしゃればよかったのに。」と云った。

土手通りのその店は前から見かけていた。彼女の店が土手通りだと聞いた時、すぐわかっていたのだ。土手のこっち側を私は配達していて、そこから彼女の店が見えた。彼女のことを云われてから、私は配達しながら、彼女の店を眼にとめて見た。私の配達しているところからは斜め向うに見え、店の前側だけ見え、彼女の姿は一度も見かけなかった。

「小山さんは、本屋はいいと思うのです。」と杉本さんが云った。

すると彼女は、

「ほんとに、おやりなさるといいわ。」と云った。

「僕は自転車に乗れないのです。」と私は云った。

「習えばすぐ乗れるでしょう。」と杉本さんが云った。

彼女は云った。

「私も習おうと思っています。時間が不経済ですからね。」

彼女は店を開ける前に立場廻りをするのだ。

杉本さんが私のことを話して、

「若い期にはありがちなことですからね。」と云った。彼女は曖昧な面持で点頭《うなず》いた。杉本さんは笑いながら、

「小山さん、いよいよそうときまった時、どんな気がしました？ 失敗《しくじ》ったと思いましたか？」と云った。私は問い返して、杉本さんの云うのは刑を受けねばならぬときまった時のことだとわかり、

「びっくりしちゃってね。まさかそんなふうになるとは思っていなかったので。」そう云った。私には自分が危いことをしているという自覚がなかった。「すみませんでした。」と云えば、寛大に赦されること位に考えていたのだ。

杉本さんは私の答をきくと顔を曇らせ、気を兼ねるふうに彼女の方を見た。が、すぐ点頭きながら、

「木下さんの場合のように、信念があるのとは違うからな。」そんなふうなことを、私のことを弁解するように云った。

それから杉本さんは、以前やはり自分が間に立ったという若い人達のことを話して、「妊娠をしてしまったのです。」と話し、私達の間に間違いの無いように、と云った。昨日会った時にも私はこの話を聞かされていた。

「大丈夫です。」そう彼女は云った。

時間が経ち、「もう、市へ行きませんか?」と彼女は杉本さんに云った。「このまま、もっと話していたいがなあ。」と杉本さんは私の気を慮るように云った。私はまいった気持であった。いつも無意味に長っ尻な、そういう自分のだるな気分を思って。

「では、これからはお二人で御自由に御交際なさい。私の気持としては、ゆくゆく御一緒になられるように祈っています。」と杉本さんは云った。

「小山さんと木下さんは、私には似合いに思えるのです。」杉本さんには、そう私達が映ったのであった。

「交際をして、その上で結婚をするというのは、大抵うまくゆかないのですがね。」と、これは年配者らしい口吻で云われた。なにか遺憾の意のあるのが感ぜられた。

帰りがけに、「近いうちにお訪ねします。」と私は改めて彼女に云った。「どうぞ。」と彼女は云った。

……私は気持が陰《かげ》った。彼女に会ってみて、杉本さんや彼女に触れてみては。自分が彼女に与えた印象も気遣われたし。なにとはなしに自分の現在の生活が省みられる気持であった。

「小山さん、ねえ、結婚しませんか?……充分好感の持てる人ですわって、云っていましたよ。」と杉本さんは笑いを含みながら云った。その後四、五日経っていた。私はまだ彼女を訪ねることをせず、杉本さんの顔もその時以来初めて見たわけなのであった。

あの日市へ連れ立ってゆく道すがら、彼女に「どうでした?」と、まあ見合後の気持を尋ねたら、「別になんともありません。」と返事したという。(「女の人って、なかなかほんとのことを云いませんからね。」そんなことを杉本さんは云った。杉本さんはいつも笑いのうちに話をすめる人で。)それから、私のことを、「好感の持てる人。」そう云ったという。「よくつきあってからなどというのは、まとまらないものなんです。」そう杉本さんはこの時も云った。なにか早く私達の分別を促したい気持が杉本さんにあったようで。「木下さんはね、貴方が病気などをした場合には自分独りでちゃんと始末してゆく、そういう人です。」私は肯いた。

それから、Sという男の名が杉本さんの口から出た。Sが時々彼女の店に顔を見せるという。Sというのはやはり本屋仲間で、店は張らずに立場などで見つけた品を市へ持ち出したり、または直接仲間に融通したりして身過ぎしている連中の一人で、私は前から顔見知りではあった。竜泉寺町の市電の停留場の前に古本屋がある。Aさんといって H大学を出てからこの商売を始めた。その人の弟と私は同じ中学にいたことがあり、そんな縁故から七、八年前からの知合いである。Sはそこへ集る連中の一人であった。

「木下さんの方では、相手にしていないのですがね。」と杉本さんは云った。が、Sとは親しい仲でもなし、杉本さんのそんな話振りにも疎い気持で、私はただ聞くだけであった。

「近いうちに、お訪ねしようと思っています。」と私は云った。

「小山さん、隙を見せては駄目ですよ。」そう、杉本さんは云った。が、杉本さんのそういう口振りは、私には腑に落ちなかった。私は、杉本さんや彼女が想像していたであろうよりは、ずっと未経験な無頓着な心でいたので。

日曜日の午後私は訪ねた。（その頃Y新聞は夕刊二回発行で、午後二時頃私達は第一夕刊を配達した。日曜日はそれがなかった。）彼女の腰かけているその脇の雑誌の積んである台に、ひとところ積んである雑誌を彼女がわきへ除けてそこへ私は腰を下した。彼女の店は小さく、私の大きい図体が目立つようだった。

彼女は私が何軒位新聞を配るのか問うた。私は答えた。彼女は「そんなにも！」と云い、目方にしたらどの位かしらと云った。一五〇枚位で一貫目になると云ったらすぐ算盤《そろばん》を手に取って弾いて、

「五貫目もあるわ。重いでしょう。」

「慣れれば重くありません。それに配るそばから減ってゆくのだから。」

「それでも、」と彼女は云い、「やっぱり、男の人ねえ。」

話の間にふと私は云ってみたい気になり、

「貴女の名前は僕の名前とおんなしです。」と云った。入口の鴨居に紙に書いて貼ってあるのを私は見ていた。彼女は、「そうお。」と微笑んだが、すぐと、勝気な眼色を見せ、「すっかり、おんなしの人がいましたわ。木下清って。」と云った。私は彼女が故意にそう云うのではないかと一寸そんな気がした。

私はやはり長居をしてしまった。刑務所の話、文学の話をとりとめなく話した。彼女に店を貸している隣りの鋸屋のラジオであったろう、野球の放送をしていた。彼女の腰かけてい

る横に敷居があって、座敷は隣りと通じていた。私がいとまをしようとしたら、「あら、まだよろしいでしょう。」と彼女は止めた。お世辞ではなく、彼女は起《た》って隣りの時計を覗いてくれたりした。「また、どうぞ、入らしって下さい。」と彼女は笑顔で云った。

「明日から、朝刊だけ配達しましょう。」

「そうですか。でも、貴方の負担になるのじゃありません？」

「いいえ。都合がつくのです。」

「そう。そこにはそこがあるのね。」

刑務所で若い看守を煽《おだ》ててやるといい気になっていろんな打明け話をしたと彼女が話した時、私は気になり、自分とは合わないのではないかと思った。

彼女と話しながら私は彼女の容貌に自分の好きなおもかげを見ようとした。紺の上衣に紺のスカート、その上に彼女は白の割烹着を着ている。女学生のような顔つきの見えることがあった。

その翌朝から私は彼女の店に朝刊を配達した。土手の通りを越えてゆき、白い幕の引いてある閉っている店の硝子戸の隙間から新聞を入れた。紙片の無造作な表札を見たりした。

「木下さんはいい人ですね。」

「ええ、いい人でしょ。」

「いい人と友達になれて、……僕は女の人と友達になるのは初めてなのです。」

杉本さんは曖昧な表情をした。

次の日曜日にまた行った。「朝刊入っているでしょ?」と私は云った。彼女が「新聞を毎日有難う。」とも云わないので。

「ええ。貴方が配達しているのでしょ?」と彼女は不審げな眼色をした。私は物足りない気がした。

「私、店を開けるとまず新聞を見るんです。はじめに職業欄を見るんです。職業欄を見るのが楽しみなんです。」と彼女は云った。

私は不図、保姆《ほぼ》の仕事なんかはと、そんなことを口にした。すると彼女は意外に気を見せて、「若《も》し伝手《つて》がおありでしたら、紹介して戴けません?」と云った。子供の世話を見るのは好きなようなことを云った。

(その後のこと、彼女の店に古雑誌の類などを持ってくる朝鮮人の屑屋に、彼女が「子供さんを連れて入らっしゃいよ。ここで看ていてあげますわ。」おそらくやもめのその男に、そう云うのを見た。)

彼女は私に本屋をやってみたらと勧めた。彼女の店もごく僅な金で出来たことを、始めたことを話した。現在彼女の店は平均して一日五円ほどの商売はあると云う。

「杉本さんのとこより成績はいい方よ。」と彼女は云った。

いい職業があれば、その気になれば、この店も明日にも止めてしまう、そうも云った。そう云う彼女の気性は、気持はこちらに映って、私は臆した心になったりした。

Sのことを云ってみた。Sは彼女が店を開けた当時立ち寄ってなにかと世話を焼いてくれたのだという。「Sさんはいやだわ。あの人の間借りしているとこへ遊びに来いなんて云うんですもの。」と云った。そしてふと云った。Sには彼女がそんな運動をやってきた女だということは黙っていてくれと。

私はふと話した。刑務所の出所の日迎えに来てくれたのは、家の者ではなくて、知らない女の人だったことを。Iさんは、妹が重い病気をして家に来てもらった派出婦の人であった。Iさんは私の家庭に同情して時々来てくれるようになった。そして私を迎えにも来てくれたのだ。

「僕に同情してくれてね、時々訪ねてくれるのです。」と私は云った。

彼女は彼女のお母さんが迎えに来てくれたという。彼女は大阪にいたのだが、会いにも来てくれたと云う。

「私に、貴方の家おしえて戴けません？」ふいに彼女が云った。私ははじめ私の家のことかと思った。が、すぐ私の間借りしているとこのことだとわかった。（私は店のすぐ近くに間借りしていた。）私はへんな気がした。Sのことをいやだと云ったのに。いまのさき私がIさんのことを話したから、それで、……そう感じもした。

その日は確か夕刊が早目にきて、私はそれを配ってすぐ行ったのだと思う。

「これから、映画を見て来ようと思っているんです。」と私はことさらしく云った。彼女のとこに少しいて、それから「映画を見にゆく。」そう云っていとまをしよう、そういう頭で私は彼女のとこへ来たのだ。「そう、たまにはいいわね。」と彼女は云った。彼女のとこを出て浅草へ行った。彼女が「たまにはいいわね。」と云った時、私はうしろめたい気になった。「労働をしている人。」と杉本さんは私のことを彼女に伝えたが、そういう言葉から人が受けるであろう、引き緊めた気分のものでは私の生活はなかったから。文学に対する執着とても、そのことに励む日常にはなっていなかった。浅草のような場所へはとかく足が向きがちであったのだ。

その日富士館の前でしばらく見なかった一人の友達に逢った。日活の本社に勤めているその友達は、今日此館へ手伝いに来たと云い、切符を一枚くれた。映画は「路傍の石」を上映していた。私は映画を見る気になれず、広小路の本屋で岩波文庫の世界人類史物語を買って帰った。私としてはなにか新しい気持に誘われてそんな本を買ったのだった。頁の間に貰った切符を挿んだ。彼女に贈る心だった。

その晩杉本さんのとこへ寄って奥さんと話していると彼女が来た。彼女は店を仕舞って帰途杉本さんのとこへよく寄ってゆく。奥さんと彼女は女同士らしい親しげな話をした。「今日、これを買って来ました。」と私は彼女に岩波文庫を見せた。彼女は見て、未決にいた時読んだと云い、そんなに面白いものではないように云った。

私は切符を出し、彼女に差出し、

「これ、あげましょう。今日友達に貰ったのです。」

「貴方、いらっしゃらないの？」

『「路傍の石』をやっています。いいもののようですよ。」

「まあ、特等ね、行って見ますわ。」

嬉しそうだった。杉本さんはまだ帰宅されず、私はすぐ彼女より先きに辞した。
二、三日して朝刊を入れる際に、硝子戸に「今日は休みます。」と紙に書いて貼ってあるのを見た。あの切符で見に行ったのだなと思った。前日夕刻から彼女の店は閉っていた。その日午後寄った。
「昨日、見て来ましたわ。」

彼女は館のプログラムを取り出して私に見せた。

「よかったわ。久し振りに泣いてしまいましたわ。」

「そう、じゃ僕も見よう。」

私は彼女の店によく寄るようになった。勧誘の材料を抱えた恰好で立ち寄った。また、第一夕刊を配ったその足で、肩紐を肩にかけたままで。彼女ももう私のためにべつに席をこしらえず、私は立ったまま話した。

「勧誘は大変でしょう?」

「ええ、配達だけだと楽なんだけど。」

私は読者奉仕の地図などを彼女にもサービスしたりした。(日華事変酣《たけなわ》の頃で新聞社では競ってその方の地図を出した。)

彼女のお父さんを見た。彼女は立場などで集めた品を一旦家へ持ち返って、それから店へ行く。後でお父さんがそれを自転車で店まで持ってきてくれたりする。私はその人を見てお父さんだなと思った。彼女は眼もと、鼻すじなど父親写しに見えた。

「貴女のお父さん？」

「ええ。」

「貴女によく似ている。」

「みんな、そう云うわ。」

その後時々彼女のお父さんと行き会うことがあった。いつも店には長居せず、すぐ帰ってしまった。彼女と話していて、不意に彼女が眼顔で黙るように合図するので、見るとお父さんが来たのだ。私は棚の本を探している風を装ったりした。彼女がお父さんに自分のことを「あたい。」と云っているのを聞いた。

Sとも行き会った。行ったらSがいたが、忙《せわ》しげに出ていった。目礼もしないので、私は一寸へんな気がした。

「S君、挨拶もしないで、知っているのに。」

「そう。」

彼女はさりげない表情で、それだけしか云わなかった。

その日灯が点いてから行った。彼女は和服を着ていた。のどに繃帯《ほうたい》を巻いていた。額に面皰《にきび》が一つできていた。

「風邪を引いてしまって。」と彼女は云った。

「昨日も和服だったでしょ。」

「いいえ。」

彼女は不審そうな顔をした。昨夜私は人と彼女の店の向い側を通って、店の奥に腰かけている、本でも読んでいるらしい、俯向いた彼女の姿を見て過ぎた。彼女は上に割烹着を着ているので、それに腰かけていては下半身が見えない故、遠目には洋装とも和服とも判らないまのあたり和服を着ている彼女を見て、昨夜の彼女の姿もそのように思い起されたので、私はそう云ってみたのだった。

彼女はハモニカの譜の本を手にしていた。

「私ね、いま唱《うた》っていたのよ。」

私はその本の頁をめくって見て、

「これ、どういうんだったかしら？」

「あら、これ？　これはこうよ。」

彼女は小声でその二、三節を唱った。

「僕はこのごろ杉本さんに会わないんです。帰りがおそいらしい。」

「私も会いませんわ。このごろ店を仕舞うとすぐ家へ帰ってしまうんです。」

「今日杉本さんのとこへ行ってみません？」

「そうね。」

「行ってみましょう。」

「ええ、行くわ。」

「一緒に行きましょう。」

彼女は十時頃に店を閉める。十時閉店の商店法の実施される少し前の頃のことで、杉本さんのとこでは御主人の帰宅がおそかったりして、かなりおそくまで店に灯が点いていた。彼女の店の向い側の角に俗に竜東交番という派出所があって、そこの坂を廓の方へ下りると四、五軒目の角に煙草屋がある。その煙草屋のとこで私は店を閉めて来る彼女を待った。少し待って、来た彼女と並んで歩いた。

「今日はいい成績だったわ。十円もありましたわ。それに買いも少しあったから、それを足すと、十四、五円位になりますわ。」

「そう。」

「杉本さんのとこよりも、私の方がいいわ。店の割にはね。」

「貴女の方が場所もいいかも知れない。」

「ええ。それに私、勉強しているのよ。杉本さんは雑誌なども大抵仲間から買うでしょ。私はあちこち歩くから、少し安く出来るのよ。私、あんまり儲けられないわ。本屋って泥棒みたいですわ。」

知人の店と商売の成績を比較して云う彼女を、私は流石に女らしいと思った。彼女の云うそれは、悪い感じには聞えなかった。

「この辺ではAさんのとこが一番よく売れるらしい。」

「そうのようね。」

「場所もいいし、古いから。」

私の間借りしている近くへ来た。

「僕のとこ、その横を曲ったとこです。左っ側です。」と私は指さして云った。「貴方の家おしえて戴けません？」そう云った彼女の言葉が頭にあったので。

彼女はその方へ視線をやって、「そうお。」と点頭いた。なにか女らしい眼づかいだった。

私にはまた、Sをいやだと云った彼女の言葉が頭にあるので、自分のところへ彼女を誘う気は起らないのであった。

私の店の前は通らずに行った。杉本さんの店のそばで、「貴方、先きへ行って。」彼女は躊躇した。私は一足先きへ入った。少し遅れて入ってきた彼女を見て、奥さんは、

「あら、御一緒ですか？」

「ええ。」と私は云った。

奥さんと彼女は親しげに話した。私は傍にいて聞いていた。私はぎごちない性分で、人に対して話の接穂も無くて黙っていることが多い。奥さんと彼女の話すのを見、女同士って親しげに話すものだと思ったりした。

やがて、杉本さんが帰って来た。いつも変らない機嫌で、

「これはお揃いで珍しい。」

そのまま土間を上りながら、

「小山さん、どうですか？」

「はあ。」と私は無意味に笑った。

着換えた杉本さんは上り端の次ぎの間にいて、そこから、

「木下さん、どうですか？」

「胸のとこがもやもやして、いっそいってしまいたい。」

そう彼女は云った。へんなことを云う、と私は一寸気になった。なにを云ってしまいたいと云うのだろう？　杉本さんはこちらに出て来ながら、町屋（火葬場のある所）の方へですか？……

「木下さん、行ってしまいたいっていうのは、風邪を引いておや、今日は和服ですね。珍しいじゃないですか。」

「ええ、風邪を引いてしまって。」

私はいってしまいたいというのは杉本さんの云うような意味のことなのか、風邪を引いて胸のとこがへんなんだというのか、そういう意味なのか、彼女の云うのは、と考えたりした。とそんな気がしたのだ。女は私のことを可笑しく思っているのではなかろうか？

「小山さん、なにか書いてみましたか？」

「いいえ、書かないのです。怠けてばかりいて。」

「うん、うん。なにか軽いスケッチのようなものから始めてみたら、どうですか？」

「ええ、そうですね。」

杉本さんは突然に、

「ねえ、木下さん、小山さんと結婚しませんか？」

「まだ私の心が許しませんから。」そう彼女はまじめに答えた。

また、杉本さんは笑いながら、

「小山さん、木下さんに襯衣の綻びでも縫ってお貰いなさいよ。」

私は、一瞬口籠り、

「……綻びなんか切れないですよ。」と云った。奥さんは、「まあ。」と云って、正直な人、という眼顔で私を見た。私は固くなった。私には、自分が不器用な男らしい口をきいて見せた、という意識があった。

彼女は杉本さんに向って、

「小山さんは、間借りなさっているんですってね。」と云った。すると杉本さんは何故か素っ気なく、

「なに、ただ寝るだけだ。」と云った。私もその語気に押されて、

「ええ、寝るだけです。」と云った。

杉本さんはこんなことも云った。

「女の人で社会運動なんかしている人には、綺麗な人はいないものだけど、木下さんは別嬪《べっぴん》ですね。」

「あら。」と彼女は頬をあからめた。

杉本さんはまた、ふと思い出した風に、如何《いか》にも可笑《おか》しくてしょうがないという調子で、

「今日大久保の方で、町会の役員連の寄合があったんですが、お酒が出てね、そして一人が、もう駄目だ、飲めないというわけなんです。するとね、いや飲めないことはあるまい、○○がすすめたら、君は飲むだろうって話が出たんです。」そう云ってまた可笑しそうに笑った。○○というのは猟奇的な犯罪でひと頃男の人気を喚んだ女のことである。私は誘われて笑った。奥さんも彼女も話には疎い顔つきで、固い表情のまま黙っていた。

杉本さんは大久保にも家がある。事務所ででもあろうか。町会の役員などもしているらしい。「私はこんな二重生活みたいなことをしていますが、べつに大久保の方に二号が囲ってあるわけではないのですよ。」と笑いながら云われたこともある。外見のいける口に似ず、酒は嗜好ではないように云われた。甘い物は好きらしかった。行くといつも菓子が出た。

杉本さんはふと傍らにあった、紙の巻いたのを取り上げて一寸展《ひろ》げて、「私も○○議員に立候補したことがあるんです。」と云い、すぐまた巻いた。その候補者の姓名を印刷したものには杉本さんの名も見えた。そんなものがふと眼につくとこにあったまでで。

「向うではね、私はこれでも名士なんですよ。竜泉寺町へ帰ってくると、」杉本さんの云いかけるのを、

「本屋の小父さんですか。」とすぐ彼女は笑いながら引き取って云った。

「ねえ、今度、皆んなで何処かへ遊びに行きませんか?」と杉本さんは云った。

「箱根ですか。」と彼女は云った。そんな話があったのであろう。

「ぜひ一度行きましょう。皆んなの都合のいい日にね。」

こうした雰囲気にいて、私は楽しい気持を味っていた。

おそくなり、彼女は立っていとまをつげて出た。杉本さんは私に向って、「一緒にお帰りなさい。送ってゆきなさい。」と云った。私はその気だったので、すぐいとまをして出た。途々、

「僕はこれまで、そんなに人に遇ったことはない方だけど、杉本さんのような人で、年配の人でね、ああいう風に気易く色々と話しかけてくれる人には遇わなかったのです。」と私は話した。

私には自分がとり澄ました男だという意識があるので先刻も、「僕は、からさばけなくてしょうがないのです。」と杉本さんに向って訴え気味に云った。杉本さんは、「そう、小山さんは真面目過ぎますね。少し道楽をなさるといいのだが。」と云われたが。処世の上で頼る人の欲しい気持であった。杉本さんに遇ったことはよかったと思っていた。その気持を彼女に話した。

「いい人に遇えた。」そんなふうに私は云った。「そうお。」と彼女は云ったが、口辺に皮肉な笑みが見えたようだった。彼女には子供っぽく、感傷的にとれたのかも知れなかった。

彼女の家は千束町に在った。電車通りに出て、千束町の停留場の手前で私は引き返した。

その晩九時頃行った。私を見て彼女は迎える顔をしたが、不審げな眼色を見せた。客は夜ある故、私は彼女のとこへは昼間行き、夜に、こんな時間に行ったのは初めてであった。

「『麦と兵隊』が本になりましたね。」

「もう出てますか？」

「出ていますよ。山谷の停留場を一寸越したとこに一軒あるでしょ。あそこにありましたよ。」

「幾らについてました？」

「八十五銭だったな。」

「安いわ。……貴方買ってきてくれません？」

「え？　僕が？　八十五銭でいいの？」

「そうね、八十銭に負けさせて。」

「負けるかな？」

「負けないかな？……こう云えばいいわ。読んだらすぐ持ってくるからって云えば。」

「フフフ、嘘つくのか。」

彼女も頸をすくめた。

「ね、そう云えばいいわ。八十銭しか持って来なかったからって云えばいいわ。負けますわ。」

「じゃ、行って来ましょう。」

彼女はさっぱりした気性故頼むのだとは思ったが、なんだか彼女に軽く思われているような気もした。あっさり女の使いをしてやるような気もした。しかしそんなことを強く気にするたちでは私はなかった。

本屋はなかなか負けなかったが、私も他人のこと故ねばった。彼女の云った通り云い、向うも到頭その気になった。

「嘘ついちゃった。」私は多少気が咎《とが》めたのでそう云った。彼女は弱く笑った。「嘘ついちゃった。」私はこだわっていてまた云った。彼女は少し困惑したように笑った。

客が二、三人いた。狭い店故客がいるとやはり落着いた気持では話していられなかった。「『○○』来ましたか?」と云う声がした。振り返った私はオヤと思った。店の前に立っているのは幼友達のNだった。彼女は腰掛から少し軀《からだ》を浮かせて、「まだですの。もう少したら手に入ると思います。」そんなふうなことを愛想よく笑いながら云った。Nはそのまま去った。幼友達とは云え淡い間柄であったし、長い月日会っていなかった。それにNは私に気づかなかったようでもあった。どうやら彼女の顧客の一人らしいとは思ったが、私はその時彼女に彼のことを口にはしなかった。(その後も私は彼女の店でNを見かける折があった。)

私は柱に手を掛け、彼女の方に少し軀を屈めて、今夜ここへ来るのに思ったことを云った。

「ね、今夜少し歩きません? 途中まで送ってゆきましょう。」

彼女は一寸考えて、

「ええ、いいわ。」と点頭いた。

「じゃ、店を仕舞う頃来ます。」

少し散歩してから行った。二人ほど客がいた。私は彼女と目礼し黙ったまま棚の本を見ていた。顧客らしい文学青年らしい男が来て、彼女と文学書の話をしたりした。男は棚から一冊抜いて見たが、「九十銭！　高けえなあ。」と云った。見ると、ジイドの「新しき糧」であった。

（この本のことではこんなことがあった。彼女ははじめこの本に七十銭の値段書きをした。私はそれを見た時、一円にも一円十銭にも売っている店のあることを話した。彼女は私の話を聞くと一寸思案したが、すぐ鉛筆を取って70という数字を90に訂正した。そして「うまいもんでしょ。」というふうに頸をすくめた。）

彼女がハタキをかけはじめたので客は去った。私は店の外に立って、彼女が売り上げの計算を済まして出てくるのを待った。店の電燈が消えて彼女は隣りの鋸屋の硝子戸を開けて出てきた。

土手の向う側に下り、日本堤の方へ出て、花園通りを行った。葱善の辻へ来て立ち止った。

「少し歩いてもよくってよ。」

「じゃ、浅草へ行ってみましょうか。」

古着屋の並ぶ通りを公園の方へ歩いた。六区は既に閉館した跡で人通りも疎《まば》らだった。日本館の前へ来た時、「昔よくここへ来たもんだったわ。安かったから。」と彼女は云った。

帰途、合羽橋通りから電車通りへ出て、金竜小学校の前へ来た時、私は彼女を顧みて、「貴女はここにいたんでしたね。」と云ってみた。彼女は三年生頃からこの学校に通ったという。また、それまで彼女の一家は朝鮮にいたのだという。

入谷の車庫のわきで彼女は立ち止って、

「あそこに横町があるでしょ。あそこを入った左っ側に立場があるのよ。私、毎朝行くんです。八時頃、そう、八時二十分頃だわ。ええ、あの、すぐ横よ。」と指さした。

少し歩いて、

「貴女の家はもうすぐでしょ？」

「ええ。」と彼女は笑った。また少し歩いて、

「この辺？」

「ええ。」と笑いながら、

「さよなら。」と早口に云うと小走りに横町へ馳け込んだ。

その夜歩きながら、とりとめのないことばかり話した。私は相変らず自分のぎごちなさを持て余した。辻へ出ると私は、それでも自分から「こっちへ行きましょう。」と云っては先きに立った。独り帰りながら私は、彼女が毎朝行く立場の場所を私に教えた言葉を、幾度も反芻してみた。わざと立ち止って教えたのは、私に来て欲しい気持なのだろうか？　だから時間を云い直したりしたのだ。私に来いというのだろう、それとも思い過ごしかな？　私は行くべきだろう、……彼女の言葉を反芻しては、彼女の容子を思い起しては、私は彼女の気持を確かめようとした。

翌朝私は朝刊の配達を終ってから、間借りしている三畳の部屋へ帰った。早朝起き出て店

へ出かけたままの、敷きっぱなしの蒲団に寝た。(私達は毎朝配達してから、昼近くまで一寝入りするのが習慣になっている。) 少しして眼覚めた。時計を見ると八時前だった。いま起きて出向けば間に合う、そう頭にきた。私は行くことに決めた。

……見当をつけたあたりを歩いていった。と、向うから白の割烹着姿の来るのに眼がとまった。彼女だというのがわかった。歩いて来る彼女の姿は、その小肥りの姿は不恰好に私の眼に映った。顔ははっきりしなかった。私は笑いかけながら近づいていった。彼女も私に気がついた。すぐ笑顔を見せ、立ち止って挨拶した。陽を受けたその笑顔を見て、私はホッとするものを感じた。私にはまだ彼女の容貌を気にする心があった。杉本さんの云う縹緻良しという言葉が私には腑に落ちていなかった。

「そこへ行くんでしょ。」と私は促し行きかけた。が、彼女は、

「あら、二人でなんか行ったら、冷かされてしまいますわ。」

「……。」

「ここで待っていて下さい。」

「そう。僕、持ってあげますから、うんと買っていらっしゃい。」

やがて彼女は風呂敷包を提げて来た。

「今日はあまりなかったんです。」

「そう。持ちましょう。」

それから彼女はそのあたりの屑屋を二軒寄った。なにも買物はなかった。

「なにかあったら、取っといてくれるように頼んであるんです。」

「みんな、貴女独りで開拓したんですか？」

「ええ。」

「これから何処へ行くんです？」

「家へ一寸寄って行きます。」

彼女の家の方へ行くのにはそこを曲る四つ角に来た。

「家へ寄って行くんでしょ？」

彼女は躊躇した。

「寄らずに行きますわ。」

なにか気持が浮かず、話が弾まなかった。彼女の邪魔になっているような感じがしてきた。

道順なので杉本さんの近くへ来た。

「杉本さんのところへ寄って行きましょうか？」

彼女は浮かぬ顔つきで黙ったまま点頭《うなず》いた。

杉本さんはいなかった。奥さんは彼女に、

「内山へ行くって出かけましたわ。貴方、行かなかったんですか？」

「ええ、行かなかったんですの。」

「木下さんも行っているだろうって云っていましたんですよ。ちょうど子供の本がなくなってしまったもんですから。」

内山というのは絵本、廉価本の類の問屋である。私は棚の前に立って本を見ていた。彼女は風呂敷包を解いて最前買った月遅れの雑誌などを奥さんに見せた。

「ま、きれいですね。」

「ええ、あまりひどいのはねえ。」

店を出していると何処へも行かれない、用もあるのだが、そんなことを彼女は云った。

「僕、店番しててあげますよ。どうせひまなんですから。」と私は云った。

彼女は「まあ。」という表情をし、

「それこそ、てっきり、と思われてしまいますわ。五月蠅《うるさ》いんですのよ。」そして、

「私のことを娘だと思っているんですわ。」と私の顔をチラと見て云った。それから、

「夜は客が来ますから、小山さん、昼間話しに来て下さい。昼間は退屈していますから。」

と私の気を兼ねる風に云った。

やがて彼女は奥さんに、私にも挨拶して出てゆくのだった。後に残って私は奥さんに、

「木下さんはいい人ですね。」浮かぬ気持のままそんなことを云ってみたりした。

杉本さんが風呂敷包を提げて帰って来た。

「や、今日は。……木下さん来ていなかったよ。」

「今日は行かなかったんですって。」

「ふうん。ここへ来たの？」

「いままでここにいたんですのよ。」

「そうか。……小山さん、その後どうですか？　木下さんのとこへ行きますか？」

「ええ。」私は弱く笑った。話の間に私は、彼女が夜は客がある故昼間来てくれと云ったことを話した。

「それはいつ云ったんです？　最初にですか？」

「いいえ。」

「いまここでそう云っていましたねえ。」と奥さんが傍から云った。まずいなと私は思った。案の定杉本さんは一寸顔を曇らせた。

私はこの頃読んだ小説の話をしたりした。

「とても男性的な男が活躍するんです。」そんなことを云った。ほどなく辞した。落着かない気持で、そのまま足は彼女の許へ向いた。

「貴女がゆくと、すぐ杉本さん帰って来た。」入ってすぐ私はなにか言い訳でもする風にそう云った。そして、そのままずっと第一夕刊の時間までいて急いで帰り、第一夕刊を配ってはまた肩紐をかけたままゆき、ずるずると第二夕刊の時刻までいた。私は気持の回復がつかず、思い切り悪く彼女の傍を離れられなかった。――格別彼女は冷淡だったわけではなかった。

その後引き続き、私は遠慮する気もあったが、とかく彼女の店へ足が向いた。勧誘の材料を抱えたまま、彼女の許で刻を過ごす日が重なった。

以前男の友達で毎日顔を合せているのに頻りと手紙をくれた人がいたと彼女の云うのを聞いて私はその気になり、読んだ本の感想を書いて彼女に手渡したりした。それのはじめに「僕は女の人と交際するのは初めてなので少し有頂天の気味です。」そんなふうなことを書いた。自分の眼にも彼女を軽んじた慎しみのないものに映り、気にはなったが。彼女は少し気を悪くしたかも知れなかった。その手紙に就いてはなにも云わなかった。私も手紙を書くことはそれだけでやめた。

一日彼女は盗難に遇った。入口の鴨居に下げた雑誌掛の新刊雑誌を二冊盗まれた。たまたま常習者にやられたらしかった。

「甚大な被害よ。痛手だわ。」と彼女は云った。悄気《しょげ》切っていた。鋸屋のお婆さんも顔を出して私に向いなにかと喋った。彼女の許に繁く顔を見せる故、私をなにか彼女の近親者とでも臆測しているような眼顔、口振りだった。私は丁度勧誘の特別材料である化粧石鹼の三個入りの箱を持っていたので、それを彼女にやった。新聞の読者勧誘にこんな景品まで持っているのに彼女は意外な眼つきを見せたが、

「あら、これでもまだ足らないわ。」そんな口をきいた。なお被害に気を奪われている風で。勝気な気性には似気ないさまだが、如何に云っても、小商売《こあきない》のほどが思いやられた。女の人によくある、わざと気の毒がって見せる、そういうところは彼女にはなかった。「痛手だわ。」と云う彼女の言葉はそのまま私にひびいた。私は慰めかねた。

「ひどい奴だ。擲《なぐ》りつけてやりたい。」私はそんなことを口に出した。

彼女の店は如何に云っても小さい感じだった。しかし彼女はその小さい店で悪びれたところのない、一ぱいな商売をしていた。先ず云って彼女は愛想のいい商人であった。客との応待にも気のさくい親切気が感ぜられた。そしてなによりも彼女は人好きがしたのであろう。尋常に云って彼女はいい人だから。店に附いた少しの顧客はあるようだった。ともかく一つの店を始めてみては、女の身としてかなり気の張りの要ることであったろう。私としてはも少し彼女の迷惑を察しなければならなかったのだが。

その後一、二度また彼女の帰りを送って行ったりした。なにかと五月蠅いからと彼女は店の前から連れ立って行くのを憚り、私はれいの煙草屋のとこで彼女を待って送って行った。Sとまた行き会った。彼女と話しているとSが自転車を乗りつけた。忙しげに入って来、いきなり、「君、買被ったぞ。」と云い、二冊の本を彼女に渡すと、またすぐ出て行った。私には知らん顔をしていた。彼女は立って自転車に乗りかけているSのとこへゆき、なにか云っていた。Sは去った。昨夜よくは解らず顧客から買ったその二冊の科学書をSに托してAさんに値踏みしてもらったのだと彼女は云った。少し上値に買い過ぎてしまったという。「Sさん、親切だわ。」そう彼女は云った。私も嘗《か》つてSにアラビヤ・ナイトの揃いを世話して貰ったことがある。私はそのことを云って相槌を打ったりしたが、その時の彼女の語気には、いまのさき店を小走りに出て、自転車に乗りかけているSになにやら云いかけていた動作などと、なんとつかず私の気に障るものがあった。Sがまた私に知らん顔をしていたことなども。

或る晩二、三の客と共に棚の本を見ていると不意に名を呼ばれたので見るとAさんの弟のHが店の前に立っていた。私が思いがけない顔をすると、「一寸話がある。」と改まった口調で云った。私は判らないままに、云われるままに店の外へ出た。彼女の店をやや離れたところでHは立ち止ると、いきなり、

「君、可哀そうだよ。女の子独りでやっている店を。」と気弱そうにこちらを見ながら云った。私は瞬間案じたが、Hの云うそれはすぐに思い当った。素人の店などから値になる品を抜いて儲ける、そんなことも連中はやっていた。彼女の店で私がめぼしい品を物色している風にHは見たというわけなのだ。そうした仲間でもない私を。私にはただ意外であった。Hは私の否定するのにもなお、

「可哀そうだよ。」と繰り返した。

彼女の店に戻ってHに云われたことを話した。

「女だから、同情してくれるのね。」と彼女は一寸思案する眼色を見せて云った。誤解を受けた私の不愉快の方は考えないらしい彼女の推量は、やはり女らしい身贔屓《みびいき》なものに思えた。私はそんなに不愉快だったわけではないが。私はH達とはAさんの店で顔を合せる以外平素の附合いはなかった。Hが彼女に同情して私のことをそう察したのだとすれば、おかしなものだと思った。げせなかった。一種の示威運動かなと思った。ふとSのことが頭にきた。裏にSのほのめかしがあるような感じがした。

「いやだわ。評判になっているのよ。」と少しして彼女は私の顔をチラと見て云った。私は

少しくすぐったい気持で、「ははあん。」と思い、が、顔は顰めて見せて、

「僕なんか平気だけど、女の人はねえ。」

「ええ。」と彼女は素直に点頭いて、「Aさんの店でね、評判になっているらしいのよ。女独りでやっているでしょ、だから。」

私は、なんだ、と思った。私は彼女の云ったそれを、彼女と私のことが取沙汰されている風に聞いたのだ。虫のいい早合点をしたわけなのであった。私は少しくのぼせていたわけなのだが、赤面しなければならないようなことを口にしないうちにわかってよかったのであった。

この方面の本屋の市で、なんと云っても彼女は紅一点であったのだ。

その夜は確か彼女の帰りを送って行ったのだったと思う。

一日家へ行った時私はふと云ってみた。

「結婚しないかって云う人があるんだよ。」

「へえ、養子かい?」と父は云った。

「うん。」よく察しられたなと私は思った。

それからこんなことがあった。その時私は私の店の前に立っていた。杉本さんの来るのが見えた。私は挨拶する気で迎え顔でいた。杉本さんも私に気づいたらしかった。と、杉本さんは三軒ばかり先きの下駄屋に入った。買物があるのだなと私は思った。私は佇んで待っていたが、杉本さんはなかなか出て来なかった。やがてへんに思われ私は行って見た。下駄屋

に姿は見かけられなかった。私はオヤという気がした。下駄屋の横にわずかに身を入れられるほどの狭い露次があるのに気がついた。その露次は杉本さんの家の台所口の方まで続いているのだ。そうか、と私は思ったが、なんだかへんな感じで気持が曇った。

また。私の歩いてゆく向うから杉本さんが来た。杉本さんは私に気づくと、つと横町へ曲ってしまった。私にはそう見えた。私はやはりへんな気がして気持が曇った。どうしてだろう？ どうして私を避ける風をしたのだろう？ と思った。道で逢って挨拶を避けるなど杉本さんらしくないことだし。

そんな、なんでもない印象が気になったりした。杉本さんの許へ出向いたが、いつも留守だったりして、しばらく会っていなかった。

或る晩彼女の許に行っていて、それからその足で杉本さんのとこへ行った。私は彼女から云われていながら、晩でも彼女の店へ立ち寄った。時にはいいだろうという気で。杉本さんはいて客があった。若い男の人ですぐ近所の人であった。杉本さんは私を見たが、私のジャンパーのポケットに挿んである鉛筆などに眼をとめ、

「いま時分まで勧誘をしているんですか？」と云った。気のせいか、すげない感じを受けた。用談の客ではないので私もそこに加った。杉本さんはその人とそれまでの話を続けたが、ふと私をかえり見て
「小山さん、そういう人も性格破産者の一人でしょうね。」と云った。私はよく話を聞いていず解らなかったが、そう云って私をかえり見た杉本さんの眼色が気にかかったりした。杉

本さんは続けて、知った人で順調に行きかけては、なにか障りが出来て浮かび上れなかった人があったと話して、

「やはり本人になにか足りないものがあったのですね。」と云った。なにかその人間に致命的な弱点があって遂には人に疎まれる、そんな感じの杉本さんの話し振りが、やはり一寸気になったりした。私にはもう長いこと、自分に対する不信の念が強迫観念のように纏《まと》いついていて、それが対人関係に於て私にいつも暗い不安な気持を抱かせた。そういう私には杉本さんのそんな言葉が自分の身にひきあてて考えられたのだ。

「木下さんのとこへ行きますか？」という杉本さんの問いに、「今日行きました。」と私は答えて、「僕が本買うって云ったんですけど、売ってくれないんです。」と云った。

最前彼女の許で私がれいの「新しき糧」を「これ、僕買おう。」と云うと、彼女は「これ、売らないんです。」と云い、「私、もう一度読み返してみたいの。」「もう少し棚へ置いときたいの。棚が淋しくなってしまうでしょ。」そんなことを云い、どうしても売らなかった。以前やはりある本を「これ、下さい。」と云ったら、「あら、読んだら持っていらっしゃいよ。」と彼女は云い、私は親しい気持になった。が、今日の彼女にはなにか頑ななものが感じられた。

杉本さんは、彼女が親しみからそう云い、またそれを話す私の気持も同じ、と取られた面持で、笑いながら、

「その小説家のジイドってのは知りませんがね、私の専門の方にもジイドって人がいます

よ。」

「ええ、その人はなんでも小説家のジイドの伯父さんだそうです。」

杉本さんはW大学の経済科出身でY新聞在籍当時はその方の記者をしていたのだ。

彼女が来た。そんな時間になっていた。彼女は少し離れた場所に腰かけた。奥さんはお茶を淹れて、杉本さんは私に「小山さん、木下さんに。」と云い、私は離れている彼女に茶碗をとりついだ。

彼女は離れた席にいたので話に加わらなかった。私は座にいて親しい気持になれなかった。客がなかなか尻を上げず、彼女を交えた内輪な感じに入れなかったし。

「ねえ、どうです。これから時々、店を閉めてから、漫談会をやろうじゃありませんか。」

杉本さんは、私の苛々《いらいら》した気持とは別に、変らずそんなお愛想を云ったりした。

おそくなり流石に私達は切り上げた。

「木下さん、一寸お頼みしたいことがありますから。」と杉本さんは彼女に云った。なにか商売上の用がある様子だった。

客は辞して行った。私もそこに居残り憎い工合になって、杉本さんも居るように云ってくれないので、客の後について辞した。

その夜彼女は離れた席にいて話に加わらず、男達の話をただ凝《じ》っと聞いていた。自然かしこまっている容子だった。話の隙に私はそういう彼女の顔をチラと見て、胸を騒がせた。彼女の化粧をしない顔は電燈の光りを受けて美しく、少しく生真面目な感じで、私の好きな顔つきをしていた。

その翌日の昼前私が店で口笛を吹いていると、彼女が前を通りかかった。私はあわてて口笛を止した。彼女は挨拶して過ぎて行った。

「いまの誰だい？」

「お顧客《とくい》だよ。」

「お顧客？……娘か？」

「ううん。」

朋輩は一寸眉を寄せて、

「かみさんかい？」

私は黙っていた。

彼女が私の店の前を通ったのを見るのは初めてであった。昨夜先きへ帰ってしまったので、彼女に挨拶してゆかなかったので、彼女は気にして私を見に店の前を通ったのではないか、と私は思った。やがて私は彼女の店へ出かけてゆくのだった……。

いつも気が彼女の店に引かれた。勧誘の材料を抱えて出ると足は彼女の店に向いた。のべつ行くのは敷居の高い感じで気後れもしたが、また、なにかまわないだろうという気になったりしては、菓子の袋を持って行ったりした。楽しい気持になったり、沈んだ気持になったりした。

そのうち或る晩、私は杉本さんのとこへ行って、こんなことを云った。

「僕はいつまで経っても気持がきまりませんし、木下さんの方の事情で、いい人がいたら結婚なさるように、そう木下さんに云って戴けないでしょうか？」

杉本さんは一寸黙って、

「小山さん、なにか不愉快な事がありましたか？」

「いいえ、そんなことはありません。」

「うむ。……貴方が木下さんのとこへ遊びに行っていて、なにか木下さんの態度に初めの頃と違うものがありますか？」

「いいえ、そんなことはありません。ただ僕はいつまでも気持がぶらぶらしていて……。」

「うん、うん。……木下さん、いつかこんなことは云っていましたがね。小山さんが来てくれるのはほんとにいいんだけど、夜は客が立て込むから、昼間来て下さるとほんとにいいわってね。木下さんが女独りで店をやっているでしょ。それで中にはそんなとこに気を惹かれて来る客もあるんですね。そういう客は小山さんが木下さんの店へ行っているのを見かけると、なんだ、いるのか、いるんじゃあって気になるらしいんですね。来なくなっちゃうっていうんです。」

私はまたこんな口をきいた。

「お話も僕には藪から棒だったのです。」

杉本さんは云った。

「私の気持では、貴方がこれを機縁に新しい気持で生活に立ち向われるようにと、そう思ったのですが。」

　ふと杉本さんは云った。

「貴方は誰かにM（私のいた刑務所の在る土地の名）のことを話しましたか？」

「え？」杉本さんの問いは唐突な感じがした。

「Aさんに話しましたか？」

「ええ。」

「Aさんは他人に話すような人ですか？」

「いいえ。そんな人じゃありません。」

「うむ。Sがね、木下さんに貴方のことを云って、そういう人間だから警戒するようにって忠告したそうです。」

「ああ、それは知っているでしょう。」と私は云った。Aさんのとこはその前からの馴染み故、Aさんが話したとか話さないとかいうことでなく、連中は私の事情は知っていたのだ。

「Sって男は、どうして木下さんのとこへ行くんでしょう？」

「商売でじゃないですか。」

「商売？」と杉本さんは苦笑いして、「私が貴方がたのことを纏めようと思って骨折っているのに、そんな風にはたから水をさすような真似をする人間は、どうも癪に触ってね。」

　私がそのことに無関心な態度でいるので、Sに対してどんな感情も抱かないらしいので、よけい杉本さんは不快な気持になるらしかった。

私は云った。

「若しそんな気を抱けば、僕のことですから、面と向って木下さんに質問します。」

私には事実Sのことはそう気にならなかった。Sがそんなことを云ったということにも冷淡な気持でいられた。Sになにか底意があって、彼女が既に承知している事実を殊更に告げ口したのだとすれば、Sとしては寧ろ器量を下げたことになるのだから。それにSとも顔見知り以上の間柄でないということが、私の気持を安易にしていた。杉本さんから水を向けられるまでもなく、Sが彼女に無関心でいないことは察しられていたが。（が、Sは彼女の店で顔を合せると知らん顔をしている癖に、Aさんの店や道で行き逢えばやはり挨拶した。私はそういうSを、その後だんだん好かない奴だと思うようになった。）

杉本さんは云った。

「ねえ、小山さん、その話は保留にしとこうじゃありませんか？」

しかし私は煮えきらぬ頑なな態度でいた。杉本さんも、では彼女に伝えよう、そう云った。辞する際に杉本さんは、

「小山さん、またいらっしゃい。」といつもの調子で云った。

私は、杉本さんが道で私を避けたりしたのは、私がMのことを口軽に誰、彼に喋っていると思い不快な感じを持たれた故、そうだったのかも知れない、そう思った。私は何故杉本さんにあんなことを云う気になったのだろう？　彼女の家庭の事情で、などともっともらしい口をきいたが、そんなまともな分別など私にありはしなかった。彼女の態度に初めの頃とな

にか違ったものがあるか？　と杉本さんは云ったが、そう、あるとも云えるし、ないとも云える。そんなことはないと私は返事をしたが、それも嘘ではない。繁く顔を合せるようになったこの頃、度々の私の訪問に彼女がその都度私をかまわないにしても、気を示さないにしても、それを気にしては切りがないのだが。些細なことに一喜一憂する自分の心を私は持ち扱いかねたのか？　子供染みた不服な気持に迫られたのか？　なんにせよ私には、その後引き続いて、じっと気持を堪えるということが出来なかった。

その翌日に私はぶらりと彼女の店に寄った。いるうちに私は、杉本さんから彼女に話があるよう、喋った。

「なんの話？」と彼女は私に問いかけ、私は云い渋ったが、彼女に促されているうちに、云ってしまった。

「そのことなの。」と彼女は云い、一瞬黙ったが、やがて、「杉本さんはせっかちなんだわ。」話は私から出たことであったが、彼女は私の云ったそれを、杉本さんから私が性急に意嚮《いこう》を確かめられた故にと取ったのであろう。

その後も私は相変らず彼女の店に顔を出した。そんな日が続いた。そして或る晩私は彼女に云った。

「僕ね。勧誘の材料を持って店を出るとね、ついふらふらっとここへ来てしまうんだ。」

「そうお。」私の云うのが無邪気に聞えたのだろう、彼女は微笑んだ。

「僕、今度なにか書けるまで来ない。書けたら持って来る。君、見てね。」そして云った。

「今夜一緒になにか食べない？　しばらく来ないのだから。」

彼女は相変らず好意の感じられる微笑を見せていたが、

「ええ、いいわ。お別れにね。」そう云って頸をすくめた。

日本堤の警察署の前で待合わすことにした。

「じゃ、警察の前で待っています。」と私が云ったら、彼女はまた頸をすくめた。私の眼には女らしい科《しぐさ》に映り私は惹かれた。彼女の店を出てから私は自分でも頸をすくめてみた。彼女の気持の映ってくる感じだった。女の友達のなかった私には、そんなふとした科が鮮《あたら》しく感じられ、魅せられた。

私は時間に警察署の前に行って彼女を待った。彼女はなかなか来なかった。私は不安な気持になっていった。大分待った。が、彼女は来なかった。彼女は来ないのかも知れぬ、そういう気になった。厭な、不安な気持を味った。と、彼女は来た。

「あんた、こんなところにいたの？」と彼女は怒っているような口つきで云った。彼女は土手の向う側の料理店の前にいたのだという。私はへんな気がした。彼女は一度は来ない気になり帰りかけたのだが、流石に気になって思い返したのではなかろうか？　それ故逆に怒った顔をして見せたのではないか？　そんな邪推が頭に閃いた。千束通りを公園の方へ行った。

映画帰りの人群と行き逢う故避けて横道へ行こうとしたら、

「だめよ。こっちの方から本を買いに来る人がいるんです。見られたらいやだわ。」

「気にし屋だなあ。」

「ええ、私は気にし屋よ。」

私は彼女を顧みて、

「君、小さいでしょ。あんた、また大きい癖に朴歯《ほおば》なんか履いているんですもの、よけいだわ。」

「ええ、小さいねえ。」

六区に入って大勝館の前に来た時ふと彼女は立ち止って、

「私、これ脱いでしまうわ。」と着ている割烹着のことを云った。着たままでかまわないじゃないかと云うのに「でも。」と彼女はそれを脱いで、館の手摺の前にしゃがんで、財布などとまとめて風呂敷に包んだ。傍に佇んでいて私はなにか親しい気持になったりした。

どこでなにを食べるか、私達は迷った。店の前に立っては気迷ったり、入りそびれたりした。

「ここにしよう。」

「だめよ。こういうところはきっと高いわよ。」

「小山さんは洋食が食べたいんですか?」と彼女は私の顔を覗いたりした。

方々歩いて時間も経ち気持が焦った。松屋の前の通りでふと彼女が思いついて、五〇番に入った。彼女は焼飯を誂えた。私がほかのものも注文しようと云うのを、彼女はそんなに食べたくないとことわった。学校を出て簡易保険局に勤めていた時分、友達とよくここへ来たものだと彼女は云った。またその頃は勤先からまっすぐ家へは帰らずに、友達と連れ立って銀座などへ遊びに出たものだと云った。

「皆んな不良染みていたでしょ。」と彼女が云うのに、私が不安な顔を見せたので、

「私は違うけど。」と彼女はなにげない顔つきをした。

私はMにいた期の私の番号がこの店の名と同じであることを話した。私の呼称番号は「七五〇」だった。そして私は多く単に「五〇」と呼ばれた、その思い出を話した。

時間がおそいので店に客は私達のほかに一組いるだけだった。やがて私達だけになった。話のとぎれたある瞬間、私は卓上に眼を俯せていたが、いま彼女はあの顔をしているなという感じが頭にきた。私は顔をあげてみた。そうであった。彼女は椅子に背を凭《もた》せかけて、顔をやや仰向けていて、電燈の光りを受けたその容貌は女学生のようであった。

彼女は少し食べ残した。ふっと、「私、もう沢山だわ。」と云い、すげなく匙を置いた。

時間になり私達は出た。街路に出てすぐ私がなにかとってつけたようなことを口にしたら、彼女は興醒めたような顔を見せた。

帰りながら。

どんなに稚《おさな》い感じのものでもいい、そんなところから書き始めてみたいと思っている、と私は云った。

「始めてごらんなさいな。」と彼女は云った。冷かすような調子が感じられないでもなかった。

なにか書き上げるまでは彼女の許を訪ねないことを私が誓うと、その時先きに歩いていた

彼女は顧みて、やや蓮葉な調子で、

「共産党の鉄の規律のように守れて？」

「うん、守れるさ。」

別れ際だった。私が、これまで苦労って云われるほどのものはしたことがないと云ったら、

「私はいろんな目に遇って来ましたわ。」と彼女は云った。彼女の年齢で経験しなければならないようなことはみんなして来たと云った。恋愛もあったのかと私は迂闊に訊きそうになった。

「女の身で経験するようなことはみんな？」そんなことを私は云った。彼女は彼女を見つめている私の眼色をチラと見て、

「あら、」と笑い顔になって、

「恋愛は私には縁遠いわ。」そう云うと、

「さよなら。」と背を見せて足早に去って行った。

その翌日から私は机に向った。少し前に机と字典を求めた。生来好むところであり、自分の拙さを忘れてただこの一筋に繋がる気持であったが、これまでまるで努めて来なかった。私はあてなしの努力は出来ぬ性で、誰かに褒めてもらいたい心からでなくては筆の執れぬ男である。彼女と交るようになっては、彼女に見てもらうことを思い描かずにはいられなかった。その楽しみから私はなにか書いてみる気になったのだ。そしてそのうえその時の私には

自分を伝えようとかかる心よりも、彼女に見てもらうという思いを楽しむ心の方がよけいであった。彼女に見せる、そのことを楽しみながら毎日机に向った。「妹への手紙」そんなものを私は書いた。肉身の許を離れて他家にいる幼い妹へあてて書き送った形式のもので、自身気になるひどく感傷的なものであった。やはり彼女を女と侮ったわけのものであったろうか。

十日ほどの間彼女の許に行かなかった。その日第一夕刊の来る少し前に書き終えた。それでも、ものを書いた喜びがあり、また、晴れて彼女の許に行けると云ったような楽しさが心にあった。私はその原稿を入れた封筒を抱えた新聞束の間に挟んで配達に出た。彼女は店の前で近所の女の人達と立ち話をしていた。私は近寄ってゆき、「これ。」と云って新聞束の間から封筒を抜いて彼女に手渡し、またすぐ引き返して配達を続けた。配達を終って寄ってみると彼女は原稿を読んでいたが、顔をあげて、

「まだ途中までしか読んでいないのよ。お客があったものだから。」

「ゆっくり読んで下さい。」

私は棚の本を一、二冊抜いて見たりしてすぐ出た。第二夕刊を配達して銭湯に行って、そして行った。客が一人、二人いた。私が入ってゆくと彼女は原稿を取り出して、

「私ね、いまこれを読んでいるうちに、こんな歌をつくったのよ。」と云って歌の書いてある紙片を見せた。べつに私の作品とは関係のないものであった。色里、名残りの夢、そんな言葉の見えた歌であった。色っぽいものではないと彼女はことわった。なんのつもりなのだ

ろうか？

「ね、僕の、どうだった？」

「どうって？　これは末梢的なことかも知れないけど、小山さんは文法をやったらいいと思うわ。」

「そう。僕、仮名遣いなど滅茶だし、自己流のところがあるだろうな。」

そのまま二人共に口を噤《つぐ》んだ。やがて、

「君ね、僕の作品どう思うの？……好き？」

「あら、好きだとか、嫌いだとかって、それは別でしょ。その人の好きずきだわ。」

「僕は、たとえ一行でもいいのだ、その人の生存の根底からにじみ出てきたような言葉が見つかれば、自分の心に沁みてくる言葉が見つかれば、それはいい作品なのだ、そう思っているんだ。」

「そういうものは、どんな作品にもあるでしょ。」

私は不服な気持だった。「よかったわ。好きよ。」彼女はそうした触れ方をしないあの類《たぐい》の女なのか。私は客を憚《はばか》りながら彼女の方に身を屈めて、急かれた気持のまま、

「ね、今夜またなにか食べに行かない？」

「だめ、私、この頃寄り道しないで早く帰るようにしているのよ。」

「……。」

にべもない返事だった。今夜また彼女となにか食べながら私の作品のことなど語り合った

りする、そして明日から私はまた新しく書き始める、私はそんな想いに胸をはずませていたのだが。そして今夜のそのことを私はまず危ぶみはしなかったのだが。しかし私は諦めねばならなかった。

接穂のない感じで私達は黙っていた。やがて私は掌の中の原稿を弄びながら、慰めかねた気持のまま、

「これ、杉本さんに見てもらおうかな。」

彼女は押し黙っていた。

「これから、杉本さんとこへ行ってみよう。」

子供っぽい口調になった。彼女は弱く笑った。

「じゃ、さよなら。」

私は彼女を顧みて云った。彼女の眼は一瞬、出て行こうとする私の掌の中の原稿に注がれた。その眼差しを見て、あ、彼女は今晩この原稿を自分の家へ持ち帰って読みたい心なのではないか？　そんな感じがふっと頭に閃いた。

杉本さんは留守だった。私は原稿を奥さんに託して帰った。

私はまたずるずるした気持で彼女の許に行き出した。そんなに話のあるわけはなかった。黙って雑誌などに眼を晒したまま刻を過ごして帰ってしまったりした。彼女も強いて私に話しかけはしなかった。

私は勧誘の仕事は殆んどやらなかった。そのひまは多く彼女の許で過ごしていたのだ。再

び書くことに気を注ぐ、そんな日常にも入れなかった。なにか気勢を挫かれた感じで。ただ慰まぬ気持のまま、彼女の許にばかり誘《ひ》かれた。杉本さんのとこへも行ったが、いつも留守だった。

一日彼女の許で私は、なにか苛《いらだ》った気持から、

「木下さんは、女丈夫だからなぁ。」と云った。すると彼女は意外に表情を変えて、

「あら、厭だわ。女丈夫だとか、女傑だとかって。……私、そんな女ではないつもりよ。勝気ではあるけれどね。」と亢《たか》ぶった口調で云った。心外な言を聞く、そんな眼色だった。私は黙ってしまった。

また。私はその時の彼女のすげない素振りに押されて、ふとSのことを口に出してしまった。Sが彼女に私のことを警戒するように云ったことを。すると彼女は、

「あら、それじゃあ、Sさんが悪者になってしまうわ。」と云った。その時のSの気持にどれほどの悪意もなかったというわけなのだろう。彼女とSの間柄にしても、どれほどの親しさにあるとも思えず、またSにしてもそれほど私を阻む心があろうとも思えない。しかし私は彼女がそれきり黙って固い表情を保っているのに、なお気持が崩れて、

「S君、そんなこと云わなかったの？」

彼女は黙っていた。

「よし、杉本さんに詰問してやろう。」

私は子供らしく、ものの表面にこだわってみたのだった。

その翌日のこと、やはり私は彼女の許に出かけていた。うまく行かなかった。鋸屋のお婆さんが店に顔を出し彼女との間に話がもてた。お婆さんは立ちかけてはまた話を続けてなかなか切り上げなかった。彼女もいいしおを見て話をやめるでもなかった。私は棚の本を抜いて落着かない気持で覗いてみたりしていたけれど、しまいにどうにも癪に触ってきた。そして遂に、「さよならッ。」と投げつけて出た。彼女は顔を振り向けたが、黙ったままだった。咄嗟に口がきけなかったのかも知れなかった。彼女の店を去りながら、もう、やめた、と私は思った。なんだい、いつもいつも不愛想にしやがって。

その晩杉本さんのとこへ行った。また留守だった。

翌朝もう私は彼女の店に新聞を入れなかった。昼頃私は勧誘に区域を歩いていて、○○倶楽部の前に来た。この方面の本屋仲間の市はこの貸席で開かれた。市は所定の日に十時頃から昼過ぎまでで終った。その日は丁度市のあった日であった。気づいてその二階を見上げた私の眼に、開けた窓際に並んで席を取っている杉本さんと彼女の後姿が見えた。一瞬私は彼女が緊《しま》った表情の横顔を見せてなにか杉本さんに囁くのを見た。彼女は私に気づきそれを杉本さんに告げたのだ、私にはそう感じられた。私は見て過ぎた。

店に帰ってから時分を見て私は杉本さんのとこへ行った。店には奥さんがいて、「いますけど、これから出かけるとこなんです。」と云い、傍らから私の原稿の封筒を取り上げて、「なんですか、これ、誰方か他の人に見てもらうようにって、そう云っていましたですよ。」

封筒を受取り、私はしばしためらっていた。奥さんは梯子段の上り口から二階へ、

「小山さんが見えましたよ。」

杉本さんの返事する声が聞えてやがて下りて来た。外出の服装だった。

「やあ、小山さん、いらっしゃい。……それ拝見しましたよ。」

「はあ。」

「そういう柔かいものは、私にはよく解らないなあ。誰か他の人に見てもらって下さい。」

「はあ。僕、一寸お話ししたいことがあるんですが。」

「そう、これから出かけなきゃならないんですが、……○日に来てみて下さい。○日ならいますから。」

「じゃ、○日にお伺いします。」

その日第一夕刊を配っていって土手へ出たら、店の前に彼女は立っていて、こちらを見ていた。市を終えて店へ来て、新聞が入っていないのに気づいてへんに思い、さて気になったのであろう。彼女の様子にそれは感じられた。
○日に杉本さんのとこへ行った。が、店には奥さん独りいて、入ってきた私を見ると、
「いないんですよ。」とだけ、すげなく云った。私は意外な気がした。○日ならいると杉本さんが云った時、奥さんも傍にいて聞いていたのに。私はすぐ辞し、そして杉本さんのとこへもこのままもう行くまいと思った。なにか私を避けているものがあるふうに感じられたのだ。

また、「そういう柔かいものは私には解らない。」そういう杉本さんの敬遠される気持は私に

は諾《うべな》われるものだった。杉本さんとしては、私があんな気障なものを書く男だとは思っていなかったのであろう。

勝手にしろ、私はそうした気持で彼女のとこへも杉本さんのとこへも行かずにいた。三日、四日と日が経っていった。彼女に会わずにいることは辛抱気の要ることであった。私ははや、自分の廻り気なこだわった性質を悔んでいた。新聞の連載小説などにふと眼を晒しては、そこに描かれてある男女のなにげない会話のやりとりなどから感ぜられる親しみに触れたりしては、そうした淡白な風景の中に彼女と自分を思い描き、自分の変屈な性質が省みられ悔まれた。もっと闊達な気持で彼女に接すればよかったという思いにしきりに責められた。私は日々ただ落着かぬ気持で、本屋歩きをして日を消していた。今日はこの方面、明日はあの方面という風に気に任せ足に任せて歩いた。そして二冊、三冊と増えてゆく本を傍に置いて眺めては、なにか心丈夫な気がして、自分が緊張しているような、そんな錯覚に身を任せていた。部屋の押入れの中には、本の包み紙とゴム・バンドが溜っていった。私はそれを捨てずに溜めていった。私は彼女のとこへは行かぬ心である。が、包み紙とゴム・バンドを捨てる気になれなかった。溜めて彼女に贈りたい気持があったのだ。本屋歩きから帰ってその日買った本の包み紙とゴム・バンドを押入れに仕舞いながら、私は時にそういう自分の心を省みてみたりした。——私の念頭には絶えず彼女のことがあったのだ。

一日私は本を買っての帰途、店へ出向いてゆく途中の彼女と行き逢った。隔りがあったので私は横道へ避けた。彼女の顔色も挨拶し憎い感じだったので。少し行ってから、私の歩いてゆく前方の通りを過ぎてゆく彼女の姿を見た。やはり屈託げな表情をしていた。日が経っていった。彼女に会いたい気持が頻りに動いた。しかし彼女の店には行き憎い感じで、私は市のある日、時分を見て○○倶楽部の近くの顧客の家に立ち寄って、出てくる彼女を待ってみるようなこともした。が、彼女を見ることは出来なかった。それにこの頃彼女は店を開けるのが前よりも遅目になったようであった。土手に立ち廻ってみては、私は閉ったままの彼女の店をよく見た。

或る日のこと区域を歩いていると、通りかかったお顧客のおかみさんから声をかけられ、「土手の本屋さんがあんたのことを訊いてましたよ。あの配達さん、まだいるのかって。」と少しひやかし気味に云われた。私はさりげなく装ったが、それでもにやにやしてしまった。そのおかみさんは彼女の店のお顧客でもあって、私は彼女の店で二度ばかり顔を合せたことがあったのだ。私は明日彼女のとこへ行こうときめた。今日聞いたのだから、今日行くのは早い、一日間をおけばいい、そうきめて私は快活になった。——彼女のとこへ行かなくなって、二十日ほどになっていた。

翌日私はぶらりと彼女の店に顔を見せた。流石に彼女は嬉しそうな顔をした。

「しばらく見えませんでしたね。お忙しかったのですか？」

「いや。」と私はかぶりを振った。私はしばらく見なかった本の棚を眺めたりした。懐かしい感じだった。

「杉本さんのとこへも行かないようね。」

「行かない。」

「どうして行かないの？」

「どうしても。」

「小山さんの読む本がないから？」

「え？」

「杉本さんのとこ、この頃いろいろ文学書があってよ。行くといいわ。」

私は包み紙とゴム・バンドを取り出して、

「これ、寄附しましょう。」

彼女は見て点頭《うなず》いた。

「ありがと。」

その日私は彼女に、私の区域の向い側に一週間ばかり前に店を開けた本屋のことを話した。その本郷辺にいた人でこちらへ来たのだが、不意に国へ帰らなければならぬ事情になって、その店はいま譲店に出してあるのだった。一、二度行って私はそれを知った。そのおかみさんは、「新聞屋さん、お仲間の人とやってみませんか？」と私などにも話を持ち出して、心辺りの人でもあったら話をしてみてくれと私は云われていたのだった。事情に迫られているらしく、おかみさんの口にした値段は少額に思えた。私の話はやはり彼女の気を惹いた。店の場所、造作、棚の本などの話の後、

「五百円位にしないかって、云ってみてくれません？」と彼女は云った。彼女自身欲しいの

ではなく、なにか心掛けてみることがあるらしい口振りだった。

いるうち彼女は欠伸《あくび》をしそうにしたが、私の気を兼ねて嚙み殺した。

翌日行ったら棚に昨日はなかった新刊の文学書が二冊あった。どちらも私の読む気のしないものだった。私はその著書に対する飽きたらなさを気なしに表白したりした。彼女はなにやら浮かぬ顔で、「でも、この人達は流行っ児じゃないんですか？」そんなことを云った。

彼女の店を出てから私は気になった。「本がないから、行かないの？」昨日そう云った彼女の声音が胸によみがえった。私が彼女の店を遠のいたのは、一つは本がないからと思い込み、昨日また私が顔を見せたので、今日彼女はあの二冊の本を買ってきたのではあるまいか？

私が読むだろうと思って。私はそんな考えに捉われた。
二、三日した晩、私は彼女に云った。
「今夜、僕のとこへ来ない？」

彼女は一寸考えて、

「行ってもいいわ。」

彼女が店を仕舞って来る時分、私は自分の店にいてその前を通る彼女を待つということにした。私は間借りしている部屋へ店から火鉢を運んだり、菓子の用意をしたりした。

上る際彼女は、「ほんの一寸よ、五分ほどよ。」と云った。「汚いところだろ。」と私の云うのに、「そんなことないわ。なかなかいいじゃないの。」と彼女は真顔で云った。

彼女は隣室の気配を気にして、「隣りに誰かいるの？」と小声で云った。襖を隔てた隣室には夫婦者がいた。

私の買い集めた本を見て、「感心だわ。」と彼女は云った。それでも読書欲があるのは頼もしいという意味ではなく、私にこれだけの本を買う金が稼げるというのが意外だったらしかった。彼女らしい率直な云い振りだった。彼女も好きだというある女の作家の本の扉にある、その作家の横坐りしているような写真を見て、「この写真はいやだわ。なんだかみだらな感じがするわ。」と彼女は云った。その作家の作品に出てくる女性は一体に脆い感じがすると彼女は云ったことがある。

隣室と話し声も聞え合う感じで落着いた気持になれなかった。それでも彼女はしばらくいた。やがて私は彼女を送って出た。

「杉本さんは、君が好きなんだね。」

「行くと、とても歓迎してくれるわ。気の置けない人だから、いつもおそくまでいてしまうわ。あんたも行けばいいじゃないの。」

「杉本さん、僕を避けているようなんだ。」

私は杉本さんが道で私を避けたことや〇日に来いと云って留守だったことを話した。

「君のところへも行かないつもりだったんだ。」

「どうして?」

「君に嫌われてしまったから。」

「あら、……私はそんなこと気にしないわ。人に好かれてるとか、嫌われてるとかって。」

千束町の停留場を越して少し行って別れた。私は歩いて行く彼女の後姿へ向って、

「三十まで、さよなら。」

彼女は一寸振り返って、

「なに云ってんのよ。」

翌日また行った。

「ね、今夜一緒になにか食べない？」

「いやよ。」

「じゃ、送って行こう。」

「私独りで帰るの。あんたと歩いても別になんのことないんですもの。」

「ね、いいじゃないか。」

「いやよ。あんた、三十までさよならって云ったじゃないの。」

そのまた翌日だったか。その日私は彼女の店で棚の本を見ている中、一冊の本の頁の間に四つ葉の苜蓿《うまごやし》の挿んであるのを見つけた。

「これは縁起がいい。」

「へえ、それは縁起がいいの？」

「うん、縁起がいいんだ。」

他意はなく、ただ口先きの戯れに、云ってみたまでだった。

夕刊の時間がきたので私は帰った。夕刊を配達している途中で、そこに遊んでいた馴染み

の女の子が、私を見かけると、

「ねえ、清ちゃんがねえ、」ともう一人の女の子のことを云って、私になにか告げようとした。云われた女の子は、「いやよ、いやよ。」と云って後を云わせまいとした。私は立ち止って、笑いながら、強いて訊こうとした。

「なんだい？ 清ちゃんが、なんだって？」

「ねえ、清ちゃんがねえ、新聞屋さんのこと好きだって。」

「うそよ、うそよ。」

私はまた配達を続けた。嬉しい気がした。私も日頃その子が好きだった。その子の名が彼女と同じなのにふと気がついた。そうだ、同じだったのだなあ、と私は思った。そして配達をして行きながら、私は彼女のことを思い、よし、彼女に結婚を申し込もう、うん、そうしよう、と思い立った。その時私の胸にそんな思いが唐突に湧いたのだ。そう思いきめながら夕刊を配っていった。

夕刊を配り終ってから銭湯に行って、そして云った。

「今夜僕のとこへ来ない？」

「いやよ。……なんか話があるの。」

「うん。」

「なに？ ここで云えないこと？」

「うん。」

「ここで云えないようなこと、いやだわ。」

「云えないこともないけど。」

「なんなの？」

私は柱に片手を突いて、彼女の方に身を屈めて、口籠りつつ、

「ねえ、僕と結婚してくれない？」

「おお、いやだ。」

瞬間彼女は身を竦《すく》めたが、私の顔を仰いで、やや間をおいて、

「私、独身主義なの。当分結婚しないつもりなの。」

私は凝固したような気持で、ただ彼女の顔を見ていた。私にはどんな思いもなかった。また、なにも云えなかった。私には彼女の答えに対してどんな予期もなかった。

「結婚して、どうするの？」

「どうするって？」私にはなにも云えなかった。

「私のような者、すぐ倦きてしまうわよ。」と彼女は云った。私はそこにしゃがんだ。彼女の顔を仰いでいた。彼女は私の顔を流し眼に見ながら、

「よく考えた？」

「ううん。」と私はかぶりを振った。と、彼女の表情は一寸泣きそうになって、

「あら、それじゃ、ひどいじゃないの。」

やがて、

「まじめに考えた？」

「うん。」と私は肯いたが、彼女の顔から眼を反らし、なんとつかず背後を返り見た。自信のない者の動作であることを、自身感じた。彼女はそういう私を見たが、

「私のこと聞いたら吐きそうになるわ。……ここじゃ話出来ないから、杉本さんのとこで話しましょう。店を仕舞ったら行きますわ。」

「杉本さんいるかしら？」

彼女は一寸考える眼色を見せたが、

「今夜はいるわ。」となにか肯きながら、「後から私が来るからって、そう云えばいいわ。」

私は彼女の店を出た。間借りしている部屋に帰った。ただ重い気持だった。なにを期待する心もなかった。今夜これからの会見のことを思って臆した心でいた。彼女の方の事情で自分の進退をきめる、ともかくそう云えばいい、頭はそんな考えを割り出した。私は本を開いて頁に眼を晒したりして、時の経つのを待った。

やがて杉本さんのとこへ行った。奥さんは「いないんですよ。」と云ったが、後から彼女も来るということを聞くと、「そうですか。まあお掛けなさい。」と親しみを見せて云った。

少しして彼女は来た。怒っているような面持で私には眼もくれず、「仰々しい。」と吐き出すように呟いた。二人揃って仰々しい話を持ってきたとでも云うのだろうか。奥さんは彼女に気易い調子で、「ま、二階へお上んなさい。」と云った。彼女はさっさと二階へ上った。その後から私も上った。彼女は持ってきた本を開いて読みはじめた。私はただ坐っていた。そ

のうち足が痛くなってきたので私が、「僕御免蒙《こうむ》ろう。」と膝を崩そうとしたら、彼女は私がいとまをするふうに聞いたらしく、本から眼を上げて、「私もあと十分間ほどで帰ろう。」と云った。

杉本さんが帰って来た。杉本さんは部屋に入りながら、

「小山さん、しばらく。この頃は朝の配達が寒いでしょう。」

杉本さんはその場で着換えをしてそこに坐った。れいの調子で、

「木下さん、なにか面白いことがありますか？」

彼女は読んでいた本の感想を云い、私もそれに口を出した。やがて彼女が、

「今日、小山さんが結婚しないかって云ったんです。」

「それで、木下さんはなんて返事をしたんです？」

「いやだって、云ったんです。」

「ま、簡単。」と奥さんが云った。

杉本さんは、「うん、うん。」と点頭いて、それから私に向い、彼女はこの頃本屋の商売に気乗りがしなくなっていること、杉本さんになにかいい職業はないかなど云っていること、いまはこの商売を始めた頃のような気持ではいないこと、……を云った。

「……毎日私のとこで昼頃まで遊んでいて、それから店へ出かけて行くような風なんです。」

と杉本さんは云った。

彼女が云った。私がいつか、この話からは身を退くと云った故、そのつもりで交際してい

たと。

「そう、身を退くってね。」と傍から奥さんも云った。

「僕のこと、一寸も云わないじゃないですか。」とそんなふうに私は云った。私のつもりでは彼女が私をどう思っているのか、それを聞きたいというわけであった。が、杉本さんは、私が私の気持を聞いてもらいたいと云ったふうに取った。促されて私は云わねばならなくなった。彼女の方の事情で自分の進退をきめる、そう私が云うと、

「そんな態度は弱いと思うわ。」と彼女は面をあげてきっと私の顔を見て云った。すると杉本さんが、

「いや、小山さんの云うのは、若し木下さんと添い遂げることが出来るなら、本屋の小僧でもなんでもやる、そういう気持なのでしょう。」

「そうです。」杉本さんの誇張した口調にやや閉口しながら私は云った。すると彼女は、「あら、そんなこと聞いたら父が喜んでしまいますわ。」吐胸を突かれたふうで、眼を俯せて云った。その声音を聞きその面をチラと見て、私は疚《やま》しい感じがした。と、杉本さんは笑い声で、

「木下さん、小山さんと一緒になって、善良な市民になりますか？」と云った。杉本さんの語調に私は冷かすようなものを感じた。私はあの妹へあてて書いたその遅鈍を恥じぬという作品の中で、むやみに「善良」という言葉を連発していたのだ。「お前の兄さんがこの世の中で一番好きなものは善良な性質だ。」そんな調子で。

おそくなり、とど彼女は先きへ帰って、私は後に残ることになった。「後で小山さんによく話して置きますから。」そう杉本さんが云い、彼女はそれをしおに座を立った。そのあと、「小山さん、つきあってみてそして結婚しようというのは、十中の八九までうまく行かないのですよ。お互いに我儘が出てきますからね。結婚をしてしまえば忍従してしまうのですがね。」とこの時また杉本さんは執り成し顔でそれを云った。

「木下さんはいまはいやだと云っていても、先きへいってこんどは木下さんの方で結婚してくれって云うようになるかも知れませんよ。」と宥め顔で云った。

「先刻も、そんな態度は弱いと思うと云ったでしょ。若し木下さんが小山さんに関心を持っていないとしたら、あんなことは云いませんよ。また、そんなこと聞いたら父がどんなに喜ぶか知れないって云っていたでしょ。あれなんか、沁々《しみじみ》とした述懐だなあ。」と奥さんを顧みた。

「女なんて少しのことをひどく感ずるものですからね。小山さん、なんですか、ゴム・バンドを木下さんにあげたそうじゃないですか。木下さんうちへきて、小山さんは細かいことにも気のつく人だって云っていましたよ。そう、あれはいつだったかな？　〇〇日の晩だったかな？　おい。」と笑い出しながら、奥さんに向って云った。

「〇〇日の晩？」とその時私は懸念に堪えず、口に出して云った。彼女が私のとこへ来たのは〇〇日の晩なのだ。

「そうじゃなかったかな？」

「△△日じゃなかったですか?」と奥さんが云った。

「あ、そうだったか。」と杉本さんははじめて合点がいったような顔をした。私は杉本さんが彼女が私のところへ来たのを知っているのを感じた。時日を問うたりしたのは故意なのだ。杉本さんの調子には可笑しさを堪えているようなところがあった。男が女を自分の部屋に誘ったということに対して、ありふれた想像をしたのだろうが。

「小山さん、しばらく見えませんでしたね。……前にも私のとこへ来ていた人で、不意に来なくなってしまった人がいたんですが、その人がその次ぎまた来てくれたら、私も会えてその人の為になることも出来たのでしたが。」と杉本さんはそんなことも云った。杉本さんは世話好きな性質故、自分のとこへ来る者は皆なにかものを頼みに来る者だと思っているのかと私は思った。

「木下さんのとこへも行かなかったそうですね。木下さん心配していましたよ。小山さん、この頃どうしたんだろうって。なんだか、貴方の新聞の読者で、木下さんの店へ本を買いに来る女の人に、貴方のことを訊いてみたりしたそうですよ。」

杉本さんはやはり笑いを含みながら云った。私は心中やや狼狽した。私がまた彼女の許に行き出したのは、道でそのお顧客のおかみさんから言葉をかけられたのが、はずみになっていたのだが、その時の浮いた気持を杉本さんから見抜かれているような感じを受けたので。

「木下さんのとこへ行かないつもりだったんですが、それなのに、ゴム・バンドを溜めたりなんかしているんです。……木下さんのことばかり思っているんです。」と私は云った。奥さんは流石に女らしい表情で私を見た。

「若いからなあ。」と杉本さんは云った。尋常に云えば私はもう若いと云える齢ではない。

杉本さんの語調にもそれは感じられた。

「木下さん、さっき、私なんか倦きちゃうって云ったんです。私のこと聞いたら吐きそうになるって云ったんです。ここで話すって云ったんですがね。」と私の云うのに、

「うん、うん。ああいう運動をしていると、なんて云うか、女であることを利用するというようなこともあるかも知れませんね。」そう、杉本さんはさりげなく云った。

「ねえ、小山さん。こんなことを云うじゃないですか。一、押しですか？　二、男、いや金ですか？　ね、こんなことを云うじゃないですか。」

「僕には駄目ですよ。」

「駄目か。性質だからなあ。」

杉本さんは吐き出すように云った。私には杉本さんからまともに云ってもらえない感じもしていた。私は胸の底の蟠《わだかま》りを口に出して云った。

「僕には誠実ってものがないのです。」

「さあ、貴方は学問もある人だし、私にはなんとも云えないなあ。」

私のその訴え気味のもの云いを杉本さんは、そう、さりげなく受けた。私の空虚な隙間のある心の状態を杉本さんは見抜いている、そんなことを私は思っていた。

「今日のことは措いて、木下さんとはいままで通りなにげなくつきあっていらっしゃい。明

日木下さんが見えたらよく話して置きますよ。」そう杉本さんは云い、階下で辞し去ろうとする時、「その人を利用すると云ったら語弊がありますが、人とは交りを絶たない方がいいですよ。」と云った。

私は帰って蒲団を敷いて寝た。すぐには寝つかれず、引き続いて頭はいろんなことを思い悩んだ。私はどうして彼女に結婚の申込みなどをする気になったのだろう。繁く通って独りで気持を持て余し、なんだか恰好がつかなく工合が悪くなったからだろうか。若しも彼女との間が順調にいっていたら、私はいまこんな申込みなどしなかったのではなかろうか。熱した頭にいろんな妄想が起きて苦しかった。こりゃあ、明日の朝刊の配達は辛いぞと思った。この頃は配達しながら頭は絶えずものを考えていたのだ。こんな頭で朝暗い中を配達するのはかなわないと思った。いつか眠った。眼が覚め店へ行った。一眠りしたせいか気持は静まっていた。新聞を揃えながら、この分ならそんなに辛いことはないなと思った。そんなに辛いことはなかった。

昼頃杉本さんのとこへ行った。奥さんは二階へ上っていったが、下りてきて、

「気分が悪くて寝て居りますから。」

「木下さん、来ましたか？」

「いいえ、来ませんよ。」

彼女のとこへ廻った。

「ゆうべ、杉本さん、なんて云って？」

「なにげない気持でつきあっていらっしゃいって。」

「そうお。」と彼女は点頭いた。その表情に淋しげなものが見えた気がして、

「僕、そんなこと出来ない。」と云ったら、

「それじゃ、お友達になれないじゃないの。」と彼女は云った。

私はなおぐずぐずしていて、

「君、僕のことをどう思っているの？」

「いやだったら、解っているじゃないの。」と彼女は眉を顰《ひそ》め、癇癪《かんしゃく》の起きたような声を出した。あ、そうかと私は思った。

翌日も行った。棚の本を見たりしてぐずぐずしていた。

「私ね、ずっと前に結婚の約束をした人があるの。その人この頃東京へ来てるって話なの。いつ、どこで逢うかわからないでしょ。」彼女はこんなことを云った。

その晩、丁度その日から防空演習が始って、覆いをほどこした電燈の下で、私は杉本さんへ手紙を書いた。こんなことを書いた。

「この度は軽率にあんな話を持ち出して、皆さんをわずらわせてすみません。固い決心もなくてあんなことを云い、恥かしく思います。尚この上の御交誼を願えれば仕合せに思います。しばらくはお訪ねすることを差し控えたい気でいます。切口上ですが意のあるところをお汲みとり下さって、木下さんによしなにお伝え下さい。」

二日ほどして、封書には四銭切手をはるのだと知って私は驚いた。「いつから上ったんだ

い？」「もうずっと前だよ。この春頃だよ。」と朋輩は云った。私は杉本さんへの手紙に三銭切手をはって出したのだ。私は一年以上も手紙などは書いたことがなくて、そのことを知らなかったのだ。

彼女

——その頃、君はいくつだった？

——二十八。

——彼女は？

——二十六。

——別嬪《べつぴん》かい？

——悪くなかった。彼女に僕を紹介してくれた人は、彼女のことを器量よしと云ったが、はじめ僕にはそれがよく腑に落ちなかった。僕も疎かったのだ。そのうち、僕は自分の迂闊さに気がついた。

——悪くないと思ったのだね。

——ひとくちに云うと、彼女は男好きのする顔をしていた。

——なるほど。

——白粉《おしろい》も口紅もつけなかった。髪は無造作な束髪というやつだ。

——色浅黒くか。

——いや、彼女は色白の方だった。色の白いは七難かくす、そういう生地のよさがあった。

——そうか。色白の人は反って化粧をしない方がいい。彼女もそこは心得ていたんだろう。

——いや、彼女の化粧をしない習慣は、それまで彼女が当時の非合法運動に携わっていたという、そういう経歴の名残かも知れないんだ。僕はその方面のことはよく知らないが。

——それじゃ、彼女は女闘士ってわけか。いやはや。失礼だが、君のお歯に合う代物じゃなかったろう。いやに自信がありげに笑うじゃないか。さては、満更でもなかったと見えるな。

——いや、仰《おつ》しゃるとおり散々さ。けれども、彼女自身は女闘士なんてふうに見られるのを嫌がっていた。いちど僕が口を滑らして、彼女の機嫌を損じたことがある。

——なんて云った？

——女丈夫だとか女傑だとかいうのは嫌だ。自分はそんな女ではないつもりだ。勝気ではあるが。そう云った。

——そこで、君がころりと参ったというわけか。

——終始一貫して僕は彼女の「女」に惹かれた。

——あたりまえだ。それが惚れるということじゃないか。色白でお化粧はしない。勝気で男好きがする。僕にもいくらか見当がついてきた。ところで、柄は？

――小柄だ。容子はいいとは云えない。どちらかと云えば、ずんぐりしている方だ。彼女と並んで歩きながら僕が「きみ、小さいねえ。」と云ったら、彼女は「あんた、また大きいくせに朴歯《ほおば》なんか履いているんですもの。」と云った。掌なんかも、まるい小さい子供のような掌をしていた。

――形《なり》は？

――大抵いつも紺の上衣に対《つい》のスカートをつけ、そのうえに白い上張《うわつぱり》を羽織っていた。髪はいま云ったように無造作な束髪。彼女の顔つきは女学生のようにも見えることがあった。彼女はよくムキな生真面目な表情をした。笑うと、金歯を塡《は》めているのが見えた。それは彼女をいかにも世慣れた、さばけた女に見せた。彼女はまた、どうかするとすぐ顔を赤くした。しっかりものには似げないようだが、そんなすぐ羞恥で染まるような素朴さが、彼女にはあった。彼女は小娘のようにも見え、また相当のかみさんのようにも見えた。一瞥しただけでは判断つかないようなところがあった。

――そこに君が迷ったわけだな。いや、君としては、迷う手懸りがあったわけだ。

――そうかも知れない。敗戦後、僕はある小説に、当時非合法運動をやっていた女達はみんな一様に眥《まなじり》のつりあがっている目つきをしていたと書いてあるのを読んだ。「非合法時代の目つき」と書いてあった。僕はそれを読んだとき、彼女の目つきを思い出した。彼女もやはり眥のつりあがっている目つきをしていた。僕は彼女の顔に見入って、女の目は素早く動くと思ったりしたが、そのときはもう僕の思いは募っていたわけだ。

——なるほど、非合法時代の目つきか。彼女もひっ捉《つかま》ってやられたくちだな。監獄生活も経験したんだろう。

——彼女は関西の刑務所で未決生活をして、出てきたばかりだった。その頃の所謂《いわゆる》転向者の一人だ。まだ云わなかったが、彼女は女手一つで古本屋を経営していたが、彼女の店に遊びに行っていると、特高と行き逢うことがよくあった。

——君はむかし新聞配達をしていたそうだが、その頃の話か。

——そうだ。その頃、僕はS区のR町で新聞配達をしていた。彼女の店はA区のN町にあったのだが、そこは僕が配達していた区域からは改正道路を隔てたすぐ向い側だった。彼女の店はある鋸屋の軒下を借りた床店だったが、彼女はその店に、やはりA区のS町にある家から毎日通ってきていた。家には父母がいた。僕は彼女の店で、時々彼女の父親を見かけた。彼女によく似ていた。彼女の父親は自転車で彼女の昼の弁当を届けにくるのだ。毎日のことではなかったろうが。いつも店には長居せずに、すぐ帰ってしまった。彼女の父親はなんでも洋服の職人だという話だった。見かけは篤実そうな人だった。これは後の話だが、僕が彼女の家を尋ねたとき、彼女は留守で父親が出てきたが、云うことには、「娘《あれ》はいま他行しております。」そんな言葉づかいをした。昔気質《かたぎ》なんだ。云うだけ野暮だが、貧しい階級の人だ。

——父親としては、娘がそういう生活をしているのは不本意だったろうが、娘を可愛がっているようじゃないか。いまの君の話を聞いただけでも。

たが、娘の気性はよく呑み込めていたのだろう。

――おそらく、そうだろう。僕も立入ったことはなにも知らないのだが、それは感じられた。彼女の家庭にはあっても、僕の家庭にはないものだから。彼女は父親に向って、自分のことを「あたい」と云っていた。彼女が関西の刑務所にいたときには、父親は逢いにきてくれたという。また、彼女が刑務所を出て家に帰ったとき、一月ばかりはただぶらぶらしていたが、両親はなにも云わなかったという。親としては、娘のやることには理解は持てなかったが、娘の気性はよく呑み込めていたのだろう。

――ところで、彼女と知り合ったきっかけは？　紹介してくれた人というのは？

――僕のいた新聞店の近所の古本屋の主人だ。Mさんと云ったがね。僕はその店に本を借りに行っているうちに、Mさんと懇意になった。また、彼女の方は同業者だから、市で顔が合ううちに近しくなったようだ。Mさんはよくある世話好きの人で、僕達を見て、年頃も似合いだし、まとめてみたくなったのだろう。つきあってみて結婚したらどうかという話になったんだ。僕は二十八には成っていたが、まだ結婚なんて考えたことはなかった。それでも悪い気持はしなかったし、心が動かないこともなかった。けれども流石に自信が持てなかったから、単純に「友達になりたい。」とだけ、Mさんに云った。結局、彼女と僕の間の話は実を結ばなかったが、その最大の原因は、いまから思えば僕の方の機が熟していなかったからだ。結婚話が成立するには、やはり当人同士に家庭を持ちたいとか、身を固めたいとか、そういう慾望や意志がなければ駄目だ。わかりきった話だ。そして、そういう慾望や意志が当人のうちに目ざめるのには、やはり適当な時期というものがあるようだ。僕の場合はまだ時期が来ていなかったのだ。それにMさんにしろ、彼女にしろ、少からず僕を買い被っていた気味がある。Mさんははじめ僕のことを気の練れた磊落《らいらく》な人間のように思い込んでいたようだし、また後になって彼女も、Mさんからいろいろ云われ、ついそのような目で僕を見ていたと云ったこともある。Mさんも僕のことでは、彼女に対して相当な仲人口をきいたらしい。ところで、彼女の方には結婚する気がないわけではなかったようだ。勿論、僕だけが対象というわけではないが。

――すると、話がまとまらなかった原因は、彼女の方が積極的に出ても、君の態度が曖昧だったからか。

――ところが、僕が彼女に結婚の申込みをして、彼女から断られたんだ。

――それはまた、どういうことだ。

――僕のは結婚の申込みなんてものじゃなかったんだ。「結婚してくれ」ということは「きみが好きだ」ということだったのだ。僕は彼女につまり愛の告白をしたわけなんだ。

――なんだか、頼りないね。

――申込みをして、自分でも困った。彼女から「結婚してどうするの?」と訊かれて、僕はなんとも返事が出来なかった。

――具体的な生活の地盤の方は、Mさんという人がお膳立をしてくれる位に、君は思っていたのじゃないのか。

――そうかも知れない。ともかく、お話にもなにもなりゃしないんだ。それは彼女とつきあってから四、五ヶ月目位だったが、僕も流石に恥しくて、しばらくは彼女の店に出かけなかった。新聞店で僕達配達は夕刊をそろえながら、無遠慮に女の話なんかをはじめるんだが、女というものが如何《いか》に脆いものであるかという、そういう朋輩たちの陽気な露骨な話が僕にはつらくひびいた。それでもそのうちほとぼりもさめてきて、僕はまた彼女の顔を見たくなり、年が改まったある日、ぶらりと彼女の店へ行ってみた。

――彼女はなんて云った？

――年が変るってことは神秘的ね、と云った。

――彼女は君に充分好意を持っていたようじゃないか。

――その日を皮切りにして、僕はまた従前通り、配達の帰りや読者勧誘のついでに、彼女の店に寄るようになった。ある夜彼女に店をしめてから一寸散歩しないかと云ったら、彼女は呆れた目色を見せた。「あんた、一生懸命になったことある？」と彼女は云った。「ない。」と僕は意気込んで答え、「いや、一度ある。僕の子供の頃家の前にある池に落ちて溺れそうになったが、そのときは一生懸命になった。」と云ったら、彼女は黙ってしまった。そのうち、彼女の店へ行っても、うまく行かないようなことが多くなった。いつも変な具合になって帰ってきた。もともと、僕の愛の告白なるものは彼女にうけ入れられなかったのだし。彼女は僕に口をきかなくなってしまった。あるとき、僕は彼女の顔に、はっきり、僕を厭《いと》う表情を見た。僕は自分が彼女の弟か妹だったら、どんなにいいだろうと思った。若《も》しそうならば、いつも彼女と一緒にいられるから。また僕は彼女と自分が同じ学校に通う身の上だったら、どんなにいいだろうと思った。ある日、夕刊を配って行ったら、区域の向い側に見える彼女の店の硝子戸がしまっていて、カーテンが引かれていた。あくる日もしまっていた。そのまたあくる日もしまっていた。僕は心配になった。あるとき、彼女はそのうち大阪の友達の処へ遊びに行くつもりだと僕にもらしたことがあった。大阪はかつて彼女が非合法運動をしていた土地であった。大阪へ行ったのだろうと僕は思った。それでも僕は心配になった。彼女は一週間ばかり、こちらを留守にしていたが、その間僕は、きょうは帰るだろう、あしたは帰るだろうと、身も細る思いをした。僕が夕刊を配って行ったら、お得意のおかみさんが、「新聞屋さん、この頃悩ましそうな顔をしているわねえ。」といかにも同情に堪えないというような表情をして云った。彼女の店の戸があいたとき、僕はすぐ駈けつけた。そのとき、彼女の店の前の改正道路を大型のトラックが凄じい響を立てて走り過ぎた。彼女の店に入りかけて、僕はうしろを振り向いた。首を戻すと、店の奥に腰かけていた彼女は軀《からだ》を前屈《ここ》みにして両掌で顔を覆っていた。「ひどい音だったね。」と僕は云った。彼女が顔を覆ったのはトラックの響のせいのように自分から云って見せたのだった。そうでないのは僕にわかっていたが。彼女は僕の顔を見るに忍びなかったに違いないのだ。おそらく彼女が旅行から帰って店の戸をあけてから、第一番目の訪問者は僕であったろう。彼女はやはり大阪の友達の処へ行ってきたのであった。僕はわけもなく彼女は一日二日で帰るものと思い込み、そのためによけい苦しみを重ねてしまったのだった。なんだか彼女が痩せたように見えたので、そう云ったら、彼女は「そんなことはないわ。太ったわよ。」と云った。でもなんだか元気がないようじゃないかと云ったら、「旅疲れよ。」と云った。僕に嬉しく思われたのは、彼女の態度がやさしいことだった。前に僕に対して見せたような頑固なところが無かった。この日から僕と彼女の交友が回復した。僕は小説を書いては、彼女に読んでもらった。彼女は一つ一つに感想を書いた手紙を寄こした。こんなものを書いて、彼女に送ったことがある。当時の手控えがあるから、読んでみよう。

（そのお婆さんを見かけたとき、僕は惹かれた。彼女に似ていた。顔のかたち、小さい軀つき、歩きっぷりやら。彼女のお母さんかとも思った。きつい顔は心のきつさを思わせた。自ら護ること固し、利己の念強しという印象を与えられた。この人は嫁を苦しめるだろう。そんなことも思った。そしてそのお婆さんを見ながら、僕は彼女につき心に確かめる思いをした。彼女は年をとると、こんなお婆さんになるんじゃないかな。彼女の心はこんな心なのだ。彼女は決して善良ではないのだ。彼女にあってはかなわないと。彼女の僕に対する仕打、僕に対して閉された心に僕は苦しんでいた。その後も僕はそのお婆さんをよく見かけた。僕は悪い人に向うような気持でそのお婆さんを見た。

ある日のこと、また僕はそのお婆さんに逢った。道端で一人の女の子が母親にむずかっていた。お婆さんは通り過ぎながら、その女の子の様子を見返って行った。やさしい心のあらわれた笑顔であった。僕は惹かれる気がした。この人は善い人だと感じた。僕にはそれが嬉しかった。そして僕はまたやっぱり彼女は善い人なのだと思った。

その後もお婆さんをよく見かけている。それからはお婆さんは意地悪い人には見えない。

いつも僕にはそのやさしい心が見えるのだ。お婆さんは僕の店の前もよく通るが、この頃では僕が見ることに気がついたようである。僕を見ると拘泥する様子が見える。僕はそういうお婆さんに色っぽさを感じている。

あるとき、ふと僕の心を掠《かす》めるものがあった。僕はお婆さんのみなりをよく見た。暮しに困っている人ではない。僕は安堵する気持であった。

彼女と改めて会う四日ほど前のこと、僕はその娘さんを彼女だと思い込んでしまった。と云っていいのだ。事実僕は半信半疑のまま、いろいろと心を動かしたのだから。その日ざかりの午後、僕は店で朋輩とおしゃべりをしていた。その娘さんの姿が見えた。娘さんは僕の方を見て行った。僕は彼女だと思った。その娘さんは一度しか見なかった彼女によく似て見えたのだ。僕は彼女が僕を見に来たのだと思った。娘さんは僕の店の向い側の歩道をなんべんも往来した。僕は彼女だという思いを濃くし、また違うと思ったりした。やはり違うものが感じられたのだ。僕は娘さんを見ながら、彼女と親しくなったときに、彼女に、「あんたはなんべんも店の前を通りましたね。」と話すことを想像したりした。とにかく僕は変な気持になっていた。

その朝彼女に紹介される前に、僕は彼女の顔を覗いてしまった。やはり僕に「あの娘さんかな？」という気持があったのだ。なんという、うつけものだろう。彼女には感じが悪かったことと思う。あの娘さんではなかった。彼女は初め見たときよりも小柄に見えた。

その日、娘さんは黄色の感じのワンピースを着て、日傘をさしていた。日差しのまだ暑い日で、娘さんは少しデブの感じで、襟首までぬられた白粉の感じを僕は覚えている。その後も娘さんは僕の店の前を通る。買物に来るのだ。僕はずっと和服の娘さんを見ている。あの暑い日の感じよりも娘さんはよくなった。娘さんが通ると、僕は「また来たな。」という気持で見る。娘さんも僕が見るのを知っている。

彼女に無愛想にされて、また彼女の頑な心を思って悲しい気持になっているとき、娘さんの姿が見えると、僕は彼女のもう一つの魂が彼女から抜けてでて僕を見に来たのだ。と思うこともある。ふと見た瞬間に僕の心はほんとうにそう思い、慰められたようになる。

娘さんは彼女に似ているのだ。よく似ていると云っていいかも知れない。年も彼女と同じ位に見える。彼女よりは少し大柄。彼女は白粉をつけないが、娘さんは白粉をぬっている。娘さんはある小料理屋の女中だという。年相応の品もあり、気だても悪くないように僕には見える。

朋輩の一人が僕に云った。

「ちょっと可愛い女だね。」

悪くないという気持なのだろう。

路地の中であった。僕はハッと思って立ち止った。女の子も驚いた目をして僕を見て、また母親のあとを追った。僕は見送った。その母親には見覚えがあった。僕はまた逢えると思った。額の感じ、それから驚いた目。僕は夕刊を配って行った。

その後、逢えた。

「きみのうちはあそこ？　きみの名前はなんていうの？」

「サトウ・エイコ。」

「いくつ？」

「イチュチュ。」

僕は女の子の額をなでた。舌が廻らないので、いやいや云うようにも聞えた。イチュチュという発音をきいて、僕は口調も似ていると思った。彼女が僕には不承不承に口をきくときのことを思った。

またの日、エイコちゃんは鼻緒の麻の束を掌にしていた。

「なにしてんの？」

「これ、ハナゴ。」

「ハナゴ？　ハナゴじゃないよ。ハナヲだよ。」

「ハナゴ。」

「ハナゴじゃないよ。ハナヲだよ。」

僕達の問答を聞いて、近所の娘さんが笑っていた。

僕はエイコちゃんに僕を印象づけることに成功した。

僕も子供は好きで、幼い心が見えると、抱いてやりたくなる。けれども僕はてれ性なので人前では抱いてやったりするのが、きまりが悪い。それでも可愛いものには情を寄せずにはいられない。前よりもその情が強くなった。それにすこしは世間なれがしてきた。僕はエイコちゃんの腰に刀を結えつけてやったりなどした。

彼女が、彼女のおでこのことを話したとき、僕は彼女はおでこかなあと思った。僕には彼女がそんなにおでこには見えないのだが。僕はエイコちゃんの額のことを思った。そしてやっぱり僕は彼女の額に惹かれていたのだと思った。）

迷惑じゃなかったかね。

——いや、どうしてなかなか面白かった。君も相当な代物だね。ところで、彼女はどんな感想を書いて寄こした？　さだめし、色よい返事があったろう。

——彼女はいつも僕との通信には封緘《ふうかん》葉書を使用した。男のような筆蹟だった。そのときの文面はいまでも覚えているが、まず冒頭に、重い封筒だったわよとあり、つづけて、あなたは会っていると、弊に堪えないが、書くものの上ではばかなほど善い人だ、なんだか負けそうだと書いてあった。それから、店を仕舞ってから浅草のK劇場の前で待合わそうと書いてあった。

——なるほど。君と面と向ってうんざりするのは、僕ばかりじゃないようだね。それで指定されたK劇場の前で君が待っていると、やがて彼女が現れて、それからどうしたい？

——彼女は僕の顔を見ると、開口一番。「あたし自動車に乗ってきたのよ。遅れると、あんた気を廻すから。」

――N町からK劇場前までじゃ、安くないだろう。彼女も奮発したじゃないか。

――待合わす場合、彼女はいつも現れた瞬間には怒ったような顔つきをするんだ。K劇場の並びにある喫茶店に入って見たが、そこは特殊喫茶とでも云うのだろう、いやにだだっぴろくて、薄暗くって、口紅をつけた女共がテーブルの間を往ったり来たりしていて、とても落着いて話をしていられないから、ソーダ水を一杯呑んだだけで、河岸を変えようと云ったら、「あんたは雰囲気を気にするのね。」と彼女が云った。それから、そこを出て、S町通りにあった菊屋というミルク・ホールへ行った。ここは僕達の行きつけの処だ。こぢんまりとして、小綺麗で、明るくって、給仕女はみんなエプロンから健康そうな手足を出している十五六の幼さの者ばかり。気が置けなくて、ここでは僕達は充分にくつろぐことが出来た。席につくと、彼女は僕の顔をまともに見て、「さあ、たんと話して頂戴。」と云った。僕達はいつも、サンドウィッチやお雑煮やおしるこやアイス・クリームやそのほかいろいろやたらに食べながら、二時間以上もねばって、話すことと云ってはとりとめもないことばかり。その夜、彼女は僕の無題の短文に、"Love is blind"という題をつけたらいいと助言をしてくれた。彼女は古い文芸雑誌を持参していたが、それにある有名な女の作家の写真が載っていて、僕がその写真を見ていると、彼女が「似ているでしょう。」と云った。僕がけげんそうに彼女の顔を見たら、彼女は僕の目の中を覗き込むようにして再び「似ているでしょう。」と繰り返した。僕は赤くなり、俯いて、被っていた戦闘帽子の庇《ひさし》を手で下げた。そしてその刹那に、むかしモロッコという映画の一場面でゲーリー・クーパーがこれと同じしぐさをしたことを思い出した。僕は人間にとって、こういうしぐさが全く自然なものであることを、このとき領解することが出来た。菊屋を出て、S町通りをN町の方へ行った。すぐは別れにくかったので、廻り道をしたのだ。

もう時間も大分遅く、人通りも疎《まばら》だった。とある交番の前を通りかかったら、呼びとめられた。すぐ不審はとけたが、彼女は憤慨した。「淫売をしてきたとでも思っているのよ。」と彼女は云った。彼女は云った。「S公園へ行ってきたのか。」と巡査が訊問したからである。「N署には知っている刑事がいるからいいけれど、お伴がついていたなんて、いい恥さらしじゃないの。」と彼女は云った。

その後も、僕は何か書けると彼女に読んでもらい、そして菊屋であい、また散歩をした。喧嘩もした。随分とりのぼせた真似をし、自分自身は当時は悲しかったものだ。僕は彼女と逢った後は、いつも自分がなんだか無意味に彼女を苦しめているような気がした。

その年の暮、突然彼女は店をしめ、消息不明になった。僕が彼女の家を尋ねて、父親から彼女が他行していることを聞いたのは、その時のことだ。彼女が店をしめる少し前に、僕が久し振りに行ったときは、彼女の店は荒涼とした感じで、彼女の身のまわりにも、見ておれないようなさみしさが纏《まと》いついていた。以前は、雑誌などもきちんと綺麗に積んであったのが、崩れたままになっていた。僕は見かねて、雑誌の山を積み直した。僕は他人のためには、横のものを縦にするほどのことさえしない人間である。まったく柄ではなかったのだが、けれどもそのときには、僕はそうせずにはいられなかった。そして恥しがりやの僕が、そのときはきまり悪がらずに、自然にそれをすることが出来た。

彼女は未決を出てから、それでも二年近く、女手一つで古本屋を経営した。彼女としては、矢尽き刀折れた思いもしたことだろう。

僕はこれまで女にはあまり縁の無い方で、異性の友達と云えば、買い馴染んだ商売女を別にすれば、彼女ひとりだけだ。僕は彼女と別れてから、ときどき彼女のことを思った。相談相手に彼女なんかがいたら、一寸気強いなと思った。また、不意にどこかで彼女と邂逅《かいこう》することがあったら、やはり多少は胸がどきどきするだろうなと思った。

――それで、その後、ずっと逢わずじまいか。

――ところが、こないだ、彼女がやって来たんだ。

――それはまた。

――僕が玄関に出たら、そこに彼女が立っているじゃないか。「あたし、誰だかわかりますか。」って云うんだ。ばかだねえ。わかりますかって言種があるものか。

――それで、胸がどきどきしたかい？

――それが、しないんだ。

――そんなものかねえ。

――僕もそんな筈はないと思って、後でいろいろ考えたんだが、これが橋の上かなんかの邂逅でなくて、彼女の方から尋ねてきたというのが、感動を誘わなかったのじゃないかと思うんだ。

――それはあるな。やはり一種の幻滅だろうからな。それで、積る話をしたのかい？

――いや、彼女はすぐ帰った。彼女は昔と少しも変っていなかった。おれの目に狂いはないと思った。

――うぬぼれちゃいけねえ。

――彼女はこんなことを云った。「あたし、あんたには無届欠勤をしてそのまま退職してしまったような形だったから、一寸ご挨拶にきたのよ。」

――その後は大いに旧交をあたためているというわけか。

――いや、それっきりだ。けれども、風の便りに聞いたところでは、いつぞやの大手前の堀端に於ける活劇では、彼女は大いに武勇を発揮したそうだ。

――彼女健在なりか。

――僕はその話を聞いたとき、あの事件の性質について、一つの証明を与えられたような気がした。それはひとえに彼女の人格に対する信用に由来するものだ。

――相当なものだ。いや、彼女ではない。君がだ。

よきサマリア人

菊池寛はいい手相をしていたそうな。それから太閤さま、あの人の人相が素晴しかった。日吉丸と謂った少年時、針売りかなんかして歩いていたのを、ある八卦見が呼びとめて、天眼鏡でつくづく覗いてみて驚いた。この寒山拾得《かんざんじっとく》の申し子のような薄汚い小僧の面に、他日天下を掌握する英雄の相があらわれているのを発見したのだから、先生すっかり自分の鑑定眼に自信をなくしてしまった。おれはなにも知っちゃいねえのだ、なんにもわからないのだと、一途に思い込んでしまったらしい。むかしの人はいまの人に比べると、よほど精神の柔軟性に富んでいたらしく、この人天眼鏡を地べたに叩きつけて、可哀そうに商売換えをしてしまったという。それにしても、太閤さまもとんだ罪つくりをしたものだが、実は私の身の上にもこれに似た話がある。

かれこれ十年の昔になるが、当時私はS区のR町で新聞配達をしていたが、ある夏の日の夕刻、夕刊配達まえ、皆んな店の板の間に集ってばか話をしていた時、ひょこんと飛び込んできたひとりの男があった。

「人相を観ましょう。誰方《どなた》かご希望の方はありませんか?」

と云う。尾羽打ち枯らして、陽やけした額には明らかに落魄《らくはく》の印《しるし》があった。薄よごれた手拭で絶えず顔をこすっている。田舎廻りの落語の前座といった風体である。さほどの齢でもない。

「誰方か、如何《いかが》です?」

そう云っても誰も応じない。男は卑屈な笑いを浮かべて困惑の体。

「お安くしときます。」

あわれなことを云った。せわしく手拭を動かした。泣きべその表情である。物乞いに似たおのれのしわざに、どうやらつらくなってきたらしい。見ていて佗しいかぎりであった。依然、ご希望の方はない。

「みてくれ。」

と私は云った。男に同情したからではない。酔興からであった。男はホッとした面持で、愛想笑いを浮かべ、私を窓際のテーブルのそばへひっぱってゆき、懐中をさぐっていたが、やおら天眼鏡を取り出した。やっぱり、持っていやがった。これには板の間にいた連中、ひとしくホウと感歎の吐息をもらした。虫眼鏡の親玉のような代物があったお蔭で、男も面目をほどこした。こいつ、乞食ではなかったというわけだが、ひどいものだ。なんによらず、世間さまを買被らせるには、小道具が要るらしい。聴診器を握った医者の前にでもかしこまった気分で、私も少しく緊張した。どんなご託宣が伺われるか。

「ふうむ、あなたは百万人に一人という方だ。」

私はど肝を抜かれ、まわりの連中は噴きだした。

「冗談を云っちゃいけねえ。」

「冗談や出鱈目じゃありません。あなたは実にまれな人だ。ふうむ、実に、」

男は珍動物を発見した採集家でもあるように、仔細らしく私の顔をにらみつけている。私はなんだか、ひやかされているような気がしてきた。

「どうまれなんだね?」

と私は少し腹立しい声を出した。男はあわてず、

「あなたの人相には、実に素晴しいものがある。あなたは宝船に乗って生れてきた人です。」

「宝船!?」

思わず鸚鵡返《おうむがえ》しした瞬間の想像に、満艦飾を施したお酉《とり》さまの熊手が思い浮かんだのだから、私という男も単純な野郎だ。男がなにやら会心の笑みを湛えて黙っているまま、私もなおその宝船のイメージをはっきりさせようと、咄嗟《とっさ》に思案を凝《こら》していると、

「そいつはいい。」とそばから朋輩の悪童の一人が、「八卦やさん、あんたは名人だ。宝船、つまりめでたいというわけでしょ。この人はね、ほんとに宝船なんだよ。女に甘いっていうか、なんていうか、」

「それは違います。全然違います。」男は可笑《おか》しいほどむきになって、「私のいうのはそんな

尾籠なことじゃありません。もってのほかです。この方には常人ならば必ずや位負けのしてしまう、強い運が具わっているのです。貴人には吉、」

「貴人？　笑わしちゃいけねえ。ランニング襯衣《シャツ》一枚にパンツという、大へんな貴人だ。いまに新聞束を小脇に抱えて駈け出していくから。この人がどんな人だか、河内屋へ行って、栄山さんのおいらんに訊いてごらん。」

男も仕方なく顔をほころばせて、

「そういうことをおっしゃってはいけません。」

それからまた、きっとまじめになって、なにやら労り深い視線を私に投げかけ、

「人の一生にはいろんなことがあるものです。一時の浮き沈みでその人の生涯を値踏みするようなことがあってはなりません。それに私のいう宝船という卦は、必ずしも立身出世のことをさすのではありません。」

男がしかつめらしく、予言者めいた口吻をもらしはじめたので、朋輩は苦笑いして黙ってしまった。私も可笑しく、

「宝船か、いいねえ。どうも有難う。でも折角だけど、お見立てちがいのようだ。僕は宝船どころか、それこそ難破船に乗って生れてきたような気がしている。ちっともいいことがなかった。」

ちっともいいことがなかった。ほんとだ。物心がついてからこの方、私にはちっともいいことがなかった。束の間の安息とてもなかった。人生が私に微笑みかけてくれたように思え

た時もあったが、それも思い違いであった。すべてはわがエゴイズムの裏返しであり、不平も愚痴も云う気はないが、それにしても過去の生活の一齣一齣《ひとこまひとこま》は、思うさえ私を堪え難くさせる。私は絶えず騙されつづけてきたのだ。卑屈！　私の額にはハッキリ烙印が押されてしまった。

「待つのですよ。いまにきっとやって来ます。人には誰しも心の安らかになる時期が一度は来るといいます。あなたはいまが苦しい期かも知れない。しかし、きっとあなたの天下が来ます。自信をお持ちなさい。あなたはご自分にもっともっと自信を持たれていい方です。信じて成功しなさい。あなたの運勢はすばらしいのだから。あなただからこそ持ち堪えられているのです。どうかご自重下さい。」

私は夢みる心地であった。信じて成功しなさいといい、またご自重下さいという。私は有難かった。その声音に、ねんごろな心の籠っているのを感じ、ほろりとした。これはもう、売卜《ばいぼく》じゃないじゃないか。心づくしというものだ。情けにみちた言葉が、天啓のように私の胸にひびいた。

けれども男とて、座興や冗談で他人の家に飛び込んできたのではなかった。やはり見料は取った。

「おいくらですか？」

と云ったら、おずおずと口籠った。

金三十銭也。私はわけもなく感動した。男の要求通りを渡した。端銭を加算する気にならなかったのである。男は金を握ると鞠躬如《きつきゆうじよ》として去っていった。これでやっと一椀の夕飯にありつけたと、さだめし安堵の胸をなでおろしたことであったろう。ああ、貧しい者の世渡りに栄あれ！　その慎ましい盃は、すこしのもので溢れるのだ。

まもなく私は夕刊を抱えて配達に出かけたが、新聞を配りながらも、気はそぞろ、足は宙に浮いていた。云うならば、恋文をもらったほどにも、私は胸のときめきを感じていた。百万人に一人。宝船。信じて成功しなさい。男の囁いた言葉が額のあたりに舞っている感じだった。なんだって私のようなものを、商売気を離れて、かくも元気づけてくれたのか。たかが市井の売卜、それもルンペン易者、まさか弘法大師の生れがわりではあるまい。やはり侘しいものが、侘しいものへ贈る声援であったのだろう。

それから十年の年つきが流れた。やはり、ちっともいいことがなかった。だんだん悪くなった。貴人？　うぬぼれちゃいけねえ。私はうっかり柄になくはでな運勢をもらったお蔭ですっかり位負けがしてしまったのであろう。その後私の人生航路は、依然難航に難航を極めた。私の宝船はひどいていたらくになった。帆は破れ、帆柱は折れ、梶は動かず、希望の島、憩いの港は影も見えず、波のまにまに流されて、ついに思いがけない処に漂着した。津軽海峡を越えて北海道に坐礁してしまったのである。私は百千の負目、身に積もる生恥を埋める場所を尋ねて、疲労困憊、生命からがら、地底三千尺の暗黒世界にころげ込んだ。炭坑である。しばらくもそもそしていたが、やがて私は厳寒と労働の烈《はげ》しさから、すっかり軀《からだ》をこわしてしまった。心身綿の如く疲れるということを、私はそこではじめて経験した。私は息も絶えだえになった。天が下には隠れ家もなし。どうやら、これが身の終りらしい、と思えば流石に私も心細くなった。一体これが、その出生を見えぬ手で祝福された男の、終《つい》の栖《すみか》であろうか。私はしばらく病院通いをつづけ、やや小康をとりもどし、ことしの春、坑内に新設された道具番に職を得て、ようやく一息つくことができた。道具の番人、これが勤まらないようじゃ、それこそ身延山だ。以下は道具番勤務中の一挿話。

ところで諸君は真の闇を経験したことがあるか？　一寸さきのわからぬ、すこしの光もささぬ、ただ黒一色に塗りつぶされた、十方暗黒の境涯を。戦時中警戒警報発令中でも、真の闇なんてものにはなかなかお目にかかれなかった。ところが炭坑では、お望みならば、至極簡単にお目にかかれる。携帯した安全燈の光を消してしまえばいいのだ。そうすれば立ちどころに一大暗黒世界が出現する。それこそ情けも容赦もないまっくらやみだ。いたって簡単である。ただ誰しもそんなものは、お望みにならないだけだ。ところが或る日、私はそのまっくろくろのお団子を、いやというほど頰ばらせられたのである。

その日、電燈場の窓口で、電燈証を差し出して安全燈を受け取った際、そいつがなんだか息をついたみたいだった。いやだなと思ったが、そのまま携帯して坑口へ向った。

そんな場合、

「おい、こんな薄っ暗い電燈で仕事ができるかッ。」

と呶鳴《どな》りつける豪傑もいるし、また、

「なんだか工合が悪いようですが、も少し明るいのと取り換えてくれませんか。」

と下手に伺う、円滑な演技者もいるが、私にはどちらの真似もできない。それに在る、窓口というものがいけないのだ。一体にお役所のそれに限らず、窓口というものはいやなものだ。その前に立つと、どうしてもおどおどしてしまう。これは私ひとりだけの感じであろうか。こんなことを云うと、単純な形式主義者に思われるかも知れないが、窓口の内側に坐るのと、外側に立つという違いが、すべてを決定してしまうのではあるまいか。一方は傲慢になり、一方は卑屈になる、どうもこれが真相のような気がする。というのが、私自身、一たん坑内へ入って道具番に納まると、つまりその、窓口の内側の存在になるのだ。電燈場の前では気弱い民衆であったやつが、一ぺんに尊大な官僚に早変りする。

「すみませんが、スコップを貸して下さい。」

とおずおず歎願するのへ、なにか自身が代官さまにでもなった気で、ご苦労さまとも云わず、

「おい、君の鑑札番号はなん番だ？　なに？　聞えないね。もっと大きい声で。そら、ごらん。大きい声が出るんじゃないか。この番号に間違いはないね？　どうもこのごろは、インチキを云う奴が多くて困る。道具番の身にもなってもらいたいね。なにせ責任が重いのだからじゃ、よろしい。帰りにはまたこの番号を云って、ちゃんと返すんだよ。」

小学生の時、はじめて級長になって、えばり散らしたことが思い出され、自分でもいやになった。形式が内容を決定する、これはどうもどんな場合にも通用する、動かぬ原理のように思われる。膝頭に継ぎをしたズボンをはいていったばっかりに、大事な論戦に負けたとい

う、熱弁家の話を聞いたこともある。

さて、坑口を入ってみたら、私の不安は如実になった。暗いのである。歩いていくにつれ、進むにしたがって、気のせいか、だんだん暗くなっていくようだ。電燈帽から取りはずして、その硝子の面を覗いてみたが、どうにも心細い。余命いくばくもない病人の顔を見るようである。やっと息をしているみたいだ。道具番に辿りつき、そこで前番の相棒と交代する。

「この電燈、大丈夫かね？　保つかしら？」

「うむ、暗いね。なに、大丈夫だろう。じゃ、お願いします。」

相棒は私の不安をよそに、そそくさと引き上げてしまう。無理もないのだ。誰しも帰りは急がれる。殊に道具番は現場に拘束八時間、交代が来るのを痺れをきらして待っているのだから。

独りになって私の不安、焦躁は募るばかり。ああ、きょうはなんという悪日だろう。どうもゆうべの夢見がよくなかった。不吉だった。なにせ蛍を踏みつぶしちゃったんだから。悪い辻占だ。きっとこの電燈は消えてしまうだろう。まっくらがりになったら、どうしよう。お化けが出てきはしないかしら。おれの子供の時分、お化けのやつは天井板の木目に化けて、おれをおどかしやがった。そんな時いつもお袋はおれを懐に抱いて寝かしつけてくれたっけ。「おっ母さんがいますよ。おっ母さんがついていますよ。ちっとも恐いことはありませんよ。おお、坊やは強い、強い。」ああ、こんな時にお袋がいてくれたらなあ。お袋があんなに早く死んでしまうとは情けない。思えばおれの衰運の兆はお袋の死と共に出現したようなものだ。いまならばおれも少しは如才なくなった。優しいお世辞の一つぐらいは云えるものを。ああ、おっ母さん。読者よ、親不孝者になる勿《なか》れ。いい齢をして大の男が泣かんばかり。この男の胆っ玉の小さいのには、諸君もさだめし呆れ果てたことであろう。怪談は確かに在る。蛍火ほどになっていた安全燈の灯はついに消えた。まっくら闇。

「恢復を祈っている。」

幽かな声で、しかしはっきり聞えた。一瞬、頭のさきから爪さきへかけて、なにかが走りぬけたような感じがした。身の毛のよだつ思いで立ち上ったら、支柱にぶらさげた道具袋に頭をぶつけ、よろめいた。とたんに、窓口の向うが薄明るくなって、ゆらゆら光が近づいてくる。思わず息を詰めたまま、凝視していると、

「どうした？　まっくらじゃねえか。」

炭塵だらけの面が窓口を覗いた。なんだと思うと、やっと人心地をとりもどして、

「電燈が消えちゃったんだよ。困っちゃったなあ。」

縋《すが》らんばかりに云うのに、

「そうか。」

と簡単な一言。ツルとカッチャを結びつけたやつを窓口から押し入れて、

「頼むぜ。」

と捨台詞のように云って、すたすた去ってゆく。官僚め、いい気味だと云わんばかり。また、まっくらがり。私は屈辱と恐怖で死なんばかり。老大家の誰某先生なら知らぬこと、暗

中に安坐して威張ってなどはいられない。

やがてまた窓口の外側が明るくなり、

「お願いします。」

その年寄の顔を見て、あっ、救われたと私は思った。さっきのやつが馬子の丑五郎ならば、この人は失礼だが、芭蕉さまのような顔をしていらっしゃる。実は私は日頃ひそかに、その床しいご人品をお慕い申していたのだ。この人はいつも、いきもかえりも、「お願いします。」と低声に一言云うきり、余計な口は叩かない。そのうえこの人の道具には、この人の姓名と番号を記入した木札が、きちんと括りつけてあるので、道具番としても預かる上にまことに世話が焼けない。しかもその道具は、ノコにしろマサカリにしろ、いつ見ても充分に手入れが行届いている。道具を大切にする人はまた仕事を大切にする人。仕事を大切にする人はまたそれだけの仕事の出来る人。見上げた人である。どこやらに、一芸に達した人の俤さえ偲ばれて、私は敬老の念からもこの人の道具にはとりわけて気を遣い、

「こいつはよく切れそうだな。一寸貸してくれよ。」

などと云う乱暴者の出現に対しても、厳しく拒否して護り通してきた。この人ならば必ずや惻隠の情にもやぶさかではあるまいと思ったら、もう地獄で仏の思い、

「電燈が消えちゃいましてね。なんとかならないでしょうか。」

ああ、その時に示した、その年寄の奇怪な表情。ものに怯えたような眼つきをして、なにやら聞きとれぬことを口の中でもごもご呟いていたが、やがて一足退り、二足退り……また

もや私はまっくらがりに独りとり残された。なんとも割り切れぬ、いやな気持。人の心の不可解さよ。人が厭世の風邪を引き込むのは、こういう時、こういう心の間隙にではあるまいか。私は自分の救われぬ気持に、なんとか活を与えたく、その時の年寄の表情をなんべんとなく思い起しては、その心裡を忖度しようとして、そうしてそのうち、私はハタと思い当った。あれは人が借金を申込まれて、貸し渋った時の表情である。まさにご明解。私はこんどは人の心がわかり過ぎて、がっかりした。……奴の地蔵顔と猫なで声に一杯食ったわ。これからは面ののっぺりした野郎には用心しなくちゃいけねえ。道具の始末のいいのだって、これはケチな根性と両立する。あんなたちの爺がいるよ。きっと小金を溜め込んでいるに違いない。お喋りじゃないからって、必ずしも奥床しいご人品の証拠にはなりゃしねえ。一言でも余計口をきけば、それだけ銭を費《つか》った気がするんだろう。それにしても、みんな不人情な奴らだなあ。人の災難は見て見ぬふり。家庭の幸福こそは後生大事。これこそは世の中。

ああ、わが助けは、いずこより来るや。祭司も見て過ぎ、レビ人も過ぎ往けり。

と、またもや暗中に微光がさして、そいつがぶらぶら、と、こんどは窓口を覗かず、いきなり戸が開いて、それこそ暗闇から牛の顔。

「いま、何時ごろだ？」

あ、山水やか、と思ったら、私は落胆とそれから云い知れぬ恐怖の情に襲われた。

坑内には採炭、掘進などという、いわば第一線作業に属するものの他にも、数えきれぬほどの仕事の種別があって、これを単に雑夫の部類に限ってみても、いろんな専門があり過ぎる。例えば、岩粉や、風管や、粘土や、それからこの山水やと云うが如きものである。私などはさしずめ道具やとでも云うべきところであろう。ところで岩粉、風管、粘土などはその字面を見ただけでも、なにやら当りはつくであろうが、山水やに至っては読者もちと首を捻《ひね》るであろう。山水や、まさか大雅堂の流を汲むやからではあるまい。造園家、つまり植木やさんであろうか？　笑わしちゃいけねえ。坑内にそんな風流な職業人はいない。あ、わかりました、生花のお師匠。ますますひどい。まっくらがりで、生花の伝授がなるものか。山水やはこれ誤り、撒水やである。これならば一目瞭然であろう。いまはむかし、撒水車というものがあって、暑い日盛りなどに市中を横行しては市民に水のサービスをした。つまりあれであるが、まさか坑内では、水を撒くのにガラガラ車をひっぱって歩きはしない。鉄管を伝わって流れてくる水をホースを通じて、採炭場などの炭塵の濛々たる中へ霧を吹かせるのである。この仕事をやるものが即ち撒水やなのであるが、只今罷り出たこの仁に限っては山水やなのである。というのが、鉄管にホースを取りつける際に用いる蝶管を、先生いつも道具番に預けていくのだが、そのつどその蝶管に白墨で書きつける文字が、なんと、安全燈の明りにも白々と大きく、山水や。澄ましたものである。当人洒落ているわけでもなんでもない。ただ無知なのである。山水とは撒水であると、それこそお袋の腹を飛び出すさきから信じて疑わないような顔をしているのだから、やりきれない。その他、この男の無知なことを云い立てたらきりはないが、むかしから無智と厚顔とは仲の良い同居人らしく、その図々しさにもまた、日頃私は我慢がならなかったのである。用もないのに道具番に入ってきては、ただポカンとして、ときたま、「もう、何時になるな？　まだ、めしには早いかな。」など独り言のように呟いているかと思うと、すぐごろりと寝ころがって、グウグウ大鼾《おおいびき》をかいて眠りこける。一度係員に見つかって、「無用の者を入れてはならん。」と私まで厳しく叱責を食らったのだが、先生は一向平気なもの、けろりとした顔で、「係員なんてのは、威張るのが商売だ。」その後も相変らずやってきては、グウグウ。流石に私も癪に触って、この男に対しては輪をかけて官僚根性を発揮し、時には口汚く罵ったりしたこともあるのだが、さっぱり応えない。腹も立てない。いつも暗闇から牛を牽《ひ》き出したような顔をしている。大男なのである。顔の造作も、眼も耳も鼻も口もみんなでかい。どこやらに西郷さんに似たところも見えるので、或いは大人物なのではなかろうかと買被ったこともあるが、なに、ただの馬鹿なのだ。いつぞや休日を利用してどじょうを捕りに出かけ、五、六貫目捕ってきたと云うから、それはでかした、いまはどじょうの値もばかにならぬ、さだめし儲かったことであろうと云えば、いや、おれの眠っている間に、寮のやつらがみんな食ってしまったと云う。なんたる低能の振舞、なんというもったいないことをするものかなと、私は他人事ながら地団駄踏む思いであった。高い汽車賃を費い、一日つぶして、汗水たらして獲たものを、無償で他人に饗応して、しかも恬《てん》として惰眠を貪っているとは、これだから無知のてあいには困る。まことに馬鹿は死ななきゃ治らない。また、馬鹿と大力とはこれまた仲良しらしく、この男もご多分にもれず、大力無双なのである。撒水に使うホースはばか長く、これを束ねると大へんな重量で、私も一度試みに持ち上げてみたところ、危く心臓麻痺を起すところであった。それをこの男は片手で楽々と抱えて運んでいく。まことに馬鹿力こそはおそろしい。私がいまこの男の出現に際して、恐怖の情に襲われたというのも、つまりはその馬鹿力に対してであった。ああ、人には優しくしておくものだ。ふだんは愚かしい、そ知らぬ顔を装ってはいても、この馬鹿男の胸の中には、私への憎しみが底深く畳み込まれていて、いまや苦境のどん底にいる自分は、この際この時とばかり、日頃の官僚的行為に対して徹底的な復讐を受けるのではなかろうかと、いわば己の罪の意識で私はまっさおになった。山水やは私のそんなむな騒ぎを知るや知らずや、雫《しずく》のしたたるホースを壁ぎわにどさと置き、ようやく私の安全燈の消えているのに気づいたけしきで、

「電燈どうしたんだ? 点かねえのか?」

私はおそるおそる、

「消えちまったんだ。」

「どれ、貸してごらん。」

と熊手のような掌を無造作に突き出す。なんのこれを貸してなるものか。狂人に刃物を渡すようなものだ。ガスの充満している坑内で、気なしに危険物をいじられてはかなわない。私は百万人に一人という、まれな人間なのだ。地の底でこんな阿呆と心中する羽目になっては、それこそ泣いても泣ききれぬ。

「冗談じゃねえ。危いよ。」

「弱虫だな。爆発したら死ぬだけじゃねえか。」

死ぬのをなんとも思っていない。まさかおれと心中する気ではあるまい。私は必死に拒んだが、ついに取り上げられてしまった。なにせ相手は馬鹿力なのだから。山水やは私のびくびくしているのを尻目にかけ、電池の箱の蓋を開けて、振ってみたり、横にしてみたり、叩いてみたり……、私はもう生きた心地はしなかった。

「これは駄目だ。薬がきれちゃっている。」

「そうか。どうも有難う。」

やっと電燈を取り返して、ホッと一息。この上はもう、まっくらがりでもなんでもいい、ただそっとしておいてもらいたい。

「くらくちゃ困るだろう。」

「ううん。この方が気が散らなくていい。」

「そうだ。おれと一緒に上ろう。」

「だめなんだ。交代が来るまで動けないんだ。」

「なんだ、厄介なんだな。」

山水やは一寸の間考えていたが、

「うん。おれの電燈を貸してやろう。」

とはや、自分の電燈をはずしにかかる。思わぬ親切に私はどぎまぎして、

「だけど、君はどうするんだ？」

「おれか。おれはくらいのには慣れている。おれは馬、でもねえか。」

ともぐもぐ笑った、その炭塵面を見上げた私の眼差は、一瞬前とはハッキリ変っていた。胸は異様に波うっていた。

「そうだ。お前の電燈をおれが持って上らあ。」

「それで明日、入坑するときは、どうすりゃいいの？」

「お前はおれの電燈証で電燈を借りて入ってくる。おれはお前のでそうする。ここで取りかえればいいんじゃねえか。頭が悪いな。」

「あ、そうか。」

私はこれまで軽蔑してきた男に、完全に呑まれているのを意識した。しかし、私にとっては、それがなんと快い敗北であったことか。思わぬ処で思わぬ人に逢うものかな。とうの昔に忘れていた、幼い喜びが、私の胸を濡らした。私は山水やの山のような肩を抱いて、

「すまねえな。」

「よせやい。」

西郷さんは恥しそうな顔をした。

「おっと忘れていた。大事なものを。」

山水やはズボンのかくしから蝶管を取り出して、白墨をひとなすり、山水や。それを私に手渡して、

「じゃ、お先へ失礼。」

戸を排して外へ出たかと思うと、もう鼻唄が聞えた。ひどい胴間声。

〽沖のくらいのに、白帆が見える。

くらい中を無燈のまま、道具番の前の斜坑を登っていくらしい。

独りになっても私は、いっぱいな感動にゆさぶられていた。私はいまこそ悟ったのである。宝船の意味するところを。私という泥船が沈むべくして沈まないのは、だだっ児がのほほん顔で生きていけるのは、みんな、縁の下の力持をしてくれる人達がいるためだということを。そうしてこの自覚は私に新しい勇気をくれた。

……私は自分がなにかを固く握りしめているのに気がついた。私は掌を開けてみた。蝶管である。山水や。私も現金な男ではある。私の眼はそこにありありと大雅堂の筆勢を認めたのだから。

しばらくして私は、山水やが遺していってくれた灯のお蔭で、無事に坑口へのコースを辿りながら、いまのさき同じ道を、暗中模索して登っていった、彼の悪戦苦闘する姿ばかりが眼に浮かび、断腸の思いに堪えられなかった。

信じて成功しなければならぬ。

道連れ

これは終戦直後、私が北海道の夕張炭坑へ行ったときの話です。

……その冬の曇り日の朝、私は上野の職業紹介所の建物の壁に靠《もた》れて新聞を読みながら、紹介所の扉の開くのを待っていました。私はそれまで或る五十女の闇屋の手伝いをしてどうやら口すぎをしてきたのですが、彼女があまり慾深かでひどくこき使われるので、そろそろご免を蒙《こうむ》りたくなって、ほかになにか自分に勤まる仕事の口でもあればと、でもそれほど積極的な気持があってのことではなく、結局は当分彼女の許で辛抱しなければならないのだろうが、まあともかくという位の気持で来てみたわけなのでした。紹介所の壁には私から少し離れたところに、破れて指の見えるズック靴をはいた風来坊然とした男が一人、それでもやはり就職の希望がある面持で、ときどき扉の方を振り返ったりしては、しかつめ顔をして立っていました。なに私の服装だって、この男と大差はなく、いずれ劣らず尾羽打ち枯らしていたことは同然です。またそのときの私達の状態は、互いに紹介所の入口の扉の開くのを待っているということでも、一致していたのです。こんな場合二人の困窮の度合が酷ければひどいだけ、互いの間に歩み寄るように労り深い話が取り交わされるのが通例ですが、私はひどく人見知りをする性分なので、頑なに新聞に目を落したまま黙りこくっていましたし、また二人の間の距離も少し離れ過ぎていて、親しく会話をするのには不便な工合でもあったのです。

そこへ二人連れが来て、私達の間の隙間を塞ぎました。見ると一人は鳥打帽を被り、革のジャンパーに身を固めて、飛行靴をはいた、どことなく隙の無い男で、連れの方は、不恰好な防空頭巾を被って、着ている上衣の肱も破れ、ズボンの膝にも穴が見えて、この寒空に素足にちんばの草履を突っかけていました。私の隣りに来たのは、この防空頭巾の方でした。そのねんねこほどに脹《ふく》れた頭巾は多分防寒用に被っているのでしょう。そしてそれだけは確かに見るからに暖かそうでした。私はまた新聞に目を落しました。すると鳥打帽が最前からいるズック靴に話しかけ、二人の間に活潑に会話のやりとりが始められました。どうやら鳥打帽の闊達な話し振りに相手の方も引き入れられている塩梅でした。

聞くともなしに聞いていると、鳥打帽と防空頭巾は兄弟で、兄である鳥打帽が弟である防空頭巾を北海道の炭坑へやるために、ここへ連れてきたらしいのでした。紹介所の壁には北海道炭礦汽船株式会社の労務者募集の掲示がしてあって、私も最前ここに来たとき、すぐ目について、一寸心が動いたのでしたが。

「炭坑か。いいなあ。」

とズック靴が歎息するように云った声音が、とても不憫に聞かれました。その窮迫している心の有様がまるで分ってしまう感じで。私は隣りの防空頭巾の顔を見ました。顔の造作はすべて大風《おおぶり》で、なかなか立派な面構でしたが、表情にどこか茫漠とした捉えどころのないところが見えました。なお話を聞いているうちに、この男が少し人並みでないことが私達にも分ってきました。兄がわざわざ附添ってきたのもそのためで、ひとりでは電車の乗り降りもまんぞくに出来ないらしいのです。兄達の話に、それでもときどき口を入れたりしていましたが、まるでたわいがありませんでした。ズック靴は防空頭巾の方を見透《みすか》して小首をかしげ、

「一文ばかり足りないな。」

と品物の値踏みでもするような口調で云いました。

「いや、二文足りない。」

と鳥打帽が素早く相手の云い値を否定するように云いました。三文足りないという比喩なら昔からよく云われていますが、防空頭巾は自分が値踏みされているのを、流石に目を俯せて聞いていました。先生と父兄が自分の学業の話をしているのを、そばにいて神妙に聞いている生徒のような表情でした。私達は世間の人の賢《さか》しげな顔には慣れていますが、心底から自分を恥じているような心のあらわれには稀れにしか出会うことがありません。私の心に親愛の情が湧きました。世間の人に比べてこの男が愚かしいということと、その頼りない身の上のことが思われて。自分もかつてこの男がいまいるような立場に立たされたことがあるよう

な気がしました。おそらくこの男の兄である鳥打帽は、弟を北海道の炭坑へ追いやって厄介払いをしたかったのでしょう。

「これで、お菜ごしらえなんかは、なかなか上手にやるんです。」

と鳥打帽は云いました。防空頭巾の顔に再び恥じらいの色が浮かびました。私もまたなんだか身につまされるような気がしました。たとえ防空頭巾にその方の能力があったとしても、炭坑へ行って、それがどう役立つというわけのものでもないでしょうに。おそらく女中代りに使っていたのでしょうが。けれども私は鳥打帽を格別薄情な兄だと思ったわけではありません。誰にしろ、肉親だからと云って、厄介者を背負込むわけには行きませんから。ただ私は防空頭巾がその兄を信頼している様子と、身のなりゆきに対するその従順さに、ひどく心を惹かれたのです。

「なにはともあれ、生きて行かなければ。」

と私は自分に云い聞かせました。

その日、職業紹介所から出てきたときには、私は炭坑労務者の募集人から手渡された刷物を懐中にしていました。その刷物にはこんどの募集に応じた者への心得がしるしてありました。紹介所の扉が開いたとき、私は咄嗟《とっさ》に心をきめて、炭坑行を志願したのです。私は予《かね》てから自分もそのつもりでいたような顔をして、防空頭巾の後から募集人の前に出て、応募の申告をしました。面倒な手続きはなにもなく、ただ紹介所の近くにある病院で形ばかりの身体検査を受けるだけのことでした。病院の医者はまだ生《なま》若い男でしたが、私の軀《からだ》に聴診器をあてながら、炭坑などへ行くことは止した方がいいと冷やかな口調で云いました。私の前に診察を受けた防空頭巾にも、そのように云っていました。私はなんとつかず、反感を覚えました。そして私の昔の知合いの中に、この男に似た感じのがいたことを、ふと思い出しました。おそらくこの医者は、診察を受けに来る応募人がある度に、その無分別を思い止るように、台詞めいた口調でいつも忠告して来たのでしょうが。防空頭巾は裸になると、骨太のがっしりした体格をしていて、とても私などは比較になりませんでした。そのとき応募したのは二人だけだったので、私達は互いに相手を他人のように思うことが出来ず、兄の鳥打帽も私に向って、やがてかの地に渡ったならば、頼りのない弟の力になってやってくれと云い、私達も無器用な言葉で、誼《よ》しみを誓いあいました。その後出発までの七日ほどの間、私には一枚の謄写版刷りの心得書きが、かの慾深かの五十女から自分を解放してくれる有力な切札のように思われました。

出発の日に私が集合所に赴くと、その近くで向うから鳥打帽と防空頭巾がやって来るのに逢いました。二人はまた私と一緒に集合所に引き返しました。鳥打帽は私に弟のことを頼むつもりで。私は募集人に間違いなくやって来たことを報告しました。おそらく来る筈の者で、定刻までに姿を見せなかった者も、一人や二人はあったことでしょう。私自身、七日の間には一旦決めた心も動揺しましたから。私達のような事情にある者にとっては、七日間の猶予は迷えと云わんばかりのことです。けれども、結局は一枚の心得書きが最後の切札になりました。また、心の動揺を繰返している間にも、相見たばかりの防空頭巾のことが、一度ならず私の念頭を掠めました。

「たとえわずかでも、身を入れるに足る土地が見つかれば、それでいいではないか。」

私は防空頭巾の頼りなげな横顔を思い浮かべながら、自分を得心させるように、心のうちに呟きました。

出発の時刻までには、まだ大分時間がありました。鳥打帽は私に防空頭巾のことを託すと、早々に帰って行きました。その際私に向って配偶者の有無を尋ねたので、無い旨を答えると、それでは自分が心がけておくと心得顔をして云いました。私に弟のことを頼んだので、なにかそんなことでも云わなければ、義理の悪い気持がしたのでしょう。

私達は東京を去る前に、浅草の観音さまにお参りしました。出発までの時間をどこでどう過ごしたものか、ほかに思案もありませんでしたから。見たところ、東西南北の区別も弁《わきま》えぬらしい私の道連れも、浅草の観音さまのことは知っていました。母親に連れられてきたことがあるということでした。鳥打帽が帰るときになって、私達は初めて互いに名乗りあいましたが、防空頭巾の名は次郎と云うのでした。

「ひとからこめられればって、ひとをこめるような人間ではありませんから。」

鳥打帽はそれだけは保証するというように云いましたが、それは次郎さんをひと目見れば、誰にも領けることでした。次郎さんがそういう人だからと云って、世間の人には格別どうということもないでしょうが。こめられたらこめ返す。あるいは、こめられないさきにこちらからこめてやる。そういうことも人間の重要な属性の一つなのでしょうし、そういう人達から見れば、終始ひとからこめられてばかりいる人間は、この世の中のコンマ以下の者でしかないでしょうから。

私達は仮りの小さな御堂にお参りしてから、護符《おふだ》をもらい受けて互いに肌身に着けました。互いの身の上のことや、これから赴くかの地の労働のことを考えると、護符を受けるという行為に対して、私はなにか気持がしみじみしてきて、自分達が観音さまの加護を願うにふさわしい者のように思われました。御堂のそばの物蔭で私達は休みました。次郎さんは肩に掛けている袋から、その嫂《あによめ》に当る人がこしらえてくれたという握飯を取出して、私にすすめてくれました。私も同じく携えてきたズックの鞄から、芋の蒸《ふか》したのを出して、いっしょに食べました。さつま芋は食糧不足の一時期に、私にとっては命の親も同然だったのです。ひとと食物を分けあうということは、思想を交換することにもまさって、互いの心に親しみを増してくれるものです。次郎さんも私も共に無口で、口不調法な方でしたから。

「二三年向うで働いて、お金をためて、また東京に帰って来ましょうね。」

と次郎さんは云いました。おそらく兄なり嫂なりから諭されたままを口にしているのでしょうが、こんな場合には、そういう月並な言葉が反って聞く者の心を動かすものです。私自身にしてからが、ただ単純にそんな言葉に頼りたくなる気にもなるのですから。次郎さんの目の表情は、どちらかと云えば、暗い沈んだ感じのものでした。けれども、私の問いかけに対して答えようとするとき、また自分からなにかを告げようとするときに、そこにある感情が兆すと、明るい柔和な光を帯びました。それは小児や柔和な動物にしか見られないような表情でした。私はふと遠い昔の記憶をよび起こしました。それは私の中学時代のある亡友の思い出でした。私はその頃既に人と親しみあうことも少く、独りの気持には慣れていましたが、あるふとしたことから、その友の私に対する偽りのない好感を見たのです。そして私はそのとき、初めてひとの顔に自分に対する友誼を知ることが出来たのです。次郎さんとその友とどこが似ているというわけでもありませんでしたが。

「この人に普通の世渡りの上の才覚が欠けているからと云って、侮りを受けなければならないことは、なにもないではないか。」

私はそう思いました。そしてまた自分の心に問いました。私の方から裏切ることをしない限り、この人と疎遠になることはないだろうと。

私達が再び集合所に戻ったときには、同行者の殆どが既に顔を揃えていて、出発前のひとときを雑談に花を咲かせていました。服装はとりどりでしたが、みんなはんちくで、寒い最中《さなか》だというのに、外套を着ているのは、海軍の将校マントを羽織っているのが一人いるだけでした。誰の顔にも疲労と困憊《こんぱい》の表情が覗かれて、みな一応は胡散臭《うさんくさ》げに見えました。思いがけないことには、その中にいつぞやのズック靴の男の顔を見出しました。思わず私が笑いかけると、ばつの悪そうな顔をして、それでも会釈を返してよこしました。人間というものは、己ひとり世の中の習慣から外れることは心細いと見えて、誰もが人真似をしたがるのでしょう。将校マントだけは（まだ若い男でしたが）いやに元気で、鰊場《にしんば》に行くのが目的で、炭坑はそれまでの腰かけだと喋っていました。あらかじめそれだけでも見込を立てているのは、この男のほかにはいないようで、そのなにか余裕ありげな態度に、みんな少しく気を呑まれている形に見えました。私達の仲間はそれでも十四、五人はいました。いちばん年嵩《としかさ》なのは四十五、六の、入墨でもしていそうな男で、自分の鼻のあたまを指さして云うことには、「これが病いで身が保てねえというやつさ。女房には因果を含めてきた。」

炭坑は初めてではなく、まえに同じく北海道の美唄《びばい》にいたことがあるという話でした。私達はめいめい二日分の食糧と、それから三人単位に煙草を二箱渡されました。次郎さんとズック靴と私と三人組みになりましたが、次郎さんも私も煙草を呑まないので、分ける手数はなく、ズック靴がひとり占めをしました。

私達は夜の七時何分かの汽車で上野を立ちました。炭坑から出向いて来た私達の引率者は、坑夫の前歴があるという、穏かな人柄の、もういい年寄の人でした。私達はみんな炭坑労務者の記号《マーク》のついた腕章を着けていましたが、誰もが気恥しそうにしていました。炭坑労務者は引揚者に次いで優先的に乗車することが出来たのです。次郎さんと私は窓際に向いあって席を占めました。いまのさきまで私達はしばらく改札口の前に震えながら立ち並んでいたのですが、汽車の中も変らず寒いのには閉口しました。窓硝子が破損して代りに板が打ちつけてあったりして、どこからともなく隙間風が入ってきて、寒さが身に応えました。汽車が動き出したときには、流石に誰の顔にも、ある感情の閃きが見えました。次郎さんと私は互いに目を見交わしました。ついに踏み出したという感慨が、誰の胸にも湧いたことでしょう。みな窓外に次第に後退《あとずさ》りして行く東京の灯に、誰もが一様に名残りが惜しまれる風情でした。

んないい年をした男たちなのですが。次郎さんの隣りにはれいの年嵩の男がいましたが、鬼の目にも涙と云った風情で、

「おれ達がまた帰ってくる頃には、東京もよくなっているだろうなあ。」

と昔を偲び顔に云いました。

思い出の走馬燈が私の胸のうちを去来しました。私は母のことを憶いました。母のことはいつも私の心の底に畳まれているのです。私がこの旅に携行したこのズックの鞄は、私が中学校に入学したときに、母が買ってくれたものなのです。私にとっては、死んだ母の記憶につながる唯一の所持品なのです。けれども、私としてはそのことが念頭にあって、大事にしてきたというわけではありません。若《も》しもこれが金目のものであったなら、おそらく私はほかの物といっしょに、とっくに手離していたことでしょう。そしてそのことに対して、なんの未練も感じなかったに違いありません。私が自分の身辺にこんなものが残っていることに気づいたのは、母に先立たれてしばらくして、私が一所不定の流浪の生活を送るようになってから、それもかなり歳月を閲してからのことです。私はこの鞄に身のまわりの物を詰込んで持ち歩きました。私はいくたびとなくその綻びを繕いましたし、またその汚れを濯ぎました。私はかつて、「持ち慣れた時計の方がいい。」という詩を読んだことがありますが、いま私がそれを真似して、「持ち慣れた鞄の方がいい。」と負け惜しみを云ったなら、可笑《おか》しいことでしょうか。時として私の心に、世間や人に対する敵意や反抗が燃えることがあると、私にはこの鞄が、こう云って私を宥《なだ》めてくれるようにも思われるのです。

「おやめなさい。みんな、あなたの子供の頃のことも、あなたのお母さんのことも知らないのですから。赦しておやりなさい。そんなことは内気で大人しいあなたには似合わないことです。」

私にはこの鞄が、この地上の生活に於ける私の債務のある保証物のように思われるのです。私は目をあげて前にいる次郎さんの顔を見ました。次郎さんは私に対して少しく顔を横向けていて、防空頭巾の内に覗かれるその大きな潤んだ目は、窓外の闇を見つめていました。次郎さんの顔には、またれいの、もう長い間のならわしになっているに違いない、もちまえの表情が見られました。それは人の顔に浮かぶ表情というものからは遠い、重く沈んだ麻痺したような感じのものでした。世間の人はこの次郎さんの片頬から、なにを読みとることが出来るでしょう。おそらくズック靴と同じように、「一文ばかり足りないな。」と思うだけのことでしょう。鳥打帽が次郎さんについて云った言葉を私は思い出しました。「ひとからこめられたからってこめるような奴ではありません。」私は次郎さんの顔を見ながら、雨垂れの点滴がいつか深く地面を穿《うが》つように、長いあいだに渡ってこの人を虐げてきたある隠微な力の重圧を、他人事ならず感じました。次郎さんはその握飯を私に分けてくれましたし、また次郎さんが稼いで再び東京に帰って来ようと云ったとき、私は自分の結ぼれていた気持が解き放されるのを覚えたことを忘れることが出来ません。世の中には、その智能の働きが次郎さんに上廻る人で、その心情の振幅は次郎さんより劣る人は少くないでしょう。私自身にしてからが、次郎さんと共にいてさえ、既に心中ひそかに互いの孤独を秤《はかり》にかけてみたりしていたのですから。次郎さんにはまた、ときどき歯を啜《すす》るようにする妙な癖がありました。私ははじめ歯になにか挟ったのだろうと思っていたのですが、そのうちそれが当人は無意識であることに気がつきました。よそ目にはなにか顔面神経痛でも煩《わずら》っているような印象を受けるのです。おそらくこの癖も、人をして次郎さんを侮らせる原因の一つになるのでしょうが、私にはなんだか身につまされるような気がされたのです。この無抵抗の人に、そんな可笑しな癖があることが。ごく幼い子供がいやいやをしているのを見るような痛々しい気がして。私はまえに継母が来てから、歯軋《はぎし》りをするようになった少年の話を聞いたことがありました。はじめは偽りの行為だったのですが、いつかほんものになってしまったのです。私にはその少年の口惜しさも、悲しさもよくわかる気がします。環境が自分にそぐわない場合に、す。私はよく自分に云って聞かせたものでした。

「これも当座のことだ。こうしている自分は自分ではないのだ。」

その気になれば、いつでも本来の自分を取戻せるつもりで。けれどもそれは自分の天性なるものを買い被っているからで、自分では当座のつもりでいたやつが、取返しのつかない精神や性格の歪《ひずみ》になってしまうのでしょう。こうして私達は習慣から、いろんなことを教え込まれて行くのでしょう。人を憎悪することも、疑うことも、また嫉妬することも。よく云うではありませんか、失恋だって癖になると。次郎さんの癖は、いつに始まったものか、またなにが原因をしているのか、おそらくそれは次郎さん自身にも、もうはっきりしなくなっている事柄でしたでしょう。それを自身に問うてみるなどということを次郎さんはよくしないでしょうから。私は目を閉じて眠ろうとしましたが、寒くてなかなか寝つかれませんでした。頸すじや肩さきに隙間風が当って冷入るのでした。目をあけると、こちらを見返った次郎さんの目とあいました。思わず私が笑いかけると、すぐ次郎さんの目にも笑いが浮かびました。

「寒いなあ。」

というお互いの気持が通いました。

それでもいつか私は寝入っていました。私はまた目を閉じましたが、なんだか、チェホフの小説でも読んでいるような親密な気持がしてきて、一瞬寒さを忘れることが出来ました。それは噂は聞いているが、まだ面識はない或る男の夢でした。夢の中でその男は蛇のように身をくねらせて、苦しげに匍匐《ほふく》していました。それはその男に対する或る悪意のためでした。けれどもその男は自分を苦しめているものの正体をはっきり突きとめてはいないので、そのためによけい苦しみを重ねているような様子なのでした。その男に対して悪意を抱いている人間というのは(夢の中には姿を見せませんでしたが)、私もよく知っている男なのです。悪意というものには、どんなに小さいものにも、陰謀の芽があると云えば、大袈裟なようですが、私には、私達を躓《つまず》かせるためには、ほんの少しの障害があれば足りるように思われます。その男の額に油汗を滲ませて、目に見えぬなにものかに抵抗しているような様子は、目が覚めてからも私の目のうちにありありと残っていました。夢は五臓の疲れと云いますが、可笑しな夢を見たものでした。自分のその頃の生活の溷濁《こんだく》を、そのまま写真にして見せられたような、重苦しい気持になりました。小さな枠の中で限られた数の人間が、互いに見飽いた顔を突きあわせて、犇《ひしめ》きあい、角突きあっている私達の生活というものは、なんと窮屈な気詰りなものでしょう。お互いに毒気の当てっこをしているようなものですから。見も知らぬ人間に対して、いつのまにか心の中にある印象が形づくられるばかりか、感情さえ抱かせられ、挙句のはては夢にまで見て魘《うな》されるなんて。夢の中のその男に対して悪意を抱いている男というのは、私がそれまで世話になっていた、あの闇屋の女の許に出入りしていた屑物買なのです。瘦せこけた貧相な、鼠のような顔をした、臆病げな男でしたが、おばちゃん(闇屋の女のことを出入りの者はそう呼んでいました)との間にその男の噂が始まると、目には光を、口には熱を帯びてくるのがきまりでした。その押し殺したような声の調子や、いやに陰に籠った話し振りには、確かに背後から刺す者の感じがありました。その男は現実では、屑物買とは段違いに羽振りがいらしかったのです。夢の中ではすっかり屑物買の悪意に覆われてしまっていましたけれども。

私はびっしょり盗汗《ねあせ》をかいていました。風邪を引込まなければいいがと思いながら、額や頸すじの汗を拭いていると、年嵩の男が薄目をあけてこちらを見ながら、

「ひどく歯軋りをするじゃないか。」

と云いました。いくらか非難めいた口調でした。

「すみません。」

と私は謝りました。相手もすぐ言葉つきを柔げて、

「鯣《するめ》を口に入れて眠るといい。」

と云うと、また目を閉じて眠ろうと努める様子でした。寒くて寝つかれないところへもってきて、私の歯軋りが耳障りになったのでしょう。生憎《あいにく》、鰯の持ち合わせはありませんでした。実は私にも昔から歯軋りの癖があるのですが、「鰯を含め。」という忠告は、そのとき初めて聞きました。なるほど、これは思いつきです。鰯を嚙む口中の運動と歯軋りはよく似ていますから。

次郎さんはと見れば、顔を仰《あおの》けてだらしなく口をあけ、よく寝入っていました。疲れているらしく、荒い寝息を立てていました。ふいに次郎さんが軀をぴくりとさせました。それはごく幽かな気配でしたが、瞬間次郎さんの顔にある影が差したような印象を受けました。私はなぜかぞっとしました。次郎さんも既に母親に先立たれた身の上なのですが、草葉の陰にいるその母親の念いが、そのとき次郎さんの顔に影を映さなかったとは云われないでしょう。

「この地上に在る間は誰しも絶えず犯した罪の償いをしていなければならない。」

誰かの言葉が呪文のように私の胸のうちを通り抜けて行きました。私は次郎さんの寝顔を見ながら、いま見たばかりの夢のことや、かの五十女の闇屋のことや、次郎さんの兄の鳥打帽のことや、これから行く遠い雪国のことなどを思い、……こめられたら、こめられたでいいではないか、抗《あらが》わずにそのまま世の中という擂鉢《すりばち》の底に落ちて行こう、そう自分に云い聞かせました。

いつか窓外には雪が降り出していました。たまたま或る駅に停車したので、窓をあけようとしましたら、折からの寒気で固く凍みついてしまっていて、梃子《てこ》でもあけることが出来ませんでした。

雪の宿

これは終戦直後、私が北海道の夕張で炭坑夫をしていた時の話である。

私は夕張へ行って間もなく、軀《からだ》をこわしてしまった。もともとそんなに頑健ではないのだから、炭坑仕事ははじめから無理であったのだ。私は四日に一遍、私のいた寮のある山を下って、町の入口の処にある炭坑病院に通った。診察してもらってから腕に注射をしてもらい、それから四日分の散薬をもらってくるのがきまりであった。ひどく心臓が弱っているので、労働は無理であったから、いつになれば働きに出られるものやら、覚束《おぼつか》なかった。

私の腕に注射をしてくれる看護婦は、一日置きに注射だけしてもらいに来なさいと云ったが、私は億劫にして行かなかった。私はその注射がどういうものやら知らなかったし、また訊いてもみなかった。散薬も満足に呑んだ験《ためし》がなかった。それが私の軀に、どう利くものとも思えなかったから。私の病院通いは体裁だけであった。

病院からの帰りに、山を登ってくる途中で私は息切れを休めるため、ときどき立止まらねばならなかった。私はいつも夕張神社の裏山伝いに帰ったが、その途中に目近に小学校の校舎を見下す場所があって、私はとある木立の下に腰を下して休むことにしていた。

夏のことであった。私が病院から帰ってくるのは昼前であったが、或る日、夏休みで人気のない校舎から、オルガンの音が聞えてきた。それは目近に見える二階の教室から聞えてくるもののようであったが、私のいる場所からは、ただ目白押しに机が並んでいる教室の中が見えるばかりで、オルガンも、また弾くその主の姿も見えなかった。曲は私の耳に親しいものではなく、外国のものらしかったが、木蔭で休んでいる私の耳に楽しい音色を伝えてきた。私は聞き惚れた。私にはそのオルガンの主が女の人に思われた。この学校の女の先生が練習しているのだろうと思った。その後も、何度か聞くことが出来た。いつも弾き手の姿は見ることは出来なかったけれども。山を登りながら今日はどうだろうかと思ったりした。私は格別音楽好きというわけではなかったが、思いがけない慰めを受けたような気がした。

寮の風呂などで、ほかの部屋の者から、何番方かねと訊かれることがあった。四番方だと私は答えた。炭坑の労働は八時間交替で、一番方、二番方、三番方に分れている。四番方などというものはない。相手は私の答の意味を察すると、にやにやして、それは結構な御身分だと云わんばかりの顔つきをした。いつか私の四番方勤務のことは、寮内で隠れのないものになった。

私は病院へ行くときのほかは、殆《ほとん》ど寮の部屋で敷きっぱなしの布団の上に寝ころがって、町の貸本屋から借りてきた探偵小説に読み耽った。病院の帰りに本屋に寄り、新しい本を借りて帰ってくるときが、いちばん幸福な気がした。私にとっては病院通いは、重い負担のようなものであり、また大きな義務のようなものであったから、この次病院へ行くまでにはまだ四日あると思うことは、私の気持を楽にしてくれるのであった。私にそんなにまで病院通いを厄介に思わせたものとは何かと云えば、私はただ診察が嫌だったのだ。医者の前に出て、胸をひろげて見せたり脊なかを向けたりして、息を吸ったり吐いたりする、その間がどうにもかなわなかった。私のような病状で、そんなことをお役目のようにやっているということが、私をなんだか自分が仮病でもつかっているような気持にさせるのだった。なにかの都合で、医者の顔が初めてだったりすると、私はほっとしたものだ。

そのうち私は町の麻雀屋で勝負事の味を覚えた。いつか病みつきになってしまって、私は毎日麻雀屋に入り浸るようになった。私は元手の金の算段に窮して、身のまわりの物を売ったり、寮の同室の者から借金したりした。麻雀屋の店が明くのは昼頃であった。私は一番方の者が仕事に出かけてしまって、しばらくしてから漸《ようや》く起き出し、遅い朝飯をすますと、そわそわした気持で出かけて行った。そんな生活でも、一日の始まりは新鮮であった。その日はじめて卓を囲み、牌を並べる気持はまた格別であった。私は夜の十二時頃まで、店が看板になるまでいて、寮に帰った。寮では皆んな眠りについている。私は同室の者が取って置いてくれた、私の分の昼飯と晩飯を空腹《すきつぱら》につめ込んでから、風呂に入って、それから自分の寝床にもぐり込んだ。眠りつくまで私はその日の勝負のあれこれを反芻したり、また明日の予想に胸をときめかせたりした。私の念頭には、明け暮れ、ただ麻雀のことしかなかった。

麻雀屋が休みの日は、私は隣り町まで足をのばして、そこの麻雀屋で夜明かしをし、あくる日寮へ帰ってくるようなことをした。それほどに私はとり憑かれていた。アルコール中毒者が、アルコール気なしにはいられないようなものだったろう。病院へ行く日には、病院を出たその足ですぐ麻雀屋へ行った。看護婦は私の腕に注射をしながら、最早お役目だけの表情しか示さなかった。そのうち私は病院通いを放擲《ほうてき》してしまった。

秋の山祭りが過ぎて、雪が降りはじめた頃には、私は着た切り雀になってしまった。汚れた作業服を着て、手拭を頸に巻いて、目ばかり光らせていた。寮で寮長と顔が合ったりすると、胡散臭《うさんくさ》そうにこちらを見て、

「どうだね、軀の具合は。」

私はいつも曖昧な返事をして逃げた。私の人相には、はっきりある種の烙印が押されてしまった。それは真面目に生業に就いている者の顔のうえには見ることの出来ないものである。同室の仲間は、そんな私に、べつに疎ましい顔はしなかった。意見がましいことを云う者もいなかった。私が元手の金がなくて、しょんぼりしていると、

「見ていられないよ。」

と云って、金を呉れる者もいた。その後も変らず、私の昼飯と晩飯は、留守の間に誰かが取ってきてくれていた。毎日のことであったが、それが三月、四月と続いたのだ。麻雀屋から帰ってきて、私が飯を食っていると、ふと目を覚ました仲間が、起き出してきて、

「今日は儲かったかね。」

私が首を横にふると、明日はうまい具合に行くというようなことを慰め顔に云って、煙草を一服してから、また寝床へ戻ったりした。私は気持が和んできて、遠い僻地に来て不如意の生活を送っているいまの境遇のことを、不足には思えなかった。仲間が私に対して、どうしてあんなに寛容だったのか、いま思うと不思議な気がする。きっと一人一人が心細い思いをしていたからなのだろう。

私は仲間の外套を羽織り、長靴を穿いて、大きな顔をして麻雀屋へ出かけて行った。あるとき道で、いちど同じ現場で仕事を共にしたことのある年寄に行き逢った。年寄と云っても、五十がらみの人だったが。その人は外套もなく長靴も穿かず、地下足袋で歩いていた。その姿を見て私には、心安立からとは云え、他人の物をわが物顔に使用している自分がかえりみられた。私はその人と相棒になって風管《ふうかん》を運ぶ仕事をしたのだが、私の方が非力で面倒をかけた。私は風管を担ぎそこなって指に怪我をした。お袋に甘やかされて育った子供は仕方のないものである。私はいい年をして、その年寄から、指の些細な怪我に切布を巻いてもらったりした。その人も寮住居をしていて、独り身らしかった。やはり戦後内地からやって来たのだろう。身の上のことは知らなかったが。その人の寒そうな姿を見て、私には自分が随分不遜な奴に思われた。けれども私は相変らず、仲間の好意に甘えてばかりいた。

十二月も半ば過ぎた、或る日のこと、麻雀屋で勝負が長引いて、時間が遅くなった。暮れ方から降り出した雪は、いつの間にか風を交えて吹雪になっていた。この中を山を登って寮へ帰ることは、途中の難渋が思いやられた。それにその頃、私の軀はめっきり衰弱していた。なにしろ一日中、夜遅くまで麻雀ばかりやっていたのだから。町に宿屋がないわけではなかったが、それはもう戸を閉めてしまっているし、それに昼間のうちに予約して置かないと、泊めてもらえない。私は麻雀屋の長椅子の上でもかまわないと思ったが、それは主人から断られた。客を泊めるのは、風儀上よろしくないのだろう。その夜の麻雀の相手には、大夕張の炭坑からこの夕張に遊びにきて宿屋住居をしている人がいたが、その人は自分の部屋に一緒に泊まれというほどの好意は示さなかったが、こんな助言をしてくれた。

「『松の家』へ行ったらいい。」

町にそういう家が何軒かあることは私も知っていた。けれどもそれまでいちども行ったことはなかった。寮の者も概して遊びに行かない。いい若い者が存外遊ばないのである。一体に娯楽機関のない土地なのだが。大夕張の人から勧められて、私もその気になった。その夜懐中に金があったからでもあるが、時間が遅くなったのと吹雪のためである。

松の家は麻雀屋のすぐ近くにあった。女の顔を見て私は、なんだか見覚えがあるような気がしたが、俯いたその横顔を見て思い当った。病院でいちど見かけたことがあったのだ。診察の順番がくるのを待っている間、この人は同じ長椅子のはしに腰かけて、なにやら雑誌に目を落していた。白いマフラを頸に巻いていたが、それが色白な愁い顔によく映って、一寸悪くなかった。

私は気持に張合が出て、

「風邪はなおったかね。」

「え？」

「それはなおった筈だ。もう大分まえのことだものね。」

「あら、どうして？」

「おれはなんでも知っているよ。きみが白いマフラが好きだってことも。」

彼女があまり不思議そうな顔をするので、私は種明かしをした。

「あら、そうお。」

彼女はうなずいたが、ふと顔を赤くして口籠った。

「なんだか、きみを見染めたみたいな話だね。」

「失礼しちゃうわね。それじゃ、あんたも、あのとき風邪を引いていたの？」

「同病相憐むってわけかね。ところがおれはここが悪い。」

私はいきなり彼女の掌を摑んで、私の胸に押し当てた。彼女は私の胸の鼓動の乱調子に目を瞠《みは》った。

「あんた、そんな軀で、いま時分まで何処で何をしていたの。お酒は軀によくないんじゃない？」

「なんだ。もう、御意見か。意見の好きな奴に限って情が薄いって云うぜ。酒は嫌いだよ。いや、酒に嫌われている。」

「でも、そんな軀でよく仕事に出られるわね。やっぱり坑内なんでしょ。何番方なの？」

「稼《かせ》ぎに出ている人体に見えるかね。おれは四番方だ。」

「四番方？」

鸚鵡《おうむ》返《がえ》した彼女の眼色に、ある感情が浮んだ。

「ずっと病院通いをしているのね。」

「病院の方は御無沙汰している。この節はもっぱら東風荘通いだ。」

「東風荘？」

「なんだ、知らないのか。見かけに似ず近所附合の悪い人だ。おれのような連中が集まって支那語の勉強をしている所だよ。」

「ああ、あの麻雀屋さん。そうお。」

「そうお、か。女の人が、そうおって思い入れをするところは悪くないね。大抵の人が女ぶりが上がる。きみはまた格別だ。」

「まあ。人の悪い。冷かさないでよ。」

「ところで、なにか食う物が取れないかね。実は朝飯を食ってから、日暮れ方に焼鳥の串を五、六本齧《かじ》ったきりで、腹が空いてかなわないんだ。このまま辛抱しようかと思ったんだが、なんだかきみに甘えたくなってね。」

「うまいことを云っているわ。遠慮なんかしないで云えばいいのに。遅いからよそからは取れないけれど、おそば位でよかったら、このうちでも出来るわよ。」

「おそば結構。もう寝てもいいんだが、今夜はもう少しきみと話がしたい。よかったら、おそばでも食べながら附合ってくれないか。」

「それはもう、こちらはお客さんの心次第。これも吹雪の取り持つ縁か。なんて、なんだか歌の文句にでもありそうだわね。」

「なんだ。きみこそ乙な文句を心得ているじゃないか。」

「あ、そうそう。いっそこのストーブの上でおそばを暖めましょうか。」

「うん。それがいい。そいつは思いつきだ。きみはどうしてなかなか家庭的だ。」

彼女が仕度をしに部屋を出て行った後、そこに横になって、燃え盛るストーブの火を見つめていると、なんだかとてもアット・ホームな感じがしてきて、昔女の許に通ったときの感情まで甦ってくるのを覚えた。私にはこんな環境がいちばん居心地がいい。私は久し振りに、人ととりとめのないお喋りをしたい気持になっていた。やがて彼女は鍋や小鉢を運んできた。彼女は手際よく、そばの鍋をストーブの火に掛けた。ストーブの上蓋を取り除けたり、膳の上に小鉢をそろえたり、鍋の中に卵を落したりする、彼女のそんな動作には、やはり女らしさが溢れていて、私は珍しいものを見るように魅せられた。

「どうもお待ちどおさま。さあ戴きましょう。どう？　お口に合いますか。」

「寮の炊事の先山より、きみの方が味加減がいい。」

「あんた、東京でしょ。どうもそんな気がしたわ。」

「きみは道産子《どさんこ》か。」

「ううん。お定まりの東北生れよ。連絡船で運ばれてきた口よ。」

「それじゃ、おれと同じ身の上だ。」

職業紹介所を通じて炭坑夫の募集に応じ、何人かの仲間と共に東京を立ってきた。青森港から連絡船に乗る間際に、ＤＤＴの消毒を受け、手頸に消毒済のスタンプを押された。そのとき私には自分達が、あの肉屋の店頭に吊り下げられてある、なにやら、スタンプを押された肉片とひとしなみのような気がされた。スタンプの跡は、夕張にきて四五日立ってもまだ薄く消えずに残っていた。

ツィンクル、ツィンクル、リットル・スター
ツィンクル、ツィンクル、リットル・スター

そばを食べ終った彼女が、不意に歌ったのである。この歌の一節は、私は昔中学校の英語読本で習い覚えていた。彼女の歌声は、私の耳底に残っている、そのときの懐かしい響をそのままに呼び起こした。

「いいね。いい歌を知っているね。」

「お姉さんから、教わったの。」

「お姉さん？」

「いいえ、このうちの娘さんよ。東京の学校へ行っているの。夏休みに帰ってきたときに教えてもらったの。いい気立ての娘さんよ。わたしより年下なんだけれど、わたし、お姉さん

って呼んでいるの。」

彼女の表情には、この種の職業の女に共通して見られる、ある哀れさが浮んだ。

「お姉さんはとても音楽が好きなの。夏休みに帰ってきたときも、毎日小学校へオルガンを弾きに行っていたわ。」

私は自分の耳を疑った。

「小学校って、あの夕張神社の隣りにある。」

「そうよ。」

一瞬、私は霹靂《へきれき》に逢ったような衝撃を受けた。あの人気のない教室から聞えてきたオルガンの音が、私の耳もとで高鳴った。そして次の瞬間には、なんとも云えない慰めに満ちた感情が胸いっぱいに込み上げてきた。

彼女はふと立ち上って、窓のカーテンをあけた。窓硝子の外側には、雪が吹きつけられ凍みついている。彼女は窓硝子に頬を寄せて、戸外の吹雪を窺いながら、またあの星の歌を口ずさんだ。

翌朝は既に吹雪も止んで、上天気であった。帰りしなに、彼女は私の耳もとで囁いた。

「あんた。四番方はお止めなさいね。」

それから間もなく、私は麻雀屋へ行くことを止めた。麻雀に対する妄執は、いつか胸底から払われていた。結果からすれば、私は彼女の忠告を容れたかたちである。

しばらくして私は坑内に新設された道具番に職を得て、また仕事に出るようになった。文字通り道具の番をするだけで、労働をする仕事ではないので、私にも勤められたのである。

与五さんと太郎さん

私はついこないだまで北海道の夕張炭坑にいた。最も無能な坑夫であった。私のいた寮の同室の人に与五さんという人とその弟の太郎さんという人がいた。与五さんは採炭の後山をやっていた。太郎さんも一寸の間採炭をやっていたが、すぐ止してしまってその後は支柱夫になっていた。与五さんはもう四十六、七の年配で、太郎さんも四十であった。与五さんは見たとこ顔などふけていて五十の坂を越しているように見えたけれど、躯《からだ》つきは岩乗《がんじょう》で見るからに丈夫そうで、どうしてまだまだ働ける躯であった。頭も顔も造作も躯つきも釣合っていて大振りでそして色が黒かった。頭は坊主であった。与五さんが風呂から上って褌《ふんどし》一つの恰好でどっかり胡坐《あぐら》をかいている容子には、平清盛入道を見るような概《おもむき》があった。躯にも顔にも精気が漲《みなぎ》っていて、眼にも強さがあった。

採炭の作業は炭坑では最も華々しいもので、採炭夫は坑夫中の粋の粋なるものである。労働の過激なことも格別で、人間が機械の代りを勤めるのだと思えば間違いはない。血気盛りの若い者が一週間を出ないで尻を割る。採炭の現場は親不孝者にぜひ一度見学させてやりたい。与五さんの年配で採炭をやっている者は殆《ほとん》どいない。与五さんの職場は二坑一区という処にあるのだが、そこでも与五さんは最年長者である。与五さんは丸通の印のある絆纏《はんてん》を着て出かけて行くので、現場では丸通の親爺で通っているという。与五さんもよく頑張っているわけなのだ。

与五さんには国におかみさんと子供が八人もある。男が二人であとはみな女。長女は嫁入り前の年頃で長男は十七。末は女でこないだ生れたばかり。与五さんが北海道へ出稼ぎに来てから一年振りに国からおかみさんが訪ねて来たことがある。その時連れ立って登別温泉へ行った。そうした因縁があるので与五さんは若《も》し男の子が生れたら登という名にしようかと云い、女の子だったらこの地の名物に因《ちな》んで雪という名がいいなど同室の者で云う者もあったが、結局八人目なので八重子にきまった。

与五さんの郷里は愛知県の豊橋市で与五さんはそこで馬車輓をしていたが、どうにも食えないので、ちょうどビルマから復員して来た太郎さんと二人して炭坑夫の募集に応じたのだという。家族を呼び寄せて一緒に暮らす気持になったこともあるが、こちらも社宅難なので、いろいろと心もきまらない。国のおかみさん達にしても北海道へ移住する決心はなかなかつかないらしい。与五さんは毎月金や物資を国へ送っている。なんと云ってもおかみさんがしっかり者なのだ。八人の子供を抱えてよくやっている。

おかみさんからは又かと思うほど手紙や葉書が届く。与五さんも亦《また》まめに便りをしている。

おかみさんの筆蹟は見事で文面もしとやかで、与五さんが木の根っこ然としたむき出しの労働者なので、一寸そぐわない感じもする。話しかけるふうにすらすらと書いてあって優しい親しみのあるものである。読まさしてもらって私はその綿々たる情味に胸がときめいた。読んでいて、思わず顔の赤くなるようなところもあった。与五さんの手紙も同じように形式にとらわれぬ、親愛に溢れたものである。素朴極まる愛の音信のとりかわされているのに私は一驚を喫した。私は家庭の絆というものを思わないわけにはいかなかった。

ある日仕事から帰ってきて与五さんは気色の勝《すぐ》れぬ様子であったが、「妻子のために犠牲になって自分を虐待して虐待して死んでしまうのかと思ったと、かかさんに手紙を書いてやった。」と云った。与五さんはおかみさんのことをかかさんと云う。危険な場所で命を的に真黒になって働いていると感慨無量になることもあるのだろう。あるとき崩落のあったとき与五さんは逃げるはずみに転倒してもう駄目かと思ったが、そのときおかみさんや子供の姿が眼に浮かんだという。おかみさんからはすまなく思う気持のいっぱいな労りの手紙が届いた。

女学校に入ったばかりの娘さんからよくローマ字綴りの手紙が届いた。与五さんは読めないので私が読んであげて、また返事はそのつど与五さんの書いたやつを私がローマ字になおして送った。娘さんの手紙には留守を守っているお母さんや姉弟たちの動静が幼い筆で書かれてあった。

おかみさんや娘さんの手紙を読むと、また与五さんから聞く話からも、与五さんが父親として暮われていることが、また与五さんが家庭を愛していることがわかった。貧しい、けれども楽しい家庭である。一体に内地からここへ来ている人達は家庭的にも不幸な人が多いのである。与五さんも一見しただけでは、この人をとりまいてそういう幸福な団欒があるようには思われない。与五さんはこの寮では必ずしも人の気受けがいいとは云えないのだ。

与五郎という名前であるが、いつからともなく誰云うとなく、「闇五郎」で通っている。おおっぴらに「闇五郎いるか。」と云って部屋へやって来る者もある。与五さんが一寸した内職をやっているところから、こんな渾名《あだな》を頂戴した。与五さんは食糧や品物を自分で買出しに行ったりまたは人を通じて手に入れ集めて、寮生や長屋の人達と取引をしている。はじめは内輪にしていたのだが、だんだん手広くやるようになってきた。と云っても多寡《たか》が知れているのだが。人の口はうるさいもので、寮生の間に与五さんは「儲け過ぎる。」とか「足もとにつけ込む。」とかいう非難や反感の声が高まってきた。「闇五郎を寮から追放しろ。」そんな極端なことを云う者も出てきて、そのうち与五さんの内職のことを、誰だか警察に投書した者があった。与五さんは警察に出頭して、もう決して闇商売は致しませんと謝ってきた。けれども、闇商売と云っても多寡が知れているのだ。すぐにほとぼりも冷めて旧にかえった。寮生としても与五さんのような人がいてくれた方が、便利重宝なわけなのだから。

与五さんから米や粉を分けてもらう場合、コーヒ茶碗などで量ってくれるが、与五さんは茶碗の内側に親指を入れたりして、厭《いや》な渋い量り方をする。よく狡い米屋のそうした話を聞くが、それとおんなしである。見ていると、背すじをなにかが走るような気分になる。

仕事から帰ってきてからも、ただぼんやりしているようなことはない。よく手まめに作業衣などの繕いをしている。繕いをしながら思いついたのであろうが、いくらか手間賃を取って繕いものをしたらどうだろうかと云ったこともある。少し極端すぎはしまいかと思う。自分でも云っているが、すぐ銭儲けのことばかり考えるらしい。

雪の降っているときなどは皆んな出かけるのが億劫だ。そんなとき与五さんは出かけて行って林檎などを仕入れてきて商売をする。皆んなも重宝なわけなのだが、それでもぶつぶつ云う。と云って、やはり利用しないわけにはいかないのである。

私がここへ来たばかりの頃のこと、一緒に来た者が持参した梅干を入れた壜が見えなくなったことがあったが、しばらくして与五さんが使っている棚に似た代物があるのに気がついたので、訊いてみたらやはりそうであった。早いとこ掠めてなに食わぬ顔をしていたのである。壜の中の梅干は残り少なになっていた。

部屋で共同に使う薬罐《やかん》を買ったとき、与五さんが使いを引受けたが、値段を誤魔化して二十円がとこ儲けていた。与五さんとしては使い賃のつもりなのであろう。ふだん口銭を取りつけているので、慣れてしまって、それほど疚《やま》しい気もしないのであろう。なんによらず、横着をきめこむ機会をのがす人ではなかった。

炭坑の仕事は一番方、二番方、三番方と云った工合に三交替になっている。八時間労働で、一番方は朝の七時頃から三時頃まで、そのあと二番方は夜の十一時頃まで、三番方は夜中から明け方までである。採炭は一番方の仕事なので昼中は地下に潜っているわけで、毎日働きに出ているのと自分で用のたせないことが多い。しぜん、同じ部屋の休んでいる者や二番方三番方の者がしてやることになる。与五さんも用事を人に頼む。郵便局へ行って為替を組んで国へ送ってやることや配給の品物を買ってきておいてやることである。私もよく頼まれたものだが、与五さんは「お世話でございました。」と如何にも実直そうな挨拶をする。その実横着で、儲からぬことはいやで、他人の用事は御免なのだから、そのいつも判こで押したような口前を聞くと、片腹痛いこともある。そんなこともはたの反感を買っていた。部屋で入院した者があったが、与五さん兄弟だけは見舞に行かなかった。

与五さんは実にいろんなものを仕入れてくる。与五さんの許にはその時々で何かないことはない。米、粉、豆、馬鈴薯、南瓜、卵、林檎、スルメ、チョコレート、それに酒、煙草、時に鶏なんかも仕入れてくる。町に行けば売っているものでも、仕入れてきておけば、結構捌《さば》けてしまう。チョコレートなんかもよく売れた。こんなところの寮生活というものは口ざむしいもので、簡単に口にほうり込めるやつは歓迎される。いつか泥鰌《どじょう》を仕入れてきたことがあったが、あまり買い手がなかったところ、売れ残ったのを部屋の者に押しつけた。フライパンで焼いてたれをつけたやつを、頭数だけ別々に入れ物に盛って皆んなに食べさしたが、後で集金して廻った。衣料品なんかの方もいろいろある。上衣、ズボン、シャツ、褌、タオル、靴下、手袋、地下足袋、長靴など。それから毛布、布団なども売り捌いた。与五さんはよく靴下、手袋、地下足袋の類を纏《まと》めて国へ送っていた。これらはおかみさんがうまく活用していたようだ。いちど毛皮の襟つき外套なんかを仕入れてきたことがあったが、見たとこ一寸大物の感じで、与五さんも持て余すのではないかと思われたが、これも国へ送ってやったところ、結構いい値に売れたらしい。なんのかのと与五さんの儲けもばかにならない模様で、嫉妬半分うるさいことを云う者も出てくるわけなのだ。与五さん自身は「オレは人助けだと思ってやっているんだ。」など時々真顔で云ったりする。それならもう少し安くすればいいのだというのがはたの者の気持であるが、与五さんとしてもまんざら嘘をついているわけではないのであろう。事実皆んな重宝しているし助かってもいるのだから。

与五さんのことを屑屋の親方になればいいと云った人があるが、与五さんにとっては蓋《けだ》し知己の言であろう。与五さんを見ていると、うってつけな感じがする。屑屋の親方はいい。きっと成功して小金を溜め込むに違いない。

私も与五さんの顧客であった。上顧客の方であったかも知れない。私は軀を悪くして長い間働きに出なかったりして困っていたので、与五さんの内職のおかげを随分蒙《こうむ》った。配給物資を買ってもらったり、食糧を分けてもらったりした。同室の誼《よ》しみで借りも利いた。そんなとき与五さんは気持よく貸してくれた。なにもそれほど因業のように云うほどのことはないと思うのだが。

与五さんの弟の太郎さんも亦与五さんの上顧客の一人である。太郎さんは兄の与五さんとはなにもかも対蹠的《たいしょてき》な感じだ。小柄で細面で、頭はやはり短く坊主で、なんとなく尼さんを見るような感じも受ける。色艶も悪く、元気なく、いつも隅っこに引っ込んでいる感じである。弱気で、兄の与五さんにすっかり食われ押されてしまっている。あまり人とも話をする方ではなく、人が話をしているそばでただぼんやり煙草をふかしているかと思うと、部屋の隅の自分の寝場所に引っ込んで布団の中にもぐり込んでしまっている。仕事の方も懶《なま》けるでもなく、気張るでもない。毎月稼いだ金の半分は兄貴にとられる。太郎さんは煙草好きでのべつふかしているので、勿論配給だけでは間に合わず、与五さんから分けてもらうことになる。そのほかに食糧の方も分けてもらう。衣料品なんかの方も「太郎。きょうはお前にいいズボンを見つけておいてやったぞ。」といったようなあんばいである。与五さんは兄弟だからと云ってべつに容赦はしないようで、寧《むし》ろいい鴨のように思ってやっているのがはたの者にもわかるくらい。手巻きの煙草を仕込み過ぎて売れなかったとき与五さんは、「太郎にのませるでいい。」とあからさまに云った。給料日には与五さんは貸付手帳をひろげて計算し、太郎さんは支払っている。払ったとか払わないとか、食ったとか食わないとか、云い合いがあるが、結局与五さんに押されてしまう。「太郎。それだから、お前はいかんわ。」と与五さんは一喝を食らわせる。この一言で太郎さんは唯唯諾諾《いいだくだく》となる。この「いかんわ。」は与五さんの口癖で、与五さんが「高いでいかんわ。」とかぶりを横に振れば、まず融通をつけてもらうことは難しい。太郎さんは期せずして月々与五さんの家計を間接に補助しているわけである。そしてそういう太郎さんの役割を最もよく承知しているのは与五さんであろう。

与五さんのことを水臭い兄貴だと非難する者もあったが、太郎さんにはやはり与五さんが頼りらしく、仕事から帰ってきて部屋に与五さんの姿が見えないと、きまって「兄貴は？」と訊く。私にはそのときの太郎さんの表情と声音がいまも憶い起される。太郎さんは独りでは心細くて、とても北海道へはやって来られなかったに違いない。自分では兄貴の足手纏《あしでまと》いぐらいにしか思っていないのであろう。

太郎さんは四十になるがまだ独身。五年間戦地にいた。ビルマ方面であった。若い頃東京の水天宮のそばの金物屋にいたこともあるという。べつに手に職と云ってはなにもないようだ。無口の方であまり自分の身の上のことを喋ったりする方ではないので、くわしいことは知らない。与五さんが見るからに頼もしく、一家の大黒柱として働き盛りの充実感に溢れているのに引き替えて、こちらは孤影悄然《しょうぜん》たるチョンガーである。四十になっていまだに独りだなんて、阿呆みたいなもので、人にふしぎがられるよりもさきにまず侮られる。当人としても、甲斐性なしの証拠のような気がされて、気恥しいものである。まあそうした廻り合わせなのであろうが。太郎さんもあまり甲斐性があるようには見えない。与五さんが銭儲けに夢中で張り切っているのに、太郎さんはただぼんやり煙草ばかりふかしている。仕事に出かけるのも気儘《きまま》だ。稼いで金を残す気にもならないらしい。覇気もなければ衒気《げんき》もない。いわばこの世の中に対してガツガツしていないのである。と云ってべつに人並みの幸福を白眼視しているわけではない。慰みと云えば煙草をふかすことぐらい。

太郎さんはストーブにあたりながら時々低声に流行歌を唱うが、唱うというよりは口ずさむ程度でそれも二、三節でよしてしまう。てれて、えへへとはにかみ笑いをして、やめてしまう。ハモニカが上手だ。金物屋にいた頃覚えたのだという。同室の若者が町でハモニカを買ってきたが、誰もまんぞくに吹けるやつがいなかったところ、太郎さんが器用に吹いてみせたので、皆んなびっくりした。優にかくし芸の域に達していたが、でも太郎さんは自慢してやたらに吹いてみせるということもない。ビルマにいた間に覚えたのだそうで、麻雀などもやるが、勝負事などあまり気乗りがしないらしく、勧められておつきあいにやる程度である。闘志甚だしく稀薄である。

同室の鼻息の荒いのが太郎さんの煙草を失敬してふかしていたが、太郎さんが抗議を申し込んだところ、現行を押さえられたわけではなかったので、しらをきって、反って逆ねじを食わして「表へ出ろ。」など恐いことを云った。太郎さんは狼狽して「ま、いいで。ま、いいで。」と云った。なんともあしらいかねた模様であった。血の気があり過ぎるせいか、やたらに人に挑む人もいるし、また無意味に人から侮りを受け、こめられる、そういう人もいるものだ。

私は煙草をのまないので、配給を受けるとすぐ与五さんに廻したりまた人に譲ったりしていた。太郎さんにも買ってもらった。その方が与五さんに廻すよりは割がよかったし、また太郎さんも与五さんから分けてもらうよりは割がよかったのである。お互いによかった。私が「町へ出かけるが、なにか用事はないか？」と云ったら、太郎さんは「雑誌を買ってきてくれ。」と云った。なんの雑誌だ？　と訊いたら、あんたの読みたいやつでいいと答えた。太郎さんはべつに本好きということもない。私が長い間仕事に出ず休んでいて小遣にも困っているので、私に雑誌を買ってくれる気持なのだ。一つは煙草を安く分けてもらう礼心なのであろう。太郎さんは時に私にそういう優しい好意を示してくれた。

与五さん兄弟は私よりも半年ばかり早く北海道へ来た。その頃からいる人の話によると、与五さんも最近は大分さばけてきたのだという。前は大変な我利我利であったそうだ。そう云えば太郎さんも、私が来た頃には、なにか自分の殻の中に閉じ籠っている感じで、部屋の者ともまだそれほど打ち解けて話をするふうではなかった。同室の者の言葉を借りれば、「この人はなにか気に入らないことがあるので、それでこんなに黙りこくっているのだろう。」そんなふうにも見えた。与五さんと太郎さんは外貌も性質も反対であるが、それでいてやはり兄弟は争われぬところがあって、どことなしに似ていた。私は二人の顔を見比べて、なにかお伽噺に出てくる百姓の兄弟でも見るような、素朴なユウモアを感じた。太郎さんも亦字がなかなか上手だ。手筋がいいのである。ハモニカの場合と同様、太郎さんの男ぶりも何割方か立ち勝って見える。愛嬌に乏しい者はまたなにかで埋め合わせがついているようである。書く手紙も面白い。与五さん一家は皆んな手紙上手だ。真情直叙派で、拝啓陳《のぶ》ればとかあらあらかしこなどいう作法のことは、最初から御存知ない方である。思うに与五さん兄弟は素朴なのだ。それだけの話だ。病人の見舞に行かないのも、そういう如才なさを持ち合わせていないからに過ぎない。一体に如才のない人間が多過ぎるのだ。

あるときほかの部屋からやはり鼻息の荒いのがやって来て、与五さんとなにやら商談を始めていたようであったが、そのうち与五さんのれいの「いかんわ。」が二、三度聞えたと思ったら、矢庭に男が大声を出した。「表へ出ろ。」という凄文句である。ひどい剣幕であった。人前であまり腹を立て過ぎるというのも恰好のつかないものらしく、「今後若し闇商売をやったのが俺の目にとまったらただでは置かないぞ。」というような台詞を残して鼻息荒く引き上げたが、やがてチンピラがやって来て、「おい、闇五郎さん。兄貴が一寸来てくれって云っているぜ。」と云った。与五さんはともかく呼び出しに応じた。そのあとその場に居合わせた者が口々に、「あれでは怒るのが当たり前だ。」「こういうことはいつか一度はあると思っていた。」「あった方がいいんだ。」中には男がどういういきさつから腹を立てるに至ったかを仔細に再現してみせ説明する御念の入ったおせっかいまでいて、少しくどいと思わせたが、与五さんにはさっぱり同情があつまらなかった。そのうちその部屋の方から男の怒号する声が聞えた。「闇五郎、闇五郎。」を連発している。そしてそれに対して与五さんがなにやら答えている声がかすかに聞えた。私の寝場所は部屋のとば口の処にあって、私はそのとき布団の中にもぐり込んでいたが、布団から顔を覗かせたら、太郎さんが入口の戸を開けて心配そうにその方を窺っていた。あとで聞くと、男は与五さんが「堪えてくれよ。堪えてくれよ。」と云うのに、なお折檻を加えたという。棒のようなもので背中をどやしつけたという。間もなく与五さんは戻ってきたが、その当座与五さんは浮かぬ顔をして、畳んだ布団に寄りかかって、頭を抱えていることもあった。蓋し世の中の住みにくさを歎じている図である。「オレは人助けだと思ってやっているんだ。お互いにいいことじゃないか。」「そうだよ。お互いによければそれに越したことはないさ。」

太郎さんに国の方で縁談が持ち上った。与五さんは長兄であるが、国の方に次兄がいる。その人から婿養子の口のあることを知らせてきたが、太郎さんはその話にひどく乗気になった。

その頃太郎さんはまたなにかに追われているふうで、時々太郎さんの頭に無線電信がかかることがあった。坑内で働いている時に、ストーブにあたりながら煙草をふかしている時に、夜半ふと目覚めた時などにかかってきた。私と町へ映画を見に行った帰りに、山を登ってくる途中でも、そんなことがあった。太郎さんはふいに私の腕を摑んで、「いま、オレのことをろくでなしと云った声が聞えた。」と云った。国の方にいる親戚の者たちが自分の噂をしている声がはっきり聞えるというのである。太郎さんのことを嘲り嗤《わら》う声で、その声の中には与五さんのおかみさんの声もまじっているという。夜中にふと目が覚めた時に、独りストーブの前に陣取って考え込んでいる太郎さんの姿を見かけることがよくあった。

その話があってから、私達が話の水を向けて冷かすと、太郎さんは他愛なく相好を崩した。もう嫁さんをもらってしまったような気持でいるように見うけられた。

正月に与五さんと太郎さんは休暇を取って国へ帰った。太郎さんにとっては見合いを兼ねた帰郷である。私達は太郎さんが落胆するようなことに終らなければいいがと話しあった。だれの心にも危ぶむ気持があったのである。太郎さんから葉書が届いたが、所書きは次兄の人の所で、縁談のことに就いてはなにも書いてなく、嫂《あによめ》さん（与五さんのおかみさん）と喧嘩したことや甥姪などからも馬鹿にされたということが書いてあった。やがて与五さん独り帰ってきた。縁談の方はそのままだが、太郎さんには再び北海道へ来る気持がなく、そのまま次兄の人の許に身を寄せてそっちで働く意志であるという。与五さんは「兄にいいようにされてしまうわ。」と云ったが、それはいままでの自分の気持をあまりに露骨に語り過ぎているような感じがされて、私達には可笑《おか》しかった。間もなく太郎さんからも、次兄の人と早朝から汽車に乗って木工場へ働きに行っているという便りがあった。しばらくして、私達は突然太郎さんの縁談のまとまった話を聞いた。その後またしばらくして、与五さんのおかみさんから来た封書の中に、太郎さんが与五さんのおかみさんへ宛てた葉書が同封してあったのを見せてもらった。太郎さんは名古屋に住んでいるのだが、与五さんの故郷の豊橋市のお祭の日に新夫婦揃って遊びに行けなかったことを詫びた文面であった。「あとで行くからいいわ。」と云ったお嫁さんの言葉がそのまま書き込んであった。私は仲がいいなと思い、微笑を誘われると共に、正直のところいささか焼けた。お盆に与五さんはまた国へ行ったが、帰ってきて、太郎さんの養子先の親御さん達のいい人であることを話して、「太郎はうまくやったわ。」と云った。私は他人事ながらほっとして、太郎さんのうまくやったことを祝福した。まあそういう廻り合わせであったのだろうが、それにしても、私には太郎さんの人徳というものが思われるのだ。

夕張の春

北海道の夕張炭坑の坑内夫に信吉というのがいる。現場は本鉱の二鉱三区で、信吉はそこの支柱の後山をしている。

まだ若い。現場でも、寄宿している寮内でも、温和《おとな》しい、まじめな男で通っている。

東京の生れだが、初めて遠い旅をして北海道に来て、二年目になる。最初の冬は深い積雪の底に自分の軀《からだ》が埋まってしまうような心細さも味わったものだ。いまは二度目の春に遇って、長い冬籠りの果てに、ようやくいのちの生きのびた思いをしている。

寮の人たちは誰もが信吉のことを、「この頃信吉さんは明るく元気になった。」と云っている。炊事の娘たちの間では、「誰かいい人が出来たのだろう。」という噂もある。

信吉自身もはるばると遠い他国に来て、思いがけず安住の地を見出したような思いをしている。信吉は早くから両親に死別れて他人の中で育った。他人の家を転々として、いろんな職業に就いてみたが、この年になるまで遂に落着く処を得られず、また身を固めることも出来なかった。一生の中に北海道に来るようなことがあろうとは、それこそ夢にも思っていなかったが、そんな成行になった。身も心も困憊《こんぱい》して、思い余ってやってきたのだが、自身の軀がこの土地の労働に曲がりなりにも堪えて行けるのが有難かった。「自分のような者でもどうにかして生きて行きたい。」という思いは、これまでの長い不安定な生活の間にも一貫していつも信吉の心の底にあった。なにが心の拠りどころになるということもなかったが、自分の薄倖な身の上や失意の繰り返しであった来し方のことが、反って信吉のうちに生への執着を強くした。ともかく生きて行かねばならぬ。それが人間のもちまえだ。そしていま信吉は自分の前途にも、ようやく踏み出して行ける生活の道がひらけたような期待と、それに伴う不安を感じている。

寮の人から「明るく元気になった。」と云われて、自信なさそうに俯くのも、われながら覚束《おぼつか》なさを覚えるからであった。また炊事の娘たちにからかわれると、信吉はつい顔を赤くしたが、それも心の中にうれしく思うことがあるからであった。

娘たちの推量のとおり、信吉には意中の人があった。お雪は信吉と同じ二鉱三区の道具番をしている千代吉という年寄の娘である。――坑内で働きながら、信吉がよく思い出すお雪の言葉。「信吉さんはそれでもよくご精が出ますねえ。」お雪はそれを信吉の非力そうな軀つきを労りの籠った眼で見ながら云った。

信吉はいまの支柱の先山に附いて、それまでと現場が変るようになってから、この道具番の千代吉と馴染みになった。ひとつは同じ支柱の後山に千代吉の息子である茂という若者がいたからである。茂は信吉とは少し年の隔たりがあったが、仕事のいい相棒で、いつも年嵩《としかさ》の信吉のために骨の折れる役は進んで引受けてくれた。小柄の締ったいい体格をしていて、仕事が切上ると、現場から徒歩で帰る先山や信吉をよそに、廻転しているベルトコンベアーに身軽るに飛び乗って逸速《いちはや》く引上げて行く。たちまちに闇の中に消えて行くその姿は両腋に翼が生えているようだ。電燈帽を被ってきりっと身仕度をした茂の姿を見ると、信吉はよくむかし小学校の読本で習ったアルプス越えの少年鼓手のことを思い出した。茂は皮膚の色の浅黒い、睫毛《まつげ》の長い澄んだ眼差しをした、まだどことなく少年のような初々しさの残っている若者であった。

信吉もいまの先山に附いて支柱夫になるまでには、一年ばかりの間に、あれこれと職種を変えて坑内のいろんな作業に従事した。自分の体力のほどを忘れて採炭夫を志願して軀を損い病院通いをしたこともある。べつに賃金がよけいに欲しかったからではない。内地にいたとき、些細なことが障りになって住込先を飛び出して、自分から身を落したことも一度ならずあるが、いつも同じような原因からである。こんな僻地に来てさえ同じ愚をくりかえす自分が憫《あわ》れでもあり、またどこへ行っても附いて廻る同僚との確執が煩《わずら》わしくも思われた。この二鉱三区でも指折りの老巧な支柱夫であるいまの先山に附くようになって、信吉は長い廻り道をしてようやく落着く処を得たような気がしている。

先山はもう五十に手のとどく年頃であったが、軀つきなど見るからに精悍で、また闊達な気性で、初めの頃は信吉の仕事ぶりをからかって、よくこんな口をきいた。

「お前さんはこんな穴の中で石炭や材木を扱うよりは、東京の呉服屋なんかで反物でもいじっている方がいいのじゃないか。」

けれども口振りにさっぱり毒のない人で、また面倒のいい人で、縁あって自分の下に来た者を無下にしりぞけるようなことはしなかった。不慣れな信吉を茂と二人で嫌な顔を見せずに手を取るように仕込んでくれた。習うよりは慣れろである。信吉もそのうちに仕事の遣り口を呑み込んで行った。茂と二人で材木を担いでも腰のふらつくようなこともなくなり、また鋸《のこ》や鉞《まさかり》も見よう見まねで使えるようにもなった。験《ため》して行けば、無いものとあきらめていた力が自分にあることもわかった。いつか信吉には日々の労働が楽しいものになった。それに先山や茂との間柄がしっくり行ったことも、信吉の日々を和やかなものにした。

先山に信吉、茂の三人は、その日の現場がそこからあまり離れたところでない限りは、いつも千代吉のいる道具番に寄って昼飯を食べる。信吉は坑夫たちから道具番の主《ぬし》などと云われているこの年寄に馴染むにつれ、その親しみのある人柄に惹かれるようになった。

「千代吉なんて、やさしい名前だね。」

と自分からその名のことを云い出して、顔に深い皺を刻む千代吉が信吉は好きだった。そういうとき千代吉の顔には親しみ深いやさしさが溢れた。千代吉はいまでこそ道具番をしているが、むかしは採炭の先山として一、二を争った人で、まだ矍鑠《かくしゃく》としていて、炭坑に生い立った衰えぬ坑夫の気性は男らしい眉目のあたりに見えた。頑固で気難しいと云う人もあるが、そう云えば千代吉には、道具の貸与のことでは人に譲らぬ潔癖さを見せることもあった。

けれども信吉にはこの年寄のやさしさだけが強く心に伝わってきた。見ていると、若い息子ほどの坑夫たちの無理を、千代吉がよく怺《こら》えてやっているのが、信吉にはよく合点が入った。千代吉の顔には長いあいだに渡る烈《はげ》しい労働が刻みつけた辛苦の翳《かげ》が見える。また信吉には千代吉の頸が、肩が、腰が、掌が、そのままの形でなにかを告げているように思われた。働くということの真の意味を、人間の真率な生れつきを、あきらかに伝えてくれるように思われた。それはいまこの地下三千尺の生活の場で、信吉は危ぶみながら覚束なげに、けれどもわが手で確かめつつあるものであった。

千代吉は登山用のピッケルに似せて拵えた杖を持っていて、坑道の往復にはその杖に歩みを托して、あせらずに一足一足辿って行く。信吉や茂の顔を見て、若い者の短気を挫《くじ》くように、

「一寸先は闇とはよく云ったものさ。それでもよくしたもんで一寸だけは進める。おれたちの営みなんてそんなもんじゃないか。一息一息歩いて行けばいいのさ。茂のように自分の足で歩かずにベルトに飛び乗るやつもいる。」

と云ったりする。千代吉の口から聞くと、そんな言葉が行き悩んできた信吉の心をなにかほっとさせてくれる。信吉にとっては道具番で過ごす、その憩いのひとときが日々の楽しい時刻になった。

「ところで茂さんのおめでたはいつかね。いつまでもはたに気を揉ませるものじゃない。」

と先山が云い出したことから、信吉はこのまだ子供じみたところのある若者に既に定まっ

た許嫁《いいなずけ》があって、やがて新生活を形作ろうとしていることを知った。先山の言葉に茂はその浅黒い顔を赤くしたが、信吉はそばにいて、ふとわが身を省みられた。

また、その頃信吉はまだ見なかったお雪のことが話題になることもあった。

「そう云えば、雪坊もそろそろお婿さんを探がさにゃいかんな。」

と先山は云った。信吉は千代吉や茂の好ましい人柄から、また茂の若者らしい澄んだ眼差しから、茂の姉であるお雪という娘のことを想像した。

茂は時に信吉に長屋に遊びに来るように誘うこともあった。寮住居というものも侘しいものので、寮生にとっては懇意になった人の長屋に出かけて行くのは楽しみなものである。土地の人の気風は概して客好きで、その款待《かんたい》の言葉は真底からのものである。内地から来て寮生活をしている者には、長いあいだには、ときどき遊びに出かけて行く馴染みの長屋が誰にも出来てくる。信吉にはまだそういう家庭はなかった。茂から誘われて、信吉には千代吉親子の家庭を見たい心が動いたが、それでもつい億劫にしていた。毎日現場で仕事を共にするうちに、信吉の独りの気持は千代吉親子のもとに強くひかれて行ったけれども。

夕張は高原地帯である。信吉は二番方の仕事の帰りなどに、疲れた軀で山の中腹にある寮に帰る道すがら、夜空の下で雪の中に立並ぶ長屋の灯を見ては、遠く他国に来たいまの身の上を思い、わが身をいとおしむ気にもなるのであった。また、寮のある地区とは反対の向いの山の斜面に千代吉親子の長屋の灯を探がし求めることもある。そんなとき、まだ見たこともないお雪という娘のことが、信吉の念頭をふと掠めることもあった。

信吉が初めてお雪を見たのは、信吉が盲腸炎で炭坑病院に入院したとき、茂と一緒にお雪が見舞に来てくれたときであった。信吉は茂と連立って病室に入ってきた若い娘をすぐにお雪だと直感した。お雪は鼻すじ口もとなど父親写しで、また弟である茂と同じように澄んだ素直な眼をしていた。

お雪ははきはきとした口調で見舞の言葉をのべた。

「父や弟がいつもお世話になります。」

という尋常な挨拶にも、他人行儀にはならない親しみが籠められていた。

茂がそばにいたからでもあるが、初対面の若い娘に対して、信吉としてはめずらしくまともに話すことが出来た。姉弟が帰った後でも、そのことがいい印象として残っていて、信吉の心をたのしくした。お雪は信吉の枕もとに弁当箱に入れた水飴を置いて行った。

信吉は二週間ほど入院していた。手術後五日ばかりの間は寮の風呂焚のおかみさんが附添いにきてくれて、身のまわりの世話をしてくれた。寮長も、同室の寮生も、また炊事の娘たちまでが、市街地へ来たついでに立寄って見舞ってくれた。信吉は皆んなの親切をかりそめに思うことが出来なかった。そして、こんな僻地に来て自分のような者が無事でいられるということさえふしぎなのに、しばらくはなにもしないで休息していられることが、信吉には夢のような気がした。病院の寝台の上で、信吉はこれまでにない深い解放感を味わった。昨日までは知らなかった人たちの暖い好意に包まれていること、そしてそのことは身を起してここまでやって来なければ得られなかったものであることを思うと、信吉は数ならぬ自分の来し方のことを、またお互いが隣人としてのつながりの上に置かれている世の中の一切のことを、軽率に考えることが出来なかった。

――信吉はむかし一夏を東京の場末の町のアイス・キャンデーを売る店に雇われて過ごしたことがある。朝の七時から晩の十一時まで働きづめの仕事であった。店を仕舞って大いそぎで銭湯にかけつけて、その帰途支那そば屋に寄って一皿の冷しそばを食べるのが一日の終りの解放された時間の唯一のたのしみであった。信吉はそのとき十八に成っていた。いままも、その場末の町の、なかなかに日の暮れぬ夏の日の情景が、ふと記憶に甦ることがある。それは信吉にとっては、ある心の痛みをともなう思い出であった。

「よかった、よかった。」

深い安堵とも感謝ともつかぬ気持で信吉は心の中に呟いた。枕に片頬を寄せている信吉の眼に涙が滲んだ。

退院してから再び働きに出る前の日に、信吉は初めて千代吉親子のいる長屋を訪れた。信吉のいる寮はもとは朝鮮人の坑夫たちがいた小屋で、粗末な殺風景な建物である。十二畳ほどの広さのところに、屈強な男たちが十人ばかりごろごろしているのが、寮内の部屋の有様である。信吉は初めて見る長屋の内を珍しそうに見た。炭坑夫の住居はいずれ変らず粗末なものであるが、流石に他所者の集まりである独身者の寮とは違って、その地に長く根を生やして住みついた暮らしの落着が家内にあった。信吉にはなによりもそこに感じられる家庭の雰囲気が懐かしく思われた。

部屋の中はきちんと整頓されていて、ストーブのまわりもきれいに掃除が行届いていた。寮の自分の部屋のストーブと比べて、信吉は思わず、

「きれいにしていますね。」

と云った。

「お父さんがきれい好きで、喧《やかま》しいものですから。」

とお雪は云ったが、そういうお雪自身も地味に装ってはいるが、身ぎれいにしていた。

千代吉の連合であり、姉弟の母親であったおつたがこの世を去ったのは五年前のことである。その後はこの家では、鰥夫《やもめ》の父親を助けて、お雪が主婦の代りを勤めてきた。――お雪と親しくするようになってから信吉は、お雪がおとなしい中に確かりした気性を持っているのも、また年齢のわりに大人びたところのあるのも、ひとつはそういう事情のせいだろうと思った。

茂は留守であった。千代吉は共同浴場へ行って帰ってきたところらしく、足の爪を切っていたが、そのなにか木の瘤でも見るような自分の爪を信吉の前に恥じる気色で、

「こうなると、もう人間じゃなくて、化物だな。」

と云って笑った。また、

「年寄って厭《いや》らしいものだね。」

と信吉の気を兼ねるように云った。剛腹そうに見えても、年寄は弱いのだと信吉は思った。

千代吉はお雪に酒を買わせて、あまり嗜けぬ口の信吉を相手に呑んだ。寛いだときの千代

吉は、信吉には一層親しみを覚えさせた。

信吉は日頃自分のことを、いい年をして人見知りのやまない、頑な男だと思っている。そしてそのことをひとつは早くからみなしごになった境遇のせいにしている。とりわけ父親には早く死別して、信吉は父親の味というものを全く知らない。これまでにも苦しい羽目に落ちる度に、こんなときに父親の判断が得られたならとよく思ったものだ。そして、世の中の年頃の息子を持った父親の心というものは、どんなものだろうなどと幼い想像をめぐらしたこともある。人見知りする心が強いだけに、また人にすがりたい気持も強かった。千代吉に馴染むにつれて、信吉はそういう心の空虚が満されるものを感じた。この頑固で潔癖なところのある年寄が自分を容れてくれたことが、信吉には嬉しかった。

茂は許嫁の家に出かけていたのであった。先方の家は市街地で雑貨商を営んでいて、茂の相手はそこの次女であった。話があってから半年になり、当人同士の交際はその前からあった。福住地区の山の中腹に新しい長屋が建ちかけのまま普請を中止しているのがある。その建築が終われば、双方が親もとを離れてそこが二人の住居になるわけなのであった。話は順調に進んでいて、ほかに障りはなにもなかった。許嫁同士はただ新居の成るのを待つばかりであった。

やがて茂が帰ってきた頃には千代吉も酔っていた。思いがけず千代吉の口から追分節が出た。

「そら、お父さんの追分が出ましたね。お父さんはご機嫌になると追分をうたって、それから寝てしまうのがおきまりなんですの。」

とお雪は父親の酔態を愛《いと》しそうに見ながら云った。信吉も勧められて呑み過ごしていた。

信吉は茂に途中まで送られて帰った。

お雪は信吉の帰るのを送って門《かど》まで出た。

「信吉さんはいつから働きに出るんですの。」

「明日から出ようと思っているんです。」

「よくご精が出ますねえ。」

その夜信吉は寮の部屋で寝床に這入《はい》ってからも、お雪の云ったなにげない言葉を、いくたびとなく胸のうちで反芻した。――信吉に父親の記憶は殆《ほと》んど無く、母親とも十二のときに死別れたという話を聞いたとき、お雪の眼が忽《たちま》ち同情の色でいっぱいになったのを見て、反って信吉は吐胸を突かれる思いをした。

その後信吉はときどき思い立っては、千代吉親子の家庭に出かけて行くようになった。お雪との仲も親しみを加えた。そして信吉の心は日増しにお雪のほうへ傾いて行った。ひとつは千代吉が信吉に対して寛容であったからであろう。

「お父さんは信吉さんのことを身内のように思っていますわ。」

とお雪が云ったことがある。そのとき信吉は思わず一瞬お雪の顔を見つめたが、信吉の心を掠めた思いはお雪の表情には現われていなかった。そこにはただ単純に一家の信吉に対する親しみを伝える心が見えるばかりであった。信吉としても、思いは募っていたが、またお雪になにを期待するという心にはなっていなかった。

朝目覚める。顔を洗いながら、ふとなにか物忘れをしているような気持になる。あ、お雪のことだと気がつく。坑内で仕事の合間に一休みするとき、安全燈の明りを消してお雪のことを思う。心が明るんでくる。寮のストーブを囲んで皆んなと話しながら、ふと自分だけの沈黙に落ちてしまう。――信吉の念頭には絶えずお雪のことがあった。

年越しの夜を信吉は千代吉親子の許で過ごした。遠く雪国に来て除夜を送るという思いが、信吉の旅愁を誘った。団欒《だんらん》の中にあって、不意に信吉の心は沈んで行った。半生のあいだの悲しい思いや口惜しい思いが、いちどに胸に込み上げてくるような思いがした。早くから孤りになったような境遇の者としては信吉には珍しく世間や人に反抗する心がない。自分でも人の好意は些《すこ》しのものでも受け難いものだと思っている。それがまた千代吉のような年寄の眼に好ましく映ったのであろう。けれども信吉もまだ若い。それは、自ら知らず、抑えに抑えてきたものなのかも知れない。

「信吉さんは気持が悪いんじゃないの？　顔色がよくないですよ。横におなりなさいよ。」

お雪が気づいて云った。

除夜の鐘を聞く頃には、千代吉や茂も酔っていた。そこに酔寝した二人をのこして、信吉とお雪は夕張神社へ新年の早がけの参拝に行った。お雪から云い出して信吉を誘ったのである。

お雪と連立って行くのは、信吉には初めてのことである。雪の坂道の上り下りに、凍みついた雪の上で、二人は何度も転んだ。その度にお雪は娘らしい声を立てて笑った。二人は初めはためらっていたが、いつか掌をつないで互いの身を庇《かば》いあった。参拝を済ましてから、二人は御籤《おみくじ》を引いた。お雪のは吉であったが、信吉のは吉凶未分としてあった。

三月に入ってまもなく茂の結婚があった。ようやく建った新居でした披露の席には信吉も招かれた。二、三日してお雪が寝ているという話を聞いた。

「なに、疲れだよ。」

と千代吉は軽く云った。

茂の縁組、結婚のことでは、お雪は娘の身で、母親の代りを勤めてきた。その心労が出たのだろうと信吉は思った。

その夜信吉はお雪を見舞った。布団から覗いているお雪の顔が、信吉にはふだんよりはずっと小さく見えた。

お雪はいやに光る眼で信吉を見て、

「熱があるの。」

吐き出すように云って、いきなり信吉の掌を取って自分の額に押しあてた。お雪の額は熱かった。千代吉が便所に立った隙に、お雪は不意に枕を外して、信吉の膝にその頬を強く押しあてた。お雪の閉じた眼から涙が滲み出た。

信吉がお雪の肩を抱いて、

「お雪さん、お雪さん。」

と耳もとで呼ぶと、お雪は頰を信吉の膝に押しあてたままうなずいた。

　今年は春の訪れが早い。積雪の層も去年よりはずっと少なかった。雪解けが始まったと思うと、頂や斜面にあらわな山肌が見られるようになった。

　休みの日に、信吉はお雪と連立って、夕張神社の裏山に登った。そちこちに出来た春の水たまりをよけて、二人は楢《なら》の大木の根もとに腰を下して休んだ。

「春はいいなあ。生きかえるような気がする。」

「身も心も軽くなるようね。」

　向いの山の中腹には長屋の新築が始まっている。

「また新しい長屋が建つね。寮の山田さんも国からおかみさんや子供を呼び寄せるって云っていた。」

「皆さん、よくこんなところに落着く気になりますわね。」

「そう云ったものでもないさ。どこに故里があるかわからないって、むかしからよく云うじゃないか。僕は北海道へ来てよかったと思っている。」

　そう云って信吉はお雪の眼差しを求めた。お雪はわずかに信吉の視線に応えて、足もとにある小さい水たまりに無心に指さきを浸した。信吉もすぐそれに倣《なら》った。二人の胸のうちを春の水が流れた。

あとがき

戦争中、私は下谷の竜泉寺町で新聞配達をした。戦後、私は北海道の夕張炭坑で炭坑夫をした。この本には、その二つの土地に取材した作品を集めた。これらの作品は、云うならば、その二つの土地に対する私の郷愁が生んだものである。また云いかえれば、この二つの土地への私の贈物でもある。けれども、云いわけをするわけではないが、どれもが倉卒に書かれたもので、私の気持を云い尽してはいない。私としては、なんだかきまりが悪い。こんなものをという気がしている。いずれ、心の籠った、丁寧な仕事をして報いたいと思っている。

「離合」が最も古く、「彼女」が最も新しい。「離合」の原稿は、故太宰治が読んでくれて、題名も彼がつけてくれたものである。

日日の麺麭《パン》

台所で音吉が猫にご飯をあてがっていると、玄関の方から、いきなり、

「順やん。順の字。おい、順平。まだ寝ているのか。それとも、ひごろの念願かなって暗殺されたのか。」

と呼ばわる声がきこえて、音吉が部屋にきてみると、客はすでに椅子の一つに腰をかけて煙草を口にくわえていたが、音吉を見ると思いがけないという表情をして、

「やあ、こんにちは。順平は寝ているの。」

「権田さんですか。権田さんは。」

と云いかけて思いつき、音吉が襯衣《シャツ》のポケットから紙片をとりだして客に手渡すと、客は一寸眉をひそめたが、

「ふうむ。どれどれ。——小生はしばらく他行します。留守中のことは、まあ適当にやって下さい。猫のことは、よろしく頼みます。なるほど。簡単明瞭だ。それで君はよろしく頼ま

れたというわけか。」

　客は一寸皮肉な目つきをして音吉を見たが、すぐ視線をそらして、なんとなく部屋中を見廻した。

「けさ僕が目を覚ましたときには権田さんはもういなくて、このテーブルの上にこれが置いてあったんです。」

　客は、わかった、わかったというように二度うなずいた。

「ところで、なには？　マーシャは？　猫は？」

「猫はいまご飯を食べています。」

　客はまたうなずいた。柔いだ目つきをして音吉を見て、

「この置手紙は君あてに書かれたものだろうが、これを読んだ者が、君の責任と権利の幾分かを任意に分担することは差支えなさそうだな。勿論、君の自由を侵害しない範囲でね。たとえば、借金とりであろうが、掛とりであろうが。」

「権田さんに何か用事でも。」

　客は不意に笑いだした。

「いいんだ。いいんだ。君は早速僕を適当に処分するつもりらしいな。僕は借金とりでも掛とりでもない。駅前にトロイカという名の酒場がある。僕はそこの下宿人だ。名前は今西勇作。若《も》し不都合な事が起きて困るようだったら僕に話し給え。どうやら僕が訪問者の第一号らしいな。」

「僕は名越音吉という者です。くには北海道です。東京には来たばかりです。権田さんには昨晩はじめて逢ってこちらに連れてこられたのです。この先に川がありますね。あの川べりで僕は追剝に襲われたのです。意識不明になって倒れているところを、通りかかった権田さんに助けられたのです。」

「君は追剝と格闘したのか。」

「いいえ。いきなりここをやられてしまいました。」

音吉は笑いながら後頭部に掌をあてた。

「それじゃ相手のことはわからないな。」

「それがね。」と音吉はなおも愉快そうに笑いながら、「あの川に橋があるでしょ。あの橋の際《きわ》に男が一人立っていたんです。僕が通り過ぎようとしたら、『兄さん。マッチがないかね。』と男が声をかけました。『ない。』と云うと、男はうす笑いを浮べてうなずきました。暗くてよくは見えなかったのですが、五十年配の浮浪者のような感じの人体でした。歩きだして少し行ったときにうしろから迫る気配を感じて、振り向こうとした途端にやられてしまいました。」

「怪我はしなかったようだね。」

「いい塩梅に。きっと当りどころがよかったんでしょう。棒切かなんかでやられたらしいんですが。」

「なにか取られた？」

「いいえ。権田さんがすぐ通りかかったのでなにも取られずにすみました。周章《あわ》てて逃げて行ったそうです。」

勇作は音吉の顔を見ながら、この男にとっては昨夜の出来事はそれほどのショックではなかったようだなと思いながら、わざと、

「東京は恐い処だと思ったろ。」

「いいえ。僕は予期していました。先々きっと僕に不意打をくわせるようなことが次々に起きるに違いないと。追剝のことを云うわけじゃありません。」

「なるほど。順平の他行も君には不意打だったかな。」

「権田さんは旅行にでも出かけたんでしょうか。」

「さあ。案外早く現れるかも知れない。僕にも見当はつかない。」

そのとき、猫が姿を見せた。勇作は椅子から軀《からだ》をのりだして、わざと大仰に、

「おお、マーシャ。僕の可愛いマーシャ。おいで。」

猫は敏捷に走ってきて、勇作の膝の上に身がるにとびのって、行儀よく肢体をまるめた。

勇作は猫の軀を愛撫しながら、

「おい、マーシャ。お前の旦那様はいまどこにいるんだろうな。冒険を求めてさまよっているのか。それとも、どこかに潜伏しているのか。」

音吉はズボンのポケットからトランプをとりだして猫の鼻さきにつきつけた。猫はうるさがって、にゃあと啼《な》いた。

「なにをするつもりだ。」

「カードをくわえさせてやろうと思って。」

勇作は猫を床に下した。猫はのそりのそり庭に出て行った。

音吉は照れたように頭をかきながら、

「僕は決断力に乏しいんです。そのうえ頭も悪いので、どうしたらいいのかわからなくなってしまうのです。そんなとき僕はこのカードをめくってきめるのです。人から誘われて気のすすまないときでも、カードをめくって奇数が出れば決心して応じることにしています。あれこれ考えていると面倒くさくてかなわないから。それにどういうものかカードをめくって奇数が出ると、僕はふしぎにファイトが湧いてくるのです。こんど東京へ来るのにも親父は反対しました。僕も迷いました。トランプの神様にきめてもらおうと思って、カードをめくったらスペエドの兵士《ジャック》が出たのです。」

「君は北海道では何をしていたの。」

「U炭坑で坑夫をしていました。生れたのもそこです。親父も炭坑事務所で働いている人間です。現場では僕は掘進の仕事をしていました。ある日、一緒に働いていた先山が不慮の事故で惨死したのを見てから、僕は坑内に這入《はい》るのが嫌になったのです。災難にあって死ぬのが恐くなったのではありません。僕は常日頃その先山がきらいだったのです。彼はなんとはなしに僕に意地悪く当りました。僕は彼からそんな仕打をうけているうちに彼がきらいになったのです。その日、僕達は斜坑の上で弁当をつかっていました。ふと先山が立って斜坑を下りて行きました。そのとき、そこに在ったズリを満載した炭車がどうした加減か突然動きだして、凄じい勢で斜坑に敷設してあるレールの上を滑って行きました。僕達がかけつけたときには、先山は炭車の下敷になっていて、もう手の施しようもなかったのです。避ける間もなかったのです。若しも彼との間柄がうまく行っていたのならば、僕は彼の事故死に遭ってもそんなに重い気持にはならなかったでしょう。ともかく僕は坑内に這入るのが嫌になりました。それからUという小さな炭坑町にいるのが嫌になりました。彼には妻と子供が二人いました。」

「君はその話を順平にしたかね。」

「ええ。権田さんは『君は彼の死ぬのを願ったことはなかったかね。』と云いました。ときどきそんな気持になりましたって云ったら、声を立てて笑いました。」

勇作は音吉がテーブルの上に置いたカードを手に取って器用に切りながら、

「人生の幸福とはなんぞやという問いに答えて、チャップリンはこう云ったそうだ。『気心の合った友人と共にゴルフをしたり、ブリッジをする楽しみに如《し》くものはない。』一寸身にしみる言葉ではあるね。このカードは完全に揃っているかね。どれどれ。あ、いた、いた。おれの大好きなやつが。音吉君。君が留守番をしているこの家の主人が何者であるかをおしえてあげよう。」

勇作は一枚のカードをテーブルの上に置いた。それは戯札《ジョーカー》であった。カードの面には三角帽子をかぶった道化役者の絵が描いてある。

「これが順平の正体だ。彼はいかなる組織にも属せず、而《しか》も一切の上に君臨するのだ。」

「あなたはたとえばなんですか。」

勇作はカードを繰って一枚ぬきだしてテーブルの上に置いた。それはスペエドのジャックであった。

「僕はこれだ。君に東京行を決意させたカードもこれだったね。君はスペエドのジャックが意味するものを知っているか。これは裏切者のしるしなのだ。ところで僕はそろそろ退場したものだろうか。一寸判断に迷うね。ここのところは君の真似をしてトランプの神様にきめてもらうことにしよう。そら、なんとでる。あ、ハートのA《エース》だ。これは家庭の幸福のしるしだよ。それでは僕も幸福なる家庭にかえることにしよう。よかったら今晩トロイカにやって来給え。歓迎するよ。」

「あ、こんちは。おかみさん、洗濯ですか。ご精が出ますね。え、なんですかなんて忘れちゃったんですか。いつぞやお伺いしたゴム紐屋ですよ。いらない？　そんな邪慳《じゃけん》なことを云うものじゃありませんよ。一丈がとこ置いて行きましょう。え、なんですって、こないだの紐は尺が足りなかったって。冗談を云っちゃいけません。一体いくら足りなかったんです？　五尺ですか。六尺ですか。いらなきゃいらないでいいんだ。そんなインチキみたいに云われたんじゃ、いくらしがない渡世でも信用にかかわりますからね。そうですか、いらないんですか。それじゃ子供に菓子でも呉れてやって下さい。腹を空かして待っているんだから。え、菓子代ですか。えへへへへ。こりゃあどうも。」

　窓際にある長椅子に横になってうとうとしかけた音吉の耳に、生垣を隔てた隣家の台所口のあたりで喋っている男の話声が筒ぬけにきこえた。どうやら押売らしい。

最前、今西勇作がかえってから、肉屋の小僧とわかめ売の女が来た。小僧は音吉から話をきくと、よろしくお願いしますと云ってかえって行った。音吉はわかめ売の女から瓜の味噌漬を五十匁《もんめ》買って、それを菜にしてひるめしを食った。音吉にとって独居は生れてはじめての経験であった。なんだか自分が閑日月を楽しんでいるような気がした。

「こんちは。こんちは。」

　と玄関で云う声がした。隣で喋っていた声だ。音吉が玄関に出てみると、男はすでに敲土《たたき》に突っ立っていて後手に戸を締めていた。胡散臭《うさんくさ》い感じがした。

「よう。ゴム紐を買ってくれよ。」

　と男が云いかけた。音吉と男の視線が合った。双方がはっとした。一瞬睨み合った。男は狼狽の色を見せて戸をあけて逃げようとした。音吉は男の腕をとらえて引戻した。男は身をもがいて音吉の手を振りほどこうとしたが、音吉の力の方が強かった。男は観念したように抵抗をやめた。

「君だったんだな。わかるもんだね。ピンときたよ。僕は君のおかげで昨夜一瞬天国の夢をみた。痛かったぜ。猛烈に痛かった。それこそ文字どおり気の遠くなるような痛さだった。

君はいつでもあんな工合に獲物を襲うのか。ひるは押売、夜は追剥か。いや、失敬。ゴム紐をくれよ。いくらだ。一丈三十円だって。安いな。さっき瓜の味噌漬を買ったけれど、やはり三十円だった。おいしかった。それから嬉しかった。僕はこんなふうに感じたんだ。味噌漬がおいしい間は日本の国は亡びない。僕はこのゴム紐にも先々きっと感謝するときがあると思うんだ。二年さきだか、三年さきだか知らないが、ある日ある時ふとこのゴム紐に気づくことがあるに違いないんだ。僕はそのとき、なにかを、それがなにかはわからないが、納得することだろう。神様はいつもそんな仕方で人間に道理を教えてくれるのではないかしら。わかめ売の女の人が担いできた荷の中から小さな秤《はかり》をだして量ってくれるんだ。人間の営みって、なんてつましくて、着実で、そしてゆたかなんだろう。僕もなにかの行商をやってみようかなあ。町から村へ。村から町へ。僕は東京に出てきたばかりで、これから先どうしたものか、皆目見当がつかないんだ。なにをどうはじめたらいいものかわからないんだ。兄さん、ごめんよ、勘弁してくれだって。いいよ。いいよ。僕は君に少しも腹を立ててはいないんだ。いまのさき、君の腕をつかんで引戻し君の顔を見たときに、僕にはそれがわかったんだ。それから僕が君に対してすることはゴム紐を買うこと以外にはないということも。ああ、いまの僕にそのうえなにが出来るだろう。僕が君のことを少しも不愉快に思っていないということは信用してくれていいよ。だって君は僕に恨みがあるわけじゃないしね。君はいわば純粋の追剝だもの。而も目的を達しなかった。君はいつもそんなふうじゃないのか。危い橋をわたるわりには収穫は少い。僕は君の顔には見覚えがある。いや、君の顔にある或るしるしに見覚えがあるんだ。僕の田舎の町の麻雀屋で僕は同じしるしのある顔の人を見かけたのだ。彼は麻雀に中毒していた。君もやはりなにかに中毒しているのじゃないのか。そして君は君の乏しい収穫の一切をそのなかに注ぎ込んでしまうのじゃないのか。あ、僕は立入ったことを云ったようだな。」

ふと気がつくと、男の姿は消えてなかった。敲土の上にあった音吉の靴も消えてなかった。一瞬、音吉はべそをかいたような表情をした。

そのとき、戸があいて少女の顔が覗いた。

「あ、こんちは。順ちゃんはお留守？」

音吉はれいの紙片を少女に見せた。

「なるほど。まさしく彼の字だわ。彼はどうしていつもこんな衣紋竹《えもんだけ》に洗いたての浴衣が掛けてあるような字を書くんでしょうね。お人柄に似合わない。まったく不可思議だわ。それに他行だなんて随分古風な言葉をつかうのね。胡散臭いったらありゃしない。この言葉がなにかの煙幕であることは間違いないわ。偵察をしてやりましょう。上ってもいいでしょ。私は神保チエと申します。私、いま赤くなったでしょ。これ、私のくせなの。私は名告《なの》るときどうしても赤くならざるを得ないの。一つは名前が気に入らないせいでしょうね。私の名前は亡くなったお祖父さんがつけてくれたんですって。」

「僕は名越音吉です。失礼ですが、チエという名前は悪くありませんよ。」

「有難う。ムイシュキン公爵様、って申上げたくなってしまうわ。あなたはまさかスイスからやって来たわけじゃないでしょうね。」

「いいえ。僕は北海道から来たのです。U炭坑で坑夫をしていたのです。」

「坑夫ですって。それじゃ、あなたは地の底で真黒になって石炭を掘っていたのですか。」

「ええ。真黒になって石炭を掘っていました。」

「まあ、素敵。それじゃ、私はいま本物の炭坑夫さんを目の前にしているわけなのね。」

「いいえ。僕は素人《アマチュア》です。本物になれないうちにやめてしまいました。」

「私達はみんな素人よ。本物の人間になれないうちに寿命がつきて廃業してしまうことになるのだわ。」

「僕はきのう東京に来て、追剝に襲われて気を失って倒れているところを権田さんに助けられたのです。」

「追剝ですって。あなたは追剝の顔を見たの。」

「見ました。いまここにやって来ました。」

「なんですって。追剝がここに来たの。それであなたは無事だったの。」

「彼はゴム紐を売りに来たのです。そして僕はどうやら靴を盗まれたようです。」

チエは音吉の顔を孔のあくほど見つめていたが、堪えきれないように笑いだした。

「あなたは本物だわ。本物のムイシュキン公爵よ。それで追剝はどんな顔をしていて？」

「彼は被害者の顔をしていました。僕は彼の顔に被害者のしるしがあるのをはっきり見たのです。」

「追剝が被害者なの。それじゃ加害者は誰？」

「誰が加害者なのか僕にはわかりません。加害者の顔にはどんなしるしがあるのでしょう。」

チエは書棚の前に立って見しらべるような顔つきをした。

「ええと、どれどれ。『危険な関係』もあるし。『赤と黒』もあるし。『ある女への手紙』もあるし。『アベラールとエロイーズ』もあるし。あ、カザノヴァが見えないわ。どうしたんでしょう。あ、いた、いた。ここにいたわ。なにも相変ってはいないようだわ。」

チエは書棚の一番上の棚にごてごて置いてある品物を一つ一つ手に取って見た。

「ブロンズの一輪挿もあるし。ベレーを被った縫いぐるみの犬もあるし。瀬戸物の唐子人形もあるし。なんだか知らない貝の殼もあるし。この貝殼は私の贈物よ。丁度灰皿にいいと思ったの。ところが順ちゃんはここに置いとくだけで実用には供しないの。あ、トランプがあるわ。これは見かけない品物だわ。」

「それは僕のトランプです。」

「へえ。あなたは北海道からトランプを携帯してきたの。なんだか西部劇に出てくる賭博師のようね。ピストルは持ってこなかったの。あなたは占いを知っている？」

「簡単なものなら知っています。」

「私の運命を占って頂戴。」

音吉はある種のカードを除いた残りをチエに切らせてから、それをテーブルの上に裏返しに円形にならべた。

「目をつぶって指でカードを一枚押えて下さい。」

チエは云われるとおりにした。

「目をあけてカードを見てごらんなさい。」

「あら、ダイヤの女王《クイン》だわ。吉ですか。凶ですか。」

「あなたは近い将来に思わぬ人から恋の告白をうけますよ。」

チエは顔を赤くした。

「私は信じますわ。だってあなたは公爵ですもの。」

「僕は公爵じゃありません。」

「いいえ、あなたは公爵よ。」

「権田さんのことをジョーカー（道化役者）だって云った人がいますよ。」

チエは目をまるくした。

「誰？　そんなことを云ったのは。」

「今西さんです。」

「勇ちゃんが一足お先に現れたのね。」

「今西さんは自分のことをスペエドのジャック（裏切者）だって云っていました。」

「みんな冗談よ。ジョーカーは勇ちゃん。裏切者は順ちゃん。この方が当っているわ。」

「権田さんは何をしている人ですか。」

「何もしていないわ。遊民よ。そして殺人容疑者よ。びっくりしなくてもいいわ。事件はとうの昔に時効になっているのよ。彼は亡くなった奥さんの遺産を食い潰してきたのよ。いまは尾羽打ち枯らしているけど。勇ちゃんのことは何をしている人だと思った?」

「わかりません。」

「彼は映画俳優よ。彼は映画俳優って云われると嫌な顔をするわ。活動役者って云ってくれって云うの。彼は給料不払で有名な会社の、つまり活動役者よ。勿論スターじゃないわ。私は彼のファンなの。贔屓《ひいき》役者のいない人生は灰色だと云った人があるけど、けだし名言ね。私が彼を贔屓するのは、なにも彼が友達だからではないのよ。彼が名優だからよ。彼の演技はとても素晴しいのよ。でも、彼が名優たるゆえんを口で説明するのは億劫だわ。いま駅前の××キネマに彼が出演している映画がかかっているから見てごらんなさい。百聞は一見に如かず。彼の演技のすばらしさを自分の目で確めてごらんなさい。さて、私もそろそろ退場するかな。またお伺いするわ。炭坑のお話をきかせて下さいね。え、私が何をしているかですって。私はね、いま花婿を物色中なの。」

神保チエがかえって行ってひとりになると音吉は困ってしまった。これからなにをしたらいいのかさっぱり見当がつかなかった。誰か新規な訪問者が現れないかと待ってみたが、玄関の戸があく気配はない。仕方がない。洗濯でもはじめるかと思ったが、それも億劫であった。本でも読むかと思って書棚の前に立ってみたが、音吉が馴染めそうな本は見当らない。書棚の一番下の棚から画集をとり出していい加減に見ていくと、二つ折りにした画用紙が挿んであるのが目にとまった。ひろげて見ると、女の子の顔のデッサンであった。見たような顔だと思って見ているうちに神保チエの顔だということに思い当った。おそらくチエの幼い頃の顔を写したものであろう。描き手はこの家の主人権田順平だろうと音吉は思った。チエの話によると、順平はかつて殺人容疑者であったという。チエの口ぶりからすると、その殺人容疑なるものはどうやら彼の女房の死に係わるものらしい。そして彼は自分が殺人容疑をうけた女房の死後はその遺産を食い潰してきて、いまはすっかり尾羽打ち枯らしているが、彼は何もする気がなくぶらぶらしているというわけなのだ。

この家には居間と寝室と台所の三部屋しかない。そして居間が客間を兼ねるのだろう。昨夜、音吉はこの家に連れてこられて、居間にある長椅子に寝て一夜を明かしたのだ。音吉は順平と格別どんな話もしなかった。ただ、音吉がときどき先山の死ぬのを願うような気持になったと云ったときに、順平が笑いだしたその笑い声が音吉の印象にのこった位である。順平はなぜ不意にこの家を留守にしてしまったのだろう。音吉がこの家の留守番をすることが音吉にとっても好都合にちがいないとでも順平は考えているのだろうか。そんなことを音吉は考えたが、そんなことを考えても仕方がない、それよりは眠った方がいいと思って、音吉は長椅子に横になったが、こんどはうまく眠りに落ちて行った。

音吉が目をさましたときには、部屋の中はうす暗くなっていた。音吉は台所へ行って夕飯の仕度にとりかかったが、猫のことをすっかり忘れていたことに気がついた。家中をくまなく探してみたが、どこにも姿は見えない。庭に出て、「マーシャ。マーシャ。」と呼んでみたが、むだであった。音吉はあきらめてひとり夕飯を食べた。夕飯を食べ終ったときにはもはやすっかり夜の帳《とば》りが下りていた。音吉は順平の置手紙をひろげて見た。――猫のことは、よろしく頼みます。その一行が重く心にこたえた。音吉は勇作が云った言葉を思い出した。「君の責任と権利の幾分かを任意に分担することは差支えなさそうだな」勇作をたずねてみようと音吉は思った。玄関に出て靴のないことに音吉はあらためて気がついた。音吉はそこにある下駄を突っかけて戸外に出た。

駅前の賑やかな処へ来ると、××キネマのネオン・サインが目についた。勇作が出演している映画というのを覗いてみようと音吉は思った。館内に這入ってプログラムをひろげてみて、勇作の役者としての名前をきかずにいたことに音吉は気がついた。スクリーンを見ていれば自然にわかる筈だと思って見ていたが、それがなかなかわからない。現代物が終って次は時代物であった。そうだ、これに出ているのだろう。ところが、物語が進行していってもそれらしき人物が一向に現れてこない。きょうはじめて会ったばかりの人間が扮装している姿を探すというのはこれは無理かも知れないと半ばあきらめかけた時分に、音吉の目はようやくスクリーンに現れた勇作の姿をとらえることが出来た。映画は「森の石松」で、勇作は石松を騙し討にする悪親分の子分の中のいちばん情《なさけ》ない子分の役に扮していた。それは紛れもなく勇作であると同時に、また映画の中の一人物以外の何物でもなかった。勇作は完全に一人の三下野郎になりきっていた。観客は主役の石松のしぐさに気をとられていて、スクリーンの端の方にいる勇作の姿など目に映らないであろうが、音吉の目は勇作の動きを追いつづけた。卑屈なものごし、狡猾な目づかい、酷薄な笑い。それはきょう音吉が接した勇作という人間からは想像できないような要素であった。それでいて、その三下野郎を演じているのは勇作にまぎれもなかった。音吉は感動した。勇作が名優であるかどうか、それは音吉にはわからない。けれども、音吉は勇作が扮するところの卑劣な小悪党を見てほっとするものを感じたのだ。それは現実でそういう人間に遭遇したことと少しも変らなかった。

映画館を出ると、音吉ははじめはそのつもりでいた酒場トロイカを探すことをやめて、家にかえった。明りをつけると、長椅子の上に猫がいて、音吉を見て、にゃあと啼いた。

麻雀

その麻雀屋は吉原遊郭のすぐ裏にあった。揚屋町の非常門を出たすぐのところであった。そば屋の隣で、麻雀屋の客は腹がすくとそば屋に注文してなにか食っていた。

私はひところこの麻雀屋に入浸っていた。その頃私は兵隊検査をすましたばかりで、家にいて毎日ぶらぶらしていたから、麻雀屋に入浸る分には差支えはなかった。

私は遊び仲間のうちではいちばん遅れて麻雀をはじめたのだが、やりだしたらいちばんのキチガイになってしまった。生活が麻雀だけになってしまって、ほかのものはなにも入ってくる余地がなかった。あけくれ、ただ、麻雀、麻雀、麻雀、麻雀であった。

私は昼ごろ目をさますと、いや目の方はもう少し早くさめるのだが、寝床の中でうつらうつらしながらその日の勝負の予想に胸をときめかせ、きょうはどの手で勝ってやろうかなどまるで相撲とりのようなことを考えて、さてそろそろ起きだして、朝昼兼帯のめしをかっこむとあたふたと麻雀屋へ出かけてゆき、そのまま麻雀屋が看板になる十二時頃までいて家にかえり、家人がみな寝てしまった家の錠をあけて入り、私のために用意してある夕飯をすき腹につめこんでから（このめしの味はまた格別であった）、自分の塒《ねぐら》でしばらくはその日の戦跡の回想にふけり、やがて睡魔の襲うところとなって眠ってしまうのであった。

麻雀屋の主人は三十五、六の男で、山本一郎だったか、二郎だったか、ともかくそんな名前で、客は「山ちゃん、山ちゃん。」と呼んでいた。きっぷのいい男であった。麻雀も、その気性のように歯ぎれのいい麻雀であった。何段だったかは忘れたが、免状が額にしてかけてあった。

徳さんという助手がいた。二十五、六の好男子であった。山ちゃんとは気が合っていたようだ。かくちゃんという女中がいた。十七、八で、顔はまずかったが、心のよさがそのまま顔に出ていた。

この麻雀屋のゲーム料は一勝負三十銭で、ラスが二十銭、ラス前が十銭支払う勘定になっていた。そしてトップになった者は十五銭もらえた。一人は出ず入らずでお客というわけであった。

朝はじめて（と云っても実際は昼なのだが。麻雀屋が店をあけるのは昼だったから）、卓を囲み新しいテーブル・クロースの上で牌をつかむ気持はなんとも云えなかった。実に新鮮なよろこびがあった。女を買いにいって、部屋で女の来るのを待ち、やがて女がやってきて顔を合わせたときの気持に似ていて、それ以上のものがあった。

その頃私は麻雀とならなら心中してもいいと思っていた。私の着物の右の袖口は、私が腕をのばして牌をつかみまた手許にひくその運動の度ごとに卓の角でこすれてすり切れて、まるで鬼界ヶ島の俊寛僧都の衣の袖のようにぼろぼろになってしまった。この一事を以てしても、私の麻雀に対する傾倒の度合がいかに猛烈なものであったかがわかるだろう。

　私の家から麻雀屋へゆくのには、仲之町を通り揚屋町の通りを通ってゆくのだが、その道中私はいつも胸のうちで、――負けるな、負けるな、和尚さんに負けるなという童謡を呪文のようにくりかえしては士気を鼓舞していた。つまりいかなる迫害があろうとも、麻雀のことは思い切るなとわれとわが心に云いきかせたのである。

　麻雀、麻雀、麻雀、麻雀。けれども麻雀も女を買うのと同じように金が入る。私には肝心の軍資金が無かった。私が家からもらう小遣は月ぎめ五円であった。五円だって無いよりはましなのだが、私のように毎日入浸っていたんでは、とてもおっつかない。小遣がフンダンにあって、腹がへったら隣のそば屋に天丼をあつらえて、そうして心おきなく一日中麻雀をしていられたならどんなにいいだろうと私は思った。それこそ天国であった。若《も》しも悪魔があらわれて私に向い、お前の望みをかなえてやる代りにお前の影をよこせと云ったとしたなら、私は即座に自分の影を売りわたしたことだろう。恨めしいことには、悪魔はあらわれてはくれなかった。

　そのうち私は麻雀屋にしこたま不義理な借金をこしらえてしまった。

　山ちゃんも流石に苦い顔をしたが、ある日のこと、

「どうだい、景気は。」

私には景気も不景気もない。云うならば、年中不景気である。私が黙っていると、

「お前は一体家からいくら小遣をもらっているんだ。」

「五円。」

「十日に一ぺんか。」

「月に一ぺんだ。」

「フーン。いい若い者にそれっぽっちかあてがわねえなんて、お前の親も唐変木だな。いっぺん女郎買にゆけばパアじゃねえか。」

徳さんがそばから、

「清《きよ》ちゃんはまだ童貞だそうで。」

山ちゃんは憫れむように私の顔を見て、

「物は相談だが、うちの店でも清ちゃんには月ぎめ五円ということにしようじゃないか。月に何百回やってもただの五円だ。その代りトップはやらないよ。お前がラスになれば店の損、お前がトップになれば店の得。どうだい、まんざら悪い取引でもなかろう。」

私に異存のあるわけはなかった。私はトップなどは欲しくない。ただ麻雀さえしていられるならば、なにも云うことはなかった。私は盆に正月が一ぺんに来たような気持になって、

「それで、これまでの借金はどうするの。」

「そのことだが、差引勘定いくらかでも店の得になったら、それでお前の借金の方を埋めていくことにしようじゃないか。気のながい話だが仕方がねえ。その代り家から小遣をもらっ

たら、間違いなく奉納してくれよ。」

こんなわけで私は麻雀屋の月ぎめのお客になった。もちろん、こんな客は私のほかには誰もいない。けれども私は一日中麻雀屋に詰めているわけだから、メンバーの足りないときにはすぐ補充がつくわけだし、またその頃はいわば稽古熱心のおかげで私の麻雀の腕前も大分上達していたから、店に損をかけることも少なくなっていた。山ちゃんの提案もそこを見越した上でのことで、つまり双方に都合がよかったわけなのだ。考え様によれば、麻雀屋は給金なしで助手を一人雇ったことになる。けれども私はそんなことには一切無頓着であった。私の念頭にあるものは、ただ麻雀、麻雀、麻雀、麻雀。

この麻雀屋の常連は土地柄遊郭に依存して生活している連中が多かった。女郎屋の亭主、牛太郎、台屋の若い者、周旋屋、女房に新造をさせて自分は懐手をしている奴、等々。ほかに年寄の講釈師がいた。私の仲間も来たが、彼等はそれぞれ学生であるか、若しくは勤人であって、私のような遊民ではなかったから、しょっちゅうはやって来なかった。

年寄の講釈師は潮花という名で、足が悪くひきずって歩いていた。麻雀屋では、「お師匠さん」で通っていた。潮花師匠の麻雀は巧いもまずいもない隠居麻雀で、それにひどくスローモーションだったから、きらって相手にならない人もいた。皆んなが巻煙草の中にあって、この人ひとりが「あやめ」を煙管につめてすっていた。

手がついて上機嫌のときには、きまって、

〽潮来《いたこ》出島の真菰《まこも》の中であやめ咲くとはしおらしや。

という謡《うた》を口ずさんだ。

「そら、お師匠さんの十八番《おはこ》がでた。用心しなくちゃいけねえ。」

とよく云ったものだ。

名前が潮花で、すっている煙草が「あやめ」で、口ずさむうたが潮来節では、すこしつき過ぎている感じだが、本人は意識していたわけではないだろう。

このお師匠さんに、周旋屋、それからこれは堅気の土手下の袋物屋の主人、この三人は年恰好も似たり寄ったりで、また麻雀も同じような隠居麻雀で、これに私が一枚加わってやるのが習慣になっていた。三人共点数の勘定が出来ないので、私がしてやるのであった。店では私達のことを「四人組のギャング」と呼んでいた。この連中にとりまかれたなら殺されてしまうというわけであった。

周旋屋には大きい手がつくと坐りなおして膝をゆする癖があった。

「お前さん。さっきから見ていると、ガタガタ震えて膝をゆすぶっていなさるが、小便でもこらえているのか。」

「人聞きの悪いことを云うぜ。いまが大事なときとは知らぬ仏のなんとやらだ。」

「大事なときとは大事なときよ。ほら見ねえ、乙な年増がころがり込んできたわ。鳴かぬなら鳴くまで待とうほととぎすという楽しみのある手だ。」

「清ちゃん。お前浮かない顔をしているが、思案にあまることがあったらおれに相談しなよ。決して短気を起すんじゃねえぞ。お前もそろそろ女の子のことを思ってもいい年頃だ。」

「なあに、清ちゃんのあの顔がくせものなんだ。ハイ、メンピン三百六十点いただきますなんて手はご免だぜ。」

「あたりめえよ。麻雀のいいところはメンピンにあるんだ。やたらにガメルなんてのは百姓麻雀だ。」

「ときにこないだ久し振りに米久に行ったんだが、なんだな、あそこの女が品物を持って階段を上ったり下りたりするのはあれはたいへんな労働だな。なんでものべにして一日に十里は歩く勘定だそうだ。みんないい体格をしている。おっと一寸待ってくんなよ。お前さんがいま捨てたのは五万だね。すまないが大当りだ。ところでおれはああいう女といちど寝てみたい気がするんだが、どんなものだろう。」

「年甲斐もないことを云うよ、この人は。とんだ助平親爺だ。」

「どの女のつらを見ても、みんな小金をため込んでいるような人相をしているのが面白いじゃないか。」

「さてはお前さん騙してへそくりをとろうって了簡だな。悪い野郎だ。」

「ときにお前さんの店に財布のいいのがあるかい。」

「あるかいはご挨拶だな。」

「こいつは大分いたんできたからそろそろひまを出そうと思っているんだが、どんなのがあるい。」

「めずらしくはないが、定九郎が与市兵衛からまきあげた縞の財布がある。但《ただ》し五十両入っていると思うとあてがちがうぜ。」

「冗談を云っちゃいけねえ。おい、おい。お前さん勝逃げはないだろう。もういっぺんお坐りよ。」

「そうしちゃいられない。これから山形まで娘を迎えにいくんだ。もっともお前さんには縁のない話だが。」

「いやにおれを年寄あつかいにしやがる。ときに大分腹が北山になってきた。ねえ、かくちゃん、かくちゃん。おい、おかくや、隣に天丼を一つあつらえておくれ。」

こんなふうに冗談を云いながら、ポンだのチイだのやっているのだが、私にはこの空気が実に居心地がよかった。ここはいわば一つの緩衝区域のようなものであった。ここにはただ麻雀による親睦があるだけで、誰が誰と角突き合うということもなかった。

私は雨の日も、風の日も、雪の日も、一日として休むことなく、麻雀屋に通いつづけた。私は手拭とシャボンを麻雀屋に預けておいて、ゲームの相間《あいま》に銭湯に行った。たとえ一日でも麻雀屋を欠勤することは、私にとってはそれこそ一日逢わねば千日の思いであった。碁や将棋に凝ると親の死目に逢えなくなるというが、実に千古の真理である。神様もまたよく人間をかくの如きものにおつくりになったものである。

伊右衛門は乳呑児をかかえたお岩が泣いてとり縋《すが》るのを蹴倒し張りとばして、蚊帳《かや》を剝いで質屋にかけつけるのだが、私もまた親の意見、友達の忠告には馬耳東風で、もとはと云えば親の懐から出た金で仕入れたものでも、現在自分の所有に属するところのものはすべてみな叩き売って、麻雀屋に精勤した。おかげで私には身にまとうところの袖口がアラメのようになった久留米絣が唯一の財産になった。

　私の塒は二階の二畳の部屋なのだが、綺麗さっぱりとなにもなかった。私の麻雀に対する傾倒の度合がはげしくなるにつれて、邪魔ものは外部に弾き飛ばされていったのである。この襖と壁と硝子戸とにとりかこまれた空間は私の麻雀に対する情熱によってすみずみまで充実されていて、ほかのものは何もつけ入る隙がなかった。たとえば、来し方行く末を思うなどというアンニュイなどは。私は目前の壁のうえに日頃念ずるメンゼンチンピンホーの成就する幻をありありと見、天井に三元牌があたかも広告塔のイルミネーションの如く点滅するのを見、また夢に百三十六箇の牌の演ずる華麗な舞踏を見た。

　私の家の職業は表向きは大家であったが、内実は高利貸で、私の親爺は知る人ぞ知る冷酷無慙《むざん》な鬼であった。親爺は私がむだめしを食ってただぶらぶらしているのを苦々しく思っていた。親爺は私が中学校を出るとすぐ自分の後継ぎにするつもりだったのだが、私はその方はおことわりにしてただぶらぶらしていた。私が兵隊検査の年になると、親爺はよろこんだ。私は生れつき頑健な軀《からだ》をしていたから、間違いなく検査には合格するものと親爺も思い私も思っていた。合格すれば早速入隊ということになって、三年間というものはお上でめしを食わしてくれる。親爺の懐はいたまないわけであった。

　ところがあてが外れて、どういう加減か私は不合格になった。

　親爺は怒った。実に怒った。

「お前はおれの子ではない。きっと間男の子だろう。」

それでもお袋がいるあいだは私は小遣には不自由しなかったのだが、お袋に死なれてからはひどいことになった。私は自分の城郭である二畳の部屋にとじ籠って膝頭をかかえていた。

「お前は一体どうするつもりなんだ。」

と親爺は云ったが、それは私自身にも見当がつかないことであった。

「お前を見ていると息がつまってくる。」

と親爺は云ったが、身動きができなくて窒息しそうなのは私の方であった。

ある日友達が来て私をひっぱり出し、麻雀屋へ連れて行った。私は不意に呼吸がらくになるのを覚え、魚が水をえたような気持になった。

一条の活路。けれども元手なしですむことではない。私は親爺に小遣を請求した。親爺は渋々応じた。月ぎめ五円。

「いいか。この五円の中にはお前の散髪代も入っているんだぞ。」

麻雀屋へゆく私の姿を見かけると、長屋の連中が目まぜ袖ひきして囁きあった。

「あそこへ大家の麻雀キチガイがゆく。」

「あれ金貸の麻雀バカがゆく。」

キチガイとバカの方は私はさらに意に介しなかったが、大家と金貸の方は気に食わなかった。私に云わすれば、それはお門違いというものであった。私はくそをくらえという気持で、わざと肩を張って、朴歯《ほおば》の下駄をガラガラ引きずって行った。

負けるな、負けるな、和尚さんに負けるな。

麻雀屋に来る客の中で、一番乗りは大抵私であった。私がゆくと麻雀屋は店をあけたばかりで、かくちゃんがテーブル・クロースの張替えをしている。山ちゃんや徳さんは二階で寝ているのか起きているのか、ともかくまだ店には顔を出さない。

麻雀屋の戸をあけて一歩中に入り、かくちゃんの顔を見ると、私は肩の凝りがゆるみ気持がらくになって、私が云うと変だが、それこそアット・ホームな気持になるのだった。

「いらっしゃい。お早うございます。清ちゃんの来るのはすぐわかってよ。」

「へえ。」

「足音でわかるの。朴歯をガラガラ引きずってくるから。」

「いま来るか、いま来るかってきき耳を立てているんじゃないのか。」

「あら、しょってるわねえ。」

「おれはかくちゃんの顔を見ないと夜が明けたような気がしないんだ。」

「まあ、たいへんね。」

「かくちゃんの先祖はアメノウズメノミコトだろう。」

「どうせわたしはおかめですよ。清ちゃん、いいものあげましょうか。」

かくちゃんはエプロンのかくしからなにやら紙袋をとり出して、中の品物を私の掌のなかにあけて、自分も一つ頬ばって、

「おあがんなさいよ。おいしいわよ。」

「有難う。これはなんという菓子だ。」

「チャッピー。」

「おチャッピー。」

「チャッピーよ。清ちゃん、お客さんが来るまで二人麻雀をしようよ。」

そこで私はかくちゃんと二人麻雀をはじめる。そのうちに山ちゃん達も店に下りてくるし、ぼつぼつ客も詰めかけてくる。五台ある卓がいっぱいになる時分には、店の中は煙草のけむりが濛々《もうもう》とたちこめて、人いきれでむんむんしている。皆んなてらてら顔に脂《あぶら》を浮かせて、中には目色の血走ったのもいる。もはや中分のない雰囲気である。そういう中にあってようやく私は身も心も酒に酔ったように麻雀に酔ってくるのであった。

ある雨の日のこと。

山ちゃんはどこかへ用達に出かけて、徳さんとかくちゃんと私の三人が卓に寄って牌を弄びながらぼんやり客の来るのを待っていると、戸があいて、誰かと思うと、潮花師匠。足の悪いのに雨の中をよく来たものであった。三人ともに顔に電気が点いたようになって、

「これはこれはお師匠さまにはようこそのおいで。」

「雨の中を来るなんて情があるだろ。これもみんなかくちゃんの顔を見たいばっかりだ。郭《なか》へゆくとおばさんが云いますよ、お馴染は有難いわねって。ねえ、徳さん。」

「わたしはとんと不案内で。」

「そうだろう。不案内の人に限ってよく虎岩医院のご厄介になるんだ。ときにそろそろはじ

めようじゃないか。かくちゃんをいじめるのも気の毒だが、そのうち誰かやってくるだろう。」

かくちゃんは麻雀はそれこそ全然不案内だったのだが、見よう見まねで少しはやれるようになっていた。

場所がきまって、さて坐りなおしたとたんに、戸があいて顔が覗くと同時に乙な声で、

「ごめんなさい。アノ、メンバーありますか。」

蛇の目傘をつぼめて入ってきたのは一人のやさ男。この店には新顔であった。一体にこの店は常連ばかりで、ふりの客というのは殆《ほとん》どなかった。

一瞬、皆んなひとしく一寸意外な顔をしたが、

「いらっしゃいまし。」

とかくちゃんが云うより早く、師匠がぬからぬ顔で、

「さあ、どうぞお上りなすって。メンバーはちゃんとお膳立が出来ております。あなたさまのお出でを皆んなしてお待ち申しておりました。」

「あら、あたしを待っていて下すったんですか。それはははばかりさま。」

なよなよと突《つっ》ころばしよろしくの風情でかくちゃんがぬけたあとに坐って、点棒をあらためながら伏目のまま、

「ルールはなんですの。」

「はい、旧ルールでございます。メンゼン十符加附、メンピンはツモが八本十六本、フリコ

ミが三百六十点という計算でやっております。」

「アノ、あたしまだ新米でよくわかりませんの。よろしくお願いしますわ。ホホホホホホ。」

額ごしに少し釣上った目で私達の顔を等分に見てウインクしたのだが、仇っぽいともなんとも云わんかたない風情。このへんから皆んな少しく変に思いはじめた。

麻雀は初めての相手とやるときは、相手の腕前がよくわからないから、自然互いに警戒し瀬ぶみしながらやる傾きになる。たいへんな上手を見くびったり、とんだ素人を買いかぶったりする。私は人一倍この傾向が強かった。この変性男子もあるいは名ある名人上手が身を窶《やつ》して道場破りにきたのではあるまいかと、相手の態度が変なだけによけい妙な気持になって恐る恐る様子を窺いながらやっていたのだが、手取早く云うと、この男は麻雀の方は自分でも云っているように新米でカラッ下手で、くわせものでもなんでもなかった。けれどもその素姓の方はさっぱり見当がつかない。口のきき方、身のこなし、音声さえがすべてこれ女であった。けれども男であることも間違いはない。

勝負の結果は気の毒なことに男が独りかぶってしまった。

「どうもなんでしたな、お気の毒でしたな。麻雀は運でげすから。」

「いいえ。あたし乱暴なもんですから、よくひとり負けをするんですのよ。ホホホホホホ。」

「どう致しまして。乱暴どころか大変おやさしくっていらっしゃる。いかがです、もう一勝負。」

「折角ですけど、きょうは用事がありますからまた寄せていただくわ。この店は感じがいいわね。ちょいと姐さん、お茶を頂戴《ぶう》。」

「どうぞせいぜい贔屓《ひいき》にしてやって下さい。むさくるしい処ではございますが、気のおけないところが取柄と申しますか、サービスと申しますか。ごらんの通り皆んな気心のいい者ばかりで。なんですか、お近くでいらっしゃいますか。」

「土手向うですのよ。」

「なるほど。」

男が帰ったあとで、私達は顔を見合わせて吹出してしまった。

「ありゃあ、なんだい。」

「いやだわ。」

「驚いたな。」

「よく出来ている。ホホホホホホってやられたときにはぞっとしたぜ。」

「わたしははじめ松沢村からはるばるとお越しなすったのかと思いましたよ。」

「そう云えば、このへんがちっとばかし松沢くさかったな。」

「土手向うって云うと、泪橋《なみだばし》へんですかな。」

「まあそのへんの見当だろう。」

「師匠はご存知ないんですか。」

「冗談を云っちゃいけねえ。いかにおれがものずきでもまだオカマとは心やすくしていねえ。」

師匠と徳さんの話を聞いているうちに、私にも最前の男の素姓がうすうす呑み込めてきた。

「ありゃあ、またやってくるね。」

「来ますか。」

「くるとも。また寄せていただくわって云っていたじゃないか。それに先方にはちゃんとしためあてがあるもの。」

「へえ。」

「この店は感じがいいわねって云ったときにジロリとお前さんの顔を流目で見たぜ。あの目つきがくせものだ。おれはちゃんと見とどけているんだ。徳さん、用心しなくちゃいけないよ。」

徳さんは目をまるくして、

「冗談は云わないで下さいよ。気色の悪い。」

「ハハハハハ。しかしなかなか天真爛漫で悪くなかったぜ。ときにちょいと姐さん、おぶうを頂戴。」

「いやだわ、お師匠さんたら。」

雨のせいか常連の来方がおそい。皆んないささか手持無沙汰の体でいると、いきなり戸があいて店の土間に紫の雲がたなびくのを見るとひとしく、花ならば杜若《かきつばた》であろうか、姿やさしく声艶やかに、

「あの、出来ますかしら。」

大きな潤いのある目は愛嬌を含んで、私達の視線に対してもいささかも臆する色がない。一瞬、皆んな思わず息を凝《こ》らしたが、流石に師匠が後《おくれ》をとり戻す気か、わざと声に景気をつけて、

「さあ、さあ。どうぞご遠慮なくお上り下さい。どうもきょうはご新規さんのよくお見えになる日で。まさか雨のせいではないでしょうが。しかしおかげでお相手をさせていただけます。どうもなんですな、雨の降る日は天気が悪いと申しますが、鬱陶しゅうござんすな。気が晴々と致しませんです。衛生に害があります。こんな日は麻雀に限りますな。わたしなどは足が悪いので雨の日はことに歩行に難渋いたしますが、この楽しみのことを思いますと婆あのとめるのを振りきって出て参ります。ここにおりますこの青年は清ちゃんといってこないだ兵隊検査をすましたばかりですが、麻雀以外のことは一切念頭にないんだそうで、めしを食っても鉢の中にある沢庵がパイパンに見えてくるようなけしきで、まことにどうも感心なことであります。若いうちはこうありたいものです。金をためるばかりが能じゃありません。ではそろそろはじめますかな。どうぞサイコロをおふりなすって。オヤオヤわたしが親ですかな。それでは僭越ながら。フーム、なかなかおやりなさる。わたしもこれまでご婦人とは再三手合わせを致したものですが、あなたさまのようなあざやかな牌捌《はいさば》きを見るのはきょうが初めて。いや、おかくしあるな。ご謙遜でしょう。隠すよりは顕《あらわ》るのたとえ、能ある鷹は爪をかくすと昔の人も申しております。あなたさまのような手つきになるまでには、失礼ですが相当資本がかかっておりますな。ご勉強のほどが偲ばれます。〽潮来出島の真菰の

中であやめ咲くとはしおらしや。いや、これはどうも悪声でお耳をけがし恐縮の至りです。清ちゃん、どうしたい。きょうはまたさっぱりじゃないか。やけに振りこんでばかりいて。お前のインテリ麻雀なるものも怪しいもんだな。お里が知れますよ。麻雀は度胸だよ。お前は度胸がないから駄目だ。相手の顔色や手筋ばかり読もうとするからいじけてくるんだ。お前の麻雀が伸びない最大の原因はそこにある。ご婦人の前だからといってはにかんでばかりいるのが能じゃない。他人の手内などはどうあろうと気にかけず、われとわが胸に問うて、邪魔っけなものはこういう風に未練なく抛《ほう》り出すんだ。これが麻雀というものだ。オッ、お見事、お見事。竹のメンゼンチンピンホーでげすな。わたしもかねがねこの手を成就いたしたいと念願しておりましたが、はからずもあなたさまに先を越されました。えっ、わたしのふりこみで。あの、ただいまわたしが。いやこれは恐れ入りました。まいりました。ただただ敬服のほかはございません。女の身でよくもここまで修業なされた。大の男が三人してイチコロになるとは。あなたさまのご先祖には必ずや巴御前のようなご婦人がいられたに違いない。血筋と云おうか伝統と申そうか、争われないものがあります。どうぞこれをご縁にお気が向きましたら、なにも雨の日には限りません、お天気の日でも気がるにお運び下すって、ご教授下さい。お帰りでございますか。たいへん失礼をいたしました。お履物をお間違えにならないように。それでは、まことにどうもご退屈さまで。」

家業というものは争われないもので、なんのことはない、麻雀をやりながら一席弁じてしまった。

さあ、それからが大変で。こんどは皆んな笑うどころではなく、溜息をついてしまった。

「いい女だ。」

「いい女だ。」

「いや、いい女だ。やっぱり、いい女だ。ねえ、徳さんや。おれはきょうはじめて佐野次郎の心境がわかったよ。いいねえ、紫のコートを羽織ってすっと立ったところはなんとも云えなかった。喜多村だって跣《はだし》で逃げますよ。」

「わたしはもう目が眩《くら》んで。」

「そうだろう。あれを見て目がくらまないようじゃ頼もしくないね。それにしてもあれはちと大物だったたな。あんな大物がまたなんだってこんな小汚ねえ麻雀屋にあらわれたものかしら。陽気の加減や天候の具合からばかりじゃ判断がつかねえ。」

「それはもっと深刻な宇宙の原理の作用でげしょう。たとえば陰と陽という。」

「洒落たことを云いなさんな。この麻雀屋のどこを探したって、あの陰をよびよせるだけの陽が出てくる筈があるものか。」

「それはわかりませんね。そういうことは神様の胸三寸にあることで、人智の及ぶ限りにあらず。」

「フーン。お前はとんだ信心家だの。さてはお前さん変な気を起しなすったな。神様を味方につけて謀反をする気だな。云っておくがね、お前さんには泪橋が相当しているんだ。」

「師匠、よして下さいよ。泪橋の話はやめましょう。気色が悪くなってきてかなわねえ。折角忘れていたのに思い出しちまった。」

「ハハハハハハ。お前さんが逆上《のぼ》せたようなことを云うから、一寸水をさしただけのはなしだ。気にしなさんな。だけど、いい女だったねえ。たとえお前さんが謀反気を起したとしても無理はない。おれだってもう少し若かった日にはそれこそ佐野次郎ものだ。」

「姿と云い、かおと云い、申分なかったですな。」

「それに口数の少いところなんぞもよかった。もっともおれがひとりで喋っちまった。凄いような美人というのはあれのことだろう。おれは商売柄お客さまの前では、凄いような美人、凄いような美人と張扇をパチパチいわせては美人を売りにきたようなことを喋っているのだが、実際にお目にかかったのはきょうが初めてだ。眉の濃さ、目の張り、口の締り、申分なかったね。但し、鼻にちっとばかり難がある。なに鼻つきは悪くないんだが、いかにも肉がうすい。佳人薄命と云いたいが、これは女白浪によくある型で、悪くすると亭主の寝首を掻く。それだけに情は深いね。」

「話が物騒になってきましたな。美人の方はそれ位にしておいて、素姓の詮議に移りましょう。一体何者でげしょう。」

「お前さんはどう当りをつけたい。」

「わたしはコレだと思うんですが。」徳さんは人さし指をカギに曲げて「女スリ。」

「バカだねえお前さんは。なにもおれが女白浪を持ち出したからといって、あの女をスリにしちまうことはないだろう。世の中のことは芝居とはちがいます。もっとまともに考えなさい。」

「まあ、師匠の意見をきかせて下さいな。」

「おれの見当なら簡単だ。ありゃあ妾《めかけ》だよ。」

その夜、私はいつもの時刻に塒に帰ったのだが、もはや私の心を領有しているものは麻雀ではなかった。きょう見たばかりの女の顔が姿が私の心にしみついてしまってとれなかった。私は悩ましくてかなわなかった。然《しか》もその悩ましさは、そうしていつまでも悩んでいたいような悩ましさであった。師匠や徳さんが女の評判をするのを聞きながら私はただ黙っていたが、私にはお喋りをする余裕がなかったのだ。それほどに私の心は女のことでいっぱいであった。追えども去らぬ煩悩の犬。私の心を去来するただ一つの思いは、それは女を抱きたいということであった。それ以外にはなにもなかった。私は兵隊検査をすまし最早立派に一人前の男なのだが、まだ女郎買をしたこともなければ、素人娘をだましたこともなかった。

女郎買の本場にいて女を知らないなんて腑甲斐ないような話だが、ほんとうなんだから仕方がない。けれども、きょうというきょうは、私はひとめ見て、その女をものにしたいという慾望を起したのである。女がひとの妾であろうと、スリであろうと、それは私の問うところではなかった。世の中のことは芝居とはちがうそうだが、私にとっては「世の中」なぞはくそをくらえで、それがどれほど芝居じみていようとも、私の慾望こそは大切にしなければならないものであった。けれどもさてどうするかと云えば、私にはなにも手段はなかった。私はただ壁を見つめ、女の幻をえがき、悩むばかりであった。

あくる日、私が麻雀屋へゆくと、既に先客があった。きのうの変性男子。

「お早うございます。清ちゃんの来るのを待っていたのよ。」

既に私の名前を承知していて、百年の知己のような慣れ慣れしさ。かくちゃんも徳さんも
それにきょうは山ちゃんもいるが、皆んなすぐったそうな顔をしている。

「さあ、はじめましょうよ。あたし、きょうはゆっくりしてゆくわ。ねえ、清ちゃん、あたしのことを銀《ぎん》ちゃんと呼んで頂戴。よくって。あたし、きのう清ちゃんのことをひとめ見て好きになっちゃったの。あたし、きのうから清ちゃんのことばかり考えているの。清ちゃんは純情だわ。すれっからしじゃないわ。あたしにはよくわかるの。あたしは苦労したのよ。それはそれはひとには云えないような苦労。あたし、これまでに何度死のうと思ったか知れないわ。だってさみしいんだもの。清ちゃんの袖口、ひどいわねえ。清ちゃんにこんな着物をきせとくお袋さんの顔がみたいわ。あら、怒ったの。怒らないでね。お袋さんの悪口云ってごめんなさい。あたし、きのう考えたんだけど、若し清ちゃんさえよかったら、あたしが養ってあげるわ。」

卓を囲んだと思ったら、いきなりこの調子。私はもとより、山ちゃんも徳さんも、思わず呆気にとられた。そのとき、戸があいて、思いきや、きのうの女。

徳さんは呪縛でも解けたようにパッと席をとび立って、

「いらっしゃいまし。さあどうぞ。これからはじまるところです。」

その夜も私はいつもの時刻に塒にかえったが、深夜しくしく腹が痛み出し明け方に及んで

もおさまらないばかりか痛みは増す一方。流石に親爺も抛っておけず医者を呼んだが、診察の結果は腸カタル。入院には及ばなかったが、私は十日余も床上に呻吟した。然もそんな状態でも夢に通うはかの女のこと。あの日女は麻雀屋に夕方までいて銀ちゃんと前後して帰った。私には銀ちゃんから口説かれたことの方はもはや印象もうすれてきていたが、あの日の女の立居振舞はなおあざやかに目に残っている。軀が恢復するにつれて女に対する慾望も新しくされ、果して女はその後も麻雀屋に通ってきているだろうかとそのことばかりが気になった。

麻雀屋を欠勤すること十四日。十五日目に久し振りにゆくと、いた、いた、銀ちゃんがいた。私を見ると、忽《たちま》ち嬌声をあげて、

「アーラ、清ちゃん。どうしたのよ。心配したわよ。病気だったの。痩せたわね。あたしあれから毎日きょうは清ちゃんが来るか、きょうは清ちゃんが来るかって、そればっかし思ってたのよ。なんだかもう清ちゃんに逢えないような気がして。若しかしたら清ちゃんはあたしのことがきらいで来ないのじゃないかしらと思ったら、つらくって、つらくって、ご飯もろくろくのどに通らないのよ。あたしよっぽど清ちゃんのお家へ行ってみようかと思ったの。でもあたしのような者がお尋ねしたら清ちゃんに悪いと思って我慢したのよ。そう云っちゃなんだけど、清ちゃん痩せて反ってよくなったわ。」

師匠がそばから、

「銀ちゃん。清ちゃんが来てよかったね。それじゃ、久し振りに清ちゃんとはじめるか。」

卓を囲みながらも、私の気がかりは女のこと。果して女はその後も来ているのだろうか。私はそのことを口に出しては誰にも訊けなかった。

するとは師匠が天井を上目づかいに見て、かくちゃんに、

「二階は相変らずかい。」

かくちゃんは黙ったままうなずく。師匠は小指を立てて、

「コレも来ているのか。」

かくちゃんはまた黙ったままうなずく。不審げな顔をしている私に向い師匠は、

「清ちゃん。お前が留守にしている間に悪いことが流行り出したよ。」

悪いこととは賭博のことであった。つまり金を賭けて麻雀をやるようになったのである。山ちゃんをはじめ四五人の者。その中にはかの女もまじっているという。店では憚《はばか》りがあるので二階に籠ってやっているのである。

その話をきいても、私はべつに師匠のようには心配しなかった。女がやはり来ているということがわかって、私の胸は高鳴った。

ドカドカ音をさせて二階の連中が下りてきた。私はその方を見なかったけれど、女が自分の背後に来たことがわかった。私がぎごちない手つきで投牌しようとしたときに、腰にあてている私の左掌を女の掌が握った。

私がふりむくと、女は笑いながら、握っている掌に力をこめた。そのとき私が捨てようとした牌が危険牌であることを女は合図してくれたのである。

そのあくる日から、私はただ女の来る姿と帰る姿だけを見た。女は昼すぎに来て夕方帰った。女は来るとそのまますぐ二階に上り、そのあとは帰る時まで店には姿をあらわさず、帰りも店にいてひまどるようなことはしなかった。女にとっては店はただ通り抜けの場所でしかなかった。その後、女はふっつりと私に親しみを見せなかった。

「おれはいちど二階でやってみたいなあ。イチかバチかを。」

私としては独りごとを云ったつもりだったが、潮花師匠がきき咎《とが》めて、

「よしな、よしな、それは悪い了簡だ。なにもお前に意見をするつもりはないが、それだけはよしなよ。お前をあんな亡者共の仲間にはしたくない。」

「おれはなにも金が欲しいじゃないんだ。ものは験《ためし》、ただやってみたいだけなんだ。」

徳さんがそばから、

「だけど清ちゃん、実際問題として五十両積まなきゃ出来ないよ。」

私にとって現在もっとも気がかりなのは、この店の二階であった。五十両が四つで二百両。二百両を真中にして四人の亡者（その中にはかの女がいる）がどんな恰好をしているか、その現場を知りたかった。そして自分もその亡者共の仲間入りがしたかった。私は毎日女の黙殺にあいながら、店でタダ麻雀をしていることに最早堪えられなくなっていた。けれども、実際問題として五十両の金が要る。五十両の金をいかにして工面するか。

「五十両、五十両。」

「なによ、清ちゃん。五十両、五十両って。なんのおまじない。」

あ、銀ちゃんに聞かれてしまったか。私はそのときどういう加減か、顔から火の出るような思いにかられ、そこにいたたまらなくなり、手拭とシャボン入れをわし摑みにして、

「清ちゃん、どこへゆくの。」

という銀ちゃんの嬌声をきき流して銭湯にかけつけた。

湯から上って、鏡の前に立ち、軀を拭き拭き、そこに映る自分の顔を覗くと、私はイヤな兇悪な表情を浮かべていた。

私の心の奥底には常に親爺の金箱に関する私の思いがわだかまっていた。けれども親爺がその金箱を秘しかくしているように、私もそのことを心の奥底に秘めてそ知らぬ顔をしていたのだが、きょうこそはその金箱を叩きこわしてやろうと固く決意をきめたのであった。

ゴタ派

その頃、私は場末のある古本屋の居候兼店番をしていた。

その店の主人というのは年頃は三十五、六であったが、小太《こぶと》りの重役タイプで、五十位には見える分別顔をしていた。学生の頃にいちど妻帯というよりは女と同棲したことがあったのだが、すぐ女に死なれてそれからはひとりぐらしをしていた。古本屋をはじめたのももちろん素人の商法であったが、まがよくて三、四年のあいだにはこの界隈でいちばん繁昌する店になっていた。商売仲間の話によると、その店の乱雑で汚れているのが反っていいのだということであった。主人が不精をしてろくに店の掃除などせず、また開店以来殆《ほと》んど手入をしていないので本棚など傾いていたのだが、そう云えば、その乱雑で汚れている渾沌《こんとん》とした雰囲気にはなにかよそいきでない、しっとりとした落着があった。この店には看板もなかった。けれども、ひとめ見れば古本屋だということはわかる。

主人は則武《のりたけ》という名で、知人は「ノリさん。」と呼んでいた。

この店から電車で二停留場ほど行った先に遊郭があって、そこのある店に私の馴染の女がいた。ある日、遊郭からのかえりにぶらぶら歩いてきて、私はこの店に気がついた。それから私は遊郭にきたついでにこの店に立寄り、本を買ったりまた買ってもらったりするようになり、ノリさんとも親しく口をきく仲になった。ノリさんの店の商品は概して安く、またノリさんには客を見て掛値をするようなところがなくて、気持がよかった。

女のもとに通いはじめてから、一年ばかりになっていた。

はじめて逢ったとき、女は云った。

「あんた、お行儀がいいわね。」

「…………」

「兵隊検査はすんだの。」

「うん。」

「あんた、はじめてだろ。」

「うん。」

「どう？　ご感想は。」

「よかった。五円じゃ安い。」

「ご挨拶だわね。」

「もっと早く気がつけばよかった。」

「なにに。」

「こんなにいいもので、こんなにいいところだということに。」

「学校じゃ教えてくれないだろ。あたしでよかったらおしえてあげるわよ。もっともっとよくしてあげるから。」

女はその店でお職を張っていた。私はこの女から開眼された。

その日、親父の手提金庫を骨を折ってこじあけた途端に、親父が部屋に入ってきて、

「こら。」

と大喝した。私は切出《きりだし》を掌にしていたが、無言でそれを握りなおした。親父は目の色を変えて家を飛びだした。交番へ駆けつけたのかも知れない。私も興奮していた。冗談半分のようなものであったが、まるきりなにもなしで出来る真似ではない。

私は女のもとにゆき二晩泊って、かえりにノリさんの店に寄った。話の末に、私が「家へかえるのは気がすすまない。」と云ったら、

「よかったら、当分ここにいないか。」とノリさんは云った。

ノリさんの店には小僧がいなかった。小僧などを置いて普通の商店の構えをつくったりするのは厭《いや》だったのだろう。小僧などはいなくても別に不都合なことはなかった。ノリさんが本屋の市に出かけたり、また近所の食堂にめしを食いに行ったりする留守のあいだには、店番をしてくれる者がいた。ノリさんひとりで気がおけないので、しょっちゅうむだ話をしにくる連中がいたのである。

私が店の掃除をしていたら、ノリさんはあわてて、「いい加減にしといてくれ。あまりき

れいにしないでくれ。」と云った。私は自転車に乗れなかったのだが、ノリさんはならえとも云わなかった。ノリさんは私にむかって云った。「きみは若旦那なんだから、ただぼんやりしていればいいんだ。」落語に出てくるあの居候の若旦那のことである。小僧をおくのはいやだが、居候をおくのはいやではなかったのだろう。

ぼんやりしているのなら、私には誰にも負けないつもりであった。むかし印度に五年も十年もひとつ処に坐りつづけて、頭髪に鳥が巣をつくり軀《からだ》に苔が生えた聖者がいたそうだが、若《も》しも私が印度に生れあわせていたならば、私は大聖者になったことだろう。

この店に遊びにくる連中にはいろんなのがいた。ある映画会社の大部屋役者、貧乏画家、イカサマ麻雀師、自称コンミュニスト、三文文士、新劇の下っ端女優、等々。まともなのは一人もいなかった。この連中を総称して、「ゴタ派」という。古本屋仲間では、棚に並べてまともに商品としては扱えない代物のことを「ゴタ」という。ゴタは店の前にリンゴ箱を二つほど並べた上に戸板を横にしてその上にゴタゴタと置かれて、十銭均一の札を立てられる。連中もこの店になんとなくゴタゴタと集まってくるわけなのだが、いつ誰が云いはじめたともなく、ゴタ派という名称のもとに自分達が一つのグループに属する者としてお互を認識するようになっていた。自ら十銭均一を以て任じたわけであるが、これは己を知るものと云わなければならないだろう。そうして私もいつからともなくゴタ派の一員になっていた。私としては苦情を云う筋はなにもなかった。ノリさんはいわばゴタ派の大将、親分であった。

連中はみんなふところがぴいぴいであった。いくらかましなのは三文文士ぐらいであった。

からすの啼《な》かない日はあっても、連中の誰かがノリさんにたからない日はなかった。いちばん頻繁にたかるのは自称コンミュニストの川鍋《かわなべ》という男であった。この男のことを連中は「ナベさん。」とか「ナベスキイ。」とか呼んでいた。

ナベスキイはノリさんにむかって、こんなふうに云う。

「すみませんが、またカンパをお願いします。」

彼の云うカンパなるものは公私の別がはっきりしなかったが、そんなことを詮索する者は誰もいなかった。そこがゴタ派のゴタ派たる所以《ゆえん》なのだろう。

三文文士はノリさんがむかしいた学校の後輩で、その頃、二、三の作品を商業雑誌に発表して少しは小遣がまわるようになっていた。このへんで浮気をしてみたらどうかしらという気になって、小手しらべにさる喫茶店のレコード係の女の子を口説いてみたところ、案外あっさり靡《なび》いたので、以来すっかり自信をつよくしていた。最近は新劇女優に色目をつかっているのだが、女の方はさっぱり気がない。けれどもこちらは自信満々たるもので、用もないのに稽古場にまで出むいては、そこでも鼻つまみにされているようであった。連中からは「先生。」と呼ばれていた。はじめは先生も「先生。」と呼ばれてまごついていたが、すぐなれてしまって、この頃では先生と呼ばれないと反って食物が胃袋におちつかないという具合になっていた。

ちかく、某出版社から「場末の憂愁」と題する先生の最初の作品集が上梓されるはこびになっていて、そのあかつきにはみんなで大いに気勢をあげようということになっていた。ウジェーヌ・ダビをもうひとつこなれをよくしたのが先生の作品だというのが、先生の自画自讃であった。

「ねえ、先生。先生のご本はいつ出るんですの。あたし、待ちどおしいわ。」

新劇女優が下っ端とはいえそこは商売柄、目に媚をもたせてわざと甘ったれた口調で云うと、先生はもうぞくぞくして、けれどもこれもわざと顔をしかめて見せて、

「もう出るわけなんだけれど、なんだかいやに手間どって。」

とそこは鷹揚にぼかして云う。先生にしては出来すぎているが、実はこれはさる先輩の猿真似である。

「ご本の題名はなんて云いましたっけ。」

抑揚に気をつかいながらゆっくり発音する。

「場末の憂愁。」

「まあ、素敵。ご本出たらあたしまっさきに買いますわ。あたし、先生にお願いがあるの。ご本の扉に先生の作品の中にある『些細なことが私たちを慰める。なぜなら些細なことが悲しみの種になるから。』という言葉を書いて下さらない。あたしあの言葉がとても気に入っちゃっているの。」

先生はにやりとして、

「あの言葉はパスカルのパンセの中にあるんだ。」

とちょっと教養のあるところをほのめかす。

「あら。」

とこちらもそこは心得ていて、わざと目をまるくして見せる。

実は「場末の憂愁」にしてからが、ボオドレエルのあまりにも著名な散文詩集の題名をなんとなく剽窃《ひょうせつ》したのだが、その方は白ばっくれていたのである。先生に云わすれば、ボオドレエルよりは庶民的でこなれがいいというところがみそなのかも知れない。

新劇女優は佐川トメ子という名であったが、連中は簡単に「トメ子。」と呼び捨てにしていた。色の浅黒いしまったしなやかな肢体をしていて、人好きのする顔はまんざらでもなかった。化粧をおとしているときの方が、へんに男の心をそそるものがあった。トメ子の父親というのはある私立動物園の掃除夫をしているのだが、これがまた変っていた。窃盗前科二犯、それはまあいいとして、そのうえに傷害罪に問われて入獄中、意外にも真犯人があらわれて無罪放免になったことがあった。取調べの際、アリバイが曖昧だったところからそんな羽目になったらしいのだが、それにしても無実があきらかになったときのトメ子の父親の云いぐさがふるっていた。「わたしは旦那方が『お前がやったのだ、お前がやったのだ。』とおっしゃるものだから、旦那方のおっしゃることに間違いはないと思っていたのですが。」こんなことがあってみると、窃盗の前科の方もなにやら正体が怪しくなってくる。トメ子は父親が二度目の入獄中に生れたのだが、長じて母親から父親のその話をきかされたとき、泣いていいのか笑っていいのかわからなかった。母親はと云えば、これがまた洗いざらしの浴衣でも見るような、貧乏に洗いざらされて性のよさが露出しているような女であった。こんな両親からわるい子が生れるわけがない。トメ子には底ぬけにひとのいいところがあった。

大部屋役者も内々トメ子に気があるのだが、けぶりにも見せなかった。先生がトメ子に食指を動かしているのを静観しながら、自分の出番を待っていた。金子哲哉というのがこの男のまあ芸名であるが、これはノリさんが頼まれてつけてやったのである。いい名前だと所長から褒められたそうである。ゴタ派では「テッちゃん。」で通っていた。テッちゃんは先生のことを頭からばかにしていた。「小説家なんておかしな商売だな。生れつきの阿呆にもつとまるんだから。」と腹の中では思っていた。先生がトメ子にかまってしくじるのは目に見えている。先生が自滅したらそのときはこっちのものだ、トメ子のような女は後腐れの心配がない。テッちゃんは役者としての自分の役柄もそのへんにあると常々思っていた。けれども実際にこの男がスクリーンのうえで観客にま見えたのは露店のヨーヨー売りと床屋の職人の二役位で、それもワンカットというはかなさであった。

貧乏画家は(とくに貧乏とことわる必要はないのだが。いずれ型どおりのものなのだから)は通称を「モジさん。」と云い、ひどい呑んべえであった。連中はみんな呑んべえなのだが、そのなかでもとりわけ呑んべえであった。呑みすぎから軀をこわして、なんどか胃から吐血したこともあるのだが、相変らず呑んだくれることをやめない。ノリさんからのカンパとたまに映画館の看板描きをすることで、からくも露命をつないでいた。紙挟と鉛筆をつねに携帯していて、酒が呑みたくなると、鉛筆を画用紙のうえにはしらせてそれを相手かまわず押しつけては、十銭二十銭を強奪していた。この店の近くに連中の行きつけのバルバルという名の酒場があるが、そこのマダムがときどきモジさんとどこやらに泊りにいくらしいという噂があった。けれども、それはどこまでも噂にとどまっていて、まだ誰も確証をつかんだ者はいない。バルバルにはモジさんが描いた場末の風景の十号大の画が額にして掛けてあるが、あるときその額の下で、テッちゃんがそこの女の子のユキちゃんというのをつかまえて、マダムとモジさんの間柄を遠まわしに訊きだそうとしたところ、ユキちゃんは即座に否定して、「マダムはノリさんにご執心なのよ。」と意外なことを口走った。

イカサマ麻雀をやる男は戸籍名は古川善助。だから「善さん。」というわけである。ほかの連中がみんな独りものの中にあって、善さんひとりが所帯持である。ノリさんとは同年輩。かみさんとのあいだに五つになる女の子がいる。善さんなんて名前をしていてイカサマをやるなどは不都合なわけであるが、こればかりはどうにもやめられないらしい。表向きの職業はノリさんと同様古本屋である。と云っても、店は張らずに建場廻りをして仕入れた品物をノリさんに買ってもらったり、または市に持出して捌《さば》いたりして生計を立てているのである。これもノリさんが勧めて古物商の鑑札までもらってやったのである。まじめにやっていれば結構くらしは立っていくのだが、病いはしようのないもので、商売の方はそっちのけにして、麻雀屋に入り浸り賭け麻雀をやる。どっちが商売だかわからなくなってくる。しこたま儲かることもあり、麻雀だけやっていても、親子三人の口すぎが出来ないこともない。けれども、かみさんにしてみれば子供もいることだし堅気な生活をしたい。それに善さんは手先が器用でイカサマをやるので、麻雀屋でも敬遠されてひとつ処でやっていられなくて、あちこちと転々して歩く。警察の手入れに遭って連れてゆかれたこともある。そのときは、かみさんから頼まれてノリさんがもらいさげに行った。善さんは色白のやさ男で見かけはおとなしやかなのだが、目つきが険しくどことなく荒《すさ》んだ感じがした。

善さんは私にトランプを切らせ、また手拭をたたませて、私のその手許をじっと見つめていたが、云った。

「啓ちゃんは器用だね。きみはその気になればスリだってやれるぜ。おれがいい親分を紹介してやろうか。」

啓吉というのが、私の名前である。

その日の朝、私が店の掃除をしているところへ、善さんのかみさんが子供を連れてやってきた。きのう、善さんがとなりの区の麻雀屋で五、六人の仲間と共につかまってその区の警察署に連れていかれたという。ノリさんはまだ寝ていたが起きてきて、かみさんを家へかえしてから、自転車に乗って出かけて行った。

私が店の上框に腰かけて新聞に目をさらしていると、バルバルのユキちゃんがやってきた。ユキちゃんはことし十八で、鼻は天井をむいているが可愛い顔をしていて、軀からは新鮮な娘の匂いがぷんぷんする。短いスカートの裾からはみだしている素足を見ると、大抵の男が久米の仙人になりかねない。

「ノリさんは。」

「出かけた。善さんがまたつかまったんだ。」

ユキちゃんはいかにもしようがないというように顔をしかめて見せて、

「善さんは自業自得だけれど、おかみさんが気の毒だわ。善さんはいけないわ。あんないいおかみさんに苦労をさせて。」

「まったくだ。」

「指を詰めたらどうかしら。」二度と牌をつかめないように。」

「いやに手厳しいな。さてはユキちゃん、

「だれが、あんな明治の色男なんか。あたし、あの人を見ているとなんだか臭《にお》ってくるような気がするの。」

「どんな臭い。」

「たとえば動物のいる檻の近くに行ったときのような、焼場の近くを歩いているときのような、そんな臭い。」

「善さんいまごろ嚔《くしゃみ》をしているぜ。ぼくも、ユキちゃんを見ているとなんだかにおってくるような気がするんだ。」

「どんな臭いよ。」

「舶来石鹼の匂い。」

「猥褻《わいせつ》ね。」

「ユキちゃん、一寸このトランプ切ってごらん。」

「なによ、占《うらない》するの。」

「だめ、だめ、そんな下手な切り方じゃ、スリにはなれない。」

「ばかにしているわ。ねえ、啓ちゃん、なにか面白い本ある。」

私が棚から一冊抜きだしてわたすと、

「あらいやだ。女たらしの昇天。でも面白そうね。この本、啓ちゃんのことが書いてあるんですってね。」

「冗談云うなよ。」

「これいくら。七十銭。」

と財布と相談するような顔をする。

「いいから持っていきなよ。読んだらまた持ってくればいい。」

「きょうはゴタ派の人まだ来ないの。」

「うん。」

「先生とテッちゃん、きのうおそくまでうちにいたわよ。お二人仲がいいわね。」

テッちゃんは先生をばかにしているくせに、ゴタ派仲間ではテッちゃんがいちばん先生の機嫌をとっていた。先生はまたひとのおだてにはすぐ乗る方だから、二人はよくつるんで行動を共にしていた。よそめには意気投合しているように見える。また実際に仲がよかったのかも知れない。

「啓ちゃん、あんたすごいんだってね。ノリさんからきいたわよ。」

「なにを。」

「電車に乗って二停留場行った先に、あんたのいい人がいるんだってね。その人あんたに首ったけなんだってね。まあ、すごい。」

「その人はぼくの先生なんだよ。」

「へえ。なんの先生。」

ユキちゃんの耳もとに口をよせて囁きかけようとしたら、ユキちゃんはひらりと身をひるがえして、

「知らないわよ。」

それでも咄嗟《とっさ》に「女たらしの昇天」を手につかんで、

「この本借りてゆくわよ。」

と云うと、素早く店を飛びだした。

私はノリさんの店に身をよせてからは、いちども女には逢っていなかった。家にいた頃は、日暮れになると無性に女の顔が見たくなり、その肌が恋しくなって、なんとか金を工面しては出かけた。私の家のある処は丁度その線の電車の起点に当っていて、また郭は終点から三つほど手前の処にあった。この電車に乗っている間のなんとない心のときめきはなかなかに懐かしい。むかしの男が女と同棲せずに夜毎に女のもとに通ったという習慣は察しのつかないことはない。

私の馴染の女はもちろん私より年上であった。戯《たわむ》れのさなかにも目に笑いをにじませてい

て、私のどんな注文にも鷹揚にこたえてくれた。私は子供のころに死別れたお袋のことを思い、女の抱擁に身をまかせながら、私はお袋を犯しているような思いがした。そしてそのことが私に自分の生れた根にかえったような安息《やすらぎ》をもたらした。それは陶酔というよりは覚醒にちかかった。

「ぼくにはきみが他人のような気がしない。」

「自分のほかはみんな他人よ。世の中は他人で埋まっているのよ。あたしがあんたによくしてやるのも、あんたが他人だからよ。」

女は私の顔を見まもり、

「あんたは薄情者かも知れない。」

ノリさんの店にきて環境が変ったせいか(反って郭とは目と鼻のさきの近さになったのだが)、私は女に対してそれほど渇望を感じなかった。私のあけくれはと云えば、ノリさんに云われたように、ただぼんやりして、ゴタ派の連中の動静を垣間見ているだけであった。それは月並な風俗図絵を眺めていることでしかなかった。けれども私は家にいるよりは目さきが変って気が紛れた。その後、親父は私の捜索願などは出さなかったらしい。家にかえって金庫の中身をしらべてみて被害が僅少だったので、親父はほっとしたのだろう。

ユキちゃんが帰ってから、学生を口あけに四五人の客があって、七八円の売上げがあった。売上帳に記入をすまして、私はぼんやりしていたが、不意に女の顔が見たくなり、そう思い立つと私は矢も楯もたまらなくなった。今夜、店をしまったら女に逢いに行こう、ノリさんにカンパをお願いして、と私は思った。私は久しぶりに気持がそわそわした。

善さんはおれが手先が器用だと云った。なるほど、おれは手先が器用だ。親父の金庫もこじあけた。学校にいたときは、友達が胸に挿していた万年筆を戯れに掠めてみせたこともある。おれはその気になれば、あるいはスリになれるかも知れない。いっそスリになって太く短く暮そうか。けれども、スリになるのはいいが、顔つきが善さんのようになるとしたら考えものだ。あんな看板をかけて世の中を歩きたくはない。ひとさまのことはかまわないが、おれの人相があんなになるのは真っ平だ。なにもイカサマをやるのが悪いとは云わないが、イカサマをやったばかりにあんな人相になるのだったら、はじめからやらないことだ。あんな顔をしていれば、ユキちゃんのような無垢の少女から、焼場の臭いがすると云われても仕方がない。善さんはスリの親分に紹介してもいいと云ったが、どんな顔をしているか、逢ってみるのも一興だな。案外、吹きぬけの風とおしのいい人相をしているかも知れない。

そんなよしなしごとを私が考えていると、

「や、若旦那いるな。」

という声と共に、テッちゃんと先生が肩を組みあわせた恰好で入ってきた。すでに二人ともに酒が入っている様子である。

上框《あがりがまち》に向きあわせて長椅子の毀《こわ》れかけたのが置いてあるが、二人はそこにわざとよろけたような恰好で腰をかけた。

「啓ちゃん、お前は悪党だな。バルバルのユキ坊がお前のことで煩悶しているぞ。ねえ、先生。」

「そうだ、そうだ。」

「へえ、もうバルバルで呑んできたの。」

「バルバルはゆんべ看板になるまでいた。きょうは湯豆腐で迎え酒だ。」

どうやら昨夜は電車で二停留場行った先で沈没したらしい。

「お疲れのようですね。なんなら台所口の涼しい処で少し横になったら。」

「よせやい。西瓜じゃあるまいし。若旦那がそう気をつかうもんじゃない。勘当の若旦那が配所の月を見ている図なんてのは女の子にはもてますよ。ねえ、先生。」

「しかり、しかり。」

「これがノリさんにかみさんでもいて、若旦那がこき使われたりすると、湯屋番にでもなり下がるんだが、ここにいる分にはその心配はない。じつはぼくもとうからここにころがり込もうと思っていたんだが、啓ちゃんに先を越された。」

「きみには店番はつとまらない。きみは尻が軽いから。店番はやはり啓ちゃんのように大将の器でないとつとまらない。」

「なにぼくは店番はやらんです。塒《ねぐら》にするだけだ。」

テッちゃんは大分下宿料が滞っているらしい。大部屋役者の給料などはタカが知れている。やっと食えるか食えないかというところ。それでも、テッちゃんは服装だけはこざっぱりしたものを身につけていた。

「ときにノリさんはどうしたい。え、また善さんがつかまったって。」

先生とテッちゃんは思わず顔を見あわせる。連中はノリさんはべつにして、誰がいつどう脱線するかわからない手合ばかりだが、その中で目下いちばん気がかりなるのは善さんの身の上である。

「それは困ったな。」

と先生は難破船の遭難者の行方でも心配するような、またはご自身の創作の筆が行詰ったときのようなたよりない目つきをして、

「身から出たサビと云えばそれまでだが、われわれと違って善さんの場合は、いつ家庭が崩壊するかわからない。」

さすがに商売柄、他人の家庭の危機感をわが身にひしひしと感じて、大いにヒューマニズムを発揮する。

「なにかいい薬がないものかな。惚れ薬を発明した博士だっているんだから。一服やったら、一年保つとか二年保つとか。そうだ、いいことがある。麻雀のない国へ家内中で引越をすればいい。」

テッちゃんも負けずに道化《ファルス》精神を発揮する。テッちゃんは常々ゴタ派仲間の潤滑油を以て自任しているのである。

先生も苦笑したが、そこは如才なく漫才の相手方をつとめる。

「反対に麻雀王国なるものへ潜入するのも一策だぜ。そこの王様と一騎討の勝負をして得意

のイカサマで王位を掠奪すればいい。」

「なるほど。麻雀の名人位即ち王位というわけですか。善さんのイカサマを以てすれば、五年や十年王位の連続保持は確実だ。ねえ、先生。どこかにほんとにそんな国がないものかな。善さんが王様ってことになれば、ゴタ派はみんな左団扇だ。それにそんな国の王様は助平にきまっているから、後宮は美女三千。先生だってそうなれば、なにも、」

トメ子なんかに色目をつかわなくても、と云いかけたのだが、はっと気がついて口をもぐもぐさせた途端、そのトメ子が活潑な足どりで店に入ってきた。

テッちゃんはまるでたったいまトメ子の陰口をきいていたような後《うしろ》めたさを感じて、わざと大仰に、

「やあ、いらっしゃい。待人きたる。きょうはトメ子、いやに新鮮だな。」

「なに云ってんのよ。野菜を売りにきたようなこと云わないでよ。」

「実はきょうあたりトメ子があらわれるだろうと思って、さっきから先生とこうして待っていたんだ。ねえ、先生。」

「あら。先生、なにかご用がおありですか。」

「いやなに。元気らしいね。きみ、いまひまなの。」

とトメ子の顔を眩《まぶ》しそうに見て、うぶみたいに一寸はにかんで見せる。

「ええ。いま地方巡演でこんどはあたし役がないのでお留守番。先生、なにか内職ありませんか。その間、ただぶらぶらしているのも勿体《もったい》ないですから。」

「内職？」

「あたしなにも出来ないんですけど、若しあたしにでも出来るようなことがありましたら、心がけておいて下さいね。」

頼りにされてまんざらでもないらしく、なんとなく幸福そうな気分になって、顔の筋肉がゆるんでくる。

テッちゃんはそういう先生の様子を流し目で見ながら、

「内職と云えば、チンドン屋なんかはどうだい。」

「くちがあるの。」

「いや。たとえばという話だ。」

「あたしチンドン屋好きよ。子供のころから好きなの。あたしときどき、チエホフともゴーリキイともさよならして、いっそチンドン屋になろうかと思うことがあるの。なにか郷愁のようなものね。先生のご本の題名じゃないけれど、場末の憂愁。」

「ぼくといっしょにチンドン屋に転向するか。」

「だれが、テッちゃんなんかと。可笑《おか》しくて。」

「云ったな、こいつ。」

トメ子はそういうテッちゃんにむかって、

「一本頂戴よ。」

と煙草を無心して、輪にふかして、

「逢わない。ナベスキイにはご無沙汰している。いや、むこうがあらわれないんだ。」

「こないだ、あたしのところにあらわれたわ。」

「え、きみのうちにか。」

と先生は軀をのりだして、まるでナベさんがトメ子に求婚しに行った話でもきいたかのように胸をさわがせる。

「いいえ、稽古場に。」

と云って、一寸先生の顔を見る。稽古場にあらわれて困る人はほかにもいるといったような目つき。けれども、先生は自分に都合がわるいようなことにはさっぱり気がつかない。

「稽古場参観というわけか。」

とテッちゃんは探るような目つきをする。あるいはナベさん、トメ公に気まぐれを起したかなといったような気持。

「それが呆れちゃうの。なにしに来たのかと思ったら、カンパじゃないの。」

「へえ、トメ子にカンパを頼むようじゃ、ナベスキイもよくよく窮したな。」

「あら、あたしならかまわないわ。かまわないこともないけど。」

「それじゃ、トメ子個人にではなく、××座ご一同さまにか。」

「ええ。万遍なく帽子をまわして相当あつめて行ったわ。」

「いやはや。ナベスキイの資金カンパもついに××座の稽古場にまで発展したか。しかし、どこへ行ってもカンパ一本槍というのは旗幟《きし》鮮明でむしろ天晴《あっぱ》れだな。」

「だけど、××座とナベさんとどんな因縁があるんだ。」

と先生が疑問を提出する。

「どう致しまして、義理や因縁にこだわるようなナベスキイじゃありません。」

「それが可笑しいのよ。こんどの巡演にはゴーリキイの『母』を持っていったの。ナベさんたらこんなことを云うの。××座が『母』をとりあげた勇気に感服する。みなさんの成功を祈る。ゴーリキイもさぞかしですって。」

「ナベスキイはゴーリキイを自分の親戚ぐらいに錯覚しているんじゃないのか。『母』のおかげでうまくいったのはナベさんじゃないか。それこそゴーリキイもさぞかしだ。」

「いや、わが党ながらゴタ派は多士済済だな。」

と先生はみんなの顔を眺めまわす。

「さしずめ先生はゴタ派の副総裁。不肖テッちゃんは幹事長。」

とすかさずテッちゃんが調子をあわせる。

「それにしても、総裁はどうしたのよ。」

とトメ子がはじめてノリさんのいないことに気づいたような顔つきをする。

「また善さんがつかまったんで、ノリさんもらい下げに行ったんだ。」

「またなの。善さんたらしょうがないわね。まったく多士済済だわ。ねえ、テッちゃん。いまなにを撮っているの。」

「そんなスターにでも質問するようなことを云うなよ。残酷だよ。こないだは××の手をつとめたよ。」

「え、なんですって。」

「手だよ。××と○○が格闘して一挺のピストルを奪いあいするんだが、その手だけの大写しがあってね。」

「へえ、そんな手だけの吹替《ふきかえ》なんてこともあるの。」

「後姿なんてのはいい方だ。手だの足だの、わが身がはかなくなってくるです。ああ、ぼくは早くタイトルに名前が出るようになりたいです。」

はしなくもテッちゃんはその可憐な本音を吐く。これには先生もトメ子もひとしく憐憫の情を面にあらわした。

私が昼めしの時間がきたので、留守をたのんで近くの食堂へ行こうとすると、トメ子が腰をうかせて、

「あたしも一寸善さんのおかみさんのところへ行ってくるわ。」

「そうだ。かみさん心細がっているだろうから見舞ってやれ。女は女同士っていうからな。われわれもこれからバルバルへ行くから、よかったらあとで来なよ。」

「OK。」

店の近くに一六食堂という看板をかけた一膳飯屋がある。一六などというと、なにやら質屋の親戚みたいであるが、丁度その店のある一角が十六番地に当るところから思いついて、

それをそのまま屋号に転用したのである。かなり古い暖簾だそうである。ノリさんはめしはここですましていた。私も来てからは同じくである。ノリさんの店にはもちろん瓦斯《ガス》や水道の設備はあるのだが、ノリさんは自炊をすることを億劫がっていた。私もこの方が勝手であった。

めしをすまして店にかえると、先生の姿は見えず、テッちゃんひとりしょんぼりしていたが、

「あ、啓ちゃん、ゴタ派の戦士がまた一人倒れたぞ。モジさんが血を吐いて入院したんだ。病院からナベスキイがバルバルへ電話をかけてよこしたんだ。いまユキ坊が知らせにきてくれた。先生はさっそく病院へ行った。ぼくもこれから行く、病院は郭の先にある施療病院だ。くわしい様子はわからない。が、モジさん命には別条ないそうだ。ノリさんが帰ったらよろしく云ってくれ。」

テッちゃんは店を飛びだして行った。

私はこれは困ったことになったと思った。モジさんの身を心配したのではない。この分だとあるいは今夜は女に逢いにいくわけにはいかないかも知れぬという気がしたのである。モジさんも気がきかねえな、つまらぬときに血なんか吐いて。そのときの私の気持は、家内中でピクニックに出かけようという端《はな》に、大人達の事情でとりやめということになったのを恨んでだだをこねている少年のそれに似ていた。

ノリさんが帰ってこないので、善さんの方の首尾もわからない。そこへまたモジさんが入

院したということになると、ノリさんに女に逢いにいく金をたかるのもなんだか気がひける。私はやきもきいらいらしていたが、ふと自分の考えのあまりにも卑屈なのに気がついて、誰も見ているわけではなかったが、私はひとり赤面した。

これこそ居候根性ではないか。落語の若旦那の方が私よりどれほど高邁であるかわからない。村井長庵の芝居で、長庵宅の居候が玄関の拭き掃除をしながら愚痴をこぼす場面があったが、その居候の姿が憶い起されたり、またいまのさき店を飛びだして行ったテッちゃんの姿が、なんだか自分の中にあるなにかがそんな形態をとったようにも思われたり、ノリさんの顔色を窺いながら頭をかいている自分の恰好が目に浮かんだり、自分こそゴタの中のゴタではないかという気がしたり、……私は消ゴムで古本のよごれを落しながら、そんな思いをいくたびとなく反芻していた。そして結局は、自分は女に逢いにいくという自分の我だか都合だかを押しとおすことになるだろうと思っていた。

それにしても、ノリさんの帰りがおそい。時計の針が二時、三時と進んでも帰ってこない。その間、お客は大分あって、売上帳の成績はわるくない。

と、店の横手に自動車が横づけされて、ひとりの少女が降り立った。思わず見つめていると、少女は運転手に料金を支払ってから、つかつか店に入ってきた。

私の顔を直視して、

「わたし則武です。兄さんはおりますか。」

その声は、その云うところは、霹靂《へきれき》のごとく私にひびいた。

「え、ノリさんですか。」

「ええ。ノリさんはお留守ですか。」

少女は笑った。

「あなたはノリさんの、」

「妹です。」

提げていたスーツケースを上框に置くと、本棚の前をぶらぶらしながら、

「相変らず煤《すす》けているわね。あすこの蜘蛛の巣、わたし見覚えがあるわよ。ロンドンのユーストン街にこの店によく似た古本屋があったんですって。その店でギッシングがなけなしの財布の底をはたいてギボンを買ったんですって。あんた、ギボンを読んだ？　わたしも読まないわ。この場末はロンドンのトトナム・コート街かチェルシー辺てとこね。そうして、あんたは詩人の卵なんでしょ。ちゃんと顔にかいてあるわ。あんたはなんてお名前。わたしは早苗。啓吉、いい名前だわ。啓示《レヴィレエイション》の啓ね。啓吉、啓吉。だめねえ。黙っていては。はい、ぼくはここにいますって返事をしなくては。はい、ぼくはここにいます。一切はそこから始まるのよ。人が神を求めているのではなくて、神が人を求めているのよ。そうして、神がつねに求めている人は凡《およ》そ懦夫《だふ》の中の懦夫なんですって。自己推薦はきかないってわけね。ちょっと殺し文句みたいね。この話、わたしは学院のQ教授からきいたの。Q先生は一寸した男ぶりよ。まるでルーテル先生みたいに鬱然としているの。講義に夢中になると、椅子をがたがたいわせたり、鼻くそをほじくったり、それはたいへんなのよ。礼拝のときにお祈り

する声がまた荘重そのもので、あの声をきいたら誰だって震撼してしまうし、神様だってお耳を傾けたくなると思うわ。わたし達の寄宿舎のS舎監はQ先生に神聖なる恐怖を感じているの。Q先生の著作の伝道用のパンフレットを始めから終りまで全部暗記しているんですって。校庭でQ先生とすれちがったりすると、四十八歳の老嬢が軀をかたくしてはにかんでしまうのよ。まるでお気の毒を絵に描いたみたい。わたしの学校はR市のF学院よ。わたしはそこの三年生。いまは夏休み。わたしはこれから北海道へ行くの。なんだかふと行ってみたくなったの。途中下車して、ここには四、五日いるつもり。べつに用なんかないわ。毎日出歩いておいしいものを沢山食べる。用と云えば、それが用のようなもの。わたし一寸お風呂に行ってくるわ。兄さんが帰ったら、よろしく。」

私は思わぬ伏兵に出逢ったような気がした。ノリさんに妹がいて、而《しか》も突然この場にあらわれようとは。

ようやくノリさんが帰ってきた。いかにも疲れてがっかりした様子。スーツケースに目をとめて、

「ふうん。早苗がきたのか。」

「北海道へ行くとか。」

「こんどは北海道か。あいつは学期休みになると、あちこち飛び廻っているんだ。」

「善さんの首尾はどうでした。モジさんが入院したそうですよ。」

「それも聞いた。いまバルバルに寄ってきたんだ。善さんは別荘行だ。いや、二十日間の労

役に服するだけだ。それも罰金を納めればなんのことはないのだが、こんどはかみさんが覚悟をきめているんだ。この際、罰金の金を都合してやるのは反って古川の身のためにならない、こうかみさんが云うんだ。警察のかえりにかみさんのとこへ寄ってきたんだがね。なんでもトメ子がきて、トメ子ともいろいろ話しあったそうだ。みなさんのご親切は有難いが、古川は世の中に甘えているのです。自分で自分の身の償いをしなければ、目がさめません。とまあ、これはかみさんの口上だがね。」

「モジさんはどうしたんですか。」

「この方もたいしたことはないそうだ。一月ばかり入院すればいいという話。昨夜おそくナベスキイが遊郭の近くを歩いていると、屋台の焼とり屋でモジさんが呑んでいて、呼び込まれて二人で呑んでいるうちに、モジさんの癖がはじまって、鉛筆を画用紙に走らせたやつをれいによってほかの客にしつこく押しつけたのが、相手がその辺の遊人だったらしくて、モジさん擲《なぐ》られて怪我をした。ナベスキイが病院へ担ぎ込んで三針か四針縫った。怪我の方はたいしたことはなかったのだが、そこでモジさん血を吐いてしまった。胃潰瘍が相当進行していて、手術をするほどではないが、しばらくは養生しなければならぬとあって、そこで入院というわけ。当分、ナベスキイが泊り込みで世話をみるそうだ。バルバルのマダムもユキ坊もひまをみて見舞いに行ってくれるという。まあ、善さんもモジさんも二人共に、禍《わざわい》転じて福と成ってくれればそれに越したことはないがね。ところで啓ちゃん、きみ辛抱がつづくね。」

「え。」

「今夜あたり彼女に逢ってきたらどうだ。あまり気がなさそうだな。」

さっきまで渇望していたものが、私の胸中からはきれいに払底していた。女は私のことを薄情者かも知れないと云ったけれど、それはこのへんのことを指して云うのだろうか。

早苗さんが帰ってきた。

「おい、早苗。途中下車はいいが、ここにいる間、皿小鉢の音をさせてくれるな。」

「ふん。相変らず一六食堂で露命をつないでいるんでしょ。わたしは明日から東奔西走食べあるきに忙しいのよ。おさんどんなんかしているひまはありませんから。いい加減に降参しておかみさんを貰えばいいのに。」

「こいつ。」

これが久しぶりに顔をあわせた兄妹の最初のやりとりであった。

翌日から早苗さんは朝のうちから出かけて店を仕舞う頃に帰ってきた。

「きょうはなにを食べてきたの。」

「ウナギにテンプラに中華料理。」

ゴタ派の連中も相変らずやってきた。連中のあいだには、善さんが無事につとめを終え、モジさんが退院して、全員顔がそろったところで、先生の本の出版のお祝いと二人の再起を激励する会をやろうではないかという話が出て、またこの際、ゴタ派の機関誌を出そうという企画も生れ、誌名は全員一致で「ゴタ派」ときまり、顔をあわせれば、いつ実現するともわからない雑誌の話に花が咲いた。

けれども、私はそんな話には一向に疎い気持であった。私の心を占めていたものは、ただ一つのことであった。それは店を仕舞ってから、早苗さんを先生にして自転車乗りの練習をすることであった。

「まあ、呆れた。自転車に乗れないなんて、いまどきそんな人がいるの。わたしが教えてあげるから練習しなさい。」

「ぼくは駄目なんだ。」

「駄目か駄目でないか、やってみなくちゃわからないじゃないの。」

店を仕舞ってから、私達は人通りの絶えた往来を自転車を走らせた。

早苗さんは鞭を手にしてはいなかったけれど、私には目に見えない彼女の鞭が感じられた。けれども、私はさっぱり上達しなかった。

早苗さんが北海道へ行くという前の晩、早苗さんは私を自転車の後に乗せて、夜の往来を走った。

そのとき、私は私をさがし求める声をきいた。

「啓ちゃん、啓ちゃん。」

「ぼくはここにいるよ。」

「明日《あした》、七時に駅に来て。」

「え。」

「わたしといっしょに北海道へ行きましょう。」

その声は天啓のように私にひびいた。

啓吉

啓吉の父親は啓吉が十二のときに死んだ。そのとき父親は五十を一つ二つ越していた。晩婚で夫婦のあいだには啓吉のほかに子供はなかった。母親は父親より十三とししたであった。父親の死後一年あまりで母親も父親のあとを追うようにして死んだ。

父親は年よりはずっとふけ込んでいて六十の坂を越しているように見えた。父親の顔には蜘蛛の巣を見るような皺があった。眉間には深く縦皺が刻まれていた。後年、「眉間に縦皺があるのは悪党の相好だ。」と人が話しているのをきいたとき、啓吉は父親の顔を思い出した。目の性がわるく黄色の色眼鏡をかけていて、その眼鏡の奥にある目はいつも充血していて、なにかに追われているような落着のない目つきをしていた。

父親にはこれと定まる職業はなかった。まるで綱渡りでもするように、いろんなことをそのとき次第でやっていたらしい。金貸の番頭、三百代言、書画骨董の仲買人、またあるときは野師の仲間入りをしていたこともあったようである。

父親と母親と啓吉との三人暮しであったが、暮向はらくではなかった。母親が掛取《かけとり》に支払のいいわけをしているのを啓吉はよく見かけた。いよいよとなると、父親はどこからか金を掻きあつめてきた。

家には父親同様中途半端な世渡りをしているいかがわしい連中がいわば同臭相寄るようにしょっちゅう押しかけてきた。父親はそういう連中を相手に酒を呑んだ。父親はアルコール中毒とまではいかないが、たいへんな呑んべえであった。十日も二十日も家を留守にしていることもあれば、行場《ゆきば》のないような手合《てあい》を連れてきてしばらく同居させて置いたりした。父親はそういう連中のことを、「おれには連中のあのインチキ臭さがなんとも堪《こた》えられないんだ。あの臭《におい》を嗅ぐと軀《からだ》がぞくぞくしてくる。いわばおれの気つけ薬のようなものだ。どいつもこいつもいい人相をしているじゃないか。」と自分の顔のことは棚に上げて、「みんな額に三角の巾《きれ》をつけていないだけの話だ。おれは真人間よりはああいう連中とつきあっている方が面白い。世の中にはああいう亡者共の目に見えない連盟のようなものがある。やつらが互いに同類を確認するときには、そのしるしにぼっと青い火を燃やして見せるそうだ。云ってみれば、おれはその連盟の顧問のようなものだ。」と云っていた。

母親は父親の酒のことを、「ほかに楽しみのない人だから。」と云っていた。「お前をつれてお父つぁんと別れようと思ったこともあった。」と啓吉に云ったこともある。

夜おそくふと目をさまして、薄暗い電燈の下で母親に給仕をしてもらいながら父親が茶漬を食べているのを、啓吉は見たことがある。また、赤い顔をした父親が母親の膝枕をして白毛を抜いてもらっているのを見たこともある。これらは両親《ふたおや》の死後、折にふれてふと啓吉の記憶に甦る光景であった。

啓吉は自分の家の貧しさを子供心に不足に思ったことはなかった。また、格別そのために肩身のせまい思いをしたという記憶もない。ひとつは啓吉の家のある界隈はどこも似たり寄ったりの貧乏所帯であったから。

用達に行く母親と連立って出かけ、帰りにいっしょに汁粉屋に寄る。縁日には小遣をもらって夜店で月遅れの少年雑誌を買う。たまに映画を見にいく、そんなことで結構啓吉の心はみたされていた。

啓吉は学校でも家の近所でも遊び仲間から名前は呼ばれずに、「クロちゃん。」とよばれた。啓吉が並はずれて色が黒かったからである。啓吉にはまた人目につく特徴がほかにもあった。啓吉の頭は見た目にいかにも小さくてそうして少しくいびつであった。また啓吉の臑《すね》はいかにも細くてそうしてまるで脹脛《ふくらはぎ》がないみたいであった。それは人間の脚というよりはテーブルの脚に彷彿としていた。見た目にいかにもすぐポキッといきそうな感じがした。長じてから啓吉自身、「これじゃ、誰だって、ちょっと蹴とばしてみたくなるだろうな。」と思わずにはいられなかったものである。啓吉には自分の色の黒さはそれほど気にならなかった。それよりも軀の貧相の方がいやであった。友達から侮られる原因もそこにあるように思われた。それ若《も》しも自分が容子よく生れついていたならば、たとえ自分が色黒であったとしても、誰もそうは呼ばなかったろうという気がしたのである。けれども、啓吉はそういうことを強く気にするたちではなかった。友達からクロちゃんと呼ばれることにもいつか慣れてしまっていた。また友達の方にしても、それほど啓吉を賤しめる気持があったわけではなかった。

啓吉の色黒は父親に似たのであった。母親は色白の方であった。

父親は啓吉のことは殆《ほと》んどかまいつけなかった。啓吉がいたずら描きを覚えそめた頃、花や小鳥の絵を描いて見せてくれたことがあった。父親は若いころ絵描きになりたかったらしいが、天分も乏しいうえに山気《やまぎ》が多く、一途な心に欠けていた。

母親は啓吉にむかってよく云った。「お前はお父つぁんとちがって素直な性質だから、地道にやっておくれ。あまり愛想のある方じゃないから、商売《あきない》はむかないだろう。なにか手に職を覚えるのがいい。貧乏は仕方がないよ。おっ母さんは決してらくをしたいとは思わないから。」

ある夜更けに、父親は泥酔して帰ってきたが、明けがたに胃から吐血した。二日ほど床についてそのまま果《はか》なくなった。

父親の死後、母親は手内職で生計を立てていたが、過労がもとで死んだ。

啓吉には両親のほかに身寄はなかった。縁つづきの者がなかったわけでもないだろうが、ながいあいだ音信不通になっていた。

母親に死なれて独りになって、啓吉は世の中が昨日《きのう》とはいっぺんに変ってしまったことを感じた。母親がいないということがどんなものだかをはじめて知った。これまでは一切が母親の庇護のもとにあったのだということを悟った。

父親の仲間の中に、古着の行商をしている男がいた。新吉という名で、年頃は二十七、八でまだ独りものであった。父親のもとに来る頃から、新吉にはなんということもなく啓吉のことを不憫がっている様子が見えた。袂《たもと》から菓子包をとりだして啓吉の懐《ふところ》に押し込んでくれたりした。父親の死後も、新吉はたまに思い出したように、安否を問いに顔を見せた。母親の死後、新吉に啓吉は引取られた。

新吉の商売は田舎廻りが多かった。新吉に連れられて啓吉は東京の周辺の町々をあちこち歩いた。新吉は古着を入れた風呂敷包を肩から吊り下げ、啓吉も小さな包を背中に背負《しょい》込んだ。

新吉と共に暮らした期間は半年あまりであったが、後になっても、啓吉にはその間《あいだ》のことが懐かしく思われた。新吉は啓吉にはやさしかったし、また啓吉も子供心に新吉を好きになっていた。

新吉も酒好きであった。新吉は啓吉ひとりを宿に残して、よく呑みに出かけた。啓吉ははじめはひとりにされると心細かったが、すぐ慣れて、その間を少年雑誌を読んだりして過ごした。新吉は啓吉がひとり先に寝床にもぐり込み寝入った時分に帰ってきた。ふと目をさまし、となりの寝床に新吉が赤い顔をして鼾《いびき》をかいているのを見ることがよくあった。

水郷のある町でのこと、たまたま其処《そこ》にかかっていた小芝居を共に見たあとで、新吉はめずらしく啓吉を連れたまま呑み屋の暖簾をくぐった。新吉としてはすぐ切上げるつもりだったらしいが、呑みはじめたら尻が重くなってしまった。そのうち、客の一人が啓吉を見かけて、「クロンボ。」と云ってからかった。新吉はふだんは温和《おとな》しかったが、酒がはいると喧嘩早く短気なところがあった。新吉はやにわに目の前にある銚子を摑むと、相手に投げつけていた。すぐ留められて大事《おおごと》にはならなかったが、啓吉は恐しい気がした。新吉のうちに常軌を逸したもののあることを、子供心に感じたのであった。

新吉がそこを定宿にしている宿の女主人は、新吉の話をきいて云った。「酒を吞むのはいいが、短気を抑えないことには、とんだことになりますよ。お前さんの命とりになるかも知れない。」

東京に帰ってきて、二階借りの生活をしながら、場末の三業地などを歩いて商売をしていたときのことであった。ある夜、新吉は不慮の死に遭遇した。

その日、新吉は自分ひとりで荷を担いで商売に出かけたが、仕舞ってから吞み屋に寄り、夜おそく帰ってくる途上で惨死した。誰とも知れぬ者のために、背後から刺し殺されたのである。死体のかたわらには商売の荷が遺棄されてあった。誰の仕業かはついにわからなかった。啓吉の父親に云わすれば、いずれはどこやらの亡者の仕業でしかないと云うだろう。背後から襲うということが、亡者の常套手段なのかも知れない。

新吉に死なれてから、啓吉にはわかったことがあった。新吉が啓吉の面倒をみたのは、単に啓吉を不憫に思ったからだけではなくて、新吉自身、啓吉に求めるものがあったのだ。

新吉の死後、啓吉は自分で身の振り方をつけた。ある印刷屋の表《おもて》に徒弟入用の貼紙がしてあるのを見かけて、当ってみたところ、そこに住込むことが出来たのである。手に職を覚えるのがいい、と云った母親の言葉が、啓吉の念頭にあったのである。

印刷屋の主人は、啓吉が孤児でほかに身寄もなく、また身許引受人もいないことを知ると、難色を見せたが、ふと思い返したように、「まあ、いてみろ。」と云った。

主人は年頃は三十二、三であったが、まだ鰥《やもめ》で、二十三、四になる妹がいた。使用人には、新規に雇われた啓吉のほかには、主人の妹と同年配の若い男が一人いるだけで、これが主人の助手をつとめていた。

この店でも、啓吉は名前は呼ばれずに、「クロちゃん。」とよばれた。「クロ。」と突慳貪《つっけんどん》に呼ばれたりした。

兄貴分にあたる若い男は（清吉といったが）、初手から啓吉に対してあくどく当った。清吉はしゃくれたような顔つきをしていたが、色白で軀つきなども華奢《きゃしゃ》で優男《やさおとこ》にはちがいなく、自分の色白なことに自信を持っている彼としては、自分とは対照的な啓吉に対しては、その自信を増長させずにはいられなかったようである。清吉は啓吉の蚊細い臑にも目をつけて、「擂粉木《すりこぎ》。」とか「野球のバット。」とか云って嘲笑した。

清吉はおしゃれであった。いつも、香水だかクリームだかの匂いをぷんぷんさせていた。ときどき思い出したように、両掌で顔の皮膚を強く摩擦するしぐさをした。清吉にとっては、これも一種の美容法なのかも知れなかった。よそめにはなにか猫の化粧でも見るようで、いやな気がした。

啓吉にはなによりも清吉の目つきがいやであった。その目にはいつもひとを嘲笑しているような、また、ひとの不幸をたのしんでいるような意地の悪い光があった。

主人の妹は、君枝という名前であった。いくぶん斜視の鋭い目つきをしている、ずんぐりした軀つきの女であった。さすがに君枝ははじめは啓吉のことをまともに呼んでいたが、そのうち清吉に同調するようになった。どうやら、君枝には清吉に気に入られたいようなふしが見えた。啓吉に対して清吉の肩を持つことで、清吉の機嫌をとるようなところが君枝にはあった。

主人は淡泊な人柄で、啓吉のことを「クロちゃん。」と呼ぶ口振りにも、こだわりや底意は感じられなかった。働き者で、小金は溜めているようであった。川一つ越した処にある遊郭に馴染の女がいて、たまに家を明けることもあった。

来た当座、啓吉は使い走りばかりしていた。そのうち、主人や清吉から仕込まれて少しずつ仕事を覚えて行った。案外、啓吉は早く役に立つようになった。自分でも思いがけなかったし、主人や清吉も案外な顔をした。

はじめて自分の手でパン屋の広告ビラを刷り上げたとき、そんな小さな仕事の成就が、啓吉には云いようもなく嬉しかった。

主人が用達に出かけた後、仕事場に清吉と二人だけになることが、啓吉にはいやであった。そんなとき、啓吉は自分を猫のまえにいる鼠のようにも感じるのであった。

主人がいなくなると、とたんに清吉がにやりと笑うような気さえ、啓吉にはされるのであった。

君枝も顔を出して、二人から嬲者《なぶりもの》にされることもある。

清吉は君枝が自分に気のあることを承知していて、君枝に対してもお高くとまっているようなところがあった。

めしの菜《さい》が鹿尾菜《ひじき》の煮もののときには、清吉の皿には油揚が山盛り、啓吉の皿にはひじきだけ。

啓吉は何度この家を飛び出そうと思ったか知れなかった。そのつど啓吉を引き留めたものは、死んだ母親の云う、手に職を覚えることへの未練であった。

ある日、啓吉は二階にある自分達の部屋に上って行ったとき、清吉が頭髪を掻き揚げて、頭の横っちょを手鏡に映しているのを見かけた。清吉は啓吉が来たのに気づくと、すぐ何気なく装ったが、一瞬、恐しい目つきをして啓吉の顔を睨みつけた。

「お前は盗人《ぬすっと》みたいだな。てんで跫音がしないじゃないか。」

そんな捨台詞を吐いて、清吉は階下に下りて行った。

啓吉は見てしまったのだ。清吉の頭の横っちょに一銭銅貨大の禿《はげ》があることを。清吉がふだん頭髪を長目にのばし丁寧に撫附けていたのも、大方はその禿を隠すためであったのだろう。

そのことがあってから、清吉の啓吉に対する仕打は一層意地悪くなり、また、清吉が啓吉を見る目には狐疑の色が浮かぶようになった。果して啓吉に見られたかどうか、そこのところが清吉にも判然としなかったのだ。啓吉は素知らぬ顔をしていたから。あいつは何も気づきはしなかったのだ、……そう願う心の動くのは、清吉としては止むを得なかった。清吉のような色男ぶった男の頭にそんな禿があろうとは。それは当人が隠しているだけに、いわば気の毒を絵に描いて見せられたような感がした。啓吉の心に清吉を侮る気持が起きたのも、これも亦《また》止むを得なかった。

けれども、啓吉はそのことで清吉に対して得意な気持にはならなかった。相手に対して気持の上で優位に立って振舞うには、啓吉はまだ幼なかった。それに、もともと啓吉はそういう性質ではなかった。見なければよかったと啓吉は思った。他人の秘密などは知らない方がいい。

その後、清吉は相変らず啓吉のことを「クロ。」と呼ぶことは止めなかったが、贏のことで啓吉を嘲弄する言葉を吐くことは控えるようになった。清吉としては用心をしたのかも知れない。君枝などのいる前で、啓吉からどんな反撃をされるか知れたものではない。冗談話の途中で、不意に清吉は表情をこわばらせて、険しい目つきをして啓吉の顔色を窺ったりした。

それは啓吉がこの店に雇われてから一年あまり立った、ある日のことであった。そうしてその日が啓吉にとっては、この店にいる最後の日になったのだが。

主人は外出していた。

君枝が仕事場にはいってきて、茶と菓子をのせた盆を片隅にあるテーブルの上に置くと、植字をしている清吉のかたわらに行った。清吉はもうしばらくで一句切つくらしかった。君枝は啓吉の方には声をかけようともしないで、清吉は仕事の手を休めずに、二人はお喋りをはじめた。

啓吉は文選をしていた。丁度一箱いっぱいにしたところで、仕事の句切はよかったが、自分ひとり先には休みにくかった。一年にもなるのに、啓吉の心からはそんな遠慮がとれなかった。啓吉は新しい箱をとりあげて、また活字を拾いはじめた。啓吉のいるところからは二人の姿は見えない。けれども、話声はきこえてくる。

いつか話は啓吉の噂になっていた。

「もう一年にもなるのに、まるで気持がついて来ないじゃないの。」「まだ見習のつもりでいるんじゃないかな。」「どうして、ああなのかしら。」「孤児院の餓鬼みたいだな。」

啓吉の活字を拾う速度が乱れた。「お前は愛想のある子じゃないから。」死んだ母親の言葉だ。他人ばかりは責められない。非は自分にもある。ほんとうだ、どうしておれはこんなふうなのだろう。それにしても、お前達がもう少し打ちとけてくれたなら、おれだって。

「あれで、もう色気づいているのよ。」「その方は一人前か。」「親爺さんはなんでも三百代言。」「いや、高利貸の手代だという話だ。」「お袋さんは。」「いずれ、川向うにご親戚の大勢いるくちだろう。」「まさか。」

君枝のしのび笑いがきこえた。

啓吉は手にしていた箱を床に叩きつけると、二人の前にとび出した。テーブルの上に切出が投げだしてあるのがふと目にとまり、啓吉はそれを摑むと、呆気にとられている二人に向って接近した。君枝は逃げた。清吉はそれでも啓吉の手にとりついて、切出をもぎとろうとした。啓吉は清吉を突き離して、十六歳の渾身の力を込めて、切出を突き出した。手応えはあり、清吉の右の耳の下から血が吹きだし、悲鳴と共に仰のけざまに倒れた清吉の目に恐怖の色がひろがった。

警察の取調に対して、啓吉はなにも隠さず、また云い繕いもしなかった。

啓吉は自分のやったことを後悔はしなかった。

ただ、そのときの恐怖でいっぱいになった清吉の目が、しばらくは啓吉の目さきにちらついて離れなかった。

紙幣の話

……私が世の中に出たのはそんなに遠い昔のことでもないのですが、いきなりいろんな人の手から手に渡って、次から次とさまざまな人の心や世間の有様を見てきたせいか、みじかい間にひどく老け込んでしまったような気もしています。ごらんの通り私は皺くちゃです。私は人間ならば、さしずめ生活にくたびれた中婆さんのような見かけをしていることでしょう。申しおくれましたが、私は一五六六三八号の百円紙幣です。どうぞ皺のばしして私をとくと見てやって下さい。ほかの仲間と同じように私の表にも、あの柔和なお顔をした聖徳太子さまの肖像がついております。決してニセモノではありませんから、若《も》しも御縁があって私が誰方《どなた》かのお手許に渡った場合には、安心して御使用下さい。

私は千円紙幣や五百円紙幣などと違って生れが生れですからこれまで、あまり上流階級の人の手に渡ったことは少くて、どちらかと云えば貧しい不足がちな暮しをしている人たちの家庭ばかりを見てきました。ひどい貧困の場面に行逢わせて吐胸をつかれた覚えもございます。いつか私の身と心には貧しい人たちの暮しの明暗が沁みついてしまいました。ですから私がこんな口をきいても可笑《おか》しいことはないと思うのですが。「私はつい縁遠くてお金持の生活のよさは少しも知らないけれど、貧乏ぐらしのよさは、それこそ身に沁みて知っています」なにか私が自慢でもしているように聞えると困るのですが。この世の中で美しいものと云ったら、なんでしょうね。よくはわかりませんが、私には貧しい人たちの暮しの中には、そういうものが見つかるように思われるのです。

この世の中に生きて歳月を重ねるということはふしぎなことですわね。私の身のうちには、いつかある特定の人や物への未練や執着ではなしに、いわば世の中そのものに対する熱い絆のようなものが出来てしまいました。数ならぬ身とな思いそ。私の寿命が尽きてこの世の勤めを終えるとき、私はきっと強く後髪をひかれることでしょう。

私が大勢の仲間と一緒に銀行の窓口から初めて世の中へ出て行ったときはただもう無我夢中で、先になにが待ちもうけているものやら行末どうなることやらわけもわからず、しばらくはまるで家出娘が都会の門口で途方に暮れているような有様でした。三日経ったのか五日になるのか、それとももう一月も経過してしまったのか、私にはその間が一つの長い瞬間のように思われました。私がやっとすこし人心地をとり戻してわが身をかえりみることが出来たのは、ある日雇労務者の家庭に連れて行かれたときのことでした。その人が一日の労働の報酬として得たものの中に、私もまじっていたのです。

父親、母親、それに小学校の四年生位の女の子の三人暮しでした。他人の家の一隅を借りた四畳半ひと間がその人達の家庭でしたが、貧しさだけがもたらすことの出来るような幸せが家族の人達の間に見られました。その人の暮しが貧しいということは、その人が柔和な心の持主だという証拠ではないでしょうか。

夕御飯を食べながら、女の子が云いました。

「お父さん。海へ連れて行って頂戴」

父親と母親は顔を見合わせました。

「そのうちにね」と母親が云いました。

女の子はつまらなさそうな顔をしました。夏休みになってからいちど海へ行きたくてしょうがなかったのでしょう。父親もきっと約束したのでしょうが。けれども貧しい人達の間では、わが子に対する小さな約束の一つでさえ、なかなか果たせないものなのでしょう。

「よし。こんどの日曜日に皆んなで行こう」

と父親が云いました。

「まあ、うれしい」

女の子の目が喜びでいっぱいになりました。

「よかったわねえ」と母親も笑顔を見せました。

「おい。西瓜が大分安くなったようじゃないか。一つ奢ろうか」と父親が云いました。

やがて女の子は私を持って八百屋へお使いに行きました。西瓜を買いに行ったのです。八百屋のおかみさんは店さきに並べてある西瓜を一つ二つ手に取って、はたいてみて、「これがよく熟していますよ」と云って、いい格好をした手頃なのを女の子に択んでやりました。一つ六十円の西瓜でした。女の子はおかみさんの手に私を渡して、代りに西瓜と釣銭の拾円紙幣四枚を受取って帰って行きました。その女の子のうれしそうな後姿を見送って私は、——私も生活したい。いろんなことを知りたい。折角世の中へ出てきたのだから。私のようなものでも、世の中の人のお役に立てるかしら。小雀ほどの心臓をどきどきさせながら、そんなことを思いました。

ある靴屋の話

兼吉《かねきち》は靴屋である。靴屋と云っても、わずか一坪にも満たない小さな床店を借りて、主として修繕もので生計を立てている、しがない職人である。年は四十になるが、まだ独りものである。顔にすこし痘痕《あばた》のあとが見える。身寄りもたよりもない。この小さな町に来て、かれこれ六、七年になるが、いまの場所に店をあけてから、来る日も来る月も、靴底を叩いていたり、縫針を動かしていたりする、同じような兼吉の姿が見られるばかりで、この小さな靴屋の店にはすこしも変化が見られなかった。

住居もまた、ある路地の奥の、四畳半と二畳という二間の小さい家に寝起きして、さらに動こうともしなかった。酒はすこしは飲んだが、煙草はまるでやらなかった。人柄は堅い方で、女遊びなどもしないようである。誰に迷惑をかけたとか、どこそこに借金が出来たとかいう噂も聞かない。さりとて、貯えの出来た様子も見えない。一日の仕事が終ると、銭湯に行き、三日に一度は酒を飲んだが、それも呑み屋へ出かけて行くことは殆《ほとん》どなく、酒屋で二合鑵に詰めてもらって、家に持ち帰って独りでやっていた。

「綺麗な姐さんのお酌でやる方がうまいだろうに。」

と人から云われると、

「わたしはああいう場所はどうも恐くてね。」

と兼吉は云った。

兼吉にはこの町でとくに親しいつきあい仲間というものもなかった。そしてそのことを格別寂しがっているような様子も見られなかった。兼吉が他人に雑《まじ》る場所は、町の映画館であった。夜おそく、映画館の人込みの中にいる彼の姿がよく見うけられた。画面を見ながら、目に涙を浮べていることもあった。

「兼さんは、なにかね。やっぱり酒を飲んでいるときが、いちばんたのしいだろうね。」

と人から訊かれて、

「いいえ。仕事をしているときが、いちばんいいね。」と兼吉は真顔で答えた。

兼吉は仕事は遅い方で、とりわけて手際のいい方でもなかったが、丁寧でなんとなく心が籠っていた。わずかではあるが、店についたお得意もあるわけであった。

秋のお祭りが過ぎた或る日、この町内の世話役をしている、丸三《まるさん》という金物屋の主人が、自分の息子の学生靴の修繕を頼みに兼吉の店に寄った。丸三の主人は、ふだんとくに兼吉を贔屓《ひいき》にしてくれるお得意であった。兼吉はその人の顔を見て、云いにくそうに口をもぐもぐさせていたが、やがて、こんなことを云った。

「ねえ、旦那。誰かわたしの女房になってくれるような女はいないもんですかねえ。わたしもこの頃、なんて云うか、まあ人なみに身を固めたいというような気持になりましてね。牛は牛連れなんてことを云いますから、わたしのようなものでも、まんざら不釣合でもない縁がないわけでもあるまいって気が致しますものですから。」

「そうか。お前さんもようやくそんな気持になったかね。それは結構だ。なに、かみさんのなりてなら、箒で掃くほどある。」

丸三の主人はそんな軽い調子でうけこたえをしたが、こないだの祭りの日に、町内の娘たちに酔って冗談を云ったときのことを思い出した。そのとき人に雑《まじ》って踊屋台を見ていた兼吉の姿を指さして傍らにいた娘たちをかえりみて、彼女たちの配偶者として兼吉のことを話題にしたら、娘たちは異口同音に、

「まあ、ひどい。」

と云った。そして娘たちはてんでに、兼吉は店で仕事をしながら、独りなにやらぶつぶつ呟く癖があるとか、道を歩きながらにやにや薄笑いをしていて、まるで馬鹿みたいだというようなことを云った。丸三の主人としても、もとより兼吉が娘たちに好かれる男には思えなかったのである。

その日、兼吉は丸三の主人に、実は十五年ばかり前に一度世帯を持ったことがあるが、半月で女に逃げられたという打明け話をした。

「わたしはその女を、すこしも憎んでも恨んでもいません。いっしょに暮していたら、きっ

と肩身のせまい思いをさせていたに違いないんですから。ねえ、旦那。わたしはこんな痘痕づらですし、またごらんの通りのしがない身の上ですから、まあ旦那の気持で、そんなに不釣合でないとお思いになる縁があったら世話して下さい。気だてさえ邪慳な女でなければ、ええ、すこしは薄ぼんやりでもかまいません。なにしろ、こちらがこんな愚図なんですから。」

それから三月ばかりたって、兼吉は丸三の主人の世話で、世帯を持った。路地の奥の小さい家で、形ばかりの祝言のまねごとをした。けれども驚いたことは、既に花嫁が大きなおなかをかかえていたことである。

丸三の主人には、兼吉から話をきいたとき、その場では口に出さなかったが、ふと念頭に浮んだことがあった。それは、ここから二駅隔てている町で、やはり金物屋を経営している彼の弟の許で、かつて下婢をしていた女のことであった。田舎出のおとなしい性質で、よく働いたが、すこし薄ぼんやりで、界隈の与太者にそそのかされて、店を暇どり、男と同棲しておでん屋の下働きなどをしていたが、彼女が身重になったことを知ると、男は行方をくらました。彼女は五月《いつつき》の腹を抱えて、日雇労働に出たりしていた。彼女が金物屋の店で働いていたころ、丸三の主人は彼女を見て、「この女はよほどお心よしだ」と思ったものであった。兼吉の話をききながら、彼女の腹が大きいのは不都合だが、若《も》しかしたら、この二人はうまく行くかも知れない、兼吉自身が云ったように、牛は牛連れ、そんなものかも知れないと、丸三の主人はふと思ったのである。

その後四、五日してから、話を持ち出したところ、兼吉はちょっと思案していたが、先方さえ来る気持があるならば、こちらは世話をしてもらいたいと云った。こうしてお茂は兼吉の許に来ることになったのである。このことでは、お茂の決心よりは、兼吉の分別如何《いかん》の方が問題であった。ただお茂は、身二つになってから行きたいと云ったが、兼吉もまた仲人の丸三の主人も、事が早く運ぶことを望んだ。兼吉には大きいおなかをした嫁をもらったことを気にかけているような様子はすこしも見られなかった。お茂は二十七であったが、兼吉とそんなに不釣合には見えなかった。お茂のおなかの子は順調に発育しているようであった。お茂はときどき兼吉に胎動のことを訴えた。兼吉は気づかわしそうにお茂を見た。

「男の子だろうかね？　女の子だろうかね？」

お茂に向って、そんな口をきく兼吉はお茂のおなかの子を、まるで自分のたねのように思い込んでいるかのようであった。

また、それに対して応えているお茂の言葉もはらの子を、二人の仲の子供のように思い做《な》しているかのようであった。

「あんたは男の子が欲しいの？　それとも女の子が欲しいの？」

二月ばかりたって、春風が吹くようになった頃、お茂は赤ん坊を産んだ。くりくりした目の可愛い男の子であった。お茂が産褥にある間は、隣家の、宝くじ売りをしているおかみさんが、毎日赤ん坊にお湯を使わせてくれた。健康なお茂はまもなく恢復した。

ある晩、丸三の主人が銭湯に出かけると、道で、兼吉が背に赤ん坊を負って、お茂と連れ立って湯から帰って来るのに出逢った。その親子の姿を見て、丸三の主人はなんとつかず感心した。自分がまとめてやったようなものだが、けれども、自分にはこの兼吉の真似はとても出来ないと思ったのである。

紅いサンダル

私達がこの武蔵野町に移ってきてから、早いもので、もう二年になります。主人はこの町の小学校に奉職しております。ここにきて間もなく、私に子供ができました。結婚してから、三年目でした。女の子です。まさ子と名づけました。まさ子はいま、丁度、一年と二ヶ月になります。三月目で亡くしたとか、半年目でふとした風邪がもとでとかいう話をきくと、どうやら無事に育ってきた、わが子の顔を見て、ほっといたします。子供は授かりものだと云いますが、ほんとに、みんな神様のおかげだという気がいたします。

私達はある家の玄関脇の四畳半の部屋を借りて暮しています。主人の俸給は決して多くはありませんが、それでも、親子三人きりの所帯ですから、まあどうにかやってゆけます。不足は云えませんわ。慾を云えば切りがありませんもの。それでも、私が取越し苦労をして、女らしい愚痴をもらしますと、主人は無造作に、「暮してゆければいいさ。」と申します。可《お》笑《か》しなもので、そう云われると、私もなにか心丈夫な気がいたします。主人は職務には熱心なたちで、学校へ行って、教え子たちの顔を見ると、乏しい俸給のことも、忘れてしまうようです。

私達が間借りしている家の主《あるじ》は、年寄の女の人で、もう大分まえに連合いに先立たれ、ひとり娘が嫁いだ先には、大きい孫もあるのですが、婿の世話にはならず、他人に部屋貸しをして、自分ひとり暮しているのです。気丈な、けれども、やさしい、そして思いやりのある人です。この家には、私達のほかにも、もう一組、同居している家族がおります。

私達がこの家にきてしばらくして、互いに気安くなってから、あるとき、お婆さんは私にこんなことを云いました。「はじめ御主人の顔を見たときには、お貸ししたものかどうか、すぐには気持もきまらなかったのですが、あんたの顔を見たら、気持がきまりましたよ。ひと目見て、なんだか、あんたが娘のような気がして。」しばらく一緒に暮してみて、私にもお婆さんが、なんだか実の姑のような気がしました。主人も私も共に肉親には縁が薄く、独りぼっち同士が結ばれた仲なのです。不思議な御縁、とはよく申しますが、ほんとに世の中のことは、みんなそんな気がいたします。

まさ子が生れたときにも、またその後も、すっかりお婆さんのお世話になりました。お婆さんはそれこそ実の姑のように、私達未経験な夫婦のためになにかと気をつけてくれ、また、まさ子のためには実の祖母のようにその面倒を見てくれました。おかげで、私はどんなに助かったか知れません。若しもお婆さんがそばにいて、いつも気をつけてくれなかったならば、私は不注意から、まさ子にどんな大病をさせていたかも知れない気がします。

まさ子もお婆さんにはよく懐いていて、這うことを覚えてからは、自分で這い出して、しょっちゅう、お婆さんのいる部屋へ行くようになりました。私が一寸ミシンを踏むのに夢中になっていると、いつの間にか、這い出して行ってしまうのでした。お婆さんはいつも大抵、長火鉢のわきでトランプのひとり占いなどをしているのですが、まさ子が行くと、待ちかまえていたように機嫌よく相手をしてくれます。「まさちゃんが、わたしの一番のお客様ですよ。ほかのお客様とですと、ついひとさまの陰口をきいたりしますけど、まさちゃんのお相手をしていると、そんなことがなくて。」とお婆さんは云います。お婆さんはお年寄にはめずらしく、愚痴を云わない人です。

まさ子はまず、「ばあば。」という言葉を覚えました。それがお婆さんに向ったときばかりでなく、主人や私に対してさえが、「ばあば」の一点張りなのです。まだなんの自覚もなくて、ただ人に呼びかける言葉として口にしているようです。私がいくら主人のことを、「父《とう》ちゃん。」と云わせようと骨折っても、やはり「ばあば」です。「満二つ位になると、それは可愛くなりますよ。その頃には、もう、お父さんやお母さんのことがわかるようになりますからね。殊《こと》に女の子は情がやさしいですからね。」とお婆さんは私達に向って云ってくれます。

梅雨《つゆ》に入ってから、まさ子の手の甲や太股に小さい吹出物がして、そのうち、顔や頸すじにもできました。お婆さんから、水疱瘡だろうと云われ、医者に見てもらいましたら、やはりそうでした。それでも、いい塩梅に熱も出ず、軽くて済みそうだったのですが、直りきらないうちに、つい油断して湯に入れたりなどしましたら、また軀中《からだじゅう》に発疹して、ぶりっかえしたような具合で、長びかせてしまいました。子供ながらに気分が悪いのか、またこの梅雨はよく降り、殆ど毎日雨で外に出られないので機嫌が悪く、まさ子もふだんよりはむずかることもありました。それでも、七月に入って七夕祭が近づく頃には、まさ子の水疱瘡も直りました。

お婆さんがまさ子に、紅い色の小さいサンダルを買ってくれました。梅雨の晴れ間に、家の前の露地を、まさ子はそのサンダルを履いて、ちょこちょこ歩きました。とても嬉しそうで、また得意そうです。まさ子は誕生が過ぎる頃には、もう歩きはじめ、この頃は足どりも大分確《しっ》かりしてきました。靴よりはサンダルの方が歩きやすいようです。私はまさ子の嬉しそうな容子を見ながら、われながら自分を気のつかない母親だと思わないわけには行きませんでした。わが子がこんなに喜ぶものを、ひとから与えられて、はじめて気がつくのですもの。

お婆さんはまた、こんなことを云ってくれました。

「初子《ういご》には七夕様をお祝いしてあげるものですよ。」

ことしも、そこここの門口に、七夕様のお飾りのササが見られました。

七夕様のことでは、私には忘れられない思い出があるのです。私は小学校の五年生のとき、腸カタルを煩って、一月ばかり学校を休んだことがありました。丁度夏休みまえでしたが、七月に入ったある日のこと、学友達が四五人、色とりどりの折紙に飾られた七夕様のササを持って、見舞にきてくれました。そのときの嬉しかったことは、いまも忘れることが出来ません。その頃には、私の母も生きていました。

七夕の前夜、私達は主人が学校の小使さんから分けてもらった若竹に、色紙や折り鶴や短冊などを飾って、出窓の脇に立てました。「七夕や余り急がばころぶべし。」私は短冊の一つに、そんな古人の句を書きつけたりしました。

クラ爺や

私は新約聖書と讃美歌集を持っている。大版で活字も大きい。どちらの扉にも、毛筆で「受洗を祝す」と書いてある。私の父の筆蹟である。けれども、これを贈られたのは私ではない。クラ爺やである。クラ爺やの受洗の記念に、父が贈ったのである。二冊とも、クラ爺やの手沢本である。

私は大正の始めに麻布の飯倉に生れた。私の家は曾祖父の代から飯倉に住んでいて、私が生れた頃には、父は芝の山内にあった、父にとっては母校であるS中学校の国語の教師をしていた。

祖父は草創期の基督教界《キリストきようかい》の先達の一人であった江原素六の教えを受けた人で、私の家庭が基督教の信仰に入ったのは、その感化からであった。江原先生に祖父が心服したように、父はまたやはり明治の基督教界の大先達であったU先生に傾倒し、先生が創立した麹町のF教会の会員であった。

私は小学校に入った年に、F教会で、兄と一緒に父母に介添えされて、U先生から洗礼を受けた。兄は私より五つ年上であった。U先生は聖水に濡らした指先を三度私達兄弟の額につけた。式が終って帰るとき、私達は父母から促され、兄は先生にちゃんと挨拶したが、私ははにかんでしなかった。

クラ爺やは私達より早く、麻布の森元町にあった教会の年寄の牧師から洗礼を受けていた。榎本内蔵吉という名前だが、私の家では皆んなが、「クラ爺《じい》や」と呼んでいた。私が先《ま》ずそう呼びはじめて、やがて父母までがそれに倣《なら》うようになったのである。私が物心がつくようになった頃には、既にクラ爺やは私の家の物置小屋に住んでいた。クラ爺やははじめ町内の詰所に寝起きして、夜廻りや、夏場は撒水車を引いて水撒きなどをしていたが、その後私の家に身を寄せるようになり、半ば私の家の使用人のような工合になっていた。

クラ爺やはもう六十を越していて、短く刈った頭も、口のまわりにあるひげも、殆《ほと》ど白くなっていた。小柄のがっしりした軀《からだ》つきをしていたが、流石に衰えが見えていた。おかみさんにはもう大分まえに先立たれ、ひとり息子が下町辺の洋服屋に徒弟奉公をしていた。クラ爺やの本業は植木職のようであったが、人から訊かれると、思いがけないことでも云われたように、きまり悪そうに口籠った。

私の家でも、クラ爺やは主に庭木の手入れをしていた。クラ爺やの花鋏を腰に差して、庭木に霜除けをしていた半纏着《はんてんぎ》姿は、いまも私の記憶に残っている。莨《たばこ》が好きで、いつも莨入を腰にぶらさげていて、掌を莨盆代りにして一服している姿をよく見かけた。

クラ爺やが寝起きしていた物置小屋は、私の家の裏口の向いにあった。物置小屋と云っても瓦葺の並みの普請で、十坪ほどの土間と六畳の部屋から成っていて、土間の上は天井が高く、桟敷のように物を置く床がとりつけてあって、そこには曾祖父の代からのいろんながらくた物が、殆ど廃物にちかい物が、煤《すす》や蜘蛛の巣に塗《まみ》れたまま、ごたごたと遺棄されてあった。土間の土は黒く湿っていて、一歩中へ入ると、長い年月の間に自ずと醸されたような黴《かび》臭《くさ》い匂いが鼻を突いた。部屋には南に向かって一間の出窓があり、東にも窓が切ってあって、押入も便所も附いていた。ここでクラ爺やは自炊していた。それはクラ爺やにとっては長い鰥夫《やもめ》ぐらしの間の習慣であった。私はこの物置小屋のことを、「クラ爺やのお家」と呼んでいた。

小屋の横手には、隣家の板塀の際に大きな柚子の木があった。見事な実が生った。私の家ではこの木の実を捥《も》いで、柚子味噌をつくったり、柚子湯に入ったりした。クラ爺やは本職の眼識でこの柚子の木を褒めていた。「こんなによく茂っているのは珍しい。」と云っていた。ある晩、柚子泥坊に襲われた。クラ爺やの肩車で帰ってきたとき、私は木の上の暗闇に人のいる気配に気づき、驚いて「あ、誰かいる。」と口走ったら、悪戯者は枝をゆさぶる音をさせて隣家の塀の中に飛び下りた。誰とも見定めるひまはなかった。一瞬、辺りに柚子の香りが漂った。翌朝見たら、少しく実を捥ぎとられていた。おそらく隣家の中学生の仕業であったろうが、べつに詮索するほどのことではなかった。

私は子守の手を離れるとすぐ、クラ爺やに懐いた。クラ爺やは幼い主人にでも仕えるように私に仕え、私の機嫌をとってくれた。私はクラ爺やに連れられて、よく飯倉の天文台のあった丘や、芝の山内に遊びに行った。増上寺の裏山に登ると、品川のお台場が見えた。私はよく海を見に行こうと云って、クラ爺やにせがんだ。私はクラ爺やの背なかにいて、海を眺めたり、増上寺の大屋根の勾配を見下ろしたりするのが好きだった。またクラ爺やと天文台の丘に土筆《つくし》を摘みにゆき、そのときに見た夕焼けの空を私は忘れない。クラ爺やの背なかは、その頃の私にとって、いちばん居心地のいい、そして信頼のおける場所であった。クラ爺やに被負って、その半纏の染料の匂いの中に顔を埋めていると、私は子供心に自分が確実に護られていることを感じた。どんなに癇を立てているときでも、クラ爺やの顔を見て、その口から「清坊。」とわが名を呼ばれると、私はふしぎに気持が静まった。クラ爺やの声音には、父や母にはない、ある感情が籠っていた。いまにして思うのだが、私がクラ爺やを慕っていたように、クラ爺やの方にも幼い私に求めるものがあったのだ。山内にある樹木の一つ一つを私が指さしてその名を尋ねると、クラ爺やはうるさがらずに教えてくれた。それがクラ爺やにとっても楽しいことのように思われる口調で。なんべん聞いても、私はすぐ忘れてしまったが。

私の家では、毎日、朝御飯を食べる前に、また夜寝る前に、家族の者が集って、讃美歌をうたい、聖書をよみ、そしてお祈りをした。クラ爺やもこれに加わった。これは私の家の日課のようなもので、私達はこのことを「集り」と呼んでいた。クラ爺やを集りに呼んでくるのは私の役目のようになっていた。

物置小屋の戸口から、私が、

「クラ爺や。集りだよ。」

と大きい声で呼ぶと、

「あいよ。」

と返事をして、やがてクラ爺やは手に聖書と讃美歌の本を持って、いそいそと出てきた。

中学生になっていた兄は聖書に興味を持っていたようだが、私にはこの集りはあまり有難くなかった。私は誰かがお祈りをしている最中に、不意に吹き出したくなってきて、困ることがよくあった。笑いを堪えることが出来ず、座を外して、便所にかけ込んだこともあった。ある日、聖書を輪読しているときに、兄が「割礼」をうっかり読み過《あやま》って、「カツレツ」と読んだ。私はとたんに吹き出した。笑いが止まらず、私は座にいたたまらずに戸外に飛び出し、その辺を一廻りして家に帰ったが、兄は私の顔を見ると、なにも云わずに、いきなり擲《なぐ》った。

F教会のこの方面での最寄会や祈禱会は大抵私の家で行われ、クラ爺やはこれにも出ていた。クラ爺やが信仰の道に入ったのは、私の家に身を寄せるようになったのが機縁であるが、べつに父が奨励したからというわけではなかった。クラ爺やは自分から進んで、日曜日には森元町の教会に行くようになり、やがて洗礼を受けるようにもなったのである。

日曜日には、兄は父母と共にF教会に行ったが、私はクラ爺やと一緒に森元町の教会の附属の日曜学校に行った。時には私は子供の気まぐれから、学校が終ったあとで、クラ爺やと共に一般の礼拝に残ったりした。そんなときクラ爺やは目に見えて機嫌がよかった。老牧師の話を聞きながら、時々隣りにいる私をかえりみた。献金の袋が廻ってくると、クラ爺やは財布から十銭紙幣を出して、袋の中に入れた。

私は兄とも、また近所の子供達ともあまり遊ばなかった。

私は学校から帰ると、よく「クラ爺やのお家」へ行った。

出窓の外から覗いて、私が、

「クラ爺や。」

と呼ぶと、いつも、

「あいよ。」

と返事をして、窓から入ろうとする私に手を貸しながら、

「清坊は大きくなったから、もう爺やには抱けないよ。」

と云ったりした。

クラ爺やはひまなときにはよく聖書を読んでいた。はじめクラ爺やは小型の聖書を虫眼鏡をたよりにして読んでいた。洗礼を受けたとき、私の父が、お祝いをしたいが、なにか欲しいものがあるかと訊いたら、大きな活字の聖書が欲しいとクラ爺やは云ったのである。私はまたクラ爺やがひとり祈っている姿を見たことがある。私は声をかけようとしたが、子供ながらに憚《はばか》られた。

クラ爺やは祈り終って、顔をあげ、そばに私がいるのを見ると、

「いま、神様に清坊のことをお祈りしていたのだよ。どうぞ立派な人になりますようにってね。」

と云った。

私にはまだ自分から神に祈る心などはなかった。ただ集りに出て、皆んなと主の祈りを唱和するだけであった。兄はもう自分に与えられた部屋で、ひとり祈る習慣を持っていた。私には自分が兄の後に附いてゆけるようになろうとは到底思えなかった。私には、あのアンデルセンの童話にある、パンの上にたくさんバタをつけてくださいとお祈りした少女の幼い信仰心ほどのものもなかったのである。

けれども、クラ爺やは兄よりも私の方を贔屓《ひいき》にしていた。

洋服屋にいる息子が、ときたまクラ爺やを尋ねてきた。年頃ははたちを越したばかりで、顔色のよくない、怖々した目つきの若者だった。爺やには似ていないと父も母も云った。あまり身持のいい方ではなく、住込先の洋服屋も一つところには尻が落着かなかったらしい。酒の味も、女遊びの味も、既に覚えていたようである。父親を尋ねてくるのも、父親の顔を見るというよりは、小遣をせびるのが目当だったらしい。

息子は来ると、いつもその日のうちに帰るか、一晩泊る位だったが、あるとき、しばらく滞在していたことがあった。

クラ爺やは父の許にきて、

「意気地のない奴で、つまらん病気を背負い込んできまして。」

と云い憎そうに云った。

息子は十日あまりもいたろうか。夏のことで、夕闇の中に着ている手拭地の浴衣の目立つのを恥じるようにして、物置小屋の軒下に持ち出した七輪の下を団扇であおいでいた息子の姿を覚えている。

お店《たな》へ帰る前の日に、クラ爺やに連れられて息子が挨拶にきたとき、母は兄と私の替ズボンの仕立を頼んだ。父母としては、少しでもクラ爺やを元気づけたかったのであろう。クラ爺やは喜んだ。涙を流さないばかりであった。

クラ爺やのおかみさんが亭主と息子を後に遺して先立ったのは、息子がまだ七八つの頃だったという。その後はクラ爺やが男手一つで育て、小学校を終えるとすぐ、洋服屋に年季奉公にやった。クラ爺やとしては、自分が一人前の植木屋になれなかったという悔いがあるので、息子は一人前の職人にしてやりたかったようである。

クラ爺やは時として自分のことを、ろくでなしだとか、出来損いだとか、云うことがあった。けれども、そんなときでも、クラ爺やの目の表情は柔和でわだかまりがなく、物腰にも卑屈なものは見られなかった。

それにしても、息子の不身持だけが、クラ爺やにはただ一つの気がかりであった。

私が十二になった年に、クラ爺やはふとした風邪がもとで、天に召された。

その後、父も母も天に召された。

兄は伝道の生活に入った。私はやはり兄の後には附いてゆけなかった。

その後、兄も天に召された。

私だけが地上にとり残された。

けれども地上の生活も捨てたものではない。

こないだ私は思いがけない邂逅をした。

誰と。

クラ爺やの息子とである。

これは私にも思いがけなかった。

クラ爺やの息子は、父親の懸念を一掃して、立派な洋服屋の職人になっていた。

おまけに、器量よしのかみさんまでもらい、一男二女の父親にさえなっていた。

そして、息子の云うことには、

「親というものは、子供のために命を使い果すように出来ているのですね。私はどうも子供のためには、どんな後楯にもなってやれそうもない。」

なんだか、クラ爺やに似てきたではないか。

私はお茶を御馳走になり、父がクラ爺やに贈った聖書と讃美歌集を土産にもらって帰ってきた。

いま、土産を机上に置いて繙《ひもと》けば。

父の筆跡も懐かしく、クラ爺やの手垢のあとも懐かしい。

思わず、節を口ずさむ。

クラ爺やの愛唱の讃美歌のひとふし。

われ主に　主はわれにありて
あめこそとこよの　わが家となれ

捨吉

捨吉はM町の「魚庄」という魚屋の若い者である。住居は私の家の近くにある。魚屋には小僧の頃から住込んでいたのだが、一年ばかり前に所帯をもった。かみさんは魚屋で女中をしていた女である。

去年の夏、M町の映画館でナイト・ショウというのを催した。普通の興行が終ったあとで、夜の十時から十一時半頃までの間に、古い写真を低廉な木戸銭で見せるのである。隔日に写真が変った。去年の夏は近年にない猛暑で寝ぐるしかったから、ナイト・ショウは大層な繁昌で、毎晩、映画館をとりまいて人垣が出来た。私はその常連の一人で、写真が変るたびに出かけた。捨吉も常連で、私たちはよく顔を合わせたが、ある晩、遅れてきた捨吉が人垣の中にいる私を見かけて、切符を買ってくれと云った。それが私たちが親しくなるきっかけであった。

私は捨吉と一緒に映画を見たり、また彼に誘われて居酒屋の暖簾をくぐるようになった。私は捨吉に煽《おだて》られていくらか酒が呑めるようにもなった。

ナイト・ショウを見たかえりに、はじめて私を居酒屋にさそったとき、私に酒をすすめながら捨吉は、

「映画がいちばん安直でいいですよ。庶民的ですよ。安い銭《ぜに》で外国の景色や女の裸が見られるんだから。」

私もまったく同感であった。

私は酒も呑まなければ煙草もやらない。これという趣味もなければ道楽もない。私にとって娯楽と云えば、映画を見る位のことであった。私と来たら、それこそ、「朝から晩まで書斎にたれ籠めて、しきりと書きものだ。——智慧をしぼり、眉に八字をよせながら、われ等は絶えず歌を書く、一心不乱に歌を書く。さはれわれ等もその歌も、絶えて讃辞を聞かぬめりさ。」といったような身の上で、一日中家にとじ籠って背中をまるくして机に向いもそもそしていると、流石に私も肩が凝《こ》り気分が鬱してきて外気にふれたくなる。私は外出して駅前の繁華街をぶらついたあげく、映画館に入る。とくに見たい映画や贔屓《ひいき》の役者があるわけではない。映画の筋書とは無関係ななんでもない一齣《ひとこま》に気をひかれたりする。たとえば、公園のベンチに腰をかけてパンをわけあって食べている老人たちとか、外灯に明りをつけて歩く点灯夫とか、「メルシイ。」という台詞をひとこと云うために出てくる下宿屋の娘とか、そ

ういう点景人物のような人たちが、まるで現実に往来ですれちがったり挨拶をかわしたりした人のように、印象深く心に残ったりする。画面を見ながら、私は実際にその人たちと口をきいたような解放感さえ覚える。たからもののような豊満な女の肢体が、ところせましとばかり画面いっぱいに跳梁《ちようりよう》するのに、魂を奪われて見入ってしまうこともある。

ナイト・ショウは夏が過ぎて秋冷を肌に覚える頃までつづいて終ったが、捨吉と私の交際はむしろそのときからはじまった感があった。私の生活に、映画を見る楽しみのほかに、もう一つ酒を呑む楽しみが加わった。私は居酒屋の暖簾をくぐって、焼とりで一杯やりながら、捨吉がやってくるのを待つようになった。

ある晩、捨吉にすすめられて、私ははじめて焼酎をコップに一杯呑んで家に帰ったが、ひどいめにあった。あくる日、私が顔を大黒さまのように脹らしていると、捨吉がにやにやしながらやってきて、そういう私の為体《ていたらく》を憫《あわ》れむように見ながら、さて云うことには、
「少し荒療治すぎたかな。これでKさんも手が上るというもんだ。」

捨吉は酒乱とまではいかないが、酒癖のよくないところがあった。喧嘩上戸というのだろうか、呑みすぎると、つまらぬことでひとに喧嘩をうり、腕力沙汰に及ぶことがいちどならずあった。

もっとも、私がその対象になったことはなかったが。

あるとき、私が、

「きみが暴力をふるうとは思わなかった。」

と云うと、その暴力という言葉をきき咎《とが》めて、捨吉は眉を顰《ひそ》め、いかにも心外だという面持で、

「あたしはただ腕にものを云わせるだけでさ。根性のねじけた奴にかぎって口で愚図愚図ぬかしやがるんでさ。あたしはたまにはさ。あたしは気にくわなかったら、いきなりポカリだ。Kさんなんかもたまにはおかすんでおやんなさい。いつも泣寝入りなんてのは軀《からだ》に毒ですぜ。」

と云い、私の顔色を窺いながら、

「Kさん、いいものを差上げましょうか。」

「なんだ。」

「ピストルですよ。気にくわない奴がいたら、ドカンと一発くらわしておやんなさい。胸がすきますぜ。」

なるほど、ドカンと一発やったら胸がすくだろうが、まさか実行するわけにはいかない。

捨吉と呑みながら、私がいい気持になってうつらうつらしていると、不意に捨吉の呶鳴《どな》る声がきこえたので、びっくりして目をさまし、見ると、捨吉は既にいきなりポカリとやったらしく、相手も敦圉《いきま》いていて、ただならぬけしき。私は素早く捨吉を促して外に出た。

様子を訊くと、捨吉は息をはずませながら、

「あいつは太い野郎だ。悪党だ。ああいう奴は懲しめてやらなくちゃいけねえ。Kさんも聞いたろう。あの野郎は軍隊にいた時、爪をめしの中に焚込んで、仲間に食わしやがったんだ。爪を焚込んだめしを食うと、一、二年のうちには覿面《てきめん》に軀が弱ってくると、野郎が云うのをきいたとき、あたしはぞっとしたね。なるほど、野郎は自分はやったとは云わねえ。けれど、あたしにはピンときたんだ。あの野郎はやったにちがいないんだ。あの人相じゃ、その位のことはやりかねない。悪い野郎だ。懲しめてやらなくちゃいけねえ。」

捨吉は執拗にくりかえした。酒は魔物だと私は思った。

捨吉と道を歩いていたとき、ふいに捨吉が、

「女はばかだね。」

私も思わず、

「うん、ばかだ。」

と合づちをうったら、一瞬、いきなり天から大粒の雨が降って二人の額を打った。二人は思わず顔を見合わせた。捨吉はいまいましそうに、

「ちえぇ、まるで孫悟空に如意棒をふるわれたような気持だ。」

ある晩、捨吉がやってきて、

「Kさん、公園で映画の野外撮影をやっていますよ。見に行きませんか。」

早速出かけてみると、現場は照明灯で煌煌《こうこう》とてらされていて、既に大勢の見物人がそれをとりかこんでいる。公園の中には、いつのまにか武家屋敷の塀らしきもののセットがかなりの距離にわたって建てられていて、かたわらにはまがいの池も掘られてあり、木立の中には人工の杉の大木さえ見え、その間に刀や槍を手にした大勢の侍たちが屯《たむろ》していて、撮影機のまわりには監督、技師、助手などの連中がいる。どうやら、チャンバラの場面を撮影するらしい。

見ていると、一人を大勢で襲撃するところらしく、大勢の頭領らしい人相のよくない侍が、一人の侍に向って、

「貴様の命をもらったぞ。」

「理由を云え。」

「すべてはお上《かみ》の都合だ。」

「いやだ。」

「至上命令だ。あきらめろ。」

そこで、チャンバラになる。手下の侍が一人きられ、二人きられしていく。きられて池に落込む奴もいる。

私たちは見残して帰った。

「あとはどうなるでしょう？」

「いずれ『正義』が勝つにきまっているね。」

「人相のよくない侍がなんとか云いましたね。至上命令。」

「亭主が女房に向って云う御託宣のようなものだ。」

「すべては亭主の都合か。」


捨吉が夫婦喧嘩をしているというので、行ってみた。捨吉はかみさんと睨合っていたが、私の顔を見ると、いきなりかみさんの顔を擲《なぐ》りつけた。かみさんは半泣きの顔をさらにゆめて、亭主に武者ぶりついた。

私は仲裁に入った。


「留めないで下さい。Kさんが見にきてくれたので、あたしも張合がでた。」

「ばかを云っちゃいけない。誰が見物にくるものか。」

夫婦喧嘩の仲裁などは私の柄ではないが、丁度潮時だったのだろう、いいあんばいに二人共に容易に気勢をゆるめた。

「こいつが口ごたえをするもんですから。Kさん、こいつは無駄づかいばかりしやがるんです。用もねえフライパンなんか買いやがって。」

「あんたが貝柱のバタ焼が食べたいって云ったからじゃないか。」

見ると、そこには真新しいフライパンがころがっている。

「Kさん、これはいくらすると思いますか。三百円ですよ。呆れてものが云えねえ。」

私も品物の値段などには疎い方である。

「なるほど、いい値段だ。焼酎なら六杯呑める勘定だ。」

捨吉もにやにやした。

「この底が新案特許で永持がするんですとさ。」

かみさんは弁解するように云いながら、私と亭主の前に茶を出した。かみさんは大きいお腹《なか》をしている。

捨吉はふと思いついたように、

「Kさん、武蔵野キネマであれをやっていますよ。」

「あれって？」

「れいの『至上命令だ、あきらめろ。』ってやつですよ。」

「そうか。そいつは行かざあなるまい。」

「見ざあなるまいでしょ。今晩さっそく出かけましょう。のちほどお誘いに上りますよ。」

かみさんは恐縮して、「どうもあいすみませんでした。」と云って、お辞儀をした。なんだか、捨吉たちの方で私にうまく時の氏神の役がつとまるようにしむけてくれたような気がした。

その夜、私たちは武蔵野キネマへ行った。私たちはどちらかと云えば洋物のファンだったが、その夜は番外で、いつもとちがって目当がある。目当といっても別にたいしたことではない。こないだ目撃したれいのチャンバラの場面が、画面の上にいかに表現されているか、それを見たいだけのことである。

けれども、可笑《おか》しなことには、私の胸は期待でわくわくしていた。捨吉にしても、思いは同じらしい。ところがあてがはずれたことには、私たちの待ちこがれている場面が現れないうちに映画は終って、館内はパッとあかるくなってしまった。前篇の終りというわけであった。

「ちぇぇ、ばかにしてやがら。インチキめ。」

「前篇の終りなるものを、はじめて納得したね。これは是非とも後篇なるものを見なくちゃならない。あくまでも見届けたい。」

「『正義』が勝つにきまっていますよ。」

「いや、それも見ないうちはうっかりしたことは云えない。」

映画館を出ると、私たちの足は自然に居酒屋に向いた。

その夜私たちは居酒屋で痛飲して、小女が暖簾をはずす頃までいた。

捨吉の家の前でわかれた。

「おい、あけろ。おい、あけろ。」

捨吉は家の戸口を叩いて呶鳴っている。捨吉が加減してやっているのがわかる。

私はなんとつかず可笑しくなり、振りかえって、

「おい、そんなこっちゃ、かみさんは起きないぞ、もっと威勢よくやれ。」

捨吉はひるんだような顔をした。

日日の麵麭《パン》

末吉は屋台のおでん屋である。ことし四十五になる。大柄で軀《からだ》つきもがっしりしている。生れつき丈夫な方で、これまであまり病気などしたことはない。しんが丈夫なのであろう。それほど労働で鍛えたという軀でもないが、屋台車をひく分にはさわりはなかった。それでもこの頃は、あまり無理は出来ないと自分でも用心している。

郊外のM町に住むようになってから一年ほどになる。おでん屋をはじめたのも、ここに移ってきてからである。それまでは、川のある下町の方に住んでいた。そこには五年ばかりいた。はじめて所帯を持ったのもそこであった。また、五年連添った女房に先立たれたのもそこであった。女房に先立たれて間もなく、二人の間に出来た三つになる娘を連れてM町にきた。

所帯を持った時、末吉は日雇労務者であった。おしげは末吉が常連であった酒場の雇女であった。通っているうちに、二人は互いに親しみを感ずるようになった。おしげはまだそれほど家業の水に染まってはいなかった。世話する人があって、二人は一緒になった。おしげは末吉より十三年下《としした》であった。二人ともに遅れてはいたが、はじめて所帯を持つ身の上であった。

二年目に娘が生れた。おしづは母親によく似た子であった。それでもおしげはおしづの額や口もとが末吉にそっくりだということをよく口にした。末吉も悪い気はしなかった。貧しいなりに平穏な生活であった。

ある日、末吉は酒場で同僚と喧嘩をして相手に傷を負わせた。相手はまだ二十五、六の若造であった。ふだんから反《そり》が合わなかった。若者にはいつも他人の生活を横目で見ているようなしつっこいところがあった。おれはいつかやるかも知れないと末吉はふと思うこともあった。そのとき、若者は些細なことで末吉にしつっこくからんだ。末吉ははじめはとりあわないでいたが、いつか気持がたかぶってきた。末吉はいきなり目の前にあった銚子を摑んで若者の額を擲《なぐ》った。相手の殺気立った目つきに挑発されたとはいうものの、末吉は自分のやったことが単にそのときの衝動からだけのものでないことを自覚していた。それはふだん心の中で思っていることが、つい口に出てしまうようなものであった。

末吉はふだん喧嘩好きでも、また気性の荒い男でもない。末吉の口から喧嘩の顚末《てんまつ》を聞いたとき、おしげは思わず亭主の顔を見つめた。

「あんた。我慢できなかったの。」

末吉は口籠って、苦笑いした。抑えて抑えられないわけのものでもなかったのだ。

その頃、末吉はグラフ雑誌の反故《ほご》（それはおしげが買ってきた林檎の紙袋であったが）で、再び戦争中、ドイツ軍がパリを占領していた当時、ドイツ軍人の妾《めかけ》をしていたフランス女が、再びパリがフランス軍の手に帰したときに、同胞の手で頭髪を坊主にされて、ドイツ軍人との間に出来た幼児を抱えて、同胞たちの指弾の視線を浴びて、街中を追われてゆくところをうつした写真を見た。なんの気なしにリンゴの袋をほごしてひろげてみたのだが、末吉の目はその写真にすいつけられた。胸の痛むような気持がした。説明書きを読んでなるほどとは思っても、末吉には写真の中の人達のようにその女に対して憎しみも反感も持てるわけのものではなかった。末吉はそこに同胞の冷酷な視線に晒されている哀れな母と子の姿を見た。末吉はなによりもその女に向けられている人々の目つきに心を刺された。

誰の目にも同じような嘲弄の色が見えるばかりであった。そして末吉の心につよく訴えてきたものは、人々がこのような目つきで隣人を見ることをやめない限りは、世の中は住みよいものにならないという思いであった。

末吉は説明書きの中に見える「私刑《リンチ》」という言葉に気をとられた。末吉の念頭にそのときの若者の殺気立った目つきとそれに乗じていった自分の心の動きが思い起された。

末吉は写真をおしづに乳をふくませているおしげに見せた。末吉は自分の心に生じた思いは語らずに、

「おい。この女はまる坊主にされているぜ。」

おしげも気をひかれて写真を見ていた。

「きっと戦争中は威張っていたのよ。」

「大きにそうかも知れない。」

「この子はおしづよりは小さいようね。」

「そうだな。」

夫婦はそんな会話をした。

おしげはおしづの下を身籠ったが、悪阻《つわり》の時期に悪性の感冒にかかって、それがもとで死んだ。

それは末吉にとっては生れてはじめての経験であった。末吉はおしげが自分にとって、この世の風雪を凌いで生きてゆくのに無くてはならぬ伴侶であったことを知った。

——おしげの骨壺を抱えて焼場から間借りしていた部屋に帰ってきて、末吉は一瞬ぼんやりしていたが、われに返った時、自分が誰かが来るのを待っていることに、そしてその誰かとは、いまその亡骸《なきがら》を骨にしてきたおしげであることに気づいて驚いた。部屋の中には最早おしげがいなければ埋められない空虚があった。

末吉には世間の目も、他人の思惑もそれほど気にならなくなった。娘のおしづの手を引いて歩いていると、おしづの小さな掌の感触が末吉の気持を鎮め穏かにした。

末吉は環境を変える気になった。おしげの思い出が色濃く纏いついている環境は、流石に末吉の心を物憂くし、堪えがたい気持に襲われることがあった。末吉はいつか歳月を数えるのにおしげの死から逆算するようになった。

移ってきたM町の家は町はずれにあって、四囲《まわり》は木立も多く閑散としていた。家は物置小屋を改造したような小屋で、四畳半の部屋と土間があるだけであったが、それでも一戸建には違いなかった。末吉はどちらかと云えば衣食住には無関心の方で、これまで大抵の場合、おしげの女らしい要求を無視してきた。自分達の家を持ちたいというのが、おしげの日頃の願望であった。若《も》しおしげがいたなら、この家を見てなんと云うだろうかと末吉は思った。

家主はすぐ隣りに住んでいる夫婦者であった。亭主はまだ六十にはなるまいが、背中が蝦《えび》のように曲がっていて、いつも腰を曲げて歩いている。かみさんはそろそろ五十に手がとどく年配で、顔は若いがひどい白髪であった。二人共に小柄で同じ位の背恰好をしている。亭主はべつになにをするということもなくぶらぶらしていて、かみさんが通いでこの辺の家の家事の手伝いなどをして、それで過《すご》しているようであった。

かみさんはいかにも気のいい感じで、それにやることは鈍《のろ》かったが穢《きたな》い感じがしなかったから、通い先では調法がられているようであった。かみさんは天理教の信徒であった。それがまたとおり一遍でなく、なかなかの気の入れ方であった。末吉はかみさんの善良さが、生れつきばかりではなくて、その庶民的な信仰心に因るものではないかと思った。かみさんには隣人のために縁の下の力持ちをして甘《あまん》じているようなところがあった。

亭主の方はあまり信心気があるようには見えない。他人には卑下していても、女房には気難しいようなふしが見えた。かみさんはあくまで亭主に仕えているようであった。それでもよくしたもので、二人を見ていると、似たもの夫婦という感じがした。

た。二人の家も末吉の家と負けず劣らず粗末なものであった。末吉にとってはいい隣人であった。

末吉がおでん屋をはじめたのも、この夫婦にすすめられたからであった。以前、この辺を廻っていたおでん屋がいたが、かみさんに死なれてから国へ帰ったという話であった。そのあとをいままた女房に死なれた自分が引継ぐのもなにかの縁かも知れないと末吉は思った。隣りの亭主の世話で、屋台車も安く手に入れることが出来た。

毎朝、末吉はおしづの弁当をつくり、おしづを近くの保育園まで送ってゆき、一旦家に帰ってからおでんの屋台を引きだした。末吉はおしづを保育園に入れた。おしづを保育園に預けておけば、末吉としても心おきなく商売に出られるわけであった。

この郊外には、戦争中は軍需工場の寮でいまはアパートになっている建物がかたまっている区域がある。そこに屋台車を留めておけば、三時頃までには仕込んでおいた材料があらかた売れた。アパートの居住者のかみさん連が待ちうけていて、ひるの惣菜や茶請がわりに買うのであった。また、こんにゃくや竹輪をその場で立食いする子供の客もある。日曜日は保育園は休みなので、その日にはおしづは末吉についてきて、アパートの子供たちと、屋台車の柄に下げてある商売用の鈴《りん》を鳴らしたりして遊んだ。

末吉ははじめ自分には果してこの商売がやってゆけるだろうかと思ったが、案ずるほどのこともなかった。尋常にやっていれば生活の道はつくものだ。愛想や世辞は必ずしも商売に必要なものではない。肝心なのはやはり売る品物だ。品物さえ良ければ客の気持を逃すことはない。末吉は種《たね》や調味料もつとめて良いものを選び、儲《もう》けも貪らないようにした。

保育園は四時に退ける。末吉は保育園におしづを迎えにゆき家に連れて帰り、それからおしづを連れて銭湯へゆく。隣りのかみさんが通い先から帰ってきてから、おしづを銭湯へ連れていってくれることもある。おしづも湯が好きで、湯槽の中で末吉に抱かれながらおとなしくしている。おしげがいた時は、末吉はおしづのことは殆《ほとん》どおしげにまかせてかまわなかった。

晩めしを食ってから、末吉は夜の商売の支度をする。こんどは酒や燗徳利の用意もして、駅の近くのガード下に屋台車を引いてゆき、そこでひるとは違う客を待つ。おしづは隣りに預けてゆく。いつも、かみさんがおしづを寝かしつけてくれる。いい時分に切り上げて家に帰る。隣りに寄って、よく寝入っているおしづを抱きかかえて家に帰る。隣りの戸を叩いてみて、寝ているようならばそのまま家に帰る。

末吉の商売は、ひると夜とで、気分の違いがあった。客はひるはかみさん連で、夜は男たちだった。末吉は頭上に星屑をいただいた夜の商売が好きだった。そこには、かみさん連れの饒舌のかわりに濃い酒の匂いがあった。やはり雌よりは雄の方がいいと末吉は思った。

夜の客の中に二十三、四の若者がいた。映画が好きらしく、近くの映画館に来るたびに、その帰りには末吉の屋台に寄るのが習慣であった。子供のような顔をしていたが、酒の呑みっぷりは頼もしかった。国を飛び出してきてから一年になるそうだが、綱わたりのような生活をしていて、よく職業が変った。駅前の文房具店のサンドウィッチ・マンをしているかと思うと、雑誌回読会の配達夫になり、パチンコ屋の番人になったかと思うと、ペンキ屋の徒弟に転向していた。

ある晩、若者がやってきた。

「おじさん。ペンキ屋は首になった。」

「こんどは、なに屋さんだ。」

「女に貢《みつ》がせている。」

「そいつは豪気だ。」

「女は馬鹿だから。」

「まったくだ。」

ある日、末吉はおしづを医者に連れて行った。

おしづの腹に疣《いぼ》ができ、それが背中にとび、それから二腕《にのうで》にとんだ。

隣りのかみさんは心配して、

「お医者に見せた方がいいよ。ほっとくと殖える一方だよ。」

「嫁にいく頃にはなくなるさ。」

医者は電気でとれば簡単だが、痛いから泣くだろうと云い、ひまはかかるが痛くない方がいいだろうと云って、おしづの疣に絆創膏を貼った。

かえり道で、末吉は露店で麦藁帽子を売っているのを見かけ、自分の分とおしづの分と二つ買った。大人用のは四十円、子供用のは三十五円、大きさに比較して値段のちがいは少かった。

末吉には麦藁帽子を見るのは久し振りな気がした。それは子供の頃の思い出につながるものであった。懐かしい気がして、つい買う気になった。それに値段も安かった。同じように少額の儲で生活している末吉は、売手の男（末吉と同年配の男だったが）になんとなく親しみを感じた。

末吉はすぐその場で、おしづの顔に帽子をかぶせて顎に紐をかけてやり、自分もかぶった。おしづのには一筋紅く染めた麦藁が編込んであった。

末吉のはこの頃では海水浴場か地方にでも行かなければ見かけられない、鍔《つば》の大きな代物であった。子供の頃、末吉はこの帽子をかぶってよく水泳ぎに出かけたものであった。その頃のことを思うと、夢のような気がする。

おしづの手をひいて歩きながら、末吉はなんどもその顔を覗いてみた。

おしづの小さな顔に麦藁帽子はよく似合った。

家に帰って、末吉は二つの帽子を棚の上に載せた。

「お目めをつぶってごらん。ほら、大きい象さんが見えるよ。」

おしづを寝かしつけてから、末吉は明日の商売物の用意をした。

聖家族

ヨセフは牛の頸に繋ぐ軛《くびき》をこしらえていた。すると、傍《かたわら》の寝床の中で眠っていた息子のイエスが目をさまして、泣声をたてた。この寝床は、イエスがベツレヘムの馬小屋で生れたときに寝床の代りをした馬槽《うまぶね》に模《かたど》って、ヨセフがこしらえたものであった。ヨセフは手にしていた鋸を置いて、寝床のうえに屈んで、息子の顔を覗いた。イエスは父親の顔を認めて、泣きやんだ。ヨセフがあやすと、イエスは可愛い靨《えくぼ》を顔に刻んで笑った。口もとが綻《ほころ》んで、もはや充分に発育した二本の可愛い下歯が見えた。ヨセフはイエスの目の中を覗き込んだ。イエスの目の中にヨセフの髯《ひげ》づらが小さく小さく縮小されて映っている。ヨセフにはそれがなにかの奇蹟を見るような気がした。ヨセフは自分の息子の目の中の自分の髯づらに挨拶するようにうなずいた。イエスは頻りに顔を動かし、寝床から軀《からだ》を乗出すようにしたが、ふとまたべそを掻いた。母親を尋ねているのである。ヨセフが指で頬をなでると、瞬間機嫌を直したが、またすぐ泣顔になった。ヨセフは腕にイエスを抱きとって、その頬に接吻した。それはわが子を抱いたときに、いつも彼を襲う衝動であった。イエスは口をきつく結んで、強く首をふって、父親の愛撫にいやいやをした。頰に押しつけられたヨセフの髯が痛かったからである。

「坊や。外《おんも》へ行こうね。」

ヨセフはイエスを抱いて門口を出た。満八ヶ月になるイエスの軀は重く抱きごたえがあった。ヨセフはそのわが子の軀を、その勤勉な性質を語り顔な大きな節榑《ふしくれ》立った掌に受けた。ふだんイエスは外に出ることが好きだった。おなかが空いてむずかっているようなときでも、外に連出すとすぐに機嫌をよくした。

戸外は夏の夕ぐれであった。ここガリラヤのナザレの町は、いくつかの小高い丘にとりまかれた平和な谷間《たにあい》にある。聖書に「なんじの頭《かしら》はカルメルのごとく」と女の頭髪をほめる譬《たとえ》に引かれたカルメルの山の濃緑に蔽われた美しい山容も、彼方に見える。いま夕陽はその山の背に沈みかけ、家々にはちらりほらりと灯火が点きはじめた。

彼方から鈴の音が聞えてきて、やがて羊飼の少年が羊の群を追って野から帰ってくるのに行逢った。少年はヨセフを見かけて、挨拶した。

「こんばんは。」

「こんばんは。」

ヨセフはその髯づらに柔和な微笑を浮べてうなずいた。イエスは羊の群の後を目で追うように、また羊の頸に下げた鈴の音の響を耳で追うように、ヨセフの岩乗《がんじょう》な肩ごしに暫時うしろを向いていた。

水瓶を頭に載せた農婦がやってくるのを見かけ、ヨセフはいい隣人らしい快活な声を出した。

「うちのかみさんを見かけなかったかね。」

「見たともさ。マリヤさんなら水汲場にいるよ。」

農婦はその陽焼けした頰に人の好い微笑を浮べて云った。イエスは農婦の方に手をのべて愛想笑いをした。イエスはこの頃日ましに智慧がつき、表情もゆたかになった。

「ご機嫌さん。父ちゃんに抱っこして。ヨセフさん、坊やはあんたにそっくりだね。まあ、可愛いお掌《てて》をして、この花びらのような口ったら。」

農婦は歌うような口調で云った。ヨセフはくすぐったい気持がした。農婦の言葉は、どんな祝福の言葉にもまさって、父親としての彼の心を温めてくれた。農婦に別れてからも、ヨセフはそのわが子に対する素朴な讃辞を、いくたびとなく胸の中で反芻した。農婦の言葉を確めるように、イエスの顔に見入りながら。

やがて親子は水汲場に来た。淡い暮色の中に、水瓶を足もとに置いて井戸の傍に佇んでいるマリヤの姿が見えた。ヨセフの胸に、戸外で家族の者を見かけた折りに起る、あの親密な感情が湧いた。結婚して二年になるが、この篤実な職人はいつまでもその感情に馴れることが出来なかった。イエスは母親の姿を見て、喜びの声をあげ、父親の腕から軀を乗出すようにした。若い夫婦は目を見交して笑い合った。

マリヤはイエスを胸に抱きとって、ヨセフの顔を窺った。

「坊や、泣きましたか。」

ヨセフは云いわけでもするようにうなずいた。

「おなかが空いてきたんだろう。」

井戸の傍には臼形をした水鉢がある。そのわきに一匹の牡牛が繋がれていて、はげしい喉の渇きを癒そうとするらしく、さかんに水鉢の水を飲んでいた。この柔和な動物も、一日の義務《つとめ》を終えたところなのだろう。

ヨセフは手をのばして牡牛の背をなでながら、マリヤに向って、さも同意を促すかのように、

「この牛は似ているじゃないか。」

「似ているって、なにに？」

「ほら、この子が生れたとき、馬小屋にいたあの牡牛にさ。」

「まあ、お前さんたら。」マリヤは、ずっと後になって多くのすぐれた画家たちが彼女の肖像のうえに描いた、あの優しい潤いのある目をまるくして、「牛なんて、みんな似たり寄ったりですよ。」

「そう云ったものでもないさ。ごらん、この鼻づらのへんを。よく似ているじゃないか。おれは見覚えがあるんだ。」

そう云って、ヨセフはその自分の冗談に自分からにやにやした。

「おもしろい父ちゃんね。」

マリヤも笑ったが、一瞬彼女は、あの空一面に星々の輝いた、わが子の誕生の夜のことを思い浮べた。

ヨセフは水瓶を手にとって提げ、妻子をかえりみた。

「さあ、お家へ帰ろう。」

「あら、瓶はわたしが持ちますよ。」

「亭主が提げちゃ、みっともないか。いいじゃないか。きょうがはじめてというわけでもないし。」

マリヤが身重であったとき、ヨセフは代りに水汲みをしたことがある。マリヤがイエスを身籠ったことを、はじめてヨセフに打明けたのも、この井戸のほとりであった。そしてまた、ヨセフがはじめてマリヤの頭上に毫光《ごうこう》を認めたのも、そのときであった。そのときヨセフはマリヤの顔を見ながら、彼女がむかしから母親のような感じのする娘であったことに気がついた。そして自分がマリヤに惹かれたのも、彼女のそういう生れつきに対してだと思った。その後もヨセフは折りにふれて、マリヤの頭上に毫光を見た。そしてその経験は彼の心を一層慎しみ深くした。彼はそのことをひとり胸に秘めて、誰にも語らなかった。

次第に夕闇の濃くなって行く中を、夫婦は家路を辿った。マリヤはどちらかと云えば大柄な方で、ヨセフには似合いな配偶である。もう立派に母親に成った強壮な胸にイエスを抱いている。

「ルツのかみさんが、坊やのことを、花びらのような口をしているってほめてくれた。」

「まあ、たいへんね。」

夫婦は声を合せて笑った。折りから、駱駝や驢馬に乗った都からの旅人が通り合せて、この睦《むつま》じい「聖家族」のさまを珍しそうに、好ましそうに見て過ぎた。旅人の群が遠く彼方に行き過ぎてからも、鈴の余韻が聞えていた。

「坊やがもっと大きくなったら、おれたちも都詣でをしようじゃないか。」

「そうですね。さっき水汲場で、ルツさんがこんなことを云いましたよ。マリヤさんはユダヤまで戸籍登録に行ったのか、それとも子供を生みに行ったのかって。」

「ははは。あのかみさんも、貧乏世帯でもないようなことを云うじゃないか。おれたちの世渡りなんて、いつだって窮すれば通ずさ。」

マリヤは片手をイエスの軀から外《はず》して、並んでいるヨセフの腕をそっと引寄せて、それにかるく自分の頬をよせた。――まあ、この人ったら、頼もしいことを云うじゃないの。彼女の優しい目つきは彼女の心を語っていた。

やがて、わが家の門口に来た。

一家は夕飯の食卓を囲んだ。マリヤは自分も食べながらイエスに乳房を含ませた。イエスは片方の掌で母親の乳房を弄びながら、ごくごく音をさせて乳を飲んだ。ヨセフはパンを毟《むし》りながら、イエスのそのおませなさまを見ていた。ふいにマリヤが顔を顰《しか》めて、イエスの口から乳房を離した。

「あ、痛い。坊やはまた嚙んだのね。」

「どうした。」

「上歯が生えかかっているんで、痛が起きるんでしょうね。ごらんなさい、片方の歯茎が破れかけているでしょ。」

マリヤは指でイエスの上唇をめくった。ヨセフが見ると、なるほど薄く肉が裂けて歯らしいものが覗いていた。ヨセフは幼児の生理の見本を見るような気がした。思わず彼は独り笑いを漏らした。

「お前さん、なにが可笑《おか》しいんです。」

「なんでもない。大人なんて煩わしいもんだ。おれたちはもっと神様を信仰しなければいけないよ。」

マリヤは黙って、再びイエスに乳房を含ませた。

夕飯を仕舞ってから、マリヤはヨセフに云った。

「今夜は夜業《よなべ》をしますか。」

「そうだな。夜業と云うほどのこともないが、あの軛を仕上げてしまおうか。もう少しのところだから。」

「それがよござんすわ。」

やがてヨセフは仕事を済ませて、寝床の中にいるイエスの守りをしながら、碾臼《ひきうす》で小麦を粉にひいているマリヤの傍に来た。イエスはヨセフが木切に刻んだ羊に模《かたど》った玩具を掌にして無心に遊んでいた。

「ばかに大人しくしているじゃないか。」

「坊やはこの玩具が気に入ったようですよ。たまには大人しくしてくれないと、ほんとに息がつけませんよ。」

ヨセフは妻子の傍に椅子を寄せて、それに腰を下して、聖書を繙《ひもと》いた。これはヨセフの日課である。ヨセフはいつもこの神の言葉を声に出して読んだ。ひとつは女房に聞かせるためであった。マリヤもそれを聞くことを好んだ。

「汝《なんじ》らの地《ち》の穀物《こくもつ》を穫《かる》ときには汝等《なんじら》その田野《たはた》の隅々《すみずみ》までを尽《ことごと》く穫《かる》べからず亦汝《またなんじ》の穀物《こくもつ》の遺穂《おちぼ》を拾《ひろ》うべからずまた汝《なんじ》の菓樹園《くだものばたけ》の菓《くだもの》を取尽《とりつく》すべからずまた汝《なんじ》の菓樹園《くだものばたけ》に落《おち》たる菓《くだもの》を歛《あつ》むべからず貧《まず》しき者《もの》と旅客《たびびと》のためにこれを遺《のこ》しおくべし」

このくだりをヨセフは繰返し読んだ。自分の声に自分が引込まれるような気がした。マリヤは碾臼を廻しながら、亭主の声に耳を傾けている。イエスは無心に羊の玩具を弄んでいる。このとき、ヨセフの、マリヤの、そしてイエスの頭上にひとしく毫光が認められた。けれども、三人のうち誰一人それに気づいたものはいなかった。すると、誰かが門口の戸を叩く音が聞えた。ヨセフがそれを聞き咎《とが》めて聖書から顔をあげた。と同時に、三人の頭上から毫光が消えた。

ヨセフは椅子から立上って、門口の戸をあけた。そこには、見窄《みすぼら》しい身なりをした一人の若者が立っていた。若者の顔つきにも、またその身のこなしにも疲労のかげが見えた。

「お前さん、旅の人だね。」

とヨセフは自分から声をかけた。若者はほっとしたようにうなずいて、

「水を一杯もらえませんか。」

といかにも怖々した口調で云った。

「まあ、お入り。」ヨセフは顔に隔意のない笑いを浮べて、「おれはこんな髭づらはしているが、まさかお前さんを捕って食いはしないから。」

若者は躊躇していたが、家の中へ入った。若者はヨセフからすすめられるままに椅子に腰かけ、そしてマリヤから水をもらって飲んだ。若者の履いている鞋《くつ》は破れ、その足は塵に塗れている。ヨセフには若者の求めているものが水だけでないことがわかっていた。

「お前さん、どこまで行くんだね。」

「エルサレムまで行くつもりなんですが。」

「それはたいへんだ。よかったら、今夜はおれの家に泊って行かないか。遠慮はいらないよ。」

「それはご親切に。実はどこか納屋でも見つけて潜り込もうと思っていたんですが。」

「生憎おれの家は大工だから納屋はない。こんな小さな部屋だが、お前さん一人の寝場所位は余っている。まあ、鞋を脱いで足を洗わないか。草臥《くたび》れが抜けるから。」

ヨセフはマリヤに云いつけて桶に水を持ってこさせ、若者に足を濯《すす》がさせた。若者は夕飯

の振舞も受けた。若者が食事をしている間に、夫婦はイエスに湯をつかわした。ヨセフはマリヤが支えているイエスの肉づきのいい肢体を、柔かい海綿で愛撫するようにこすった。イエスはいかにも気持よさそうに親たちのするがままになっていた。若者は食事をしながら、それを見ていた。

イエスが湯をつかって寝間着に着換え、寝床の中に入れられたときには、若者も食事を終えていた。若者はイエスの寝床を見て、ヨセフに云った。

「親方さん。この寝床は馬槽のようだね。」

「うん。馬槽だよ。」

それからヨセフは若者に向ってその由来を話した。戸籍登録をするために、既に産月になっていたマリヤを伴ってユダヤのベツレヘムまで行ったが、旅籠屋に泊ることが出来なくて、仕方なくとある馬小屋を見かけて一夜の宿を借りたところ、その夜イエスが生れたということを。

「羊飼の夫婦がこの子に産湯をつかわしてくれた。この世の中に生れてきてこの子はまず馬槽に寝たんだよ。おれはこの子を腕のいい大工にしようと思っている。」

若者はヨセフの話を聞いて感動した。人がこの世の中に生れてくるのにはいろんな仕方があるものだと思った。それから、自分の身の上のことを思った。自分がみなし児で寄辺のない身の上であることを。エルサレムへ行ったら、きっと堅気な職に就こうと若者は思った。

「親方さん。坊やをおれに一寸抱かさせてくれないか。」

若者はイエスを膝に載せた。イエスは若者の顔を凝《じ》っと見つめた。後年、悩める者や重荷を負う者のうえに注がれたその眼差で。

夜中に、若者はふと目が覚めた。灯火の消えた暗い部屋の中に、ひととこ明りが見える。目を凝《こ》らして見ると、寝床の中のイエスの寝姿が、闇の中に幻のように浮き出しているのである。若者ははじめその光がどこから差しているのかわからなかったが、すぐにそれがイエスの頭上にある毫光の照明であることに気づいて驚いた。それは云うならば、レンブラントが描いたゆりかごの中に眠るイエスの画に見られるような効果を現出していた。イエスはすやすやと寝息を立てて眠っている。若者は自分の目を疑うように目をひとこすりし、そしてまたひとこすりした。

旅上

ふらんすへ行きたしと思へども
ふらんすはあまりに遠し
せめては新しき背広をきて
きままなる旅にいでてみん。
汽車が山道をゆくとき
みづいろの窓によりかかりて
われひとりうれしきことをおもはん
五月の朝のしののめ
うら若草のもえいづる心まかせに。

（萩原朔太郎「愛憐詩篇」）

若いころ、私はよくこの詩を愛誦した。いまでも、諳《そらん》じているほどである。けれども、私はべつにフランスへ行きたいとは思わなかった。そう思うことさえが、既に私には遠すぎた。それにその頃の私は、古いにしろ新しいにしろ、背広などはもちあわせてはいなかった。背広を新調するということが、私にはとても手の届かないことであった。どこかへ旅をしたいとは思っても、そんな気ままはゆるされなかった。思えば、心まかせにならぬことばかりであった。私にゆるされていることはと云えば、わずかに愛誦の詩句を口ずさんで、慰まぬ散歩をするぐらいのことであった。

「草枕」にある那古井《なこい》の里のような処へ行きたいと私は思った。私はこの小説がなんとなく好きなのである。非人情の旅、と小説中の旅人である画家は云うが、この小説の魅力は、私達をしてしばし憂世《うきよ》の煩雑を忘れさせて、非人情の世界に逍遥させてくれるところにあるのだろう。出てくる人間もいい。峠の茶屋のお婆さんも、源兵衛という馬子も、髪結床の親方も、寺の和尚も、小僧も。もちろん、那美《なみ》さんも悪くない。こんなところでしばらくのんびりしていられたなら、どんなにいいだろうと私は思った。

去年の秋、私は東京から汽車で八時間ばかりの処にある、吹井《ふきい》の湯（仮名）というのへ行った。私にとっては、生れてはじめてする遊山であった。人からそこの宿賃の低廉なことを聞いて、ふいに思い立ったのである。私は編上靴をはいて出かけた。山路を歩くつもりであった。吹井は汽車を下りてから、バスにゆられて五十分、三里の道のりを行く山奥の温泉場である。

汽車を下りると、駅前に吹井行のバスが止っていた。車内には十人ほどの乗客がいるのが見えた。私は上衣のポケットから時計をとりだして、時間をしらべた。――これは女房の時計である。腕時計であるが、なぜか私は腕に巻く気がしないのである。べつにそれが安物だからというわけではない。私はこれまでまだ時計というものをいちども所有したことがないのである。私はふだん大抵時計を持たずに外出するが、用のある場合には、女房のを借りて間に合わすことにしている。この時計は一時間に一分弱の割合で遅れる癖があるのである。それでも無いよりはましである。いちど分解掃除をしなければ、と女房は云っているが、ついそのままにしている。

山峡の秋色をめでながら歩いてゆけば、ようやく暮色の濃くなる時分に宿につく、あるいは、とっぷりと日が暮れてしまうかも知れぬ。ローレンス・スターンの顰《ひそみ》に倣《なら》って云えば、私も亦《また》“Sentimental Traveler”のはしくれであろう。どうしようかと迷っていると、ひとりの少女が老婆の手を引いてかけつけて、あわただしくバスに乗込もうとする老婆をうしろから介添えしながら、少女自身も乗込んだ。その際、少女は私の方をかえりみて一寸頭をさげた。「お先に。」というつもりらしかったが、そのしぐさが一寸悪くなかった。誘われて私も少女の後からあわてて乗った。私を乗せると、バスは待ちかまえていたように走りだした。

少女のとなりがすいていたので、私はそこに腰かけた。

町を出はずれると、しばらくは田圃がつづいて、そちこちに稲叢《いなむら》が見える。

ようやく山峡に入ると共に、道が悪くなり、車体の揺れがはげしくなった。幾台ものトラックとすれちがう。かなりの距離にわたって道普請でもしているらしく、そのために道路が掘りかえされているのである。私はいくたびか座席の上で軀《からだ》の釣合を失い、危くとなりの少女の肩に顎をぶつけそうになったりした。

「佐平さんは来とるか。」

と不意に老婆が大声で少女にたずねた。

「ええ。十日ほど前に見えました。」

と少女も大声で返事をした。老婆は耳が遠いのだろう。

「おかみさんも一緒にか。」

「ええ。子供衆も。」

「そうか。そいじゃ、すぐに療治をたのむかの。」

「今夜、山の小屋に栄楽さんが来ますよ。」

「ほう、栄楽が来とるのか。それは楽しみじゃ。」

途中で下りる人もあり、また乗る人もあったが、車内は四、五人の数になっていた。みんな終点まで行く客なのだろう。老婆は湯治客なのだろう。老婆と少女の会話を耳にしながら、私はおそらく少女は吹井の宿の女中で、老婆は湯治客なのだろうと推測した。湯治にきた老婆を少女が町まで出迎えたのか、または偶々《たまたま》連れになったのだろう。

次第に山峡深くきた感じで、ピュ、ピュ、という鳥の啼声が聞えた。深い渓谷の上に架かった木橋をバスは通過した。窓から顔を覗かせている私の目に、柱に「猿跳橋」と書いてあるのが見えた。昔は、この辺を猿が跳梁していたのであろう。いまでも、山深くゆけばいるのかも知れない。

前方に、姥ヶ嶽の威容が遠望された。

やがて、バスは吹井についた。谿《たに》に臨んで崖の上に、三軒の宿屋が几の字形に並んでいる。建物にかこまれた空地は、恰度都会のアパートの内庭を見る感じである。少女は老婆の手を引いて、左手にある「檜屋」という看板の出ている宿屋に入った。檜屋の前には、一坪ほどの池があって鯉が飼ってあるのが見えた。私は一寸そこに佇んでから、檜屋の軒《のき》をくぐった。

案内を乞うと、四十がらみの女が出てきた。この家のおかみさんであろう。地味なつくりをした、物腰のしずかなと云うよりは、沈んだ感じの人である。私はなんだか見覚えがあるような気がした。現実で逢ったことがあるというのではなく、昔読んだ小説の中でお目にかかったことがあるようなそんな感じなのである。

二三日厄介になりたいと私は云った。

「どちらから。」

「東京から来ました。」

「それはまた、ようこそおいでなさいました。」

部屋に通って、着換えをしていると、先刻の少女が茶を持ってきた。私は少女に案内されて浴場へ行った。浴場は三軒の宿屋が共通に使っているもので、檜屋の向いの増田屋という宿屋の横手にその入口がある。

入口の羽目板にはビラが貼ってあって、見ると、

――浪花節大会、松風軒栄楽一行、入場料二十円、山の小屋。

と書いてある。

入口を入ると、すぐ地下に下りる階段があって、幾曲りもした階段を下りた処に浴場がある。そこは渓流に沿った谿底なのである。少女は脱衣所まで私を案内した。

裸になりながら、仕切りの硝子戸越しに湯殿の中を窺うと、湯槽の中に十人ほどの老若男女が混浴しているのが見られた。私はすぐには入り憎い気がした。硝子戸をあけると、みんな一斉にこちらに視線を向けた。少くとも私にはそう感じられた。私は平静を装いながら、湯槽のすみっこに軀を沈めた。湯は人肌ほどの温《ぬくさ》である。私ははじめ目を伏せて凝《じ》っとしていた。

ここの湯はラジウム泉で、殆《ほとん》どが湯治が目当の客である。不妊症によく利くそうで、そのせいばかりではなかろうが、女が多い。男女混浴だということは、人から聞いていた。けれども、未経験の私はその実態には疎かったのである。

みんな楽しそうにお喋りをしている。すみっこにいる私ひとりが仲間外れの感じである。羽目板には天井に近く、この湯の由来と効能を書いた掲示板がかかげてあり、その横には「男女混浴は固く禁ず。」とした掲示も見える。どういうつもりなのだろうか。

「いかがです。また一勝負やりますか。」

と私の近くにいる色白のふとった男が、斜向《はす》いにいる色黒のやせた男に話しかけた。やせた男は苦笑している。ふとった男は両掌の指を組合わせて、半ば湯に漬け、その両手を強く打合わせるしぐさをした。組合わせた指の間から、湯が小さな弧を描いてとび出した。

やせた男も同じしぐさをして、

「女の人はあまりやらんようですな。」

と四囲《まわり》にいる女達の顔を見廻した。ふとった男は、

「そうですな。あるいはご婦人にはこういう芸当は出来ないのかも知れませんな。」

と云って、また湯をとばした。やせた男は、

「それでは、もう一勝負。」

と云うと、うしろに手をのばして、流しの上に置いてあった罐詰《かんづめ》の空罐《あきかん》を取って、湯の上に浮べた。指の間から湯をとばして空罐の中に注ぎ入れる。そのしぐさを何回繰返せば空罐の中に湯を満たし沈めることが出来るかという競争なのであった。回数の少い方が勝ちなわけであった。

見ていると、ふとった男の方が巧みであった。

「きょうは調子が出ないようですな。」

とふとった男は相手を慰めるような口をきいた。やせた男の苦笑した顔には、湯治客の無《ぶ》聊《りょう》がそのまま見えるようであった。

「佐平さん。あとで療治をたのみますよ。」

と云う聞き覚えのある大声がきこえたので、見ると、先刻バスで乗合わせた老婆がいて、湯から上がるところであった。わりにふとった軀をしていて、大きなタオルを腰に巻きつけている。佐平さんはと見れば、これは五十年配の毬栗《いがぐり》頭の男で、どうやら盲目のようであった。湯治客相手の按摩なのであろう。湯槽の縁《ふち》に項《うなじ》をあずけて、凝っとしているその外見は、一寸坊さんのように見えた。

湯から上がって、部屋で寝ころんでいると、少女が夕飯の膳を運んできた。

ここの客は殆どが湯治客で、自然滞在が長びくので、部屋だけ借りて、各自自炊をしているようであった。家内中で来ている人も少くないようである。

私は少女に給仕をしてもらった。舞茸《まいたけ》の吸物が私にはめずらしかった。松茸のような匂はしないが、その淡白な味は悪くない。吸物にするか、または肉といっしょに煮るのがいいそうである。ここの山に生えるそうだが、この頃は数も少くなったという。

その夜、私は浪花節をききに山の小屋へ行った。私はふだん縁日などに神社の境内などで催される、テント張りや小屋掛けのサーカスや小芝居などを見るのが好きなのである。山の小屋というのは村の人達の寄合所のようであった。畳敷のところに、かりに舞台が設けられているのである。栄楽は五十がらみの恰幅のいい男で、顔に薄化粧をしていた。村の人達や湯治客の間にまじりながら、私は山峡の旅情を感じた。

私は浪花節をききのこして宿へ帰った。浴場へゆくと、湯殿の中には四、五人の人影しかなかった。私は佐平さんがその家族と共にいるのに気がついた。佐平さんはおかみさん（四十年配で、人の好さそうな顔をしていた）と並んで湯に漬りながら、その胸に七つ八つの男の子を抱いていた。男の子は顔色が悪く、病弱そうに見えた。誰も話をする者はなく、ひっそりしているので、子供を抱いた佐平さんの姿は、とりわけ神妙そうに見えるのであった。

あくる晩、私は佐平さんを呼んで肩を揉んでもらった。按摩をたのむのも、私にははじめてのことである。揉んでもらいながら、私には佐平さんの掌が仁王様の掌のようにも大きく感じられた。

あくる朝、私は宿を立った。おかみさんはなにやら半紙に包んだ土産物をくれた。見ると、舞茸である。私はなにかとても後口のいい土産物をもらったような気がした。

帰途は、三里の山路を歩くのである。

浅草

こないだ、久し振りに浅草へ行った。新しい観音さまのお堂が建ったということを聞いていたので、なんとなく行ってみたくなった。清潔なお堂で、掃除もゆき届いていて、なんとなく勝手がちがう気がした。私が知っている観音さまは、もっとムッとする体臭を持っていた。あの大屋根から、廻廊から、欄杆《らんかん》から、階段から、そこら中いっぱいに鳩の糞にまみれていて、お堂の中は濃厚な線香の匂いが立ち籠めていて、参詣の善男善女でごった返していた。その雰囲気には、確に江戸の昔から持ち越された匂いが漂っていた。乞食もいた。いずれも、いざり、めくら、てんぼう、などという本筋の連中であった。額を地面に擦りつけんばかりにして、「右や左の旦那さま。」をやっていた。

いまの浅草は素通りした感じでは、なんだか白っちゃけていて、地方の盛り場でも見るようである。私は映画館にも入りそびれたし、ストリップ・ショウも見ずにしまった。看板を見ても、どうも食指が動かないのである。

映画館の横で、私は女から袖をひかれた。まだ、真っ昼間だったのだが。その遠慮げな感じが、一寸悪くなかった。ゆき過ぎてからも、いささか心が後に残った。若《も》しも誘いにまかせて行ったならば、案外、いまの浅草も悪くないなということになったのかも知れない。

「浅草の灯」という映画があった。オペラ全盛時代の浅草のことを映画化したものであった。私はあの映画が好きで、何回もくりかえして見た。あの映画には十二階が映っていた。勿論セットであるが。浅草の夜空に高く突っ立っている十二階の灯。それだけで、私にはもう充分であった。十二階、それは浅草生れの私にとっては、故郷の山河に代るものであった。私は朝に夕に十二階を見て育った。そのくせ私は十二階に登ったことは、たしか一度しかなかった。それもうろ覚えで、建物の内部がどんな工合だったかは全然記憶にない。それでも、あの建物の姿は、少年の私の目にも心にも馴染深い、忘れがたいもの、懐かしいものであった。関東大震災の時、夢中で戸外にとび出した私の目に、八階から上が折れてなくなった十二階の無慚《むざん》な姿が映った。

「浅草の灯」という映画は、私のうちにある浅草への郷愁をそそり、また、見果てぬ青春の夢に浸らせてくれた。あの映画には、ペラゴロなる連中が出てきて、オペラの踊子にうつつをぬかし、花束を投げたりするのだが、それを見ながら私はかえらぬ昔を嘆くような、懐かしいような、せつないような気持になった。あの時代に、自分も年頃であったならば、負けずにやったのだがというような気持であった。その頃は私はまだ少年で、私の憧れの対象は尾上松之助やユニバーサルの連続大活劇であった。私もたまには金竜館に入ったが、いつも大入満員の盛況で、その幕間の長いのには痺《しびれ》をきらした。それでも私はいつかデアポロの歌や、「オテクさん、オテクさん。一寸待って下さい。わたしはあなたに用がある。」というような歌を覚え込んで、遊び仲間と一緒にうたったものであった。

浅草のことを書いた小説も沢山あるようだが、私が読んだ限りでは、谷崎潤一郎の「鮫人」という未完のままで終っているのが、いちばん私の肌にあい、そうして浅草というものを、あるいは古い浅草を感じさせてくれた。私はひところ、この小説を愛読した。少しまえに、また読み返してみたが、やはり悪くなかった。この小説も、「浅草の灯」と同じ頃の浅草をとり扱ったものだが、私はこの小説の主人公の貧乏画家がなんとなく好きだった。劇場の背景描きなんかをやって小遣を得ている、アルコール中毒の、そうして慢性胃拡張の薄汚い男が。この男は劇場の若い女優に惚れて、そのことばかりを思いつめて、だんだん頭がおかしくなってゆく感じなのだが。私は一時、この男を自分の兄弟のようにも思っていた。この小説に描かれている事件の渦中に、自分もとび込んでしまいたい気持であった。

私は一体に、小説にしろ映画にしろ、男が女に溺れて阿呆のようになり一生を棒にふってしまうというような筋書のものが好きだった。「嘆きの天使」という映画があったが、ヤニングス扮するところの老教授が、デイトリッヒ扮するところの唄うたいに迷って、後半生をめちゃめちゃにしてしまう話であったが、やはり悪くなかった。なんとも云えない、人の心を蕩《とろか》すところのものがあった。この映画は確かデイトリッヒの初出演のものだったと思うが、デイトリッヒそのものがよかった。この女といつも一緒にいて、その顔を見、その声をきいていられるのだったら、それだけでもう充分じゃないかと私は思った。相手が銀幕の上の影であるから、話が無事なわけである。

私は少年の頃には、日曜には浅草へ行って映画(その頃は活動写真と云ったが)を見るのがきまりであった。瓢箪池《ひょうたんいけ》の際に出ていた露店の煎豆屋《いりまめや》で、煎りたてのほかほかしたやつを五銭がとこ買って懐中にして、映画を見ながら頬張った。同じものを立て続けに二回見た。二回見なければ見たような気がしなかった。帰りには、また屋台でハイカラ餅というものを食った。材料はなんであったか知らないが、小判型のが串にさしてあって、垂《たれ》がついていた。一串一銭であったが、なかなかうまかった。炭火で炙《あぶ》ったやつに垂をつけて食うのだが、いわば浅草の味がした。粉薬を服用する際に使うオブラート、ハイカラ餅は、あれの出来損いを捏《こね》まぜて固めてつくるのだと人から聞いたような気がするが、あるいはそうかも知れない。オブラートならば素姓が知れているというわけのものである。焼きたてを食うところが身上なのだろうが、歯ごたえもあって、味も悪くなかったのである。私はこんな屋台のものや、駄菓子屋の三文菓子を食って育った。

中学生になってからは、よく学校をエスケープしては浅草へいった。浅草は私のような悪い学生に対しても、寛大であった。私は弁天山のそばにあった茶店に寄って、赤い毛氈《もうせん》が敷いてある縁台に腰かけて、母がこしらえてくれた弁当を食べた。その気になれば、学校なんかへは行かずに、こうして独り気ままに遊んでいられるのだということが、私にはふしぎな気がした。なぜいままでこれに気がつかなかったのだろうと私は思った。私は後めたさよりも、解放感の方をよけいに感じた。

中学校を中途退学して、家でぶらぶらしていた時にも、私はよく浅草へ行った。浅草は心のうつろな時にぶらりと出かけてゆくのには恰好な場所であった。私は観音さまの境内で思い思いに人寄せをしている野師たちの口上をきいて時間つぶしをした。

徳用鋏を売っている、西洋乞食のような貧相な爺さんがいた。掌の中に隠れてしまうほどの貧弱な鋏なのだが、爺さんに云わせると、その小型なのが携帯に便利というわけであった。耳カキや錐も附いていて、毛抜の代用もするし、なりは小さいが刃先の鋭利なことはブリキ板でさえこのとおり。爺さんは見物人の目のまえでいかにも自慢そうに、玩具のような鋏でブリキ板を切って見せた。爺さんの口上はまるで小言でも云っているような、若《も》しくはうきよのままならぬことを悲憤慷慨しているような感じのものであった。後年、私はカアル・ヒルティの肖像写真を見た時、なんだか見たことのある顔だなと思ったが、思い当った時に私は思わず笑ってしまった。私が記憶の底にさぐり当てたものは、あの鋏売りの爺さんの顔であった。爺さんの顔は、ヒルティの顔を癇症にしたような感じのものであった。爺さんが顔をふるわせ唾をとばして口上を述べていると、それでも五六人の人だかりはあったが、商売はあまり繁昌していないようであった。口上を休んでいる時は爺さんはとぼんとした顔をしていて、身のまわりには流行からとり残されたような寂寥がまといついていた。爺さんを見ていると、私にはその家族のことまでが想像されるのであった。世の中にはいろんな人がいるのだなあ。そんな思いが心の中に湧いてきて、私は神様から慰められでもしたような気持になった。

ある日、映画館の陳列の写真を覗き込んで、ある女優の顔にみとれていた時に、スリに袂《たもと》を切られたことがあった。変な気配がしたので、思わず袂に掌をやり見ると、切られたあとがあり、入れていた蝦蟇口《がまぐち》がなくなっていた。ハッとしてふりむいて、私のうしろをいそぎ足で通り過ぎた、鳥打帽をかぶり洋服を着た男のうしろ姿に目をやった時、その男がくるりとこちらを向いて私と顔をあわせると、しまった、という表情よろしく、いきなり逃走した。私も、さてはと思い、あわをくって追いかけた。「スリだ、スリだ。」と私は叫んだが、あわれなことには、私の声はうわずり掠《かす》れて、通行人の耳には届かない。スリは映画館の横の路地にとび込んだ。真っすぐにゆけば交番があるので、咄嗟《とっさ》の間に奴さんも自衛本能が働いたのであろう。路地の中で、スリはうしろをふりむいて、なおも私が追跡していることを確めた。その顔つきは実に真剣であった。スリも真剣であったが、私もまた一生懸命であった。而もその一生懸命の最中に、こうして追いかけっこをしている自分達の姿はなんだか映画の場面にそっくりだなという意識が瞬間はたらいたりした。スリは路地から路地という風に逃げたが、私もまた執拗に追いかけた。遂にスリは私の執念深さにまいったらしく、また身の危険をも考えたのであろう、路上に獲物を放擲《ほうてき》して逃げた。私もほっとして追跡をやめた。スリを捕えることが目的ではなく、蝦蟇口をとり戻すことが目的であったから。二十分位たってから、私はまたスリとある映画館の前でゆき逢ったが、スリはことさらに不敵な表情を見せて、切符を買ってその映画館に入った。私もそ知らぬ顔をよそおった。スリは私よりも二つか三つ年上の、まだ若い男であった。スリが一生懸命に逃げたのは、これはあたりまえである。つかまれば牢屋にゆかなければならないのだから。けれども、私もまた一生懸命になったものであった。私の半生をかえりみても、あれほど一生懸命になったことはない。それにしても、「スリだ、スリだ。」と叫んで、通行人の助けを求めたところを見ると、よほどとられた金が惜しかったのであろう。私の蝦蟇口のなかみは、五十銭銀貨が一枚と銅貨が二三枚であったのだ。その後、私はあの時の自分のハリキリぶりを思うたびに、その姿を誰に見られたというわけでもないのに、独り顔の赤くなる思いをした。私はこの話をあまり他人には話さなかったが、話す場合でも、「スリだ、スリだ。」と叫んだことだけは内緒にしていた。

私という人間が、あまりにもあからさまに出ているような気がして。

親の臑《すね》かじりが出来なくなって家を出た時にも、私はまず浅草へ行った。職業を見つけることよりも、その日の塒《ねぐら》を探すことよりも先に。私は休みの日の小僧のように天丼を食い映画を見て、さて日が暮れてから本願寺のそばにあった無料宿泊所へ行った。それからは、私は失業するたびに、この宿泊所のご厄介になった。支那料理屋、ミルクホール、キャンデー屋、大学芋屋、牛乳屋という風に、私は転々と職業をとりかえた。みんな食物《くいもの》屋であるが、これはなにも私がくいしんぼうで、こんな処をばかり狙《ねら》ったというわけではなく、住込むのに手取早かったからである。云うまでもなく、一つとして身についたものはなかった。長くて三月、短い場合は一週間とつとまらなかった処もある。首になった処もあり、自分からやめた処もあるが、どちらの場合にも、まず浅草へ行って英気を養って、さてそれからのことだと私は思った。ともかく浅草へ行かないことには、その後のふんぎりがつかなかった。そのうち、私は下谷竜泉寺町にあった新聞店に住込んで、ようやくそこに尻を落着けることが出来た。そこは浅草へ行くにはたいへん足場のいい処であった。私は頻繁に浅草へ行くようになった。「浅草の灯」という映画を見たのも、この頃のことであった。そうしてそのうち私はオペラ館の踊子に好きな子が出来た。私はオペラ館に日参した。夕刊の配達をすますと、すぐ飛んで行ったのである。毎日同じ出し物を見ていて、楽しかった。病みつきになってしまって、彼女の顔を見ずにはいられなかった。どうかして彼女の顔が見えないと、私は失望落胆した。ある時、病気でもしたのか、彼女は十日以上も休演したことがあった。その間、私はきょうは彼女は出ているか、きょうは彼女は出ているかと、期待に胸をはずませて通い、彼女の顔を見た時には嬉しさで胸がいっぱいになった。彼女は可愛い顔をしていた。ことに笑い顔が可愛かった。彼女には姉があった。姉妹で踊子をしているのであった。姉も器量よしで、長身であった。彼女はどちらかと云えば、小柄の方で、すんなりしたいい軀《からだ》つきをしていた。オペラ館の踊子の中では二人共に中堅どころで、姉の方が踊りは巧かったが、彼女にはあどけない魅力があった。二人に相応に人気があり、大向うからよく声がかかった。姉妹連名で贈られた花輪が、オペラ館の入口に飾ってあったのを見たことがある。

　私はふとしたことから、姉妹の住居を知った。ある日、入谷町の通りを歩いていた時に、裁縫教授の看板のかかっている家の格子戸をあけてひとりの女が出てきたのを見て、私はオヤと思った。その女はオペラ館の踊子の一人であった。その女は外国人に見るような立派な鼻つきをしていて顔立ちは悪くなかったのだが、なんとなく色気に乏しかった。踊りも達者ではあったが、いかにも味がなかった。思いがけない気がして、思わずその家の表札を見ると、なんとそこにはかの姉妹の名札が出ていた。その後、私はその方面に行った時には、その家の前を通って注意して見たが、姉妹の姿を見かけたことはなかった。どうやら姉妹はその家の二階に間借りでもしているらしかったのだが。あの立派な鼻つきをしている踊子の方はもう一度見かけた。あの日、その近くのミルクホールに立寄ったら、そこに踊子がいた。借り物らしい赤ん坊を膝にのせてあやしていた。この女もその近くに住んでいたのであろう。

戦争末期に、オペラ館は強制疎開でとり壊しになり、一座は解散したが、その三月位前から、妹の方は姿を見せなくなった。私は彼女の姿が見られなくなってからも、相変らずオペラ館に日参したが、どうにも物足りない気がして、かなわなかった。何度かその家の方に立ち廻ってみたが、彼女の姿を見かけることは出来なかった。依然、表札はかかっていたのだが。

戦後、私は北海道へ行ったが、そこに二年ばかりいて、また東京に舞い戻ってきた。ある日、郊外の映画館に入ったら、アトラクションにストリップ・ショウをやっていた。舞台の片隅に四、五人のバンドの連中がいて音楽をはじめると、反対側の垂幕のかげから女が出てきた。女は仮面をつけていたが、私はなんだか見覚えがある気がした。踊りながらようやく女は仮面をはずした。あの鼻の踊子であった。一別以来、私は懐かしい気がした。女ももういい年であろう。久し振りに見る女の踊りには、以前にはなかった見物を惹きつけるものがあった。女は踊りながら、身に纏《まと》う薄衣を一枚はぎ二枚はぎ、最後に際どいところで垂幕のかげに身を隠した。

痼疾

私は生れつき、頑健な子供であった。病気をして学校を休んだことは殆どなかった。兄は私とは二つ違いであったが、どちらかと云えば蒲柳《ほりゅう》の質で、気だても優しかった。私は腕白小僧で、意気地なしのくせによく友達と腕力沙汰に及んだ。私は膂力《りょりょく》にはすぐれていたが、度胸には欠けていたので、後《おくれ》をとることが屢々《しばしば》であった。家庭でも、私はわるさをしてよく折檻された。兄弟中で、私ひとりが鬼っ子の感があった。憎まれっ子世に憚《はばか》るの譬《たとえ》にもれなかった。

中学校の二年生のときに、はじめて富士山に登ったが、私は早足《はやあし》で富士山を征服した。私は連れにさきがけて頂上を極めてから、七合目まで引き返して連れと一緒になり、偶々《たまたま》ゆきあった、生徒を引率してきた女学校の女教師が青息吐息で喘《あえ》いでいるのを助けて、再び登った。いまから思えば夢のような話である。

徴兵検査のときには、甲種合格になるものと思っていたが、結果は第一乙種で補充兵に編入された。私は懶惰《らんだ》な学生であったので、いつか軀《からだ》もなまくらになっていたようである。それでも私は、自分が編入された兵種が騎砲兵であることに気をよくしていた。馬に乗って大砲を引っ張って歩くということが、なんだか豪傑のように思われたのである。私は騎砲兵と印刷した紙きれを長い間持っていて点呼のある度に奉公袋に入れて持参した。けれども私はどういうわけか、友人の殆《ほと》んどが召集を受けた中にあって、ひとり最後まで兵役に服することがなくてすんだ。終戦になってから私は奉公袋の始末をしたが、はじめ私は騎砲兵としるした紙きれを自分の健康の証明書のようにも思い込んでいたようである。たとえ召集を受けたとしても、もはや私の軀は大砲をひく任務には堪えられなくなっていたに違いないのだが。

私はことし四十四歳になるが、身長は五尺五寸、目方はここ五、六年来十四貫五百から八百匁《もんめ》の間を増えたり減ったりしている。私は銭湯へゆくと、いつも秤《はかり》の上に乗っかって未練らしく針の動きを見つめるのだが、目方が十五貫に昇ったことは一度もない。食前と食後ではやはり二百匁位の差がある。私はまた、五月の声をきくと、はや夏痩せのする体質である。せめて十六貫位はある肉附になりたいものである。私の肉体の目につく特徴と云えば、怒肩、猫背、胃拡張であろう。これらは少年時代から現在まで、私から失われずにいるところのものである。これらはほぼ時期を同じくして、私の肉体の上に現れた。私は小学生のときに、他人から指摘されるまでもなく、これらの特徴をはっきり自覚していた。

私の軀はとくに運動で鍛えたというものではないが、ほかの部分に比べて、幾分臑《すね》が発達しているらしい。こないだ按摩に軀をもんでもらったときに、それを云われた。これは私がかつて新聞配達をしていて、五年間というもの朝夕規則的に新聞束を抱えて歩いていたせいであろう。太股《ふともも》から脹脛《ふくらはぎ》にかけて、静脈が浮き上って渦を巻いている。馬車挽《ひ》きの足がやはりそうだという。

私は三十二歳のときに徴用を受けて軍需会社に勤めたが、身体検査でレントゲン写真をとったときに、はじめて医者から胸部に曇りの見えることを云われた。私には意外であった。しばらくしてまた健康診断があったときに、医者から心臓が肥大していることを注意された。その頃、私は既に夜具布団を押入へ仕舞い込むのにさえ、はや息切れがするようになっていた。医者は（女医であったが）私に、黴毒《ばいどく》に感染したことがあるかと訊いた。

息切れがするのは大分まえからであった。徴用を受ける前は私は新聞配達をしていたのだが、配達仲間と相撲をとるときなど、はじめの一、二番は勝ったが、すぐ息切れがして、続けていると、疲れて力尽きるのがきまりであった。また私は少年の頃、毎夏大川の水練場に通って、水泳には練達していたが、朋輩達と海水浴に行ったりすると、やはりすぐ息切れがして疲れてしまい、長くは泳いでいられなかった。それでも私は見かけは精悍で、なにやら伝染病の検査で、各自の排泄物を試験管に入れて、処の警察署の医務室へ持参したことがあったが、私のをみんなにふりあてれば心配はないと仲間から云われた。実際は見かけ倒しだったのだが。

終戦後、私は北海道の夕張炭坑へ行って坑夫になったが、そこでも心臓の弱っていることが災《わざわい》した。坑内へ入る前に訓練を受けたが、石炭の代りに積雪を撥ねる作業で、私は二、三度スコップを扱うと、はや息切れがした。坑内へ入ってからは、現場まで行くのが、そしてまた帰ってくるのが、既に一仕事であった。ことに帰りが難儀であった。非常な高みを登ってくるわけになるのだから。それでも私は保安、採炭、移設などの作業に従事した。私のような軀で採炭の作業をするのは、自殺行為にひとしかった。つとまるわけがないのである。私は二ヶ月ばかり無茶をやった後、ついにくたくたになってぶっ倒れ、病院通いをするようになった。ここでも私は医者から呼吸器の疾患のことを云われたが、この方はたいしたことはないらしかった。「僧帽弁閉鎖不完全症」、そんな大層な病名の下に、私はしばらく病院通いをし、その後小康を得てまた働きに出るようになった。坑内に道具番が新設されて、そこの番人になったのである。単に道具の番をするだけで、労働をする仕事ではないので、私にも勤められたのである。

炭坑病院の医者は私の心臓が肥大しているのに驚いた面持で、なにか重い物を担いだことがあるかと訊いた。私はすぐには思いあたらなかった。重い物を担ぐと云えば、炭坑へ来てからは、それこそ毎日重い物を担いでいたわけであるが。しばらくして私は自分がかつて新聞配達をしていたことに思いあたった。新聞束は相当な目方がある。配達してゆくそばから減ってゆくのだから、当人はそれほどに感じないが、長い年月毎日続けていれば、あるいは心臓が肥大してくるようなこともあるかも知れない。それから私は一度かなりの重量の物を背負って長い道のりをぜいぜい息を切らしながら歩いたことがあったことを思い出した。徴用期間中のことだが、私はある処へ買出しに出かけ、野菜をいっぱい大風呂敷に詰め込んで、それを泥棒のようにしょい込んで、三里の道のりを歩きとおしたのだから、堪ったものではない。ぜいぜい息を切らしながら歩いたが、心臓が破裂せんばかりであった。途中で何度風呂敷包を放《ほう》り出《だ》そうと思ったか知れなかった。このとき私は舌切雀の慾張り婆《ばばあ》の葛籠の重さを身にしみて実感した。

炭坑をやめてまた東京に帰ってきてから、早いもので六年になる。心臓の方は相変らずである。ビルデングの階段を昇ったり、重い物を提げたり、人と口論したりすると、すぐ動悸がする。掌を心臓のうえにあてると、鼓動の乱調子なのがよくわかる。精神病に支離滅裂症というのがあるそうだが、私の心臓はどうもそいつに罹《かか》っているような塩梅である。莫迦《ばか》な主人を持ったのが不運だといったような、やけくそな溜息のようなものさえ感じられて、わが心臓ながら不憫な気がしてくる。それでも、紙にペンで字を書いている分には無事である。最近は心臓病も手術をすればなおる見込があるようで、手術に成功した記事を新聞などで再三見かけるようになった。フランス映画に心臓の手術をしている場面が出てくるのがあった。手術をしたおかげで、早足で富士山に登れるようになれば有難いわけである。

こないだ私は用事があって二週間の旅をしたが、旅の終りに神経痛の発作が起きて難儀をした。私にとっては、神経痛は心臓病ほどの馴染ではない。坐骨神経痛であるが、人に自慢できるようなものではない。まだ発作の回数も少く、病歴も短く、病状も難症ではない。私の知人に神経痛では年季の入った横綱格の人がいるが、その人に云わせると、私のなどはまだまだ神経痛のくちに入らないそうで、私などが人前で神経痛の話をするのは不遜であるという。けれども、物事はなんによらず、玄人よりは素人の方がとかくそのことについてお喋りをしたいようである。

私が自分に神経痛の気があることに気づいたのは徴用期間中のことである。私は軍需会社に徴用されたが、現場には行かずに事務の方に廻された。会社では終日、固い椅子に腰かけて机に向っていた。私は椅子から立ち上ろうとして、腰が伸びず痛みを覚えることが屡々《しばしば》あった。しばらくは腰を屈めたままでいなければならなかった。苦痛はあったが、堪えられないほどではなかった。これは発作のくちには入らないかも知れないが、神経痛に関する最初の記憶である。

次は北海道から帰ってからのことだが、ある日、知人のもとへ行く途中で雨にあい、知人のもとへ行ってからも、濡れたズボンのまま坐っていて(板の間に絨毯の敷いてある部屋だったが)、いざ帰ろうとして立ち上ろうとしたら、腰が云うことをきかなかった。痛いのを我慢して帰宅したが、三日ばかり苦しんだ。それでも寝込んだわけではなく、痛いのを我慢して、いい恰好をして、湯に行ったり買物に出かけたりしているうちになおった。痛みがすっかりとれるまでには一週間位かかったろう。

次は三年前の秋ぐちのこと、朝、布団を押入に仕舞い込もうとして、一寸踏張ったら、ぴくりとして、もはや手遅れであった。痛みはこれまでになく激しく、遂に私は寝込んでしまった。いい塩梅に私は女房をもらっていたので、不自由な思いはせずにすんだ。私は女房に云いつけて薬屋から膏薬《こうやく》を買ってこさせてそれを患部に貼って、寝床の中で呻吟していた。

四五日じっとしていたら、一息つくことが出来た。

次がこないだの旅先でのご難である。私は三年前のやつですっかり懲りて、その後は用心していたので、いい塩梅に発作も起きなかったのだが、旅先で不意打をくったのである。油断大敵とはよく云ったものである。

私は旅中、二度按摩に軀をもんでもらった。私は殆ど旅をしたことがなく、またふだん按摩にかかりつけている方でもない。最初にもんでもらったのは女の按摩であった。目あきの大女だったが、按摩というものは先ずお客の気持からもみほごしてゆかなければいけないと云い、療治中も絶えずお喋りをして、うまく伽《とぎ》をしてくれた。もみ具合も悪くなかった。二度目にもんでもらったのは盲目の若い男だったが、この按摩が部屋に入ってきたのを一瞥《いちべつ》したとき、私は不吉な予感に襲われたのである。すべては後の祭りであるが。この按摩は療治中、一言も口をきかなかった。もみ方もまことに味がなかった。あくる朝、目を覚まして起きようとしたら、右足が腰から踝にかけて、すっかりやられてしまっていた。これまでは腰だけが痛むのだったが、こんどは腰から股から臑《すね》にかけて、右の坐骨神経の全体が痛み、ことに臑の痛みが激しかった。立とうにも立てず、歩こうにも歩かれなかった。私は周章《あわ》てふためいて医者を呼んだが、医者の云うところによると、按摩の揉みすぎから坐骨神経痛を誘発したらしいのであった。医者は（恰幅のいい美青年だったが）痛みを止めるために注射をしてくれたが、いくら時間が経過しても、なんの効目もあらわれなかった。私はなんて藪ばかりいるところだろうと癇癪が起きて仕方がなかった。

その日の午後、私は車を雇って次の部落までゆき投宿したが、その宿の女中は（三十過ぎの人だったが）私の足に膏薬を貼ってくれながら、

「旅先で病気をする位、心細いことはございませんね。」

と労りの言葉をかけてくれた。それはそのとき私がききたかった言葉であった。

私が寝ている部屋からは川が見え、川には小さな河童連が泳いでいて、川の向うには青い山脈が見え、山脈には日光が烈《はげ》しく直射していた。

栞

関東大震災の時、浅草にいた私の一家は焼出されて、向島の水神にいた親戚の家に避難した。そこは私の祖母の里であったが、祖母にとっては嫂《あによめ》にあたる人（私達は水神のおばさんと呼んでいた）の身寄の人達も同じように本所にいて焼出されて避難してきていた。祖母の兄（私達は水神のおじさんと呼んでいたが）は既に他界していて、私の父とは従兄弟にあたる人が当主であった。本家から少し離れた処に水神のおじさんが建てた隠居所があって偶々《たまたま》明いていたので、そこに私達二組の罹災者は同居した。

私の一家は祖母、父母、兄と私で、水神のおばさんの身寄というのはおばさんの妹が嫁いだ先の人達で、おばさんの妹は亡くなっていて、その連合の人と娘二人息子一人の家族であった。父親はある役所に勤めていて、姉娘は家にいて主婦の代りをしていてそのために少し婚期が過ぎた感じで、息子は小学校の教員で、末の妹は私と同年で小学校の六年生であった。末の妹は名は千代子と云った。私の一家は震災当日の夕方には水神の家に避難することが出来たが、千代ちゃんの家族は一日遅れて来た。千代ちゃんだけ欠けていた。逃げてくる途中で千代ちゃんだけ逸《はぐ》れてしまったのだという。二日ほどして探しに出た兄さんが上野の山にいた千代ちゃんを見つけて連れて帰ってきた。

夕方、私が井戸端で水を汲んでいた時、兄さんが千代ちゃんを連れて帰ってきて、千代ちゃんに手足を洗わせたことを覚えている。その頃、この辺の家の井戸はみな釣瓶式であった。中学の三年生であった兄も私も、家を失ったことをそれほど悲しんではいなかった。寧《むし》ろ私にはそれまで知らなかった人達とする雑居生活がめずらしかった。女の同胞のなかった私には同じ年頃の千代ちゃんと朝夕を共にすることがめずらしかった。千代ちゃんも私と同じような気持らしかった。

しばらくは忙しい活気のある日々がつづいた。朝鮮人が井戸の中に毒を入れて廻っているという噂がつたわってきたりした。

罹災者に玄米や鑵詰《かんづめ》の配給があった。この辺ではそのつど梅若神社の境内に罹災者をあつめてその配給をした。兄は配給の行列に並ぶのを嫌がるような年頃だったので、私と千代ちゃんがそれぞれ家族を代表して出かけた。帰ってきてから私達は醬油の空壜に玄米を入れて、壜の口から棒をさし込んで搗《つ》いた。この辺は土地が低く近くに蓮田などもあって湿気があるので、また雨が降りつづくとすぐ水が出るので、隠居所は中二階ほどの高さに建ててある。縁側から庭に下りるためには取外しの出来る階段がとりつけてある。私達は階段に腰かけて、玄米搗きをした。千代ちゃんと二人でしていると、その根気のいる仕事が私には少しも退屈でなかった。隠居所の井戸の釣瓶縄が切れて使えない間、二人して近くの共同井戸へ水を汲みに行ったこともあった。私の兄と一緒に三人で遊ぶこともあったが、やはり二人だけで遊ぶことの方が多かった。

梅若神社の祭日に、二人して夜店を見に行ったが、私達は近所の子供達にからかわれた。私は千代ちゃんの手前があるので虚勢を張って負けずにやりかえしたが、相手が恐い顔をして詰寄ってきそうにした時には、胸がどきどきした。

「清さんはおとなしいと思っていたのに、そうでもないのね。」

と千代ちゃんは云った。

私は年頃になってからは急に背が伸びたが、その頃は低い方だったので、私と並ぶと千代ちゃんの方が高かった。着身着儘《きのみきのまま》で避難してきた私達に本家から衣類などをくれたが、千代ちゃんは紫の矢がすりの着物をもらった。千代ちゃんにはその着物がよく似合った。その着物をきて項《うなじ》におさげを垂らしている千代ちゃんの姿は、年よりも大人びていて、私などよりはずっと姉さんに見えた。千代ちゃんは色白で眉が濃く、伏目にしていると、目蓋がとても清げに見えた。私は千代ちゃんと共にいながら、よくうつむいている千代ちゃんの顔をぬすみ見た。

ある雨の日に、二人で部屋で遊んでいて、所在ないままになんの気なしに違棚の上にある戸棚の中を探ぐったら、浮世絵の版画が何枚か紙にくるんであるのが出てきた。その中に歌麿と蘆雪の山姥の画があった。その対照的な図柄に私達は目を瞠《みは》った。

「清さんはどっちが好き？」

千代ちゃんは私の顔色を窺いながら云った。私はなんとなく気押されて口籠った。その頃の私は山姥よりは金太郎の方に気が惹かれていた。千代ちゃんは蘆雪の山姥のあの歯をむき出している物凄い老婆の口もとをいきなり人さし指で被《おお》った。千代ちゃんは不審な顔をしている私に向い、

「ね、こうして歯を隠したら、どんなふうに見えるかと思って。」

と云い、すぐ指をどけた。

画の上に置かれた千代ちゃんの白い指の影像が、その後しばらく私の目に残った。

千代ちゃんのお父さんの勤めていた役所も、兄さんの奉職していた小学校も、また私の兄の通っていた中学校も共に山の手にあったので災害を免れたが、私と千代ちゃんの学校はそれぞれ浅草と本所にあったので焼けてしまった。私達はほかの人達が勤めや学校へ行くようになってからも家に残っていた。そのことが私達を仲よしにした。私の母や千代ちゃんの姉さんから使いを頼まれると、私達は互いに誘いあって出かけた。

そのうち焼跡にバラック建ての校舎が復興して私達も学校へ行くようになった。私は浅草の学校へ歩いて通い、千代ちゃんは山谷まで歩いてそこから電車に乗って本所の学校へ通った。朝、登校の際には私達は連立って家を出て、隅田堤を通り、白鬚橋《しらひげばし》を渡って、山谷まできてそこで別れた。かえりに山谷の通りで偶然一緒になったこともあった。

私の父は義太夫の師匠をしていた。世間の様子が一応落着くと、それまでのように弟子や

稽古の客が水神の家にも来るようになった。千代ちゃんは義太夫をきくのをめずらしがった。日曜日など、女の弟子が来て稽古をしている折に、千代ちゃんは耳を澄ましてきいていたりした。千代ちゃんは私になぜ義太夫を習わないのかと云った。私は義太夫はきらいではなかったが、べつに習いたいという気は起きなかった。そんな年でもなかった。もとより父母にも私を父の後継ぎにする気はなかった。

その年の暮ちかくになってから、私達は千代ちゃんの兄さんに見てもらって、夜の時間に受験勉強をした。千代ちゃんは算術があまり得意ではなかった。私などにも容易に解ける問題にまごついていた。私にはふだん大人びて賢げな千代ちゃんがこの時だけは自分より幼く見えた。千代ちゃんの眉を顰《ひそ》めて困惑している表情が私の目には可憐に映った。千代ちゃんの兄さんが癇癪を起して呶《ど》鳴《な》ることがある。そんな時、千代ちゃんは泣きべその表情になった。

ある朝、学校へ行く途中、千代ちゃんは元気のない顔をしていた。まえの晩寝る前に兄さんからしっかり勉強しないと試験に落第すると叱られたのだという。私も入学試験のことは心配だった。

「清さんは大丈夫よ。」

「千代ちゃんだって大丈夫だよ。」

私達は互いに励ましあった。

三学期に入ってまもなく、私の一家は焼跡に新しく建った家に移った。日曜日に、私はあまり気のすすまない兄を誘って水神の家へ遊びに行った。独りで行くのはなんだかきまりが悪かった。その日、私達は隠居所の池で鮒を釣って遊んだ。

まもなく千代ちゃんの一家も牛込の方に家を借りて移ったという便りをきいた。

私は幸にして入学試験に合格することが出来た。千代ちゃんはどうしたろうと私は思った。

「算術が出来なかったようだね。」

と母は云った。私の母は千代ちゃんのことを気に入っていた。水神の家にいた時、千代ちゃんはよく縁側や廊下の拭き掃除をしていたが、私の祖母が千代ちゃんの雑巾のしぼり方がゆるいなどと小言めいたことを云っても、いやな顔をしなかった。

その後、母が水神の家に行った時に、千代ちゃんが女学校の試験に合格したという消息をきいてきた。私はよかったと思うと共に、千代ちゃんの顔が見たくなった。

卒業式がすんで二、三日経った日に、思いがけなく私のもとに千代ちゃんから小包が届いた。あけて見ると、「家なき子」の本が入っていて、その頁の間には千代ちゃんが編んだのであろう、リリアンで編んだ栞《しおり》がいくつか挿んであった。

私は嬉しさで胸がいっぱいになった。

「千代ちゃんにも贈物をしなくては。」

と母は云った。

兄は素っ気ない顔をして見ていたが、ふと私をからかうように、

「栞さん。栞さん。」

と云った。私は顔が赤くなった。

その夜、私は寝床の中で「家なき子」を読みながら、なんども栞を手に取って見た。千代ちゃんになにを贈ろう、絵具箱にしようと私は思った。

風貌

――太宰治のこと――

――私はたいていうなだれて、自分の足もとばかり見て歩いていた。けれども自分の耳にひそひそと宿命とでもいうべきものを囁かれる事が実にしばしばあったのである。私はそれを信じた。私の発見というのはそのように、理由も形も何も無いひどく主観的なものである。誰がどうしたとか、どなたが何とおっしゃったとか、私はそれには、ほとんど何もこだわるところが無かったのである。それは当然の事で私などには、それにこだわる資格も何も無いのであるが、とにかく、現実は、私の眼中に無かった。「信じるところに現実はあるのであって、現実は決して人を信じさせる事が出来ない。」という妙な言葉を私は旅の手帖に、二度も繰り返して書いていた。

(太宰治「津軽」)

私は昭和二十三年の六月十六日に、「ダザイオサムシンダ」という電報を受取った。私は北海道の夕張炭坑にいた。その翌日の新聞に初めて記事が出た。死体はまだ見つからぬという記事であったが、私は死んだと思った。十八日の朝夕張を立った。二十日の朝上野に着いて駅前で新聞を買った。死体が発見されたという記事が掲載してあった。三鷹の家に着いて、飾ってある、あの暗い眼差しをした太宰さんの写真を見た。

私は一年半、太宰さんに会っていなかった。二十二年の一月の末に、私は北海道へ行った。私は太宰さんがはじめ甲府に、その後金木に疎開中、ずっと独りで三鷹の家に留守番をしていた。二十年四月から二十一年十一月までの期間である。二十一年の十一月の中旬に、太宰さんは金木を引き上げて、また三鷹の家に戻った。私は二月ほど同居して、北海道へ行った。行く前の晩、三鷹の映画館で一緒に映画を見た。翌朝、出かける時には、雑誌記者の客が来ていた。「では、行ってきます。」と云って、私は玄関に出た。そのとき奥さんがふと思いつかれて、ちり紙の束を私に渡した。私は障子のかげで、「軀《からだ》に気をつけて。」と云う太宰さんの声だけを聞いた。それが最後になった。

同居していた二月の間に、奥さんの親戚にあたる少年で入院した人がいて、手が足りないため私が附添として行き、しばらく病院生活をしたことがある。同室の附添人に面白い年寄りの女の人がいたが、私が冗談を云うと、腹を抱えて笑った。三鷹の家に帰ってから、私が土産話のようにその話をして、「僕がここを先途とバカなことを考えて話をすると、みんな大笑いをするんです。」と云ったら、太宰さんは目を光らせて、「君は僕たちをちっとも笑わせてくれないじゃないか。笑わせてくれよ。」と口を尖らせた。十年の師に対して、私がいつも飼われたばかりの犬のような顔をしているのが、物足りない気がしたのであろう。私が附添をしていた少年は、入院してから目方を量る度毎に体重が増えていき、食欲もあって、その後の経過は順調であった。私が「やっぱり板前がいいせいでしょうね。」と自慢顔をしたら、太宰さんは顔を綻《ほころ》ばせて、「いや、それは必ずや抵抗療法というものに違いない。小山の板前じゃ思いやられるよ。」と応酬した。二人で夜帰ってくる道で、「家庭《ホーム》というものはいいものだよ。」と私に云ったこともある。

　北海道へ行ってから、私は長い間便りをしなかった。私の筆不精からであったが、一つは軀を悪くして生活が順調に行っていなかったので、つい便りをする気にならなかった。しばらく御無沙汰をしていたが、太宰さんの許に預けてきた私の原稿の一つが、ある雑誌に採用になった時、太宰さんから葉書をもらった。その稿料を送るについて、私の住所を確めるものであった。「塚より外に住むばかり」という文句があった。私は電報為替で至急送金してくれるように電報を打った。「コウビン」としたが、それっきり手紙も葉書も出さなかった。電報為替が来ないので、私は重ねて催促の電報を打った。それには「ヤマイ」と書いた。日を置いて、太宰さんからは為替を封入した書留が届いた。

　それは、私が北海道へ行った年の八月のことであった。私は夕張炭坑の坑夫になっていたのだが、五月からずっと仕事には出ず休んでいた。心臓が悪いので、労働に堪えられなかった。病名は「僧帽弁閉鎖不完全症」という大層なものであった。病院通いはしていたが、いつになれば働ける軀になれるというものではなかった。私はいつか麻雀賭博に耽けるようになった。病みつきになってしまって、毎日町の麻雀屋に入り浸った。私は配給になった衣服などを売ったり、借金をしたり、無理算段をして続けた。私は元手の金が欲しくて、夢中になっていたのである。初めて採用になった原稿であり、また初めて得た稿料であったが、私はそれほど嬉しくなかった。私にはそれを嬉しく思う心の余裕がなかった。太宰さんにもまたその雑誌の編集者にも、お礼は云わずじまいであった。送ってもらった稿料は焼石に水のようにすぐ消えてしまった。

その後十一月の末に、同じ寮にいた少年で廃業して内地へ帰るのがいて、三鷹に寄るついでもあったので、私は手紙を託す気になった。その手紙で、北海道へ行ってからの身の上を初めて知らせた。また私のつもりでは、少年の口からこちらの様子を聞いてもらえると思っていた。けれども、少年は太宰さんに会わなかったようである。単に留守宅に手紙を置いてきたに、止まったようである。いまから思えば、それも無理からぬことである。手紙に喀血したと私は書いたが、それは喀血と云うほどのものではなかった。血の唾が出たのを誇張して云ったのである。物と交換するのだからと云って、きざみ（煙草）を送ってくれとも書いた。

少年が立った翌日、未知の青年から手紙が来たが、それは私の原稿がまた一つ採用されたのを知らせてくれたものであった。私はそのときは嬉しかった。自分の書いたものが陽の目を見ていく嬉しさを味った。私は太宰さんに追いかけて葉書を出した。お礼を云い、それから、稿料を立替えて送ってくれなどまた書いた。私は困ってもいたから。私は麻雀は義理悪く勝負の負債を残したまま止めてしまっていたが、相変らず仕事には出ず休んでいた。日を置いて、太宰さんから返事の葉書が来た。それを見ると、太宰さんも大変な様子であった。稿料のことは雑誌社に至急送るように云ったと書いてあり、これにも亦《また》、塚より外に住むばかりとしてあった。私が北海道にいる間に太宰さんからもらった便りは以上の二通だけである。

逝《な》くなられたので上京したとき、三鷹の家で、机のわきにある馴染の小抽出の中に、私宛の出さずにしまった葉書のあるのを見つけた。私が電報を打った当時のものであるが、夢は枯野の状態という文句がある。

夕張は山の炭坑町なので、雑誌など思うようには手に入らず、太宰さんのその後の作品もろくに読んでいないので、簡単な葉書の文面だけでは様子も知れなかった。太宰さんはふだん軽く冗談のような物云いをするので、こちらもつい軽く聞き流してしまうことがある。もらった葉書のどっちにも判で押したように、塚より云々としてあるのを見て、私は変な気持がした。無心除けのお呪《まじな》いではないかと僻《ひが》んだことを考えたりした。二度目の葉書には、病気になった上に、女の問題がいろいろからみ合い、文字どおり半死半生の現状也など書いてあったが、私はそれを半分は惚《のろ》気だと思った。それでも私は心配にならないことはなかったが、遠く離れ過ぎていて、飛んでいくというわけにも行かなかった。私は「塚より」も「病気」も「半死半生」も、それを文字どおりに取らなかった。割引して軽く考えていた。いまにして思えば、太宰さんとしては、相当弱音を吐いていたわけなのである。青年の手紙には、太宰さんが私の病気を心配していると書いてあった。電文の「ヤマイ」を心に懸けていてくれたものと見える。その後の「喀血」も文字どおりに取ったようである。二度目の葉書には「恢復を祈っている」と書いてあった。

太宰さんの許にある私の原稿がまた一つ売れて、私は編集者から手紙をもらった。二十三年の五月の中頃であった。その頃私はどうやら一息ついていた。私はその三月から、坑内に新設された道具番に職を得て、働きに出ていた。労働をする仕事ではないので、私にもやれたのである。この分ならばもう一、二年は頑張れると思い、そのつもりになっていた。私はあんな僻地にまで行って、一年を有耶無耶《うやむや》のうちに過ごしてしまったが、それでも新しく出直したいと思っていた。私はその便りを太宰さんにしようと思いながら、筆不精からつい億劫にしていた。私は少年に託した手紙では、自分の軀ではこちらに長くいるというわけには行かないので、来年の九月頃までには内地に帰りたいと伝えていたのだ。太宰さんから来た葉書には、それに対する返事としては、東京の生活難は、いよいよひどい、貸間の権利金一万円などと言っているとだけしか書いてなかった。私は編輯者から手紙をもらった機会に、また便りをしようと思いながら、また出しそびれてしまった。気不精、筆不精というものは仕方のないものである。出しそびれているうちに電報が来た。

私は遠く離れていたので、太宰さんの最後の時期の生活を全然知らない。上京して、逝くなられる前の写真を見たが、どれも、なんて悲しい顔をしているんだろうと思った。

死ぬ前に一度会いたかった。

太宰さんの仕事部屋には、私の原稿を包んだ紙包が残っていた。表には北海道の住所と私の名が書いてあった。私にとっては未知の女性の筆になるものであった。見覚えのあるものではなかった。

私は太宰さんが逝くなられた年の十月の始めに、東京に帰ってきた。少年に託した手紙で、太宰さんに云ったような工合になった。

私は東京に帰ってきて、昨年の十一月まで、板橋区のはずれの成増に住んでいた。裏はすぐ小川を隔てて埼玉に隣りしているような閑静な処である。いい天気の日など窓をあけて外を眺め、ああこんな日は三鷹訪問なんだがと思う。外を歩くとあちこちに新築家屋が見られる。こぢんまりした三間位の家が多い。庭先に山吹の花なんか咲いているのを見かけると、私はと胸を突かれる。しめきった障子の静かなたたずまいに気を惹かれ、すぐには去り難い思いのすることがある。太宰さんを訪ねるようになった頃の三鷹の家のことが思われてならないのである。

私が初めて太宰さんを三鷹の家に訪ねたのは、太宰さんが甲府から三鷹へ移った翌年で、昭和十五年の十一月の中旬であった。ちょうど太宰治さんが新潟の高等学校から招かれて、講演に行く直前であった。

私はその頃、下谷の竜泉寺町にある新聞店の配達をしていた。太宰さんを訪ねる前の晩、私は吉原の馴染の女の許へ行った。部屋で女の来るのを待っている時間に、私は唐突に明日太宰治を訪ねようと心をきめた。そのとき女は少し私を待たせすぎたのである。私は前に、砂子屋で発行した「女生徒」の奥附に甲府の御崎町の住所がしるしてあるのを見て、甲府へ行ってみようかと思ったこともある。その後、新聞の消息欄で三鷹へ移られたことを知り、その住所を書きとめて置いた。私にはよそゆきと云っては久留米絣の袷《あわせ》があるきりであったが、それはいつも質屋の蔵に入っていた。私は太宰さんを初めて訪ねるに際して、その袷を着て行きたいと思ったが、質受けの金の都合がつかなかった。止むを得ず、ふだんのジャンパー着のままで出かけた。私は思いたったことは短気に実行せずにはいられない性分なのである。三鷹で下りると、駅前に同業のA新聞の店があったので、早速そこでおおよその道順を訊いた。それでも、尋ねあてるまでにはかなりまごついた。

玄関の戸をあけて、「ごめん下さい。」と云うと、すぐ太宰さんが立ちあらわれた。蓬髪、長身であった。「初めてお伺いした者ですが、ちょっとお目にかかりたくて。」と云うと、かるくうなずいて、「お上がり。」と云った。私は上がった。私が黙っていると、「三鷹ですか？」と云った。「いいえ、下谷です。」と私は云った。太宰さんは少し怪訝な面持をした。そして、下谷には砂子屋と云う本屋がありますねと私がそれを知っているかどうかを確めるような調子で云った。それから、「尾崎一雄がいますね。」と云った。下谷には尾崎一雄がいるのに、なんで下谷の住人がはるばると三鷹くんだりまでやってくるのかという口ぶりであった。私が持参の原稿を取り出したら、太宰さんは興覚め顔をした。それでも、私の原稿が鉛筆書きなのを見て、自分も鉛筆を用いたことがある、しかし鉛筆は疲れるような気がするとも云った。話のとぎれた瞬間に、太宰さんは一旦傍に置いた私の原稿を取り上げて、書き出しの二、三行を読み、うなずいて、「いいものかも知れない。」と云って、また傍に置いた。しかし太宰さんが読んだのは私の文章ではなかった。私は自分の作品のエピグラフに、かつて愛誦していた「絵なき絵本」の一章を抜萃《ばっすい》していたのである。私はちょっと可笑《おか》しさを感じたが、べつに断りはしなかった。後で知れることである。「原稿を読んだら、葉書をあげますから、そのときまた来給え。」と太宰さんは云って、私に所書を書かせた。私がY新聞内と書きかけたら、太宰さんは顔色を曇らせたように見えた。ともかく太宰さんが一寸表情をしたのが、俯むいている私にもわかった。私のジャンパーの胸部にはY新聞のマークが着いていたのである。

玄関を上がると、すぐの六畳間が太宰さんの書斎であった。奥さんは黒いうわっぱりのようなものを着ていた。茶を出すと隣室へ引っ込まれた。後は私がいる間顔を出されなかった。私は太宰さんの家庭から、つつましやかな印象をうけた。「平凡」に主人公が先輩の小説家を初めて訪ねる日のことが書いてある。庭先に襁褓《おしめ》の乾してあるのを見て、主人公は心中、先輩を侮るような気持を起こすのだが、初対面には、とかくこんな意識が働くのではなかろうか。深く咎《とが》めだてをする性質のものでもないであろう。その後二、三度訪問して、私は太宰さんの生活が必ずしもわびしいものでないことを知った。

その日太宰さんの机の上には、田中貢太郎訳の「聊斎志異」の原文の箇所がひらかれてあった。飜訳をしているのかと問うと、飜案をしているという答えであった。飜案という言葉は使わなかったが。「黄英」に取材した「清貧譚」を執筆されていたのである。原文を読んでいると色々空想が湧いてきて楽しいと云った。「清貧譚」はまもなく「新潮」に発表された。太宰さんの特色がよく窺われる作品であろう。私の好みを云えば、太宰さんの作品の中でも好きな方である。思うに、この頃は太宰さんとしても新しく結婚して再び東京に来て新居を営み、一生懸命の時であったのだろう。また楽しい時でもあったろう。「清貧譚」などもその間の消息を伝えてくれる作品の一つだと思う。太宰さんの気持の上では「清福」の一時期ではなかったろうか。軀も健康であったし、気分も明るかった。住居も綺麗であった。三鷹の家も逝くなられる前は爆撃で痛めつけられたあとで、雨漏りはするし、そのうえ太宰さんが金木にいた間は私という野蛮な留守番が住み荒らしてしまっていたので、むざんな有様であったが、この頃は建てて間もなかったし、新居の感じに溢れていた。

一週間ばかり立ってから、私は太宰さんから葉書が来るのを待ちきれなくて、出かけて行った。その二、三日前に酉の市があって、私は鷲《おおとり》神社のお札を買った。太宰さんに進呈するつもりであった。天井などに差して置く、あのお札である。三鷹に下りて太宰さんの家へ行く途中で、私は気がさして捨ててしまった。私はまた、木下杢太郎の「支那伝説集」を携行していた。さきの日机上に「聊斎志異」のひらかれてあるのを見て、参考になればと思ったのである。しかしこれも亦《また》少しく殊更な気がする。

太宰さんの家の近くの生籬《いけがき》のつづいている道で、向うからいそぎ足でやってくる、二重廻を着た太宰さんに逢った。太宰さんは、入隊した友人にこれから面会に行くところだと云った。そして、葉書を出したが、見たかと行った。行き違いになったのである。太宰さんは一旦私の原稿を取りに家に引き返した。私は「支那伝説集」を渡した。太宰さんは玄関に入って、「おい、小山君の原稿をくれ。」と云った。私は外に立っていたが、奥さんがなにか云ったのに対して、「うん。そこで逢った。」と太宰さんは云った。駅へ行く道々、話した。太宰さんは、あれからすぐ新潟の高等学校から講演を頼まれたので出かけて、ついでに佐渡へ行って、帰ってきたばかりのところだと云った。私への葉書には、周囲を愛してということを特に強調しておいたと云った。それから笑いながら、「こないだ僕はいいものかも知れないと云ったけれど、あれはアンデルセンの文章だったね。でも君の文章に移行してからも、ガタ落ちというわけでもなかったから、安心したんだ。」と云った。また、「君は心理の方は相当行き届いているけれど、描写の伴はぬ恨みがある。君が描写の技巧をマスターしたら、鬼に鉄棒だ。」と云った。私の原稿は二十歳を越したばかりの少年の手記の形式になっていた。太宰さんは私が見かけが非常に若く見えるところから、私の年もちょうどその位に思い込んでいるようであった。太宰さんは途中で鮨屋に寄った。あの「鷗」に出てくる鮨屋である。太宰さんは友人へのお土産に鮨を一円誂えた。鮨屋の主人はすぐは工合悪いようなことを云ったが、太宰さんは「そこを曲げて。」と押し強く云った。そのときの太宰さんのへんに粘り強い声音がその後しばらく私の耳に、残った。私たちは鮨の出来上がる間、椅子に腰かけて話した。私が描写が拙いのは生活が流動していないせいでしょうかと訊くと、うん、それもあるとうなずいた。太宰さんは印象の正確を期することが肝腎だと云ったのである。京都に君と同じ年頃の青年がいて原稿を送って来たが、五年勉強してそれからまた見せてくれと云ってやったと云い、「君はこれから、いろんな目にあうよ。僕の過去は地獄の思いだった。」と云った。私はこのときも自分が三十歳に成るということを云いそびれた。太宰さんは私が手にしていた原稿を取って、パラパラとめくって、ある箇所を指摘し、「僕はこういう雰囲気は好きだよ。」と云った。ともかく私の原稿が、太宰さんに私というものを幾分か伝えることの出来たのを私は知った。三鷹駅のプラットホームで、太宰さんは私をかえりみて、「今日は不幸中の幸だったね。」と云った。短い間だが、会えてよかったという意味である。立川行の電車が来て、太宰さんは電車に乗る間際に、「思案に余ることがあったら、いつでも相談に来給え。」と云った。

帰ると、行き違いになった葉書が来ていた。原稿を、さまざま興味深く拝読いたしました。生活を荒さず、静かに御勉強をおつづけ下さい。いますぐ大傑作を書こうと思わず、気長に、周囲を愛して御生活下さい。それだけが、いまの君に対しての、私の精一ぱいのお願いであります。こんな文面であった。私の原稿は家庭になじまず自分のうちに閉じ籠っている少年の手記で、私はそれに「わが師への書」という題をつけていた。

翌年の六月の中旬のこと、私はふいに三鷹へ行きたくなって、夕刊の配達を済ますと、飛んで行った。三鷹に着いたらもう夜になっていた。太宰さんは校正刷に目を通していた。帽子掛に皮のケースに入ったカメラがぶるさがっているのが目に着いた。隣室から赤子の泣き声が聞え、床の間には井伏としるした祝物が飾ってあった。園子さんが生れたのである。手伝いのばあやさんがきていたようであった。すぐ家を出て、駅前にある「きくや」という馴染のトンカツ屋へ行く道すがら、来てもらった産婆の家の前を通ると、あの特徴のある口ぶりで、「深夜一時門《かど》を叩いた。」そんなふうに云って私におしえた。その後は訪ねると襁褓の乾してあるのが目に着くようになった。四、五日して太宰さんから、こんな葉書が来た。貴稿は拝読いたしました。一、二箇所、貴重な描写がありました。恥じる事は、ありません。後半、そまつ也。滅茶だ。次作を期待しています。雰囲気や匂いを意図せず、的確という事だけを心掛けるといいと思います。(それから、人間は皆醜態のものですよ。)その日太宰さんは別れ際に私の手を握って、「僕の友人として恥ずかしくない者になれ。」と云った。帰ってから私は太宰さんに葉書を出し、「僕はこれからあまり醜態を演じないようにしようと思います。別れ際のあなたの言葉を思う故に。」と書いた。太宰さんは別れ際には、いつも新派の台詞のようなことを云った。殺し文句の一種のようであるが、なにか云わずにはいられなかったようである。呑み屋のおかみにこんなことを云ったこともある。「僕は小山が淋しそうにしているのを見ると、どうしていいかわからなくなるんだよ。」私が三鷹を訪ねるときは、いつもなかば駈込み訴えの気持であった。訪ねられる方としては、かなわなかったかも知れない。花屋であざみの花束を買ってくれたこともある。その日太宰さんの許に置いてきた原稿については、読んでみてこんどは少し酷評をするかも知れないよと云われ、私も、見せない方がよかったかも知れないと云ったのである。太宰さんは、君がいい作品を書いたら、賞代りに一緒に旅行しようと云って、「僕がいいと云えば、天下無敵だよ。」と云った。私が真顔で「そう思っています。」と云ったら、そういう私の顔を見て、太宰さんは急にそわそわし、便所に立った。

その頃私は三鷹へ行くと、よく高梨一男さんと一緒になった。私は新聞配達という職業柄あまり暇がないので、たまにしか行かなかったせいか、ほかの客と顔を合わせる機会も少く、顔見知りの人も殆《ほと》んどなかったが、どういう因縁か、高梨さんとはよく落ち合った。どっちかが先に来ていて、顔が合うのである。おかしい位であった。太宰さんも、おやまた会ったねという顔をした。高梨さんはその後「駈込み訴え」の限定版を出した人である。目鼻だちの整った、なかなかの美男子であった。太宰さんの話に依ると、あるカフェーの女給が高梨さんの顔に見とれて、客の許に持っていく料理の皿を取り落し、ためにその客はプライドを傷つけられること甚しく、遂にはやけ酒に及んだと云う。そういう閑話の持主であったが、しかしなかなか笑わない人であった。三鷹の帰りはいつも終電車間際になる。一緒にがらんとした車中の人になるのだが、乗っている間高梨さんは一言も口をきかない。こっちがなにか話しかけると、必要なことだけは答える。しかしそれっきりであった。まるで私を親の仇とでも思っているような様子であった。園子さんが生れたとき、高梨さんは赤ん坊を入れる籠を祝った。園子さんを抱いている太宰さんの手つきを見て、高梨さんが「まだ板につかないね。」とひやかしたら、太宰さんは「永遠に板につかない。」と云った。真面目な口調であった。鴨居には佐藤春夫氏が園子さんの誕生を祝った自筆の桃の絵が額に入れて懸けてあった。太宰さんの話に依ると、佐藤先生は、どうせ太宰のことだから額に入れてやったところで懸けもしまいからと云って、絵だけを贈物にされたということである。太宰さんは「佐藤さんもひどいじゃないか。」と云っていた。この桃の絵は現在も太宰家の部屋に懸けてある。佐藤さんのことでは太宰さんはいつか私に、「僕は佐藤さんに対しては、地震加藤のつもりでいるんだ。」と云ったことがある。小山の奴、余計なことを云うと、太宰さんは云うかも知れない。余計と云えば、この文章自体が既に余計なものである。

余計ついでに書けば、太宰さんの上歯は義歯であった。そしてその義歯の製作に歯医者通いをしていたのが、ちょうど園子さんの生れた年の夏のことであった。その頃S君という少年が太宰さんの許に手紙をよこした。太宰さんはその手紙を私に見せて、素直な人のようだが、君逢って見ないかと云った。手紙の様子では、十九か二十の年頃である。私が年が違い過ぎるなと云ったら、太宰さんはちょっと疎ましい顔つきをした。太宰さんはS君に宛てて私を紹介する葉書を書いて私に見せた。「小山君は立派な人ですから」という文句が見えた。そのS君が竜泉寺町の私の店に訪ねてきた。S君は年は十九で、太宰治の作品を読むことを、その孤独な生活の唯一の慰めにしているような少年であった。私が太宰さんのことを作品の通りの人ですと云ったら、じゃ、いい人でしょうね、親しみのある人でしょうねとS君は云った。S君のような人の胸には、太宰治の作品が真っ直ぐに入っていくのであろう。太宰さんからはこんな葉書が来た。「S君と逢って下さったそうで、そうして、S君が素直な人だったそうで、何よりと思います。義務としてつき合わず、愛情が感ぜられたら、これからも、時たま遊んでやるといいと思います。私は、ひきつづき歯の療治で、ゆううつです。」S君とは時々逢っていたが、戦争末期に応召して、その後の消息は絶えた。

私は三鷹を訪ねて、太宰さんの家の近くのあの生籬のつづいている道に出ると、胸がどきどきし、うやうやしくなった。用意してきたはな紙を出してはなをかんだりした。なんべん訪ねても、慣れるということがなかった。その後独り留守番をするようになったとき、外出から帰ってきて、その辺りに来かかると、当時の自分のことが思われて、現在その家をわがもの顔に住み荒らしている自分がかえりみられたりした。芋食って破れかぶれの庵の留守。当時私はそんな生活をしていた。

私は太宰さんと会って、太宰さんの人柄が、またその生活が、作品と一枚のものであることを知った。太宰さんはまた非常に率直な人であった。いつ死んでも悔いのないように、好きな人にはこだわりなく好きだと云っておけと云っていたが、すべてにそんなところがあった。見ていてはらはらするほど率直なところがあった。その後、田中英光君に会ったとき、田中君は「太宰さんは傘張剣法だから好きさ。」と云った。私が太宰さんは僕たちにとってLast manだと云ったら、田中君はLast oneだと訂正した。太宰さんが甲府を焼け出されて金木へ行く前、三鷹の家で太宰さん、亀井さん、田中君、私の四人で別離の小宴を催した。亀井さんだけ早く帰った。こういう席で一人早く座を立つのは貧乏くじを引くようなものである。亀井さんは後に残った三人の間でいまのはやり言葉で云えば吊し上げになった。太宰さんは津軽人の所謂《いわゆる》ごたくを並べていた。私が「亀井さんには面と向かって、おれが死んだら、全集の編輯を頼むなんて云っている癖に。」と難詰したら、太宰さんは真顔で、「僕はほんとに亀井君に全集の編輯を頼むつもりだよ。亀井君だって、いいところもあれば、悪いところもあるさ。」と云った。太宰さんは私に向かって、「おれは小山には云うことがあるんだ。」と云った。私が「わかっていますよ。わかっていますよ。」と云ったら、「これから、田中と信じあって行け。」と云った。田中君はああいう豪傑だから忘れてしまったかも知れない。太宰さんは私にこんなことを云ったことがある。『教育勅語』に友達の間柄のことを、どう云ってあると思う？ 朋友相信じなんだ。」「惜別」を書かれていた頃のことである。そしてこのことは「惜別」に書いてある。「惜別」のある箇所にはまた、人の顔色ばかり窺っている、奴隷の表情をした魯迅のことが書いてある。田中君のある作品に私のことを「むかし藤村の書生をしていたとかいう、小川君という老文学書生が」というふうに書いてある。私はむかし島崎先生に大変お世話になったことがあるが、書生をしていたというわけではない。私はあれを読んで、田中君も、もう少し書きようがありそうなものだという気がした。田中君が逝くなられてから、亀井さんの追悼の文章のなかに、「太宰の最大の愛弟子が後を追った」というように云ってあった。おそらく田中君にとって、最上の手向けの言葉であろう。田中君が第三者の口から一番云ってもらいたかった言葉である。

私がしばらく御無沙汰をしていると太宰さんは安否を問うて来た。筑摩書房で出した、チェホフとゴルキイの往復書簡を送ってくれたこともある。この本は「風の便り」を書く上に参考にされたのではないかと思う。こんな風の便りが舞い込んだこともある。「どうして居

ります か。毎日、すこしずつでも書いて居りますか。君自身を、大事にして下さい。信じて、成功しなければならぬ。別に三鷹へ、わざわざ来なくてもいいから、すこしずつでも書きすすめていて下さい。(一日に一行でも)」たまには顔を見せろというのであろう。私は三鷹に留守番中、金木にいる太宰さんに、初めて無心をしたことがある。太宰さんから小切手が送られてきたが、二つに折った小切手の間からスズランの花が出てきた。太宰さんは風邪臥床《がしょう》中のようで、「庭にいまスズランが咲いていて、園子がとって来て、私の枕元に置いて行きました、同封します。」と書いてあった。けれども折角送られてきた小切手は、すぐには使用不可能であった。私は早速太宰さんに送り返したが、そのとき私は真似をして、三鷹の家の庭先に咲いていたなにやら紫色の花を小切手の間に挿んで送った。太宰さんから葉書が来たが、返送の小切手は挿入された花びらの紫色にすっかり染まってしまって文字が読めなくなっていて、これでは通用しないかも知れぬ、よくよく呪われたる小切手だねと書いてあった。とかく人真似というものは、形式ばかりで精神の伴わぬ仕業は、こんな結果をもたらすようである。

昭和二十年の三月十日に私は竜泉寺町で罹災して、三鷹に駈込み訴えをした。太宰さんは即座に一緒に勉強しようと云ってくれた。奥さんと子供さんたちは奥さんのお里の甲府の家に疎開することになった。その前の晩太宰さんは私を相手にのんでいたが、ふと傍にいた奥さんに「みち子、お前ものめ。」と云って盃をさされた。そして盃を口にあてている奥さんに向かって、「離れてつくということがある。」と云われた。四月二日未明に三鷹界隈に米機の来襲があった。偶々《たまたま》来合わせた田中英光君と三人で防空壕に避難して命拾いをした。三鷹の役場に罹災証明書をもらいに行く途中で、私は太宰さんに甲府に行かれたらどうかと提案してみた。太宰さんは賛成したが、若《も》しも私が云い出さなかったならば、あるいは三鷹に止まったかも知れない。吉祥寺の亀井さんのお宅に四、五日御厄介になった後、甲府へ行く太宰さんを送って私も行き、一週間ほど滞在して、物情騒然たる東京の生活をよそに、のんびりした盆地の春を満喫してきた。一日甲府市外の青柳というところに、そこで床屋さんをしている熊王徳平さんを訪ねて、一晩泊めていただき、翌日鶏を二羽お土産にもらって水門町のお宅に帰ってきた。太宰さんと二人で鶏の羽毛を挘《むし》っているところへ、その頃甲府市外の甲運村に疎開されていた井伏さんが訪ねて来られた。玄関で奥さんと応待している井伏さんの声が聞えてくるので、私が「井伏さんって、声のきれいな人ですね。」と云ったら、太宰さんは後で座敷へ通ってから早速「小山君がね、井伏先生は声が大変お綺麗ですと云っていますよ。」と取りつがれた。井伏さんは「うん。僕はむかし歌沢《うたざわ》をやったことがあるから。」と冗談を云った。その座敷には富士山の噴火口の大きな写真が額になっていた。太宰さんが座にいない時、井伏さんはあれは富士山でしょうと私に云った。話のつぎ穂に云われたのであろう。太宰さんが奥さんと見合いをされたのは、おそらくこの客間であろう。「富嶽百景」では、井伏さんが「あ、富士。」と嘆声をもらされて、太宰さんもその額を仰ぎ見て、ゆっくり首を戻す瞬間に見合い相手の娘さんをちらりと見て、心中「きめた。」と叫ぶ。あそこはなかなかいいところである。その頃甲府のお宅では奥さんの妹さんが椎茸を栽培していた。

なかなかお上手で多大の収穫があった。私たちは椎茸と鶏を食べながら酒をのんだ。井伏さんはとさかを箸ではさんで、「これは腎臓の秘薬だ。」と云った。私が「岩野泡鳴の如きものですね。」と云ったら、一笑された。

それから私たちは甲府の下町にある梅ヶ枝という旅館に行った。ここは井伏さんの行きつけのところである。井伏さんはおかみに「なにか液体のようなものを。」と云い憎くそうに云った。井伏さんは卓袱台《ちゃぶだい》の上を手の平でさすりながら、うつむいて小声で云ったのである。私は井伏さんっておかしみのある人だなと思った。当時「液体のようなもの」には手軽にはお目にかかれなかった。おかみには難色が見えた。その座敷は長火鉢などもあって、おかみのプライベイト・ルームのようであった。井伏さんはそこにあった映画雑誌を手持ち無沙汰そうにめくっていた。すると昔から現代までの「金色夜叉」映画のいろんな場面の写真を掲載した頁が出てきた。井伏さんは「金色夜叉はいいねえ。鈴木伝明の間貫一はよかった。」と云った。太宰さんも「金色夜叉はいつ見てもいい。」と相槌を打った。おかみもそれに口を挿んだ。私たちの間には一しきり金色夜叉礼讃の話がもてた。私は前に太宰さんから、井伏さんと太宰さんとで、やはり甲府のある家で、その家の飼育している鶏を褒めたという話を聞いていた。「いや、それから井伏さんと二人でほめたの、ほめないのって。」とそんなふうに太宰さんは私に話した。鶏をほめたのだって、たいして芸のある話ではないが、そのときの金色夜叉礼讃に至っては、それ以上に迂遠きわまる話である。それでもよくしたもので、おかみは女中さんを走らせて、「液体のようなもの」を都合してくれたのだから妙である。

その夜井伏さんの口から、太宰さんの「姥捨」に出てくる女の人が、遠い土地で逝くなったという話をきいた。身のまわりにはハンドバッグ一つしか残っていなかったそうである。太宰さんには初耳のようであった。井伏さんは「そうか。君は知らなかったのか。」そんなふうに云われた。それから井伏さんは「作家というものは、身うちを食ってしまうよ。」と云った。井伏さんは梅ヶ枝に泊ることになって、二人で水門町のお宅に帰る途中、太宰さんは「井伏さんって、興奮させるところのある人だろ。」と云った。私はうなずいた。

翌日はちょうど武田神社のお祭りの日にあたっていた。井伏さんと三人でお花見に行った。土地の人はみんな着流しでぞろぞろ歩いていた。頭上高くB二九が一機、白い尾を長く曳いて飛行していたが、地上の人たちにとっては、さっぱり脅威の的にならないようであった。小高い丘の上で持参の弁当をひろげた。井伏さんは掘端で遊んでいる子供の群を見下して、「子供って、みんなああして遊んでいるね。僕たちの子供のときと変らないね。ほら、ああいう風に石なんかを投げて。」と云った。太宰さんが田山花袋は年若な女を見ると、全身を搔きむしりたくなったそうだと云うと、井伏さんはにこりともせず、「大げさなことを云う人だね。」と云った。太宰さんは私をかえりみて、一寸表情をした。井伏さんにして、このユウモアが通じなかったのはおかしいという面持をしたのである。その頃私たちは、なにかと云えば、お互いに乃公《だいこう》は全身を搔きむしりたくなったと云っては、笑い合っていたのである。その日井伏さんは南方に従軍されたときの服装らしく、皮の長靴をはいていた。井伏さんは沢のようなところに足をふみ入れて、なにやら摘草をされていたようであった。少し離れていて、そういう井伏さんの容子を見て、太宰さんは「井伏さんって、やさしい人だね。」と私の耳にささやいた。

太宰さんが逝くなられてから、井伏さんは「旧知の煩らわしさ」という言葉を発明された。師友に先立たれてしまうのは、心残りなことである。後にのこされた者の恨みはやり場がない。私にしても言い分のあるような、ないような気持である。生きていて顔を合わせる折があれば、なにも云うことはないのである。井伏さんの最近の作品に、テグスをつくるために、栗の木の虫を見つけに行こうと云う太宰さんのことが書いてある。そのくだりをここに引用させていただく。

『『虫は僕がつかまえます。』と太宰は云った。『はじめ、細い木の枝か何かを箸にして、虫をつかまえるんです。そいつを持って帰るうちに、次第に僕たち虫に慣れて来ます。』

『しかし、虫をむしる段になると、ちょっと難色があるね。』

『いえ、大丈夫です。さあ、この虫をむしれ、お前、この虫をむしれ、と大声で僕に云って下さい。僕は、決死の勇をふるって、むしります。目をつぶって、むしります。』

太宰としては妙な破目に立ちいたったのである。自分でも虫の処理など出来ると思って云っているのではない。もし私が太宰といっしょに虫をとりに行ったとすれば、太宰の口真似で云うと『おもてに快楽をよそおい、内には恨み骨髄』というところだろう。のちのちまで、何かにつけては、思い出して口惜しがる筈である。』いま私は、あのとき太宰の『おつきあい』に、私がおつきあいしていたら、どんなものだったろうと考える。三鷹のちょっと先きの栗林で青虫を見つけ、一ぴきではいけない十ぴきばかり持って帰ったとする。それを太宰がむしるのだ。彼は眉根をしかめ、固く目をつぶって、唇は青ざめている。ふうふう息を弾ませている。あの細い指で青虫を二つにむしるのだ。彼が卒倒しなければ幸いである。二ひき目をむしる段になると、いま正に泣きだしそうである。」

なんという執拗な愛情であろう。

桜桃忌の席上で井伏さんは云った。「私は太宰には情熱をかけました。」私は井伏さんのほかに太宰治の師のいないことを確信している。

武田神社へ行ったあくる日、私は三鷹へ帰った。太宰さんは、「君の手はいやにねばっこいね。」と云いながら、私の手を握って、「離れてつくということがある。」と私にも云った。

粘り気の質――小山清『小さな町・日日の麵麭』解説

堀江敏幸

本書は小山清の第二創作集『小さな町』（一九五四）と、第四創作集『日日の麵麭』（五八）をあわせて一書としたものである。第一創作集『落穂拾ひ』（五三）と第三創作集『犬の生活』（五五）はすでに合本としてちくま文庫から二〇一三年に刊行されている。小山清の作品を私小説と呼ぶか否かはともかく、彼が描き出す世界とそこに現れる人々の姿に、エッセイや年譜をつうじて読者が知ることのできる作者の実人生と重なる部分が多いのは確かで、語り手と書き手を同一視しながら読んでしまうこともあるのだが、作品化に際してどのような手続きが踏まれているかも押さえておくのが望ましい。ただ、そういう前置きや解説ふうの言辞を無化する、よい意味での頑なさがこの作家にはある。

小山清は明治四十四年一〇月、浅草区千束に生まれた。吉原遊郭の内側である。祖父母はこの年の春に生じた吉原の大火に遭うまで貸座敷を経営していた。父親は盲目の義太夫語りで、文楽座のある大阪と東京を往復し、明治四十五年（大正元年）から大正四年まで一家は父とともに大阪で暮らした。その後また千束に戻り、この一帯が小山清の主な行動領域となっている。

十代なかばから二十代の終わり頃までの生活は平板ではなかった。大正十二年の関東大震災で実家は全焼、救済活動で上京した賀川豊彦の話に感銘をうけ、これが昭和二年、兵庫にいた賀川を頼っての家出につながっていく。昭和三年には戸山教会で受洗、聖書への親しみは「よきサマリア人」「聖家族」のようなタイトルだけでなく、人物造形にも染み込んでいる。

大正十四年、成績不振のため、当時芝浦尋常小学校で訓導を受け持っていた伊藤伝のもとに預けられ、これがひとつの転機になった。昭和五年に母が死去、明治学院を卒業した翌年に徴兵検査で補充兵となる。同年に父親が再婚したことも影響しているのだろうか、昭和八年末には小山自身と祖母の不和や家計の破綻から一家は離散し、以後、さまざまな職業を転々とするのだが、最初に身を落ち着けたのは、伊藤伝の親友で大長編『大菩薩峠』で知られる中里介山のもとだった。昭和十年三月、介山が西多摩に開いていた自給自足のコミュニティ「西隣村塾」で共同生活を開始し、村の印刷所で文選をしたり、日曜少年学校で子供たちを教えたりしたのち、九月に塾を去って、芝の蓄音器商組合の調査員となっている。

問題はその翌年の出来事だ。小山清は昭和十年に発足したばかりの日本ペン倶楽部の事務局に職を得る。紹介の労を執ってくれたのは、初代会長の島崎藤村だった。「風貌――太宰治のこと」には、田中英光に小山が「藤村の書生をしていた」と書かれたことに対し、「私はむかし島崎先生に大変お世話になったことがあるが、書生をしていたというわけではない」と記されている。実際には、お世話になったどころか会長の顔に泥を塗る事件を起こしていた。事務局の金庫の現金を着服して出奔したのである。一説には当時通っていた芸妓のためとも、勤め人としての日常からの逃避であったとも言われているのだが、真の動機は明らかにされていない。無断欠勤して東京を離れた小山は成田、千葉、水戸へと移動し、宿の臨検にやってきた警察官に受け答えの様子と所持金の出所を疑われて逮捕され、水戸刑務所に収監された。「私はMにいた期の私の番号がこの店の名と同じであることを話した。私の呼称番号は「七五〇」だった。そして私は多く単に「五〇」と呼ばれた。その思い出は話した」（「離合」）とあるMとは、この水戸刑務所を指す（田中良彦『評伝小山清』、朝文社、二〇〇八年）。

服役中の体験は「その人」（『犬の生活』所収）に活かされているが、名前をなくした自分に慈しみを示してくれた看守への感謝を記している一方で、藤村への言葉は見られない。「離合」の主人公は「僕には誠実ってものがないのです」とのたまう。『小さな町』は、作者自身が「失敗」と呼ぶ前史のあと、過去の行いが暗渠になって彼の感情の水位を調節しているからこそ成立した物語なのだ。

出所後の昭和十二年、彼は下谷竜泉寺町三三七番地にあった読売新聞（作中ではY新聞）の販売所に職を得て、与えられた区域の配達と注文取りに精を出した。仕事はきびしく、けっしてよい条件ではない職場だが、悲壮感はまるでない。また、戦後、昭和二十二年一月から翌年九月にかけて北海道の夕張炭坑で働き、そこでも竜泉寺町と地続きであるかのような出会いを重ねている。竜泉寺町は昭和二十年三月の大空襲で焼尽し、執筆時にはもう記憶のなかにしか存在していなかった。『小さな町』は、これらふたつの町が重ねあわされた、放っておくと呼称番号さえ付されぬまま消えてしまう記憶に、具体的な形を与える試みなのだ。打算に基づく偽りの善意が処世の基本である。世渡りに長《た》けた者がしばしば「よい人」と呼ばれたりする。罪を犯した小山清の眼には、市井の人々の苦しみも、そうした善意のからくりも見えていただろう。だからこそ、つくりものではない善意を身にまとい、眼の前の人間になにも強いることなく、強いないことによる圧もかけず、しかもそれが冷淡に見えない人々を無意識のうちに求めていく。「誠実ってものがない」と認識しているわりに語り手はまわりに好かれるのだ。贔屓《ひいき》にしてくれる客もできたことを振り返って、彼はこう記す。

「私はいまもその人達の私に向けられた好意を懐かしく思っている。購読者と配達という、間に劃然と引かれた一線を守って、その上で親しみを交わすことの出来たのを、そしてその親しみを完うすることの出来たのを嬉しく思っている」（「小さな町」）

語り手を支えているのはこの距離感である。本性的な弱さとも言えるだろう。作者自身と影をあわせるように、作中人物は周囲の助けを借りつつ悪所に通い、麻雀に溺れ、借金をこさえて親の金を奪おうとさえする。刑務所暮らしの教訓が活かされていないかといえば、そうでもない。過去があるからこそ、他人の暗い部分を許容しようとするのだ。「スペエドの兵士」の名越音吉は、金品を奪おうと自分を襲った男がゴムの押し売りとして偶然目の前にあらわれたとき、気づいて逃げようとした相手を捕まえながら品を買うと言う。

「僕は君に少しも腹を立ててはいないんだ。いまのさき、君の腕をつかんで引戻し君の顔を見たときに、僕にはそれがわかったんだ。それから僕が君に対してすることはゴム紐を買うこと以外にはないということも」

人には二面がある。俳優のようにふたつを演じ分けるのではない。どちらもおなじ人物のなかに巣喰っている本性なのだ。「与五さんと太郎さん」の与五さんは、夕張の炭鉱へ出稼ぎにきて家族を養い、真心が伝わる手紙も書ける人なのに、寮の仲間を相手に闇商売をして「闇五郎」なんぞという渾名《あだな》を頂戴している。共にやって来た弟は兄と正反対の、善良を絵に描いたような人である。傷のない純朴な人物だけでなく、世間ずれした与五の、自分の欠点も把握したうえで数少ない持ち分を他者に与えようとする姿勢も、人徳のうちということなのだろう。

例を挙げればきりがない。「道連れ」に登場する隙のない兄と、「心底から自分を恥じているような心のあらわれ」を感じさせる弟の組み合わせにもそれは言えるし、炭鉱のなかで持っていた電灯が消えて困り果てていたとき、自分のものと交換してくれた《山水や》こと撒水係にも、新聞配達所の同僚で、どのような立場の者とも一対一で向き合える大人であると同時に、賭場通いをやめられなくて警察にしょっぴかれたりする情ないおじさん（「おじさんの話」）にも、さらには女性の博打打ちや控えめな使用人、盲目の按摩の夫婦など、少数派に属する人々にも当てはまるだろう。

二冊の短篇集全体に浸透しているのは、「私という泥船が沈むべくして沈まないのは、だだっ児がのほほん顔で生きていけるのは、みんな、縁の下の力持をしてくれる人達がいるためだ」（「よきサマリア人」）との自己認識である。つくりものの善良さを盾にしない人々を、たとえ後ろ暗い面があっても信じること。信じることで自分も救われるのだ。「風貌」のエピグラフに掲げられた「信じるところに現実はあるのであって、現実は決して人を信じさせることが出来ない」という、太宰治『津軽』の言葉は重い。

小山清が三鷹の太宰の家を訪ねたのは、新聞配達をしていた昭和十五年十一月。太宰の死後に書かれた「風貌」は、実録であるにもかかわらず、小山清が書き続けた虚構の人物の特徴をすべて備えているように見える。「離合」の語り手は、文章には「その人の生存の根底からにじみ出てきたような言葉」があればよいと考えていた。しかし書く側がそれを直接口にしてしまっては表現にならない。師の太宰には小山清の前歴も他者に対する甘えも作品の弱さもすべて見えていた。信じることは「離れてつく」ことだと太宰は弟子に言う。ただし「君の手はいやにねばっこいね」と付け加えるのを忘れずに。小山文学の特質をこれ以上正確に言い当てた評はないだろう。この粘り気が形のない善良さの粒子を吸い付けて、小山清の言葉と心の離合を、ぎりぎりのところで防いでいたのである。

（ほりえ・としゆき　作家・仏文学者）

本書は『小さな町』（一九五四年四月小社刊）、『日日の麺麭』（一九五八年十二月小社刊）の二冊を一冊にまとめたものです。底本には『小山清全集』（一九九九年十一月小社刊）を使用しました。文庫化にあたり、現代かな遣いを採用し、明らかな誤記、誤植と認められるものはこれを改め、脱字はこれを補いました。また、難読と思われる漢字にはルビを付しました。

なお、本書には、今日の人権感覚に照らして差別的ととられかねない箇所があります。しかし、本書においては作者が差別の助長を意図したのではなく、故人であることや、執筆当時の時代背景を考え、また今後の作品研究のためにも、該当箇所の書き換えは行わず、原文のままとしました。

落穂拾い・犬の生活　小山清

明治の匂いの残る浅草に育ち、純粋無比の作品を遺して短い生涯を終えた小山清。いまなお新しい、清らかな祈りのような作品集。（三上延）

太宰治全集（全10巻）　太宰治

第一創作集『晩年』から太宰文学の総結算ともいえる『人間失格』、さらに『もの思う葦』ほか随想集も含め、清新な装幀でおくる待望の文庫版全集。

夏目漱石全集（全10巻）　夏目漱石

時間を超えて読みつがれる最大の国民文学を、10冊に集成して贈る画期的な文庫版全集。全小説及び小品、評論に詳細な注・解説を付す。

中島敦全集（全3巻）　中島敦

昭和十七年、一筋の光のように登場し、二冊の作品集を残してまたたく間に逝った中島敦――その代表作から書簡までを収め、詳細小口注を付す。

宮沢賢治全集（全10巻）　宮沢賢治

『春と修羅』、『注文の多い料理店』はじめ、賢治の全作品及び異稿を、綿密な校訂と定評ある本文によって贈る話題の文庫版全集。書簡など2巻増巻。

芥川龍之介全集（全8巻）　芥川龍之介

確かな不安を漠然とした希望の中に生きた芥川の全貌。名手の名をほしいままにした短篇から、日記、随筆、紀行文までを収める。

梶井基次郎全集（全1巻）　梶井基次郎

「檸檬」「泥濘」「桜の樹の下には」「交尾」をはじめ、習作・遺稿を全て収録し、梶井文学の全貌を伝える。一巻に収めた初の文庫版全集。（高橋英夫）

清水町先生　小沼丹

小沼丹が、師とあおぐ井伏鱒二について記した随筆、解説を精選して集成。人となりと文学を描き出し、語りつくした一冊。（庄野潤三）

出久根達郎の古本屋小説集　出久根達郎

一冊の本にもドラマがある。古書店を舞台に繰り広げられる本と人との物語。23編をセレクトしたオリジナル・アンソロジー。（南陀楼綾繁）

私の「漱石」と「龍之介」　内田百閒

師・漱石を敬愛してやまない百閒が、おりにふれて綴った師の行動と面影とエピソード。さらに同門の友、芥川との交遊を収める。（武藤康史）

阿房列車——内田百閒集成1　内田百閒
「なんにも用事がないけれど、汽車に乗って大阪へ行って来ようと思う」。上質のユーモアに包まれた、紀行文学の傑作。（和田忠彦）

立腹帖——内田百閒集成2　内田百閒
一日駅長百閒先生の訓示は「規律ノ為ニハ。千頓ノ貨物ヲ雨ザラシニシ。百人ノ旅客ヲ轢殺スルモ差支エナイ」。楽しい鉄道随筆。（保苅瑞穂）

冥途——内田百閒集成3　内田百閒
無気味なようで、可笑しいようで、怖いようで。曖昧な夢の世界を精緻な言葉で描く、「冥途」「旅順入城式」など33篇の小説。（多和田葉子）

サラサーテの盤——内田百閒集成4　内田百閒
薄明かりの土間に死んだ友人の後妻が立っている。——映画化された表題作のほか「東京日記」「東海道刈谷駅」などの小説を収める。（松浦寿輝）

贋作吾輩は猫である——内田百閒集成8　内田百閒
一九〇六年、水がめに落っこちた「漱石の猫」が蘇る。漱石の弟子、百閒が老練なユーモアで練りあげた『吾輩は猫である』の続篇。（清水良典）

ノラや——内田百閒集成9　内田百閒
百閒宅に入りこみ、不意に戻らなくなった愛猫ノラの行方を嘆じ続ける表題作を始めとして、猫の話ばかりを集めた22篇。（稲葉真弓）

小川洋子と読む　内田百閒アンソロジー　内田百閒　小川洋子編
「旅愁」「冥途」「旅順入城式」「サラサーテの盤」……今も不思議な光を放つ内田百閒の小説・随筆24篇を、百閒をこよなく愛する作家・小川洋子と共に。

尾崎放哉全句集　村上護編
「咳をしても一人」などの感銘深い句で名高い自由律の俳人・放哉。放浪の旅の果て、小豆島で破滅型の人生を終えるまでの全句業。（村上護）

名短篇、ここにあり　北村薫　宮部みゆき編
読み巧者の二人の議論沸騰し、選びぬかれたお薦め小説12篇。となりの宇宙人／冷たい仕事／隠し芸の男／少女架刑／あしたの夕刊／網／誤訳ほか。

名短篇、さらにあり　北村薫　宮部みゆき編
小説って、やっぱり面白い。人間の愚かさ、不気味さ、人情が詰まった奇妙な12篇。華燭／骨／雲の小径／押入の中の鏡花先生／不動図／鬼火／家霊ほか。

小説　浅草案内　半村良

バブル直前の昭和の浅草。そこに引っ越してきた独り暮らしの作家。地元の人々との交流、風物、人情の機微を虚実織り交ぜて描く。（いとうせいこう）

山頭火句集　種田山頭火　村上護編　小崎侃・画

自選句集「草木塔」を中心に、その境涯を象徴する随筆も精選収録し、〝行乞流転〟の俳人の全容を伝える一巻選集！（村上護）

私の東京地図　小林信彦

オリンピック、バブル、再開発で目まぐるしく変わる東京だが、街を歩けば懐かしい風景に出会う。今と昔の東京が交錯するエッセイ集。（えのきどいちろう）

向田邦子ベスト・エッセイ　向田邦子　向田和子編

いまも人々に読み継がれている向田邦子。その随筆の中から、家族、食、生き物、こだわりの品、旅、仕事、私……、といったテーマで選ぶ。（角田光代）

谷中スケッチブック　森まゆみ

昔かたぎの職人が腕をふるう煎餅屋、豆腐屋。子供たちでにぎわう路地、広大な墓地に眠る人々。取材を重ねて捉えた谷中の姿。（小沢信男）

小津ごのみ　中野翠

小津監督は自分の趣味・好みを映画に最大限取り入れた。インテリア、雑貨、俳優の顔かたち、仕草や口調、会話まで。斬新な小津論。（与那原恵）

あんな作家　こんな作家　どんな作家　阿川佐和子

聞き上手の著者が松本清張、吉行淳之介、田辺聖子、藤沢周平ら57人に取材した。その鮮やかな手口に思わず作家は胸の内を吐露。（清水義範）

倚りかからず　茨木のり子

もはや／いかなる権威にも倚りかかりたくはない……話題の単行本に3篇の詩を加え、高瀬省三氏の絵を添えて贈る決定版詩集。（山根基世）

一本の茎の上に　茨木のり子

「人間の顔は一本の茎の上に咲き出た一瞬の花である」表題作をはじめ、敬愛する山之口貘等について綴った香気漂うエッセイ集。（金裕鴻）

茨木のり子集　言の葉（全3冊）　茨木のり子

しなやかに凛と生きた詩人の歩みの跡を、詩とエッセイで編んだ自選作品集。単行本未収録の作品なども収め、魅力の全貌をコンパクトに纏める。

色川武大・阿佐田哲也 ベスト・エッセイ　色川武大／阿佐田哲也　大庭萱朗 編

二つの名前を持つ作家のベスト。文学論、落語からタモリまでの芸能論、ジャズ、作家たちとの交流も。阿佐田哲也名の博打論も収録。（木村紅美）

井上ひさし ベスト・エッセイ　井上ひさし　井上ユリ 編

むずかしいことをやさしく……幅広い著作活動を続け、多岐にわたるエッセイを残した「言葉の魔術師」井上ひさしの作品を精選して贈る。（佐藤優）

箸もてば　石田千

食べることは、いのちへの賛歌。日々の暮らしでめぐりあう四季の恵みと喜びを、滋味深くつづるエッセイ集。書下ろし四篇を新たに収録。（坂崎重盛）

ぼくは散歩と雑学がすき　植草甚一

1970年、遠かったアメリカ。その風俗、映画、本、音楽から政治までをフレッシュな感性と膨大な知識、貪欲な好奇心で描き出す代表エッセイ集。

夢を食いつづけた男　植木等

俳優・植木等が描く父の人生。義太夫語りを目指し、のちに住職に。治安維持法違反で投獄されても平和と平等のために闘ってきた人生。（栗原康）

貧乏は幸せのはじまり　岡崎武志

著名人の極貧エピソードからユーモア溢れる生活の知恵まで、幸せな人生を送るための「貧乏」のススメ！　巻末に荻原魚雷氏との爆笑貧乏対談を収録。

古本で見る昭和の生活　岡崎武志

古本屋でひっそりとたたずむ雑本たち。忘れられたベストセラーや捨てられた生活実用書など。それらを紹介しながら、昭和の生活を探る。（出久根達郎）

上京する文學　岡崎武志

村上春樹、川端康成、宮澤賢治に太宰治——、作家の上京を「東京」の街はどんな風に迎えたのか。上京で読み解く文学案内。野呂邦暢の章を追記。（重松清）

ここが私の東京　岡崎武志

本と街を歩いて辿った作家の〈上京&東京〉物語。佐藤泰志、庄野潤三から松任谷由実まで。草野心平を増補収録。挿絵と巻末エッセイ・牧野伊三夫

酒場めざして　大川渉

東京の街をアッチコッチ歩いた後は、酒場で一杯！　繁華街の隠れた名店、場末で見つけた驚きの店などを酒場の達人が紹介。（堀内恭）

読書からはじまる　長田弘

自分のために、次世代のために——。「本を読む」意味をいまだからこそ考えたい。人間の世界への愛に溢れた珠玉の読書エッセイ！（池澤春菜）

すべてきみに宛てた手紙　長田弘

この世界を生きる唯一の「きみ」へ——。人生のためのヒントが見つかる、39通のあたたかなメッセージ。傑作エッセイが待望の文庫化！（谷川俊太郎）

詩人／人間の悲劇　金子光晴

常識に抗い、人としての生を破天荒に楽しみ尽くした反骨の男——その鮮やかな視界を自ら描きとる随筆と詩、二つの名作を一冊で。（高橋源一郎）

開高健ベスト・エッセイ　開高健／小玉武編

文学から食、ヴェトナム戦争まで——おそるべき博覧強記と行動力。「生きて、書いて、ぶつかった」開高健の広大な世界を凝縮したエッセイを精選。

味見したい本　木村衣有子

読むだけで目の前に料理や酒が現れるかのような食の本についてのエッセイ。古川緑波や武田百合子の食卓。居酒屋やコーヒーの本も。帯文＝高野秀行

本が好き、悪口言うのはもっと好き　高島俊男

痛快エッセイ「『支那』はわるいことばだろうか」をはじめ、李白と杜甫の人物論、新聞醜悪録など、すべての本好きに捧げる名篇を収めた著者の代表作。

「最後の」お言葉ですが…　高島俊男

言葉をめぐる伝説の刺激的エッセイ、週刊誌連載最後の58篇、初の文庫化。「敬語敬語と言いなさんな」「豫言、預言、予言」他、真っ当な文章の粋。

つげ義春を旅する　高野慎三

山深い秘湯、ワラ葺き屋根の宿場街、路面電車の走る街……、つげが好んで作品の舞台とした土地を訪ねて見つけた、つげ義春・桃源郷！

神保町「ガロ編集室」界隈　高野慎三

１９６０年代末、白土三平、つげ義春、佐々木マキ、林静一らが活躍した雑誌「ガロ」。活気ある現場や人々の姿を描く貴重な記録。巻末対談・つげ正助。

貸本屋とマンガの棚　高野慎三

若き水木しげる、白土三平、つげ義春らが活躍した貸本マンガ界。俗悪と批判されながらも、隆盛を極めた貸本業界の全貌に迫る。（梶井純／宮本大人）

ちくま文庫

小《ちい》さな町《まち》・日日《ひび》の麺麭《パン》

二〇二三年十二月十日　第一刷発行

著　者　小山清（こやま・きよし）
発行者　喜入冬子
発行所　株式会社　筑摩書房
東京都台東区蔵前二―五―三　〒一一一―八七五五
電話番号　〇三―五六八七―二六〇一（代表）
装幀者　安野光雅
印刷所　株式会社精興社
製本所　株式会社積信堂

ISBN978-4-480-43917-8　C0193